LA
PRODUCTION VÉGÉTALE

ET

LES ENGRAIS CHIMIQUES

210

CONFÉRENCES AGRICOLES

FAITES

AU CHAMP D'EXPÉRIENCES DE VINCENNES

PAR

M. GEORGES VILLE

TROISIÈME ÉDITION

EN VENTE

LIBRAIRIE AGRICOLE | LIBRAIRIE G. MASSON
26, RUE JACOB, 26 | 120, BOULEVARD SAINT-GERMAIN

ET CHEZ

LUDOVIC BASCHET
12, RUE DE L'ABBAYE, 12

PARIS

LA

PRODUCTION VÉGÉTALE

ET

ET LES ENGRAIS CHIMIQUES

Sous presse

POUR PARAÎTRE INCESSAMMENT

ŒUVRES COMPLÈTES

DE M. G. VILLE

NEUF VOLUMES IN-18

7432-90 — CORBEIL. Imprimerie Crété.

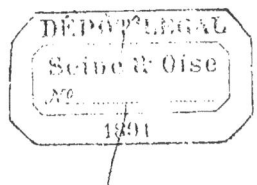

LA

PRODUCTION VÉGÉTALE

ET

LES ENGRAIS CHIMIQUES

CONFÉRENCES AGRICOLES

FAITES

AU CHAMP D'EXPÉRIENCES DE VINCENNES

PAR

M. GEORGES VILLE

TROISIÈME ÉDITION

EN VENTE

LIBRAIRIE AGRICOLE
26, RUE JACOB, 26

LIBRAIRIE G. MASSON
120, BOULEVARD SAINT-GERMAIN

ET CHEZ

LUDOVIC BASCHET
12, RUE DE L'ABBAYE, 12

PARIS

A MADAME G. VILLE

La justice autant que l'affection me fait un devoir d'inscrire votre nom en tête de ce livre : il est à vous, il vous appartient par droit de conquête.

Les savants qui ont tenté dans leur vie une entreprise de longue haleine, connaissent seuls les angoisses dont un auteur est assailli lorsqu'il veut donner à sa pensée la forme idéale qu'il a conçue.

Pourquoi ne dirais-je pas que c'est à vos instances réitérées que ce livre est dû, et que le dévouement vous fit un jour l'auxiliaire le plus judicieux qu'un auteur rencontra jamais?

Cet aveu a d'autant plus de charme pour moi qu'il me permet de vous offrir un nouveau témoignage de l'affection inaltérable que je vous ai vouée.

GEORGES VILLE.

Ce 26 juin 1870.

PRÉFACE DE LA DEUXIÈME ÉDITION

I

Les *Conférences agricoles*, dont j'offre au public la deuxième édition, ont paru en 1864 : elles donnèrent pour la première fois une forme systématique aux résultats de mes recherches sur la végétation. Qu'on veuille bien ne pas s'y tromper : ce n'est pas là une œuvre improvisée, fondée sur les opinions dominantes d'une époque, mais au contraire l'expression longtemps méditée d'un corps de doctrine né de recherches originales entreprises sur une échelle jusque-là inconnue et dont l'exécution m'a occupé depuis 1848 jusqu'à 1863.

Que ce livre soit bon ou mauvais, sa préparation m'a coûté quinze longues années. Or, lorsqu'une publication est à ce point une œuvre personnelle, j'estime qu'il faut lui conserver à tout jamais son premier caractère et laisser à d'autres temps le soin de la refondre et de la compléter.

A part quelques corrections typographiques, de peu d'importance, les *Conférences de Vincennes* resteront donc ce qu'elles furent dès le premier jour ; on y trouvera une théorie complète de la production végétale, qui a conduit pour la première fois à des règles certaines sur les moyens d'entretenir la fertilité du sol, règles dont la pratique s'est chargée depuis six ans de confirmer la justesse.

Afin de mettre ces règles à la portée des hommes pratiques, j'ai consacré à leur exposition un traité élémentaire sur les *engrais chimiques.*

Dans les *Conférences de* 1864, la science occupe le premier plan ; dans le traité des engrais chimiques, c'est au contraire la pratique et ses néeessités, mais je ne saurai trop le répéter, ces deux livres s'appellent et se complètent, et pour juger la nouvelle doctrine agricole sous tous ses aspects il faut avoir égard aux deux.

On sera peut-être surpris de trouver dans cette nouvelle édition quelques assertions qui ont cessé d'être exactes.

On y trouvera par exemple que le nitrate de potasse, malgré sa grande efficacité sur la végétation ne peut être employé en agriculture à cause de son prix trop élevé, et pourtant je le fais entrer maintenant dans toutes les formules dont la potasse doit faire partie.

La contradiction entre mes assertions passées et mes recommandations présentes n'est qu'apparente.

En 1864, le nitrate de potasse valait 120 fr. les 100 kil., tandis qu'aujourd'hui son prix n'est plus que de 68 fr.

Lorsque le champ d'expériences à Vincennes fut fondé le commerce des engrais chimiques n'existait pas. Pour entraîner l'agriculture dans les voies nouvelles que ce champ, école expérimentale s'il en fut, avait pour mission de lui ouvrir, il me fallait faire des transactions perpétuelles avec les ressources ou les cours du marché industriel et aujourd'hui même, quoique plus favorisé, je ne jouis que d'une liberté relative et bornée.

En voici un exemple entre beaucoup d'autres.

La potasse, la chaux et le phosphate de chaux fondus en

un verre homogène au moyen d'une addition de silice produisent une sorte de feldspath artificiel dont la désagrégation lente et graduée se traduit par une action plus longtemps prolongée et des rendements plus élevés qu'avec les mêmes substances à l'état de simple mélange.

Cela est facile à comprendre : dans cet état, la potasse et le phosphate de chaux sont moins facilement entraînés par les eaux pluviales ; ne pouvant être dissous qu'après la désagrégation du composé compact dont ils faisaient partie, les racines des plantes les trouvent toujours réunis à la dose voulue dans leur sphère d'attraction, ce qui ajoute à leurs bons effets. Malgré mon désir de prescrire l'usage de ces minéraux sous cette forme nouvelle, j'ai dû m'en abstenir à cause des frais de fabrication : ici la pratique prime la science. Je pourrais en dire autant des phosphates bi et tribasiques de chaux, dont j'ai étudié avec le plus grand soin les propriétés et le mode d'action, et dont je ne parle pas, parce qu'il eût été alors à peu près impossible de se les procurer.

Dans la doctrine des engrais chimiques il y a deux choses bien distinctes, la connaissance exacte des éléments qui servent à la production des végétaux et l'application de ces notions aux intérêts agricoles.

Sur le premier point la solution est à peu près absolue, elle est indépendante des questions économiques ; sur le second, au contraire, le résultat financier prime toutes les autres considérations.

Pour répondre à ces deux préoccupations j'ai toujours poursuivi, au champ d'expériences de Vincennes, deux séries parallèles de recherches, l'une toute de théorie ayant pour but de réaliser les rendements les plus excessifs par le choix, la nature ou la forme des engrais, l'autre plus circonscrite dans son objet se bornant à tirer de la première ce qui pouvait entrer dans le domaine de la pratique.

Les formules rapportées dans les Conférences ne sont pas celles que je prescris aujourd'hui, parce que, à cette époque, le point de vue scientifique dominait dans mon esprit et que les ressources de l'industrie ne me permettaient pas de concilier, dans la mesure où je l'aurais voulu, la vérité théorique avec les nécessités de l'application. Je les ai maintenues, cependant, sans y rien changer, afin de conserver à mes premières démonstrations leur caractère originel et leur véritable date ; mais pour montrer que les formules anciennes et les nouvelles procèdent toutes d'un fond commun, j'ai réuni dans un appendice celles que j'ai recommandées en dernier lieu et dont la pratique a consacré par des milliers de résultats les avantages et la haute efficacité [1].

Je n'apprendrai rien à personne en rappelant que la doctrine des engrais chimiques, née en France des efforts d'un savant français, a été et est encore tous les jours l'objet d'attaques dont la violence et la partialité ont été rarement égalées. Après l'avoir niée, dans son principe, dans les faits primordiaux qui lui servent de base, n'ayant pu réussir à égarer l'opinion, on s'efforce maintenant de la rabaisser au niveau d'une œuvre sans inspiration, et toute d'emprunt, au profit de la science anglaise et allemande.

L'étranger s'est chargé de répondre à cette revendication au moins inattendue. Le traité des *Engrais chimiques*

---

[1] *Les Engrais chimiques*, entretiens agricoles au champ d'expériences de Vincennes. 2 vol. in-18. A la Librairie agricole, rue Jacob, 26.

est traduit dans toutes les langues de l'Europe. Le seul commentaire que je puisse lui donner est une nouvelle édition des *Conférences de 1864*, qui en éclaire l'origine et en marque exactement la portée scientifique. Le public possède à présent toutes les pièces du procès : pour moi, j'attends son verdict dans la calme sérénité que donne à un esprit loyal la conscience de son bon droit.

G. VILLE.

Ce 5 juillet 1870.

II

1890

Ce volume que j'offre pour la troisième fois au public, est à proprement parler une collection de mémoires originaux, fondus dans une œuvre plus générale, qui présente à la fois la théorie de la production végétale, et une exposition complète de la doctrine des engrais chimiques qui en est le corollaire.

Je l'ai dit ailleurs, et il n'est peut-être pas inutile de le répéter. Ce livre m'a coûté quinze longues années de recherches et d'expériences assidues, et la récompense que je lui dois aujourd'hui, c'est de n'avoir rien à y rectifier. Les vérifications sans nombre dont mes premiers résultats ont été l'objet, donnent à mes affirmations un degré de certitude auquel je ne pouvais prétendre en 1868, alors que tout était nouveau dans ce livre, les faits et les théories, les expériences et les doctrines.

C'est donc avec un surcroît de confiance que je présente cette nouvelle édition au public. On y trouvera l'histoire complète de l'assimilation de l'azote de l'air par les végétaux, fondée tout entière sur mes expériences personnelles dont l'origine remonte à 1849.

Personne ne peut plus contester que l'azote de l'air

ne soit une des conditions les plus essentielles de la vie
végétale ; l'azote étant assimilable à des degrés différents mais étant assimilable par tous les végétaux
sans exception et prenant une part directe à leur formation. Ceci, après avoir été nié pendant trente ans, est
aujourd'hui admis sans appel, et il est facile de se convaincre que les preuves que j'invoquais subsistent dans
toute leur intégrité.

On a fait grand bruit depuis quelque temps, de la
propriété que possèdent les légumineuses de donner
des poids de récolte très inégaux de grains à grains, à
ce point qu'il arrive souvent qu'une seule graine produit autant que dix autres graines réunies. Cette propriété a en effet une importance capitale, parce qu'on
peut fonder sur elle une démonstration très originale,
très simple et sans appel de l'assimilation de l'azote et
de l'air par les plantes. Dès 1856, j'avais observé ce
fait que j'ai raffermi et développé au point d'en faire
un chapitre nouveau de la physique végétale (page 56).

J'avais vu que l'importance de la récolte des céréales
diffère beaucoup lorsqu'on passe d'une variété à une
autre variété, mais qu'elle présente peu de différence
lorsqu'on passe d'une graine à une autre graine, si la
terre est homogène et l'engrais uniformément répandu.

Mais j'avais vu de plus qu'il en est tout autrement
des légumineuses où la différence dans le poids des
récoltes se manifeste à deux degrés, de variété à **variété**
et de graine à graine.

En général, à poids égal, une grosse graine donne
plus de récolte que deux graines d'un moindre volume

sans que cette opposition soit cependant absolument constante.

Ici où l'on a semé dix pois ou dix haricots, il y a cinq plantes à grand rendement, là il y en a six, sept, huit, là seulement une ou deux, mais qui accusent la fixation de quantités énormes d'azote. J'ai attribué ces effets remarquables et concluants, s'il en fut, à une sorte d'idiosyncrasie, et j'en ai déduit la nécessité de perfectionner les races par la sélection des semences, fondée sur le volume et la densité des graines. Il y a là un moyen économique et certain d'élever à peu de frais les rendements.

Aujourd'hui on attribue les récoltes anormales des légumineuses à l'intervention de certains microbes ou bactéries, mais le fait que j'ai observé n'en subsiste pas moins et on ne peut me faire un grief de n'avoir pas aperçu cette cause nouvelle, parce qu'en 1856 on ne connaissait pas plus les microbes que les bactéries.

Enfin, il me sera permis de rappeler que dès 1856 j'avais aperçu le contraste que présentent les légumineuses lorsqu'on les soumet à l'action des engrais azotés, qui sont actifs sur les céréales et neutres sur les légumineuses, ce qui démontre jusqu'à la dernière évidence que l'azote des légumineuses ne saurait avoir pour origine les composés azotés du sol.

Depuis dix-huit mois, j'ai publié des recherches étendues sur l'analyse de la terre par les plantes; accueillies avec une grande faveur, ces recherches viennent d'obtenir, de la part de l'un des agriculteurs les plus éminents de la Russie, les honneurs d'une vérification, dont je demande la permission de reproduire les termes.

Le général de Bilderling, auteur de cette vérification toute récente, m'a écrit à la date du 7 août (26 juillet) 1890 :

« Je suis depuis longtemps un de vos nombreux adeptes, j'ai chez moi (1) un champ d'expériences organisé en tous points selon les règles que vous donnez ; j'avais entrepris cette année une expérience sur une assez forte échelle de l'analyse de mes terres par les engrais chimiques, j'avais disposé dans plusieurs points de mon domaine des champs pour quatre cultures comparatives (avoine, pois, pommes de terre, betterave) sur dix parcelles diverses, diversement engraissées ; mes champs, établis en table de multiplication, étaient emblavés quand un hasard me fit connaître vos derniers art cles publiés dans la Revue rose, — *Analyse de la terre par les Plantes;* — c'est en juin, sur mon champ d'expériences, que j'ai lu vos articles, et si j'étais un prosélyte de votre école, j'en suis devenu un fanatique.

« C'ÉTAIENT VOS PAROLES QUE MON CHAMP ME REDISAIT, C'ÉTAIT VOTRE VOIX QUE J'ENTENDAIS, C'ÉTAIENT VOS CONCLUSIONS QUI DEVENAIENT MANIFESTES !

« Je me suis permis de traduire *in extenso* vos articles, pour l'une de nos revues agricoles et je viens vous demander l'autorisation de les publier. J'avais hâte de partager avec mes confrères compatriotes, l'émotion, la joie, le sentiment d'admiration éveillés en moi par la lecture de votre étude. Je me suis permis dans la petite préface à la traduction de m'adresser ainsi aux lecteurs :

« Des articles comme ceux-là sont comme de rares bonnes fortunes, qui marquent dans les annales de la science et de la vie pratique, par une brillante traînée de lumière. »

« C'est non seulement une œuvre scientifique de premier ordre, c'est surtout une œuvre humanitaire, et c'est comme apôtre de la vérité, que nous devons vous saluer, nous tous qui travaillons à la terre et à qui il est donné d'admirer les secrets divins de la nature.

« Veuillez excuser le débordement involontaire de mes sentiments,

(1) Zapolié, district de Louga, gouvernement de Saint-Pétersbourg.

c'est l'expression d'une profonde admiration et d'une reconnaissance sincère, et permettez, cher maître, à la faible voix d'un igno-
rant de monter jusqu'à vous. »

Mais ce qu'il y a de plus original, c'est que ces études,
si favorablement accueillies, ne sont nouvelles que par
les détails ; le principe et les résultats les plus importants ont paru pour la première fois en 1868. Toute
la 4ᵉ conférence est consacrée à l'analyse de la terre par
les plantes, on y verra même que, par une extension de
la méthode, j'ai montré qu'il était possible de définir
l'arrangement moléculaire au sein des corps composés
et même de pressentir, sinon de fixer, la composition
de l'air aux premiers âges du monde !

Aujourd'hui, l'opinion est mieux préparée pour
juger le livre et le placer à son rang.

Vérifiées par les savants, consacrées par la pratique
agricole de tous les pays, les données qui lui servent
de base n'ont rien à craindre de l'action du temps.
Le passé m'en donne l'assurance.

GEORGES VILLE.

Le Grand-Bilbarteault, le 10 octobre 1890.

PRODUCTION VÉGÉTALE

PREMIÈRE CONFÉRENCE

Messieurs,

Tant que la culture, fondée sur l'emploi du fumier de ferme, a donné des résultats rémunérateurs, l'agriculture a trouvé dans les règles que lui a léguées la tradition, un guide qui répondait à tous ses besoins; mais à mesure que la population s'est accrue et que la terre a acquis plus de valeur, l'insuffisance des anciens procédés est devenue chaque jour plus manifeste.

Tout le monde convient aujourd'hui que sans un surcroît d'engrais étranger au domaine, la terre perd peu à peu une partie de sa fertilité, ce qui menace l'avenir et réduit dans une proportion correspondante le bénéfice de la culture.

Mais chose étrange! d'accord sur les principes, tout devient incertitude et sujet de dissentiment dès qu'on veut passer à l'application.

Ainsi, par exemple, personne n'a pu dire encore, que je sache, à quels engrais il fallait recourir pour remédier au mal, ni formuler les règles d'après lesquelles on doit composer les engrais pour en obtenir les meilleurs résultats.

C'est pour répondre à ces préoccupations devenues

chaque jour plus pressantes que l'Empereur a eu l'heureuse pensée de prescrire la fondation du champ d'expériences de Vincennes, et que cet enseignement a été lui-même institué.

Vous devez être curieux, Messieurs, de savoir quels seront l'esprit et le caractère de cet enseignement nouveau?

Mieux que de longues explications, un exemple emprunté aux sciences astronomiques va me donner le moyen de vous satisfaire.

Avant que Kepler eût formulé les lois qui règlent les mouvements des planètes, avant que Newton eût découvert celles de la pesanteur, les astronomes n'avaient pour déterminer d'avance la position des astres que la connaissance empirique de leurs révolutions passées, ce qui, vous le savez, est absolument insuffisant. Aussi leurs prévisions étaient-elles toujours en désaccord avec le témoignage des phénomènes.

Les agriculteurs qui veulent rester fidèles aux préceptes résumés par l'antique formule : *Prairie, bétail, céréales,* se condamnent, de parti pris, à la même impuissance.

Éclairé par l'expérience, sachons éviter cet écueil.

Au lieu de nous en tenir à l'observation extérieure des faits et de voir, dans les produits de la végétation, le résultat de pratiques souvent inexpliquées, mieux inspirés, nous demanderons à la chimie la connaissance exacte des substances diverses que la vie végétale met en œuvre, à la physique l'indication des conditions extérieures qui en affectent l'activité, à la géologie la connaissance des dépôts des matières fertilisantes : toutes ces notions réunies devant nous conduire aux procédés de culture les plus lucratifs et les mieux appropriés aux nécessités de notre état social.

Fidèle à ce programme, posons-nous hardiment cette question, qui résume, à bien prendre, toute la science de la végétation : De quoi sont formés les végétaux ? d'où viennent les substances qui les composent, et comment s'opère au sein de leurs tissus leur combinaison ? Enfin, pour donner à cette investigation toute la rigueur dont elle est susceptible, établissons un perpétuel parallèle entre les minéraux et les végétaux, afin que l'état avancé de nos connaissances sur les conditions qui règlent la formation des premiers nous aide à définir avec plus de sûreté celles qui président à la formation des seconds.

Si on s'enquiert de la nature des éléments qui entrent dans la composition des végétaux et servent à leur formation, à notre grande surprise, l'analyse chimique nous répond qu'ils ont tous la même origine, que tous, herbes, arbustes et arbres, admettent dans leur substance ces quatorze éléments :

ÉLÉMENTS DE LA PRODUCTION VÉGÉTALE

ORGANIQUES.	MINÉRAUX.
Carbone.	Phosphore.
Hydrogène.	Soufre.
Oxygène.	Chlore.
Azote.	Silicium.
	Fer.
	Manganèse.
	Calcium.
	Magnésium.
	Sodium.
	Potassium.

Je le répète, tous les végétaux ont pour origine ces quatorze éléments, quelles que puissent être d'ailleurs leur organisation, leur taille, leur nature et leurs propriétés.

Un champignon ressemble si peu à une céréale et celle-ci présente, à son tour, si peu d'analogie avec un chêne ou un sapin, qu'au premier abord il est difficile de croire que ces trois êtres doivent leur existence aux mêmes agents, qu'ils se forment et vivent suivant les mêmes lois et par les mêmes moyens. Cette sorte d'unité dans la composition soulève en effet des difficultés de plus d'un genre, quand on veut la concilier avec l'étonnante variété des productions végétales. Comment les végétaux, composés des mêmes éléments et suivant les mêmes lois, peuvent-ils revêtir indifféremment les formes les plus dissemblables et se produire avec les propriétés les plus contraires ? devenir, avec la même facilité, aliment ou poison, hysope ou cèdre, nain ou géant ?

Il n'est pas de question plus facile à résoudre que celle-là. Les éléments premiers jouent, dans la composition des végétaux, le même rôle que les lettres de l'alphabet dans l'écriture. Leur valeur dépend autant de leur position que de leur nature. De là naît la possibilité de combinaisons infinies. A ce point de vue, les végétaux peuvent être considérés comme les mots différents d'une même langue, dans lesquels on retrouve les mêmes lettres, associées suivant les combinaisons les plus diverses. Seulement, dans ces mots, les lettres sont les quatorze éléments que nous avons énumérés plus haut.

Tous les végétaux se composant des mêmes éléments, il en résulte que c'est la manière dont ces éléments se trouvent groupés, dans l'arbre ou dans la plante, qui détermine les propriétés particulières de chaque végétal. La combinaison de ces éléments est, en outre, tellement intime, qu'une fois accomplie, il devient impossible d'en détacher ou d'en distraire un seul de sa position au sein du composé, sans détruire irrévocablement tout le système. Dès que leur réunion a donné naissance à un végétal, les éléments premiers qui y sont entrés perdent inévitablement et sans retour, par l'effet de cette fusion, leurs qualités primitives. Le composé seul jouit de propriétés caractéristiques qui persistent tant que son intégrité subsiste, et qui dépendent, non de la nature des éléments qui ont concouru à sa formation, puisque ces éléments sont partout les mêmes, mais de la manière dont ils sont groupés et de leur position les uns à l'égard des autres.

Un exemple me permettra de vous faire mieux apprécier ce caractère.

Vous savez qu'on appelle *sulfates*, les sels formés par la combinaison de l'acide sulfurique avec les bases; parmi ces sels les uns sont solubles dans l'eau et les autres insolubles. Or, tous les sulfates solubles présentent une réaction qui permet de reconnaître la présence de l'acide sulfurique ; ils forment tous un précipité blanc avec le chlorure de baryum. Ce précipité est du sulfate de baryte insoluble. Les végétaux ne présentent rien de semblable. Chez eux la moindre tentative pour déplacer un seul élément détruit sans retour l'équilibre, la forme et les propriétés de tout le système.

La combinaison est donc, si je puis m'exprimer ainsi, moins intime et moins profonde dans les minéraux que dans les végétaux.

Répétons-le, pour bien marquer la différence fondamentale qui sépare ces deux ordres de formations; dans les premiers, c'est la nature des éléments dont ils sont composés qui détermine les propriétés ; dans les seconds, c'est leur mode de groupement, leur position les uns à l'égard des autres.

Si nous passons de la composition au mode d'accroissement, nous verrons les végétaux différer encore des minéraux, sans cesser cependant de présenter avec eux certaines analogies remarquables. Les minéraux s'accroissent par l'addition pure et simple à un premier noyau de parties substantielles, toujours semblables et toujours identiques elles-mêmes. Un cube de sel marin, suspendu au sein d'une dissolution salée, augmente de volume avec une régularité admirable par le dépôt et l'ordonnance géométrique de nouvelles assises de sel sur toutes ses faces. Bien différentes sont les conditions qui président à la formation des végétaux et qui règlent leur accroissement.

Il n'existe pas, dans la nature, de principe végétal tout formé pouvant, par un dépôt pur et simple, concourir à l'accroissement des végétaux. Dès que l'embryon sort des téguments de la graine, il attire à lui des principes fort divers, appartenant tous au règne inorganique, ne possédant avec les végétaux aucune analogie de forme ou de propriété. Mais, dès qu'ils ont été absorbés par la plante naissante, ces principes éprouvent, en réagissant les uns sur les autres, une série de transformations qui les font passer par degrés de leur nature minérale à l'état de composés organiques non encore organisés, puis enfin à celui d'organes et de tissus. Les uns avaient, à l'origine, la forme gazeuse et faisaient partie de l'air ; les autres existaient sous la forme solide et proviennent du sol. Les premiers sont absorbés par les feuilles, les seconds par les racines ; ceux-là pénètrent sans intermédiaire dans l'économie végétale, ceux-ci doivent, au préalable, avoir été dissous dans l'eau. Ainsi les végétaux se forment et se développent au moyen de principes multiples et très-divers, venus de milieux différents, qui subissent une sorte d'élaboration préalable et passent par des états transitoires avant d'être définitivement assimilés. C'est là un point de grande importance dans nos études, que je me borne à indiquer pour le moment, mais sur lequel je reviendrai bientôt avec plus de développement.

De la composition et du mode d'accroissement des végétaux passons à l'énumération des forces qui les sollicitent et voyons si, sous ce rapport, ils ressemblent aux minéraux ou en diffèrent.

Vous savez que tous les corps existant dans la nature, simples ou composés, naissent de l'agglomération de molécules dont l'extrême ténuité correspond à la dernière limite de la divisibilité de la matière. Ces molécules exercent entre elles des effets attractifs auxquels les corps doivent leur formation. On peut même dire que tous reproduisent en petit l'image de notre système du monde, avec son soleil et ses planètes entraînant après elles leurs satellites, et que, par là, ils réalisent la conception de masses pondérables rendues solidaires par leur attraction réciproque. Les chimistes ont donné le nom d'affinité à cette attraction qui sollicite les molécules des corps de natures dissemblables. Tous les minéraux sont le produit de cette affinité qui les a fait sortir du chaos pour revêtir les caractères spécifiques auxquels ils doivent leur individualité. L'affinité suffit à leur formation. Lorsqu'il s'agit des végétaux, il n'en est plus de même. A cette force il faut en ajouter une autre, la vie, dont l'embryon végétal est le premier foyer et dont l'intervention peut être mise en évidence à l'aide d'une expérience bien simple.

Prenons deux graines de la même espèce et du même poids. Enlevons à l'une son embryon, à l'autre un morceau de son périsperme ; il n'y aura rien de changé dans les deux graines, sous le rapport de leur poids et de leur composition. Mais ce que le chimiste le plus habile ne pourrait apercevoir, une éponge humide va nous le révéler. Placées sur cette éponge, les deux graines se comportent bien différemment. L'une germe ; ses téguments extérieurs se déchirent et, de la fente qui se produit, sort un végétal qui augmentera sans cesse de poids et de volume. L'autre ne présente rien de semblable ; sa substance s'altère, ses éléments primordiaux se désunissent, une odeur fétide accuse un travail intérieur de décomposition. Sous le rapport de la substance, tout était pareil entre les deux graines; sous le rapport des propriétés, un abîme les sépare ; l'une appartient au monde inorganique et l'autre au monde des vivants. L'affinité chimique s'est manifestée dans les deux cas, mais dans des conditions bien différentes. Dans la graine sans embryon, elle a agi seule ; dans la graine ayant conservé le sien, elle a subi l'influence de la vie dont il est le siége et opéré de compte à demi avec elle.

L'affinité chimique sollicite la combinaison des éléments primordiaux ; la vie, régulatrice des autres forces, détermine la forme et les propriétés des composés qui en naissent. Ce ne serait pas assez d'assimiler sa fonction à celle du gouvernail d'un navire ; quelques faits empruntés à la chimie minérale la feront mieux apprécier quoique encore très-imparfaitement.

Vous savez tous, messieurs, que le chlore et l'hydrogène ont l'un pour l'autre une grande affinité. Les mêle-t-on, la combinaison est immédiate et se fait avec une violente explosion, à une condition cependant, c'est qu'on opère à la lumière ; dans l'obscurité, il ne se produit ni combinaison, ni détonation. Mais dès qu'un rayon de lumière, si délié qu'on le suppose, vient à tomber sur le vase qui contient le mélange des deux gaz fait dans l'obscurité, la combinaison est immédiate. La lumière a donc déterminé l'exercice de l'affinité entre le chlore et l'hydrogène.

Lorsqu'on verse de la potasse caustique dans la dissolution d'un sel de peroxyde de fer, il se forme un précipité rouge, de consistance gélatineuse, auquel les chimistes ont donné le nom d'hydrate de peroxyde de fer. Fait-on réagir les mêmes corps dans des tubes fermés à la lampe, en s'aidant d'une élévation de température, la vapeur d'eau, qui se forme dans l'intérieur du tube et qui ne peut s'échapper, presse sur le liquide et suffit pour changer totalement l'effet de la réaction. Il se forme encore du peroxyde de fer, mais il est anhydre et cristallisé. M. Daubrée a réussi à produire par ce moyen du quartz et du feldspath anhydre et cristallisé au sein de l'eau. Une faible pression a donc suffi pour changer le cours des affinités entre des masses pondérables de même nature. Eh bien, ce que la lumière est à la combinaison du chlore avec l'hydrogène ; ce que la pression est à la combinaison du fer avec l'oxygène, la vie l'est, mais dans un ordre très-supérieur, aux combinaisons si variables et si complexes qui donnent naissance aux végétaux, par la direction qu'elle imprime aux efforts de l'affinité.

Plus j'étudie la végétation et plus je trouve cette idée conforme au témoignage des phénomènes. Je le répète donc, les végétaux sont, à mes yeux, des composés d'un ordre plus élevé que les minéraux, mais dont la production se résout, en définitive, comme la leur, dans une série de combinaisons dépendant de l'affinité. Quant à la vie, qui occupe une si grande place dans la manifestation de ces phénomènes, ne pouvant avoir même la pensée de la définir dans son essence, parce qu'une telle recherche est au-dessus de nos moyens, je m'applique à la définir par ses effets et j'en assimile la fonction à celle d'une condition physique qui domine et règle le cours de l'affinité. Malgré les dissemblances qui séparent ces deux ordres de formation, les végétaux ont avec les minéraux deux caractères communs qui les rapprochent au point de nous autoriser presque à les confondre en tant qu'agrégats tangibles et matériels. Ils fonctionnent également comme des centres attractifs, à l'égard des substances présentes dans les milieux où ils se forment. Ils sont également le produit de l'affinité chimique agissant sur des éléments invariables et communs, lesquels, dans les deux cas, se combinent d'après un plan immuable ; et, quoique la composition des végétaux soit incomparablement plus complexe, on peut les faire naître à l'aide de leurs éléments premiers avec plus de facilité peut-être que les minéraux eux-mêmes.

Ainsi envisagée, la production des végétaux appartient de droit au domaine de la chimie, puisque cette science a pour mission de nous faire connaître la nature des éléments auxquels tous les corps doivent leur formation et les lois d'après lesquelles ces éléments se combinent. S'il vous restait quelques doutes sur la légitimité de cette assimilation, pour les dissiper, il me suffirait, je crois, de vous montrer, par une étude plus approfondie des végétaux, que, malgré les dissemblances de formes et les différences de propriétés, leurs constituants primitifs sont répartis entre les divers organes, dans un ordre aussi fixe et aussi bien défini que le sont les angles des cristaux ; car vous savez que, chez les minéraux, la valeur des angles est un des caractéres les plus sûrs pour définir les espèces.

C'est donc l'analyse des végétaux que nous allons faire ensemble. Dans cette étude aussi difficile que peu connue, pour être clair et facile à suivre, j'aurai besoin de me répéter, de revenir souvent sur mes pas, de vous présenter les mêmes idées sous des aspects différents. C'est là une conséquence inévitable de la nouveauté du domaine que nous allons explorer ensemble, et le mérite que j'ambitionne par-dessus tout est celui d'être clair, précis et de vous convaincre. Nous venons de poser comme un principe désormais établi que les végétaux sont soumis, quant à la répartition de leurs éléments premiers et quant au procédé d'après lequel ceux-ci se combinent, à des conditions plus complexes que celles qui régissent la formation des minéraux, mais, en définitive, aussi bien connues, aussi sûrement déterminées. Je vais m'appliquer à mettre ces deux points dans une complète évidence.

Je vous ai dit, messieurs, que les éléments qui entrent dans la composition des végétaux se divisent en deux groupes : les éléments organiques (carbone, hydrogène, oxygène, azote) et les éléments minéraux (phosphore, soufre, chlore, silice, fer, manganèse, calcium, magnésium, sodium et potassium). Ces deux groupes participent à la formation des végétaux dans une proportion très-inégale. Les éléments organiques y contribuent, en moyenne, pour les neuf dixièmes, ce qui réduit la part des éléments minéraux à une fraction relativement très-minime.

Il est à remarquer toutefois que ce rapport n'est pas invariable. Il y a des cas, rares à la vérité, où cette part s'élève au quart et même au tiers du poids de la substance végétale : tels sont les lichens. Certaines plantes agricoles de nos climats rentrent aussi, pendant la première période de leur croissance, dans cette catégorie. Je citerai, par exemple, le colza et le tabac, qui, durant cette période, contiennent de vingt à vingt-cinq pour cent de substances minérales ; ce qui, pour le dire en passant, explique pourquoi la terre est plus vite épuisée par les pépinières que par la culture ultérieure.

Le carbone, l'hydrogène, l'azote et l'oxygène ont reçu le nom d'éléments organiques de la production végétale, parce qu'on ne les trouve combinés ensemble qu'au sein des êtres vivants et parce que les composés dont ils font partie ne conservent leur intégrité que pendant la durée de la vie. Dès que la vie s'est éteinte, ces composés tendent à se désunir ; les végétaux dont ils font partie éprouvent une altération quelquefois légère, mais qui, quelquefois aussi, peut aller jusqu'à leur complète décomposition. Lorsque ce dernier cas se présente, les végétaux perdent l'aspect qui faisait leur individualité ; leurs tissus s'altèrent, leur organisation s'éteint et, avec elle, leur caractère le plus essentiel.

On a donné au deuxième groupe le nom d'éléments minéraux pour rappeler qu'ils proviennent de l'écorce solide du globe et appartiennent essentiellement au règne inorganique. La combustion d'un fétu de paille ou d'une tige d'allumette laisse après elle un résidu terreux, une cendre, dont la forme rappelle et conserve jusqu'à un certain point l'aspect de la partie brûlée. Ce qui se dissipe à l'état de vapeur et de fumée, pendant la combustion, appartient aux éléments organiques. La cendre qui forme le résidu dont nous venons de parler contient, au contraire, tous les éléments minéraux. La combustion a opéré brusquement la séparation de ces deux classes d'éléments.

Un premier résultat est donc acquis à nos études. Nous connaissons la nature des éléments mis en œuvre par la végétation. Je vous ai dit que ces éléments n'étaient pas répartis au hasard ; qu'ils l'étaient, au contraire, dans un ordre constant et régulier. Rien n'est plus facile à vous démontrer par des preuves irrécusables. Je commence par les éléments minéraux.

Si l'on ne considère que le rapport de la partie minérale à la partie organique, une proposition bien simple exprime les variations auxquelles il est soumis. Plus les organes évaporent de séve, c'est-à-dire plus leurs fonctions sont actives, plus est grande la quantité de substances minérales qu'ils contiennent. Ainsi les herbes en contiennent plus que les arbres; les parties herbacées plus que les parties ligneuses; les tissus à texture lâche et molle plus que les tissus à texture dense et serrée; les organes de nouvelle formation chez lesquels les fonctions sont singulièrement actives, plus que les organes vieillis où l'activité vitale est en partie éteinte. Je préciserai par quelques chiffres ces indications, qui, sans cela, seraient trop générales. Dans les arbres, la proportion des minéraux varie entre un demi-centième et un centième et demi; dans les plantes herbacées, les variations vont de deux à trente pour cent. Vous pouvez en juger plus exactement encore par les exemples suivants:

100 PARTIES DE VÉGÉTAUX DESSÉCHÉS CONTIENNENT

ARBRES[1].	AGENTS MINÉRAUX.	HERBES.	AGENTS MINÉRAUX.
Peuplier		Foin.	3,70
Érable.		Maïs.	4,10
Bourdaine	0,20	Lin	4,10
Liége.		Seigle (paille).	4,00
Sapin.	0,85	Froment (paille)	4,40
Bouleau	1,00	Topinambour	8,40
Faux-ébénier.	1,25	Pois.	8,10
Noisetier.	1,57	Luzerne	8,90
Mûrier blanc	1,60	Vesces.	10,10
Sureau.	1,60	Tabac (Havane).	11,25
Acajou.	1,60	Tabac (dép. Nord)	18,67
Ébène	1,60		
EN MOYENNE.	0,99	EN MOYENNE.	7,84

Vous le voyez, messieurs, en éloignant de nos comparaisons les termes extrêmes, nous trouvons que les herbes contiennent, en moyenne, huit fois plus de minéraux que les arbres.

Si maintenant, au lieu de s'attacher à des végétaux dissemblables, nos comparaisons portent sur les diverses parties de même végétal, sur les différents organes d'un même arbre, par exemple, on constate des variations du même ordre. La proportion des minéraux augmente ou diminue dans les mêmes limites, et ces différences dépendent encore de la même cause, c'est-à-dire des quantités inégales de séve évaporées par les divers organes. Ainsi, dans les arbres, les feuilles contiennent plus de minéraux que l'écorce ; l'écorce en contient plus que l'aubier, et celui-ci, à son tour, plus que le cœur du bois qu'il recouvre.

[1] Berthier.

Voici, au surplus, jusqu'où peut aller l'écart que présentent ces différences :

MINÉRAUX DANS 100 PARTIES[1]

	DE BOIS.	D'AUBIER.	D'ÉCORCE. (DESSÉCHÉS)	DE FEUILLES.
Mûrier.	0,70	1,50	8,90	15,10
Peuplier	0,80	»	7,20	14,00
Noisetier.	0,50	»	6,50 Noyer 15,50	
Chêne	0,20	4,00	6,00	»
MOYENNE.	0,55	2,65	7,17	14,10

Je vous ai dit et je répète que la proportion des éléments minéraux dans chaque végétal, ou dans chaque organe du même végétal, dépend uniquement de l'évaporation plus ou moins active de la séve. Les minéraux ont le sol pour origine ; ils ne peuvent pénétrer dans les végétaux qu'après avoir été, au préalable, dissous par l'eau. Absorbées par les racines, ces dissolutions s'élèvent dans la tige et de là se répandent dans les branches, dans les rameaux et finalement dans les feuilles, subissant, durant ce trajet, une sorte de condensation qui est plus active dans les feuilles que dans tous les autres organes. Or, plus il s'évapore d'eau et plus il se dépose de parties minérales.

Il s'opère là un effet analogue à ce qui se passe, sur une plus vaste échelle, dans les marais affectés à la production du sel. L'eau de la mer, répandue dans ces marais artificiels sur d'immenses surfaces que l'action combinée de la chaleur et des vents tend à dessécher, laisse déposer peu à peu le sel qu'elle contenait primitivement à l'état de disso-

---

[1] Théodore de Saussure.

lution. Plus les vents sont favorables, plus l'air est sec,
l'évaporation active et le desséchement des étangs rapide,
plus le dépôt de sel est abondant. L'inégale répartition des
substances minérales dans les végétaux tient en partie à la
même cause. Le tissu spongieux des herbes est plus favorable à l'évaporation des liquides que le tissu plus compacte
des arbres. Par la même raison, l'évaporation doit être plus
active dans les feuilles des arbres que dans l'écorce et, dans
celle-ci, plus que dans l'aubier et le cœur du bois.

Des faits d'un autre ordre viennent à l'appui de cette
explication. Les arbres toujours verts forment une partie
de leurs feuilles pendant l'hiver, saison moins favorable à
l'évaporation que les chaleurs de l'été ; aussi leurs feuilles
contiennent-elles moins de minéraux que celles qui, sur
les autres arbres, poussent au printemps et tombent à
l'automne. Le différence va du simple au double, comme
vous en pourrez juger par les exemples suivants :

MINÉRAUX DANS 100 DE FEUILLES SÈCHES.

FEUILLES PERSISTANTES.		FEUILLES NON PERSISTANTES.	
Rhododendron.	3,0	Chêne.	5,3
Pin	0,8	Noisetier.	6,1
Airelle.	2,2	Marronnier.	8,4
MOYENNE	2,0	MOYENNE	6,6

Dans le fruit d'une légumineuse, la gousse, qui est en
rapport immédiat avec l'atmosphère, est le foyer d'une évaporation plus active que les graines ; aussi la gousse con-
tient-elle plus de minéraux :

	MINÉRAUX DANS 100 PARTIES SÈCHES	
	DE GOUSSES.	DE GRAINES.
Haricots de Soissons.	6,70	3,30
— flageolets.	5,60	3,10
— blancs.	7,00	3,43
— noirs.	5,70	3,10
Pois chiches.	5,50	3,20
Fèves.	5,06	3,15
MOYENNE.	5,92	3,21

Dans les graines, le tégument qui les recouvre évapore plus que le corps de l'amande ; aussi admet-il plus de minéraux.

	MINÉRAUX DANS 100 PARTIES	
	DE TÉGUMENT.	D'AMANDES.
Froment	5,30	0,60
Orge.	2,74	0,60
Millet.	7,00	3,00
Seigle	4,50	2,00
MOYENNE.	4,88	1,55

Cet ensemble de preuves me paraît ne pouvoir laisser aucun doute sur la vérité du principe que je formulais il n'y a qu'un instant, à savoir : que l'intensité de l'évaporation par la surface des divers organes d'un végétal règle d'une manière générale la quantité de substances minérales qui s'y concentrent. Mais poussons plus loin l'analyse du phénomène que nous étudions en ce moment. Des éléments minéraux pris en bloc et confondus passons à la répartition de chacun d'eux en particulier parmi les divers organes. Nous trouverons encore ici des différences du même ordre

2

que celles que nous venons de constater, mais dont la cause est plus difficile à apercevoir. Commençons d'ailleurs par exposer les faits; l'explication viendra ensuite.

Je prends, comme premier sujet d'étude, le phosphore, qui figure dans la composition des végétaux à l'état d'acide phosphorique combiné à des bases. Je ne m'attache pour le moment qu'à l'acide phosphorique, et je me demande comment il est réparti dans les végétaux. Or, je trouve que les graines en contiennent plus que les feuilles, les feuilles plus que les tiges, et les tiges plus que les racines. Il est vrai qu'à part les graines, les différences sont assez faibles.

Dans le froment, la graine contient 1,02 pour 100 d'acide phosphorique, l'épi 0,45, la paille 0,24 et la racine 0,21. Voulez-vous mettre ces différences plus en relief, il nous suffira de brûler à part chacun de ces organes, de détruire ainsi toute la matière organique et de comparer la composition des cendres qui ne contiendront plus que les éléments minéraux. Nous trouverons alors, dans la cendre de la graine 46 pour 100 d'acide phosphorique, dans la cendre de l'épi 2,54, dans celle de la paille 2,26, et dans celle de la racine 1,70 pour 100.

Ce que je viens de dire à propos du froment s'applique à tous les végétaux indistinctement. L'acide phosphorique domine toujours dans le fruit et surtout dans la graine. Il en est de même pour la potasse et pour la magnésie. C'est dans la graine que ces deux bases se trouvent en plus grande proportion. La chaux, la silice, l'oxyde de fer, le chlore et l'acide sulfurique dominent, au contraire, dans les racines, les tiges et les feuilles.

Pour la chaux, par exemple, le grain de froment n'en contient que des traces, 0,07 pour 100, tandis qu'on en trouve dans l'épi 0,33, dans la paille 0,42 et dans la racine 0,27 pour 100. La silice est complétement absente du grain, tandis que l'épi en contient 10 pour 100, la paille 2,24 et les racines 6,16. Cette comparaison, étendue aux cendres comme nous l'avons fait pour l'acide phosphorique, se traduit par des contrastes infiniment plus accusés. Vous en pourrez juger par ces deux tableaux, qui se rapportent à la répartition de la chaux et de la silice.

Dans 100 de cendres, il y a :

Cendres du grain. . . . . 3,7 de chaux.
—— de la paille.. 9,6

Même opposition pour la silice.

Cendres de l'épi. . . . . 85 p. 100 de silice.
—— de la paille. 51,74

De ces indications générales il est indispensable que nous passions à une étude attentive et patiente des faits. Je ne saurais donc trop vous engager à étudier en détail les tableaux suivants, où j'ai résumé la composition du froment, de l'orge, des pois et de la betterave.

FROMENT[1]

MINÉRAUX CONTENUS DANS 100 PARTIES
DE RÉCOLTE DESSÉCHÉE A 120°.

	RACINES	PAILLE.	BALLES.	GRAINES.
Acide phosphorique. . . .	0,12	0,10	0,55	0,96
Magnésie.	0,14	0,17	0,17	0,28
Potasse.	0,22	0,66	0,72	0,70
Chaux	0,27	0,42	0,33	0,07
Soude.	0,06	0,13	0,07	0,02
Oxyde de fer.	0,43	0,02	0,12	» »
Acide sulfurique	0,09	0,25	0,18	» »
Chlore	traces.	0,03	0,05	» »
Silice soluble.	1,13	0,90	5,00	» »
Sable et silice insoluble. .	5,03	1,34	5,54	» »

RENDEMENT A L'HECTARE

RÉCOLTE DESSÉCHÉE A 120°.

Racines.	878 kil.	
Paille.	1922 »	4733 kil.
Balles.	470 »	
Graines.	1463 »	

RÉPARTITION DES MINÉRAUX
DANS LA RÉCOLTE.

	RACINES.	PAILLE.	BALLES.	GRAINES.
	kil.	kil.	kil.	kil.
Acide phosphorique	1,16	1,88	1,48	14,09
Magnésie	1,33	3,28	0,73	4,19
Potasse.	1,95	12,63	3,39	9,99
Chaux	2,60	7,99	1,54	1,12
Soude	0,60	2,48	0,32	0,36
Oxyde de fer.	3,85	0,33	0,55	» »
Acide sulfurique	0,86	4,79	0,84	» »
Chlore	traces.	0,60	0,25	» »
Silice.	0,11	17,32	23,24	» »
Sable et silice insoluble. .	44,16	25,75	26,02	» »

[1] Tous ces résultats se rapportent aux cultures sans engrais du champ d'expériences de Vincennes.

ORGE

MINÉRAUX CONTENUS DANS 100 PARTIES
DE RÉCOLTE DESSÉCHÉE A 120°.

	RACINES.	PAILLE.	BALLES.	GRAINES.
Acide phosphorique. . . .	0,21	0,24	0,45	1,02
Magnésie	0,15	0,15	0,59	0,22
Potasse.	0,44?	0,85	1,00	0,91
Chaux	0,24	0,52	0,43	0,05
Soude	0,44?	0,39	0,15	0,05
Oxyde de fer	0,15	0,01	0,04	» »
Acide sulfurique.	0,28	0,25	0,28	» »
Chlore	traces.	0,08	0,09	» »
Silice.	0,43	0,50	3,12	» »
Sable et silice insoluble. .	2,45	1,29	6,64	» »

RENDEMENT A L'HECTARE

RÉCOLTE DESSÉCHÉE A 120°.

Racines.	726 kil.	⎫
Paille.	2553 »	⎬ 5931 kil.
Balles.	435 »	⎪
Graines.	2217 »	⎭

RÉPARTITION DES MINÉRAUX
DANS LA RÉCOLTE.

	RACINES.	PAILLE.	BALLES.	GRAINES.
	kil.	kil.	kil.	kil.
Acide phosphorique	1,51	6,20	1,99	22,68
Magnésie	1,11	3,95	2,57	4,85
Potasse.	5,27	21,81	4,41	20,25
Chaux	1,73	13,34	1,87	1,24
Soude.	3,23	9,89	0,67	1,25
Oxyde de fer[1].	1,14	0,35	0,17	0,19
Acide sulfurique.	2,09	6,65	1,21	0,22
Chlore	0,12	2,06	0,38	» »
Silice.	8,15	12,81	13,58	5,21
Sable et silice insoluble. .	21,41	32,93	28,88	7,47

La plus grande partie de l'oxyde de fer provient de la terre qui adhère aux racines, quelques soins que l'on prenne pour l'en détacher.

POIS

	PAILLE.	COSSES.	GRAINES.
Acide phosphorique.	0,41	0,47	1,27
Magnésie.	0,87	0,83	0,20
Potasse.	0,94	0,74	1,21
Chaux	2,69	2,62	0,09
Soude	0,24	0,34	0,15
Oxyde de fer.	0,10	0,04	0,02
Acide sulfurique	0,34	0,44	traces.
Chlore.	0,04	0,12	0,01
Silice.	0,13	0,02	» »
Sable et silice insoluble.	0,31	0,05	» »

RENDEMENT A L'HECTARE

RÉCOLTE DESSÉCHÉE A 120°.

Paille	3544 kil. ⎫	
Balles	365 » ⎬	5501 kil.
Graines	1592 » ⎭	

RÉPARTITION DES MINÉRAUX
DANS LA RÉCOLTE.

	PAILLE.	COSSES.	GRAINES.
	kil.	kil.	kil.
Acide phosphorique	14,88	1,72	20,29
Magnésie	25,76	3,05	3,33
Potasse	33,34	2,70	19,29
Chaux	95,68	9,58	1,49
Soude	8,51	0,12	2,39
Oxyde de fer	3,57	0,17	0,33
Acide sulfurique	12,04	1,62	1,78
Chlore	1,63	0,45	0,09
Silice	4,80	0,28	0,03
Sable et silice insoluble.	10,90	0,28	» »

BETTERAVES

	MINÉRAUX CONTENUS DANS 100 PARTIES DE RÉCOLTE DESSÉCHÉE A 120°.	
	RACINES.	FEUILLES.
Acide phosphorique.	0,58	1,28
Magnésie.	0,32	1,73
Potasse	1,74	2,95
Chaux.	0,43	2,18
Soude.	0,82	1,60
Oxyde de fer.	0,03	0,19
Acide sulfurique	0,15	1,43
Chlore.	0,06	0,52
Silice	0,07	0,37
Sable et silice insoluble.	0,37	1,81

RENDEMENT A L'HECTARE
RÉCOLTE DESSÉCHÉE A 120°.

Racines	7807 kil. }	9214 kil.
Feuilles	1407 » }	

	RÉPARTITION DES MINÉRAUX DANS LA RÉCOLTE.	
	RACINES.	FEUILLES.
	kil.	kil.
Acide phosphorique	45,5	18,06
Magnésie.	25,5	24,42
Potasse.	136,2	41,60
Chaux	54,2	30,75
Soude	64,6	22,57
Oxyde de fer.	2,9	2,69
Acide sulfurique . . . . , . .	12,2	20,13
Chlore.	5,4	7,35
Silice	5,5	5,21
Sable et silice insoluble.	29,4	25,58

Comme vous avez déjà pu vous en convaincre, les différences qui ressortent des tableaux précédents deviennent encore plus saisissantes, si, à la composition du végétal entier et complet, on substitue celle des cendres d'où les éléments organiques sont exclus, ce qui a pour conséquence d'exagérer les différences entre les éléments minéraux, ainsi qu'on en peut juger par les tableaux suivants :

FROMENT

	MINÉRAUX CONTENUS DANS 100 PARTIES DE CENDRES DE			
	RACINES.	PAILLE.	BALLES.	GRAINES.
Acide phosphorique. . . .	1,70	2,26	2,54	46,00
Magnésie.	1,97	3,92	1,25	13,77
Potasse.	2,87	15,18	5,82	32,59
Chaux	3,83	9,60	2,64	3,70
Soude.	0,88	3,00	0,56	1,19
Oxyde de fer	5,67	0,40	0,94	» »
Acide sulfurique	1,27	7,27?	1,45	» »
Chlore.	0,04	0,91	0,44	» »
Silice.	14,89	20,84	40,00	» »
Sable et silice insoluble..	66,66	30,93	44,46	» »

ORGE

	MINÉRAUX CONTENUS DANS 100 PARTIES DE CENDRES DE			
	RACINES.	PAILLE.	BALLES.	GRAINES.
Acide phosphorique. . . .	3,86	5,77	3,57	35,66
Magnésie.	2,86	3,70	4,60	7,64
Potasse.	8,10	16,20	7,89	31,85
Chaux	4,42	9,91	3,33	1,76
Soude.	8,26?	7,55	1,19	1,97
Oxyde de fer	2,94	0,53	0,31	0,31
Acide sulfurique.	5,38	6,10	2,16	0,36
Chlore.	0,32	1,93	0,68	traces.
Silice.	8,06	11,94	24,35	8,20
Sable et silice insoluble..	54,90	30,80	54,73	11,74

POIS

	MINÉRAUX CONTENUS DANS 100 PARTIES DE CENDRES DE		
	PAILLE.	GOUSSES.	GRAINES.
Acide phosphorique.	5,48	7,02	43,53
Magnésie	9,37	10,10	7,04
Potasse.	12,24	11,02	41,02
Chaux.	35,40	39,12	3,18
Soude.	3,12	0,50	0,51
Oxyde de fer	1,53	0,70	0,72
Acide sulfurique.	4,45	5,00	3,80
Chlore.	0,60	1,84	0,20
Silice.	1,77	1,14	0,09
Sable et silice insoluble. . . .	4,07	0,79	» »

BETTERAVES

	MINÉRAUX CONTENUS DANS 100 PARTIES DE CENDRES DE	
	RACINES.	FEUILLES.
Acide phosphorique.	6,86	6,60
Magnésie.	5,92	8,92
Potasse.	31,63	15,20
Chaux	7,95	11,24
Soude	15,01	8,25
Oxyde de fer.	0,68	0,98
Acide sulfurique	2,86	2,36
Chlore.	1,26	2,69
Silice	1,28	1,86
Sable et silice insoluble.	6,83	79,14

La composition de la betterave semble s'éloigner du plan général accusé par les autres végétaux; mais, dans le fait, elle ne s'en écarte qu'en apparence. Pour l'y faire rentrer, il suffirait de l'analyser quand elle est en graine. Une bette-

rave, avant cette période, n'est pas une betterave complète,
mais une plante en voie de formation.

Ainsi, vous le voyez, la répartition des minéraux n'est
pas laissée au hasard. Elle est, au contraire, soumise à un
ordre déterminé. Tous participent indistinctement à la formation des végétaux ; mais chacun se concentre de préférence dans un organe ou dans un système d'organe déterminé. Il nous reste à trouver la raison de cette inégale
répartition.

Dans l'économie des êtres vivants, toutes les fonctions
tendent vers le même but : assurer la reproduction de l'espèce. Elles sont ordonnées toutes en vue de cet important
résultat. Or, s'il est vrai que le minéral croisse, il est vrai
aussi qu'il croît en conservant son individualité et sans se
reproduire dans des individualités nouvelles. Le végétal,
au contraire, en même temps qu'il atteint son entier développement, assure la propagation de l'espèce à laquelle il
appartient et se perpétue en laissant après lui, au terme de
son évolution, les graines qui le continueront indéfiniment.
Inertes en apparence, ces graines portent en elles la même
puissance, les mêmes forces qui ont fait germer, grandir et
fructifier l'individu mère dont elles sont issues.

L'embryon contenu dans ces graines, et d'où le végétal
sortira plus tard, a besoin de trouver réunis, dans sa sphère
d'activité, tous les minéraux indispensables à l'exercice de
la vie végétale. Voilà pourquoi la graine est si abondamment pourvue de phosphate, de potasse et de magnésie.
C'est une sorte de réserve destinée à la première évolution de l'embryon ; et, comme la formation de la graine
a lieu presque au terme de la vie végétale et dans un
espace de temps assez court, la plus grande quantité des
phosphates, de la potasse et de la magnésie absorbés pen-

dant la période antérieure se porte, des organes qui les contenaient, dans l'ovaire, par un effet de résorption sur lequel je reviendrai tout à l'heure avec plus de développement.

Il y a là une sorte d'harmonie et de dépendance entre le but et les moyens. Les végétaux n'existent qu'à la condition de se reproduire ; or, cette condition n'est remplie que si la vie de l'embryon est elle-même assurée. La cause qui veut que les graines contiennent plus de phosphates que les organes qui les ont précédées nous étant ainsi connue, efforçons-nous de découvrir les moyens à l'aide desquels cheminent, au sein de ces organes, les phosphates qui, à un moment donné, doivent les abandonner.

Vous savez tous, messieurs, que le phosphate de chaux et le phosphate de magnésie sont insolubles dans l'eau. Or, comment peut s'opérer l'absorption d'un composé insoluble? Reportez-vous aux tableaux qui précèdent et vous y verrez que, si la proportion des phosphates est à peu près la même dans tous les organes indistinctement, la graine exceptée, il n'en est pas de même de la potasse. L'accumulation des phosphates dans la graine se fait brusquement ; celle de la potasse au contraire a lieu progressivement et par degrés. Plus les organes se rapprochent du siége de la graine et plus la proportion de potasse augmente. Laissez-moi placer sous vos yeux quelques exemples de cet accroissement, soudain d'une part, gradué de l'autre, puis nous en verrons l'utilité.

RÉPARTITION DE L'ACIDE PHOSPHORIQUE ET DE LA POTASSE
DANS LES CENDRES

	FROMENT.		
	RACINES.	PAILLE.	GRAINES.
Acide phosphorique	1,70	2,26	46,00
Potasse	2,87	15,18	32,59

	ORGE.		
	RACINES.	PAILLE.	GRAINES.
Acide phosphorique	3,86	5,77	33,66
Potasse	8,10	14,70	31,89

	POIS RAMEUX.		
	PAILLE.	GOUSSES.	GRAINES.
Acide phosphorique	5,48	7,02	43,40
Potasse	12,33	11,00	41,02

	FÉVEROLES D'ÉGYPTE.		
	PAILLE.	GOUSSES.	GRAINES.
Acide phosphorique	2,47	3,00	35,27
Potasse	25,38	37,62	38,50

	COLZA.		
	PAILLE.	SILIQUES.	GRAINES.
Acide phosphorique	3,58	2,09	26,98
Potasse	8,05	24,50	15,34

	COTON D'ÉGYPTE.		
	RACINES.	TIGES.	GRAINES.
Acide phosphorique	6,03	9,14	34,97
Potasse	18,84	22,21	32,87

RÉPARTITION COMPARÉE DES PHOSPHATES ET DES ALCALIS,
D'APRÈS LES ANALYSES DE BERTHIER.

| | | DANS 100 DE CENDRES. | |
		SELS ALCALINS.	PHOSPHATES.
PIN DE BORDEAUX	Bois	7,20	11,20
	Feuilles	13,00	10,40
	Pommes vides . .	20,40	10,80
	Graines.	20,60	70,50
HARICOTS DU CANADA.	Tiges.	19,40	9,42
	Cosses	55,00	6,30
	Graines.	77,00	85,00
MAÏS	Tiges.	32,00	14,30
	Feuilles	34,00	22,00
	Graines.	43,00	98,00
FROMENT	Paille	16,60	2,00
	Son	53,10	100,00
	Grain décortiqué.	60,30	100,00
SEIGLE	Paille.	26,90	9,00
	Graines.	52,00	100,00
PAVOTS	Tiges.	31,00	13,80
	Coques.	52,00	11,90
	Graines.	23,00?	78,80
HARICOTS.	Cosses..	61,50	8,60
	Graines.	77,30	65,40
POIS CHICHES.	Cosses	37,30	10,30
	Graines.	78,00	86,50
FÈVES DE MARAIS.	Téguments. . . .	26,60	13,40
	Graines.	73,60	100,00

Une observation fort ancienne de Théodore de Saussure
va nous expliquer l'utilité de cette disposition.

Le phosphate de chaux et le phosphate de magnésie sont
insolubles dans l'eau; mais il existe un phosphate double
de chaux et de potasse et un phosphate double de magnésie
et de potasse, qui sont l'un et l'autre solubles. Versez,
avec ménagement, de l'eau de chaux dans une dissolu-

tion de phosphate de potasse, vous verrez la liqueur se troubler, mais le précipité se dissoudra de nouveau. Versez pareillement de l'acétate de chaux ou de l'acétate de magnésie dans une dissolution de phosphate de potasse, le mélange des deux sels déterminera un trouble, mais le précipité se dissoudra de nouveau comme dans le cas précédent.

La potasse ou, pour parler plus exactement, les phosphates alcalins, peuvent donc devenir le véhicule nécessaire au transport des phosphates terreux. Or, comme, à l'époque où la graine se forme, la végétation se ralentit et les organes commencent à se dessécher, il n'est pas douteux que la surabondance des sels alcalins ne favorise le déplacement des phosphates terreux.

Plus on se rapproche de la graine et plus la proportion des phosphates tend à s'élever ; plus il importe donc que les sels de potasse se rencontrent aussi dans une proportion plus grande, pour rendre la dernière étape des phosphates plus facile à franchir.

Je passe à la répartition des éléments organiques. Sur ce point, nos connaissances sont assez bornées ; mais voici ce que nous savons de plus précis :

De tous les éléments organiques, ceux qui dominent dans la composition des végétaux sont le carbone et l'oxygène. Le premier y entre pour 50 pour 100 environ ; l'oxygène pour 40 à 45. La proportion de l'hydrogène descend à 4 ou 5 pour 100, et celle de l'azote, sujette à plus de variation, peut osciller entre 0,5 et 6 pour 100.

Entre les arbres et les herbes, il n'existe, sous le rapport de la répartition des éléments organiques, aucune différence qui mérite d'être signalée. Voici comment on peut la représenter.

COMPOSITION COMPARÉE DES ARBRES ET DES HERBES.

RÉPARTITION DES ÉLÉMENTS ORGANIQUES.

	CARBONE.	HYDROGÈNE.	OXYGÈNE.	AZOTE.
Arbres	50,60	6,16	43,2	1,04
Herbes	49,06	5,75	43,2	1,24

ÉLÉMENTS DE CETTE COMPOSITION.

ARBRES [1].

	CARBONE.	HYDROGÈNE.	OXYGÈNE.	AZOTE.
Hêtre.	49,8	6,0	43,1	0,93
Chêne.	50,6	6,0	42,0	0,28
Bouleau.	50,6	6,2	42,0	1,11
Tremble.	50,3	6,3	42,4	0,98
Saule.	51,7	6,2	41,1	0,98
MOYENNE.	50,60	6,26	42,13	1,04

HERBES [2].

	CARBONE.	HYDROGÈNE.	OXYGÈNE.	AZOTE.
Paille de froment.	52,1	5,7	41,8	0,4
Paille de seigle.	52,8	5,8	42,1	0,5
Paille d'avoine.	52,8	5,7	41,1	0,4
Betteraves.	45.7	6,2	36,3	1,8
Navets.	46,3	6,0	45,9	1,8
Paille de pois	51,5	5,6	40,3	2,6
Trèfle rouge.	51.3	5,4	41,1	2,2
Tiges de topinambours. . . .	47,0	5,6	47,0	0,4
MOYENNE.	49,06	5,75	43,2	1,24

Entre le tronc, les branches et les feuilles, les différences
sont inappréciables, sauf pour l'azote, que les feuilles contiennent en beaucoup plus grande quantité.

	CARBONE.	HYDROGÈNE.	OXYGÈNE.	AZOTE.
Bois.	50,60	6,16	42,13	1,04
Branches.	51,78	6,30	40,76	1,13
Feuilles.	51,83	6,53	39,52	3,42

[1] Chevandier.
[2] Boussingault.

Quelques exemples plus détaillés achèveront de prouver, en effet, que les feuilles sont plus azotées que le tronc et les branches des arbres [1].

	CARBONE.	HYDROGÈNE.	OXYGÈNE.	AZOTE.
Feuilles de mûrier	51,89	6,70	35,73	5,68
— d'acacia.	57,65	6,90	40,86	3,31
— de peuplier	47,20	6,00	43,50	3,30
— d'aylanthus glandulosa.	56,19	6,81	35,75	3,25
— de graminées	49,18	6,59	41,86	2,37
— de chicorée	48,89	6,17	41,44	2 50
MOYENNE.	51,83	6,53	39,52	3,43

Sous ce rapport toutefois, les graines doivent encore être placées au-dessus des feuilles. Les graines, en effet, sont, de toutes les parties des végétaux, celles qui contiennent le plus d'azote, comme vous pourrez en juger par les exemples suivants :

	AZOTE POUR 100 [2].	
	PAILLE.	GRAINES.
Froment	0,33	2,46
Seigle.	0,30	1,70
Avoine.	0,40	2,30
Orge.	0,26	2,15
Pois	1,95	4,30
Lentilles	1,62	4,00
Maïs.	0,66	4,00
Colza.	0,86	5,50
Topinambours.	0,40	1,70

Si vous voulez enfin connaître, dans tous ses détails, la progression de l'azote dans les divers organes de la même plante, vous en trouverez le moyen dans les tableaux suivants que j'emprunte, autant que possible, aux cultures du champ de Vincennes.

[1] Payen.
[2] Boussingault.

AZOTE CONTENU DANS 100 PARTIES DE

	RACINES.	PAILLE.	BALLES, GOUSSES OU SILIQUES.	GRAINES.
Froment	0,79	0,94	1,15	2,94
Orge	0,95	0,95	1,09	2,35
Pois	» »	2,09	1,29	5,03
Haricots	» »	2,99	1,31	5,27
Féveroles d'Égypte	» »	1,31	2,50	6,14
Colza	» »	0,73	1,30	4,38
Orge d'Égypte	» »	1,06	1,39	2,58
Coton	» »	1,31	3,79	5,17

Voici enfin comment l'azote se répartit dans la récolte d'un hectare.

CULTURES SANS ENGRAIS. — RENDEMENT A L'HECTARE.
(RÉCOLTE DESSÉCHÉE A 120°.)

FROMENT.
Racines . . 878 kil.
Paille . . . 1922
Balles . . . 470
Graines . . 1463

4733 kil.

ORGE.
Racines . . . 726 kil.
Paille 2553
Balles 435
Graines . . 2217

5931 kil.

POIS
Paille . . . 3544 kil.
Cosses 365
Graines . . . 1592

5501 kil.

HARICOTS.
Paille . . . 855 kil.
Gousses . . . 180
Graines . . 685

1720 kil.

FÉVEROLES D'ÉGYPTE.
Paille . . . }
Gousses . . } 2000 kil.
Graines . . 2300

4300 kil.

COLZA.
Paille . . . 3393 kil.
Gousses . . . 2043
Graines . . 1368

6804 kil.

RÉPARTITION DE L'AZOTE DANS LA RÉCOLTE.

	RACINES.	PAILLE.	BALLES OU COSSES.	GRAINES.
	kil.	kil.	kil.	kil.
Froment	7,2	18,0	5,3	43,3
Orge	6,9	21,7	4,8	52,0
Pois	»	72,4	5,5	80,1
Haricots	»	25,0	2,7	35,0
Féveroles d'Égypte	»	23,0	»	118,0
Colza	»	25,0	26,6	60,0

3

Terminons l'histoire de la répartition des éléments organiques et minéraux par un dernier renseignement.

Parmi ces éléments, les uns sont absorbés dans les premiers mois de la vie des plantes, alors que l'absorption des autres se continue jusqu'aux termes de la vie du végétal.

Le froment, par exemple, a acquis, dès le 15 juin, tout ce qu'il devra contenir d'azote, d'acide phosphorique et de potasse, tandis qu'il absorbe et assimile un surcroît de carbone, d'hydrogène et d'oxygène.

Ce contraste est précieux à connaître, parce qu'il marque le moment précis où l'action des engrais cesse de se faire sentir.

Je ne vous présente ces renseignements qu'à titre de première indication : pour plus de rigueur cependant, je les résumerai dans ces deux tableaux :

PÉRIODES DE SATURATION : ÉPOQUES OU FINIT L'ASSIMILATION
DES ÉLÉMENTS
QUI CONCOURENT A LA FORMATION DES PLANTES [1].

FROMENT.

	19 AVRIL.	16 MAI.	15 JUIN.	29 JUIN.	13 JUILLET.	30 JUILLET.
	kil.	kil.	kil.	kil.	kil.	kil.
Poids de la récolte..	888	2,141	4,962	6,083	6,520	6,510
(Azote et cendres déduites.)						
Azote..	35,8	57,8	72,6	73,2	68,7	67,8
Acide phosphorique.	7,2	13,5	16,7	18,3	17,4	18,8
Potasse.	16,3	22,6	37,2	42,7	33,2	32,7
Chaux.	14,8	26,1	37,6	38,0	40,3	32,3
Magnésie.	2,7	6,3	7,4	8,0	7,0	7,5
Soude.	3,9	4,2	8,2	9,7	9,5	5,7
Silice..	25,2	67,2	153,7	192,0	203,8	206,6
Oxyde de fer. . . .	1,3	9,3	14,2	20,5	14,8	15,8

[1] M. Isidore Pierre.

COLZA

	22 MARS.	2 AVRIL.	6 MAI.	6 JUIN.	20 JUIN
	kil.	kil.	kil.	kil.	kil.
Poids de la récolte (sèche).	2,896	3,393	7,172	8,045	8,005
Azote..	77,6	82,4	121,7	116,7	111
Acide phosphorique. .	30,8	37,0	73,0	73,6	78,1
Magnésie et sels alcalins.	139,3	152,3	259,9	213,3	209,6
Chaux.	95,6	112,2	259,9	255,0	175,9

Passons à un ordre de questions nouvelles : il ne suffit pas
d'avoir analysé les plantes, il faut encore connaître la nature
des réactions qui déterminent, au sein de leurs tissus, la formation de la substance végétale. Cette substance ne forme
pas un tout homogène. Indépendamment des tissus, qui en
sont la partie vivante, on y trouve encore des produits dépourvus d'organisation, plus rapprochés de la nature minérale, dont le nombre et la variété sont presque infinis.

Il y a, en effet, des acides dont la puissance égale celle
des acides minéraux — tel, en particulier, l'acide oxalique,
que l'on retire de l'oseille. Les acides tartrique, citrique,
malique, racémique, sont aussi des produits de l'activité
végétale. A côté des acides, et par opposition avec eux, on
trouve, dans certains végétaux, de véritables bases parmi
lesquelles je citerai la quinine, la morphine, la strychnine,
la codéine et une foule d'autres substances désignées sous
le nom générique d'*alcaloïdes*, ou alcalis végétaux, qui
possèdent toutes la propriété de neutraliser les acides, formant des sels d'une composition parfaitement définie et le
plus souvent cristallisables, comme ceux de la chimie minérale. On trouve encore, dans l'économie végétale, des
radicaux qui, à raison de leurs fonctions chimiques, sem-

blent appartenir à la catégorie des corps simples. Tel est en particulier le cyanogène, qui possède de si étroites analogies de propriétés avec le chlore, le brome et l'iode. Enfin on trouve, dans les végétaux, des matières colorées de toutes nuances, propres à la teinture, des parfums, des condiments et des poisons.

Ces produits, remarquables à beaucoup d'égards, ne possèdent en réalité qu'un intérêt secondaire pour nous, car, une fois formés, ils persistent sous leur premier état et n'acquièrent jamais ni le caractère de tissus ni celui d'organes ; — on peut les considérer comme de véritables excrétions intra-cellulaires.

Mais, à côté de ces formations, il existe dans les végétaux deux autres classes de produits qui diffèrent sous tous les rapports des premiers. D'abord ils ne sont pas, comme eux, spéciaux à quelques espèces végétales seulement; on les trouve dans toutes indistinctement, toujours doués des mêmes caractères, ce qui indique, à n'en pouvoir douter, qu'ils remplissent un rôle physiologique de premier ordre.

Bien que formés comme les acides ou les alcaloïdes par du carbone, de l'hydrogène, de l'oxygène et de l'azote, auxquels, il faut ajouter, dans certains cas, le soufre et le phosphore, les produits dont il s'agit maintenant n'ont qu'une durée éphémère ; ils changent continuellement d'état, et finissent même par disparaître complétement. Alors ils se fondent dans la substance des tissus et des organes dont ils déterminent l'accroissement. Cet accroissement est donc précédé d'un travail de combinaison accompli au sein des végétaux et dont les milieux ambiants font tous les frais.

Vous voyez, comme je vous le disais en commençant, que les végétaux se développent en grandissant, par un procédé plus compliqué que les minéraux. C'est en quelque

sorte une opération à deux degrés. Leur formation est, en
effet, le résultat d'une succession d'autres formations inap-
parentes plus simples. Mais tous ces effets, malgré leur
complication, sont essentiellement des phénomènes du ressort de la chimie, car ils ont, pour cause première et déter-
minante, l'affinité s'exerçant sur des éléments invariables
et ils se résolvent finalement dans un acte de combinaison.

Il s'agit maintenant d'apprendre à connaître ces composés aux formes instables, que la nature a placés entre le règne inorganique et les végétaux, comme une sorte de pont,
pour servir de passage de l'un à l'autre.

Ces produits remarquables se divisent en deux groupes :
ceux qui n'admettent dans leur composition que du carbone, de l'hydrogène et de l'oxygène ; et ceux dans lesquels
on trouve, de plus, de l'azote, du soufre et du phosphore.
Voici au surplus la liste exacte de ces deux classes de composés auxquels je donne le nom de *produits transitoires
de l'activité végétale,* pour rappeler à la fois leur caractère
principal et leur véritable destination :

PRODUITS TRANSITOIRES.

	HYDROCARBONÉS.	AZOTÉS
Insolubles dans l'eau.	Cellulose. Amidon.	Fibrine.
Semi-solubles	Gomme adragante. Pectine. Acide pectique.	Caséine.
	Inuline.	
Solubles.	Gomme arabique. Mucilages. Sucre de raisin. Sucre incristallisable.	Albumine.

Je commence leur étude par la série des produits hydrocarbonés, dont la *cellulose* et le *sucre incristallisable* sont les deux termes extrêmes.

A l'égard de ce groupe, un premier fait nous frappe. On peut en représenter tous les termes par un symbole commun. Ils sont tous composés, en effet, de carbone combiné à de l'hydrogène et à de l'oxygène, dans le rapport voulu pour produire de l'eau. Leur formule générale est donc :

$$C^{12} (HO)^n,$$

douze équivalents de carbone, plus de l'hydrogène et de l'oxygène en quantités variables, mais toujours dans les rapports nécessaires pour former de l'eau.

Cette formule s'applique à tous indistinctement ; aussi admettrons-nous que tous les corps de cette série sont des composés isomères, ou plutôt le même corps, la même substance, à des états différents.

On peut invoquer, à l'appui de cette opinion, trois ordres de preuves :

1° On passe de l'un à l'autre de ces corps par des transitions presque insensibles, sous le rapport de l'état physique comme sous le rapport des propriétés chimiques ;

2° On peut les transformer artificiellement les uns dans les autres avec la plus grande facilité ;

3° Ces transformations s'opèrent continuellement dans l'économie végétale.

La *cellulose*, qui forme l'élément organique de tous les tissus végétaux, présente, sous le rapport de l'agrégation et des propriétés chimiques, les états les plus variés. Tantôt dure, résistante, compacte comme la corne, dans le noyau de certains fruits, elle devient spongieuse dans la moelle du sureau et dans le lichen d'Islande. D'autres fois elle est divisée en fibres déliées, comme dans le chanvre et le lin.

Si, pour définir les propriétés de la cellulose, on prend comme type un noyau de pêche ou d'abricot, on dira qu'elle est insoluble dans l'eau, qu'elle résiste aux acides faibles et aux dissolutions alcalines diluées ; on ajoutera enfin que la teinture d'iode est sans effet sur elle.

Mais si on passe à la cellulose telle qu'elle se présente dans le lichen d'Islande, on trouvera qu'insoluble dans l'eau froide, elle se gonfle dans les liqueurs alcalines ; que, dans l'eau bouillante, elle se tuméfie au point de former une véritable gelée ; que l'iode la colore en bleu, et qu'enfin les acides faibles, à la température de l'ébullition, la changent en dextrine et en sucre.

Ainsi, voilà le même corps qui passe par degrés à des états d'agrégation tout différents, au point que ses propriétés les plus caractéristiques en sont complétement changées. On croirait avoir affaire en réalité à deux corps distincts si, en multipliant les observations, on ne finissait par découvrir de la cellulose à des états d'agrégation intermédiaire et formant, à vrai dire, la transition entre les deux extrêmes que nous avons choisis.

L'*amidon* ou *fécule*, comparé à la cellulose dans le bois, présente des dissemblances nombreuses et profondes. Au lieu d'une substance homogène et compacte, il revêt la forme de petits grains indépendants qui possèdent une organisation particulière. Chaque grain est, en outre, composé de couches concentriques superposées et de même nature chimique, mais présentant une cohésion plus faible au centre qu'à la circonférence.

L'*amidon* est insoluble dans l'eau froide, dans l'alcool et dans l'éther, et par là il se rapproche de la cellulose. Mais il s'en distingue par les caractères suivants : il se gonfle dans l'eau chaude et dans les dissolutions alcalines froides, au point de former gelée ; enfin la teinture d'iode le colore en bleu.

Entre l'amidon et la cellulose des tissus ligneux, les dissemblances sont plus nombreuses que les analogies. Mais comparez l'amidon à la cellulose des parties végétales tendres et charnues, et les analogies, les caractères communs l'emportent sur les dissemblances.

D'ailleurs, si on voulait passer par des transitions insensibles de l'amidon à la cellulose, il suffirait de constater les états divers que l'amidon revêt dans les végétaux. Dans le tubercule de la pomme de terre, il est en grains ovoïdes ; on le trouve en grains circulaires dans le froment, polyédriques dans le maïs ; enfin on le rencontre à l'état de masse sans organisation dans l'écorce d'aristoloche, ou encore à l'état de cellule bleuissant par la teinture d'iode et formant gelée dans l'eau bouillante.

La gomme adragante, la gomme arabique, les mucilages sont doués d'un si grand nombre de propriétés communes qu'il devient impossible de les séparer les uns des autres. Ils appartiennent à la série des produits transitoires hydrocarbonés, mais leurs caractères présentent une échelle de variations assez étendues pour former la transition de l'amidon au sucre.

La *gomme adragante* se gonfle dans l'eau froide, mais ne s'y dissout pas. Les graines de lin, les pépins de coing, mis à tremper dans l'eau, l'épaississent au point de la rendre gluante : ces graines sont enduites d'une matière mucilagineuse moins compacte que la gomme adragante.

La *gomme arabique* se dissout complétement dans l'eau.

Entre la gomme adragante, dont la propriété caractéristique est de se gonfler dans l'eau, et la gomme arabique

qui s'y dissout, se placent l'*inuline*, sorte de fécule soluble dans l'eau chaude, puis la *pectine* et l'*acide pectique*
qui forment la base des gelées de fruits. La pectine est
soluble dans l'eau, tandis que l'acide pectique est insoluble

Enfin la solubilité de la gomme arabique nous conduit
aux *sucres*, dont la grande solubilité dans l'eau est un des
caractères essentiels.

Parmi ces derniers, le *sucre de canne* affecte des formes
polyédriques, ce qui le rapproche des composés minéraux ; le *sucre de raisin* forme des masses mamelonnées
qui rappellent l'aspect d'un chou-fleur ; enfin le *sucre
incristallisable* reste toujours à l'état liquide.

Après tout ce que je viens de dire, vous voyez qu'il est
possible de descendre, par des dégradations à peine sensibles, tant elles se font avec mesure, de la cellulose, qui
forme essentiellement la trame de tous les tissus végétaux,
au sucre incristallisable.

Si l'identité de composition, jointe aux nombreuses analogies de propriétés, ne suffisait pas pour justifier le caractère d'isomérie que nous avons attribué aux corps de cette
série, il nous resterait, pour compléter la démonstration, à
vous faire voir qu'ils se changent les uns dans les autres
avec la plus grande facilité, et que ces changements, inces-
sants dans l'économie végétale, sont la condition même de
l'accroissement des végétaux. Parlons d'abord des transformations que nous pouvons produire dans nos laboratoires.

La cellulose, avons-nous dit, ne bleuit pas sous l'action
de la teinture d'iode. Mais qu'on l'humecte avec de l'acide
sulfurique et elle acquiert aussitôt cette propriété. Fait-on
bouillir, dans de l'eau additionnée de quelques centièmes
d'acide sulfurique, de la cellulose humectée au préalable

avec de l'acide sulfurique concentré, elle change complétement de nature et finit par s'y dissoudre. Elle prend
d'abord toutes les propriétés des gommes et on lui donne le
nom de *dextrine*, puis de cet état elle passe à celui de *glucose* ou sucre de raisin.

L'amidon éprouve, avec plus de facilité encore, les mêmes transformations. En un mot, tous les corps de cette
série se changent pareillement en sucre, si l'on réussit à
faire entrer dans leur composition les éléments d'une ou
deux molécules d'eau.

Je passe à la seconde série des produits transitoires.

Moins nombreuse que la première, cette série ne comprend que trois termes : l'albumine, la caséine et la fibrine.

Ces trois substances, très-répandues dans les végétaux,
diffèrent des produits hydrocarbonés par leur composition,
Outre le carbone, l'hydrogène et l'oxygène, ils contiennent
de l'azote, du soufre et divers composés minéraux. Elles
ont toutes trois la même composition et sont représentées
par la même formule :

$$C^{144} H^{112} Az^{18} S^2 O^{44}.$$

Ce sont là encore des produits isomériques, dérivant d'un
type commun, et cette opinion se fonde également sur
l'identité de leur composition, comme sur les réactions fondamentales qui leur sont communes.

Ces trois produits auxquels on a donné le nom de matières albuminoïdes, se dissolvent dans l'acide hydrochlorique concentré. Si l'on opère à l'abri du contact de l'air, la
dissolution est colorée en jaune. Opère-t-on au contact de
l'air, elle acquiert une belle nuance bleue.

Le nitrate acide de mercure les colore en rouge. Les

alcalis caustiques en opèrent la dissolution, et l'acide acé-
tique précipite de cette dissolution une matière grisâtre
qui a reçu le nom de *protéine* et dont la composition
et les propriétés sont toujours semblables, quelle que
soit la matière albuminoïde qui ait servi à sa préparation.

Il n'y a de différence entre ces trois substances que sous
le rapport de la solubilité ; encore faut-il remarquer que
cette différence ne se manifeste que par degrés.

La fibrine est insoluble dans l'eau, tandis que *l'albumine* s'y dissout, mais cette dissolution est fort instable.
L'eau est-elle portée à l'ébullition, l'albumine se coagule et
s'en sépare complétement. La *caséine* est soluble, coagula-
ble par l'action de la chaleur, mais seulement en partie,
car au lieu de se séparer brusquement et en masse comme
l'albumine, elle se sépare peu à peu, sous forme de pellicules qui surnagent à la surface du liquide. La caséine forme
un trait d'union entre la fibrine et l'albumine.

Ces trois substances ne sont donc en réalité que le même
corps à des états différents. Des faits d'un autre ordre viennent encore rendre, s'il est possible, cette assertion plus
évidente.

Au moyen de la fibrine, qui est insoluble, on peut composer un liquide possédant toutes les propriétes d'une dissolution d'albumine. En effet, si l'on broie la fibrine avec
du nitrate de potasse et une quantité de potasse ou de soude
caustique égale au cinquantième de son poids, elle finit par
se dissoudre dans trois ou quatre fois son volume d'eau,
et la liqueur ainsi obtenue se coagule par la chaleur et
précipite par l'alcool, exactement comme le fait l'albumine
dans un suc végétal.

Nous avons dit que la caséine se coagule seulement en
partie et sous forme de pellicules, lorsqu'on soumet sa

dissolution à l'action de la chaleur. Une dissolution d'albumine présente les mêmes caractères, si on l'additionne d'une petite quantité de potasse ou de soude caustique.

Mais ce qui prouve surtout que les matières albuminoïdes et les matières hydrocarbonées ne sont en réalité que l'expression éphémère de deux types fondamentaux destinés à remplir un rôle physiologique, c'est la facilité avec laquelle les transformations que nous venons de décrire s'accomplissent au sein de l'économie végétale, tantôt dans un sens, tantôt dans le sens opposé, suivant la période à laquelle la végétation est parvenue et suivant la nature des organes dont la formation prédomine.

Je ne saurais trop insister sur ce point, tant il est fondamental dans nos études.

Ainsi je vous ai dit, il y a un moment, que l'amidon se changeait en dextrine et en sucre, à certaines époques de la vie végétale ; la germination d'une graine de froment nous offre, de cette transformation, un exemple bien complet. A l'origine, la graine contenait beaucoup d'amidon ; lorsque la germination est achevée, il n'en reste plus trace : l'amidon s'est changé en dextrine et en sucre. Mais ce nouvel état n'est lui-même qu'éphémère. Lorsque les feuilles de la jeune plante commencent à sortir de terre, le sucre disparaît à son tour ; il est remplacé par la cellulose des premiers tissus.

L'effet inverse, c'est-à-dire le changement de sucre en amidon, ne s'opère pas avec moins de facilité. En voici deux exemples :

Jusqu'au moment où la plante commence à monter en graine, la racine de betterave contient de 8 à 10 pour 100 de sucre ; sa chair est succulente et tendre.

Riche en sucre, disons-nous, elle ne contient pas d'amidon. Dès que la fécondation s'est produite, la racine devient coriace et filandreuse ; le sucre disparaît : que devient-il ? Il sert à former l'amidon qui abonde dans la graine.

Le maïs donne lieu à des remarques semblables. Jusqu'au moment où la graine est en lait, la proportion de sucre contenue dans les tiges va toujours en augmentant ; mais, à partir de ce moment, elle diminue avec rapidité. Ici encore le sucre se change en amidon.

Ce qui prouve bien la réalité de cette métamorphose, c'est que, pour arrêter la diminution de la quantité de sucre, il suffit de priver la plante de ses fleurs femelles. Du moment que la graine ne peut se produire, la proportion de sucre dans la tige augmente plus qu'elle ne diminue. C'est un effet analogue à celui que produit la castration sur l'engraissement des chapons.

Dans 1,000 grammes de suc de maïs châtré on a trouvé $113^{gr},79$ de sucre, tandis que la même quantité de suc provenant de plantes non châtrées n'en contenait que 80 grammes.

M. Duchartre a constaté que, dans les céréales récoltées avant leur maturité et réunies en javelle que l'on maintient à l'ombre, la graine continue à se former comme si la plante n'avait pas été coupée, et dans ces graines on trouve en abondance de l'amidon, quoique les tiges n'en continssent pas.

Lorsque sa fécondation est accomplie, la carotte sauvage devient filandreuse et coriace. Il est facile de la rendre charnue et sucrée comme la carotte cultivée. Pour cela, il suffit de la semer à l'arrière-saison, trop tard pour qu'elle puisse fleurir. Les composés pectiques [1] et le sucre qui auraient

---

[1] Si l'on s'en rapportait aux formules par lesquelles on a cherché à représenter la composition de la pectine et de l'acide pectique, il ne faudrait pas

concouru à la formation des graines, restent alors concentrés dans la racine !

Tout ce que je viens de vous dire là s'applique également aux matières albuminoïdes. Ces matières changent d'état avec autant de facilité que les produits hydrocarbonés ; comme eux, elles sont soumises à de véritables migrations dans les divers organes, et finalement elles se concentrent dans la graine.

Reprenons l'exemple d'une graine de froment qui germe.

Dans le froment, la matière azotée est à l'état de fibrine, c'est-à-dire sous la forme insoluble. Dès que la germination commence, la fibrine disparaît et l'on trouve à la place de l'albumine.

Reportons-nous à l'autre période extrême de la végétation du froment, à celle où la plante, parvenue au terme de son développement, commence à former sa graine. Avant cette période, tous les organes sont gorgés de séve qui se coagule par l'action de la chaleur et dans laquelle on trouve de l'albumine en abondance. Après la fécondation, l'albumine disparaît, la substance de tous les organes se dessèche et dans la graine on voit apparaître la fibrine. Arrachez alors la plante, et la graine continue à se former ; ce qui prouve évidemment qu'elle trouve dans la plante même tout ce qui est nécessaire à sa formation.

L'expérience de M. Duchartre est d'une pratique régulière à l'égard de la moutarde. On la coupe et on la met en

---

admettre ces deux corps dans la série des hydrates de carbone, car ils semblent contenir moins d'hydrogène ; la formule de la pectine serait, en effet, d'après Mulder, $C^{18}H^8O^{10}$; mais la purification de ces corps est difficile et incertaine, et la physiologie nous les montre se transformant avec tant de facilité au sein des végétaux en d'autres hydrates de carbone, qu'il faudrait méconnaître les analogies les mieux fondées pour ne pas les faire entrer dans ce groupe.

moyettes lorsque la graine est encore verte, parce qu'elle se détache avec une grande facilité quand elle est mûre, et que, si on attendait ce moment pour la récolter, on en perdrait beaucoup. C'est donc aux dépens de la plante qu'elle continue et complète sa formation.

Pour expliquer cette formation, il faut donc admettre que les produits hydrocarbonés et les matières albuminoïdes primitivement contenus dans les plantes changent d'état et par un acte de résorption viennent se concentrer dans la graine. Des faits d'un autre ordre confirmeraient au besoin la vérité de ces observations si dignes de remarque.

Quand la fécondation est accomplie, la substance des végétaux change de nature; c'est là un fait général, attesté par la plus vulgaire observation. Chez tous, on voit s'affaiblir la couleur verte des feuilles. Les plantes annuelles jaunissent, se flétrissent et finissent par se dessécher.

Le dépérissement commence par les racines : de tendres et succulentes, elles deviennent sèches et coriaces. Puis le dépérissement s'étend de proche en proche, depuis les feuilles inférieures jusqu'au sommet de la plante. Ce changement atteste que c'est dans la substance même du végétal que sont puisés les éléments de la semence. Nous en avons une autre preuve encore dans la diminution de leur faculté nutritive qu'éprouvent les feuilles, les tiges, les racines de toutes les plantes après la maturation des semences.

Les céréales, le trèfle, la luzerne, les vesces, le ray-grass et en général toutes les plantes cultivées pour fourrage présentent aux bestiaux un aliment succulent et nutritif, lorsqu'elles sont coupées avant l'époque de la floraison. Mais si on a laissé venir les graines à maturité, la pratique estime que les tiges et les feuilles ont perdu plus de 30 pour 100 de leur faculté nutritive.

Tous ces changements sont un effet de la même cause et dépendent de la même loi. Les organes végétaux, à tous les âges de leur formation, sont le siége de deux opérations contraires : ils puisent, dans les milieux ambiants, les éléments nécessaires à leur développement ; mais, en même temps, ils perdent, à l'état de produits hydrocarbonés et de matières albuminoïdes, une partie de leur substance. Ce qui nous amène finalement à dire que tout organe végétal vit aux dépens de celui qui l'a précédé, et que toute formation végétale est le résultat d'une action composée entre les agents venus du dehors et les produits transitoires préexistants.

Depuis la germination jusqu'à l'époque de la fécondation, l'absorption des agents extérieurs l'emporte sur la résorption intérieure des produits préexistants. Mais, à partir de la floraison, c'est le contraire qui a lieu. La résorption devient la fonction prédominante, et par là se trouve justifiée la dénomination de *produits transitoires de l'activité végétale*, que nous avons donnée aux substances qui sont les agents de ce travail intérieur de résorption qui détermine et règle l'accroissement des tissus.

Chimiquement, ces substances représentent le premier degré de combinaison que subissent les principes inorganiques d'où les végétaux dérivent. Physiologiquement, ils forment la transition et sont comme le trait d'union qui rattache les végétaux au monde non organisé.

Les matières albuminoïdes ne nous intéressent pas seulement par leurs propriétés chimiques et leurs fonctions dans l'économie végétale ; elles ont encore pour nous une grande importance, en raison des produits de leur altération. A la formation de ces produits se rattache peut-être en effet leur rôle le plus essentiel.

Abandonnée au contact de l'air et de l'eau, la fibrine végétale s'altère. Elle commence par se ramollir, au point de passer à l'état de liquide visqueux. Sous cette forme nouvelle, elle possède la propriété de changer l'amidon en sucre avec une étonnante facilité.

Cette transformation de l'amidon en sucre n'est pas le résultat d'un acte de combinaison entre les éléments de la fibrine et ceux de l'amidon. L'amidon a changé d'état; mais, à part deux molécules d'eau empruntées au liquide ambiant et non à la fibrine, sa composition est restée ce qu'elle était auparavant et il continue d'être exprimé par la formule $C^n(HO)^n$ sous laquelle nous l'avions rangé.

Ce phénomène échappe aux lois de l'affinité chimique, telles du moins qu'on a coutume de les comprendre et de les définir. Mais si l'on réserve la question de cause qui nous échappe, pour se renfermer dans l'observation attentive et sévère des faits, on est conduit à reconnaître qu'une matière azotée, en voie d'altération, peut entraîner des changements considérables dans la nature des composés avec lesquels elle communique.

Or des effets de cet ordre se produisent à chaque instant dans les végétaux, et c'est là encore, pour le dire en passant, ce qui explique comment des réactions que nous ne pouvons opérer dans nos laboratoires qu'à l'aide des agents les plus énergiques, s'accomplissent avec une facilité merveilleuse dans les tissus les plus fragiles et les organes les plus délicats.

Nous avons dit que, pendant la germination d'une graine de froment, l'amidon se change en sucre. Mais ce que nous n'avons pas dit, c'est qu'à la suite d'une absorption d'oxygène, sans laquelle la germination n'aurait pas lieu, une petite quantité de fibrine s'altère et par là acquiert la propriété de convertir l'amidon en sucre. Le doute à cet égard n'est pas possible, car on peut extraire, du grain germé, la portion de fibrine altérée, et constater l'extrême puissance des propriétés saccharifiantes qu'elle possède.

A cet état nouveau, la fibrine prend le nom de *diastase*.

L'altération de la caséine détermine la formation d'un produit non moins remarquable et non moins actif que la diastase et auquel on donne le nom de *synaptase*.

C'est à la synaptase qu'on doit la formation de l'huile essentielle d'amandes amères. Cette huile n'existe pas toute formée dans les amandes. Elle est le résultat de la transformation que subit une matière blanche, cristallisable, aux propriétés indifférentes, à laquelle on a donné le nom d'*amygdaline* et qui se décompose au contact de la synaptase.

Ce que je dis de la formation de l'huile essentielle d'amandes amères, je pourrais le dire avec autant de fondement de l'huile essentielle de moutarde noire.

Cette huile n'existe pas non plus toute formée dans la graine d'où on l'extrait; elle est le résultat d'une transformation du même ordre que la précédente. Si la pulpe acide et coriace des fruits se change en pectine et en acide pectique pendant leur maturation, c'est encore par un effet du même genre.

Les chimistes ont donné le nom de *fermentation* à ces phénomènes remarquables et, par une déduction logique, ils ont appelé *ferments* les agents qui les déterminent.

Des observations récentes sont venues étendre encore le domaine de ces transformations placées en dehors de l'affinité chimique. Il est démontré aujourd'hui que les organismes les plus infimes, les plantes réduites à l'état de cellules isolées, certains animalcules qui échappent à la vue et qu'on n'aperçoit qu'à l'aide de verres grossissants sont capables d'agir, sur les substances dont ils vivent, comme les ferments proprement dits.

A priori, qui voudrait croire que l'alcool contenu dans le vin est le produit d'un acte physiologique accompli par un organisme inférieur ; que la matière grasse du fromage doit sa formation à la même cause, etc.? Mais lorsqu'on sait qu'il n'existe pas un être, pas un seul, qui ne soit peuplé par un monde d'espèces inférieures, vivant de sa substance et disséminées dans tous ses organes, comment ne pas admettre *a priori* l'utilité de leur présence? Il est possible que ces pauvres espèces soient la condition même de l'exercice des fonctions les plus essentielles de l'être qu'elles habitent et aux dépens duquel elles vivent.

Si on confond l'idée d'effet avec celle de cause, et si on attribue à la fermentation tous les actes de transformation que la matière peut subir en dehors de l'affinité chimique, on voit entrer en jeu une force nouvelle d'une importance de premier ordre. Elle ne le cède à aucune autre force dans la nature : par la généralité de ses manifestations, comme par la puissance et la variété de ses effets, elle n'est inférieure ni à la pesanteur, ni à la chaleur, ni à l'électricité. La nature animée est son domaine. C'est là qu'elle apparaît dans la plénitude de sa puissance, et peut-être faut-il rapporter à des fermentations les épidémies qui sévissent sur certaines classes d'êtres. Ces fléaux seraient en quelque sorte les orages de cette force dont l'exercice régulier est une condition essentielle au maintien de la vie, aussi bien chez les plantes que chez les animaux.

Mais, pour fournir la carrière que nous nous sommes tracée, pour arriver à expliquer la végétation, ses causes,

ses agents et ses lois, il ne suffit pas d'avoir défini les végétaux dans leur composition et leur mode d'accroissement, d'avoir pénétré les actes qui précèdent et déterminent leur développement, il faut encore étudier l'influence des conditions extérieures qui réagissent sur ce travail physiologique et qui en règlent, dans une certaine mesure, les manifestations.

Ces influences sont au nombre de trois :

Le climat,

La nature chimique du sol,

L'activité spéciale qui réside dans les graines.

Pour se convaincre de l'influence exercée par le climat sur la végétation, il suffit de comparer les flores de deux latitudes séparées par de grandes distances. La végétation des pays situés entre les tropiques se distingue par un air de vigueur et de majesté qui frappe d'admiration les voyageurs européens. Le nombre des arbres, comparé à celui des herbes, y est plus considérable qu'en Europe. Les arbres s'y font remarquer en outre par l'élévation et la grosseur de leur tronc, par la richesse et la variété de leur feuillage.

Nos climats tempérés abondent en graminées faibles, basses, herbacées, gazonneuses. Les pays chauds produisent aussi beaucoup de plantes de cette famille, mais elles y sont plus développées. La différence se montre déjà en Italie, où le sorgho atteint cinq mètres de hauteur.

A mesure que l'on s'éloigne des régions tempérées pour se rapprocher du pôle, la végétation change également d'aspect. Les forêts se peuplent de pins, de sapins, de bouleaux. Au delà du soixante-dixième degré de latitude, on ne rencontre plus que des arbrisseaux, des arbustes et des herbes.

Enfin si l'on avance toujours vers les régions polaires,

on ne trouve bientôt plus qu'un sol nu, des rochers arides, que tachent de diverses couleurs les derniers vestiges de la végétation : quelques *byssus* pulvérulents ou quelques *lichens crustacés*. Arrive, enfin, la région des glaces éternelles, où la vie végétale cesse de se manifester.

On passe ainsi de la végétation luxuriante de l'équateur à la végétation presque éteinte des pôles par une sorte de gradation lente et régulière.

Dans les régions les plus favorisées par le climat, il y a un plus grand nombre d'espèces différentes, auxquelles leur organisation privilégiée assigne un rang plus élevé dans l'ordre hiérarchique du règne végétal. Leur taille l'emporte sur celle des végétaux originaires des latitudes plus froides. Le climat exerce donc une influence régulatrice sur la production végétale sous des latitudes différentes.

D'autres causes se combinent avec cette influence principale et ajoutent leurs effets à ceux du climat pour agir sur la végétation. On peut citer par exemple la nature du sol et souvent la topographie des lieux. Mais ces influences, effacées par celle du climat, sont si faibles, que, sans les nier, on est autorisé à n'en pas tenir compte.

Par influence du climat il faut entendre surtout l'action de la lumière et de la chaleur, sans lesquelles la végétation devient impossible. Dans nos régions, elle demeure suspendue pendant les froids de l'hiver, parce que la température est trop basse. Dans l'obscurité elle cesse pareillement, En l'absence de la lumière, les plantes perdent la faculté d'évaporer les liquides absorbés par les racines ; elles s'étiolent et ne peuvent plus s'assimiler l'acide carbonique de l'air, ce qui est une de leurs fonctions les plus importantes

De la végétation sous deux latitudes différentes, passe-t-on à la végétation dans une localité circonscrite où les variations de climat se réduisent à des différences d'expotion et d'abri : si alors la nature chimique du sol manifeste son action d'une manière saisissante, bien moins toutefois par la multiplicité des espèces différentes que par l'inégalité de rendement qui se remarque chez les espèces cultivées.

« Lorsqu'on passe, dit Saussure, des montagnes grani-
« tiques aux montagnes calcaires, on est frappé de l'in-
« fluence que ces deux sols exercent sur la végétation. Le
« sol de nature calcaire paraît l'emporter sur le sol grani-
« tique, non-seulement par la variété des plantes qu'il est
« apte à produire, mais encore par l'état de prospérité et
« de vigueur de celles qu'on y trouve. »

Ce qui se produit naturellement à l'égard des terres de composition différente, il dépend de nous de le produire, au moyen des engrais, dans toutes indistinctement. Une terre qui manque de phosphate de chaux ou de potasse est à peu près impropre à la culture. Lui en fournit-on par l'engrais, elle acquiert aussitôt toutes les qualités d'un sol fertile.

Telle est, en effet l'efficacité des engrais, qu'on peut à leur aide régler le travail de la végétation avec autant de sûreté que celui d'une machine. Grâce aux progrès de la chimie, on a pu reconnaître ce qui, dans les engrais, est essentiellement la partie active; on a pu établir, parmi les éléments qui les constituent, des distinctions et une sorte de subordination fondées sur leur importance relative et définir les conditions auxquelles est attachée leur efficacité.

Ainsi, il vous sera démontré bientôt que la puissance

des engrais dépend plus de leur nature que de leur masse,
que certains mélanges sont favorables, d'autres sans aucun
effet ; que le même corps, suivant la nature de ceux auxquels on l'associe, perd ou acquiert avec une égale facilité
les propriétés les plus opposées, tour à tour actif ou inerte,
utile ou sans effet.

Nous n'insisterons pas davantage sur ce point aujour-
d'hui, et nous nous bornerons à poser en principe que les
degrés différents de fertilité que possède la terre, dans la
même contrée, dépendent uniquement de la présence ou de
l'absence de certains agents. Cette cause de variations, dont
il est impossible de déterminer l'influence, lorsqu'il s'agit
de définir le caractère de la végétation sous des latitudes
éloignées l'une de l'autre, devient, au contraire, tout à fait
prépondérante lorsque la comparaison porte sur deux terres
de la même région.

Ainsi l'ordre hiérarchique des influences qui régissent
la production végétale change complétement, suivant le
point de vue où l'on se place ; c'est ce qui explique pourquoi il a fallu tant d'efforts et de recherches avant d'apercevoir clairement l'économie des moyens dans lesquels se résout cette production.

Quand il s'agit d'une région limitée, une troisième influence intervient et s'ajoute aux deux précédentes. Mais
tandis que les effets dépendant du climat et de la nature du
sol sont du domaine du monde extérieur, l'influence dont il
s'agit maintenant tient à la nature organisée et vivante des
végétaux. Elle est d'essence vitale.

Dans toutes les espèces, il se produit certaines déviations
du type originaire, et c'est à ces déviations que l'on doit,
parmi les végétaux, les variétés et les races. Peu importantes sous le rapport botanique, les variétés le sont quel-

quefois beaucoup sous le rapport agricole. Dans les mêmes
conditions de culture, telle variété produira deux fois plus
que telle autre. Le froment d'Écosse, par exemple, présente
de grands avantages sur la plupart de nos froments indigè-
nes. Il y a donc là une cause capable d'influer sur le produit des cultures et dont nous devons tenir compte, puisqu'elle peut exagérer ou dissimuler en partie le véritable
degré de fertilité de la terre.

Cette influence, d'essence organique, puisqu'elle dépend de l'organisation même du végétal, peut se manifester
à deux degrés différents : de variétés à variétés seulement,
ou à la fois comme variétés et comme individus. Je m'explique : pour certaines espèces, le rendement de chaque
graine est très-uniforme. Le froment est dans ce dernier cas.
De variété à variété la différence peut être considérable ;
d'individu à individu elle est insignifiante.

Il est d'autres plantes, au contraire, certaines légumineuses, par exemple, chez lesquelles les différences indi-
viduelles atteignent souvent des proportions énormes. Il
n'est pas rare qu'une seule graine donne autant de récolte
que cinq ou six autres réunies.

La qualité propre aux variétés, la supériorité particulière
aux individus, agissant ensemble ou séparément, représentent, dans l'économie des conditions régulatrices de la
production végétale, un des effets de ce que je rapporte à
la *vie*, voulant définir par là leur origine et l'essence de leur
nature.

L'état physique du sol, la situation des localités, la
nature du sous-sol exercent aussi une influence incontestable.

Il n'est pas indifférent qu'un champ soit situé dans un
bas fond, sur la pente d'une colline doucement inclinée ou

sur un plateau élevé que rien n'abrite contre l'action du vent. Un sous-sol imperméable, entretenant un excès d'humidité dans la région occupée par les racines, est une condition défavorable au succès des cultures ; l'état contraire, un sous-sol trop perméable, n'a pas moins d'inconvénients.

L'étude *a priori* de conditions aussi essentiellement variables est à peu près impossible, et, dans la pratique, le plus vulgaire bon sens indique les moyens de les combattre ; nous en ferons donc abstraction. Quand on veut comprendre les effets produits par les grandes causes, il y a toutes sortes d'avantages à les dégager des incidents secondaires qui peuvent en compliquer l'exposition. Si donc on ramène la production végétale à ses termes les plus généraux, les seuls vraiment scientifiques, on voit qu'elle se pose en problèmes de plusieurs degrés, que la science a tous résolus.

S'agit-il des différences qu'elle accuse sous des latitudes opposées : le climat nous en donne la raison.

Veut-on se rendre compte des inégalités de rendement dans la même localité : la chimie les explique par la présence ou l'absence de certains agents dans le sol.

S'agit-il enfin des différences de rendement sur la même terre, soumise à une fumure uniforme : la physiologie nous en montre la cause dans l'inégale faculté de développement particulière aux diverses variétés.

Vous le voyez, messieurs, plus on circonscrit le problème et plus il devient multiple ; mais aussi, par une compensation bien encourageante, plus il devient accessible à nos moyens les plus directs et les plus sûrs d'expérimentation.

La science n'a pas encore réussi à démêler ce jeu complexe, produit par l'affinité de quatorze corps différents soumis à l'influence de cinq ou six forces indépendantes, dont les effets s'ajoutent ou s'équilibrent, se favorisent ou se contrarient ; mais, dans cette voie nouvelle, ouverte depuis un demi-siècle à peine, elle a conquis déjà des résultats fort importants.

Il ressort, en effet, des développements dans lesquels je viens d'entrer, que les végétaux se trouvent définis désormais sous le rapport de leur composition et des forces qui les régissent aussi bien que les minéraux eux-mêmes. Leur formation est, il est vrai, un phénomène d'ordre supérieur, plus difficile à analyser ; elle dépend de conditions plus nombreuses et plus variées ; mais ces conditions nous étant maintenant connues, on peut dire, sans exagération, que la production végétale devra former à l'avenir un chapitre nouveau de la chimie générale.

Les conséquences, au point de vue agricole, sont faciles à apercevoir.

L'agriculture ne devra plus se borner désormais à suivre empiriquement des procédés dont la véritable raison lui est trop souvent inconnue ; elle ne sera pas tenue non plus de produire elle-même l'engrais ; elle ne le fera du moins que si elle y trouve un avantage. Dès que les conditions dont la fertilité dépend sont réellement connues, le fumier de ferme cesse d'être un agent indispensable. On peut lui substituer, sans inconvénient, d'autres engrais préparés avec les éléments premiers qui entrent dans sa composition et auxquels il doit lui-même toute son efficacité. L'agriculteur acquiert donc à la fois des procédés plus sûrs et une liberté d'action plus grande.

Vous voyez que la végétation ainsi envisagée embrasse un domaine extrêmement étendu.

L'enseignement de Vincennes n'est pas destiné à vous le faire explorer dans toutes ses parties. Sa mission doit avoir un caractère moins général et plus pratique. Il doit se borner à vous apprendre d'où viennent les éléments premiers des végétaux, sous quelle forme ils sont assimilables, dans quelles conditions et à quel état on doit les employer, à quelles règles enfin leur usage doit être soumis. Fidèle à ce programme, dans la prochaine séance, nous traiterons de l'origine des éléments organiques, carbone, hydrogène, oxygène, azote, qui servent à la production végétale et de leur assimilation par les végétaux.

DEUXIÈME CONFÉRENCE

MESSIEURS,

La nature des éléments qui entrent dans la composition des végétaux une fois connue, il faut nous demander d'où ils proviennent, à quelles sources les végétaux les puisent, et sous quelle forme ils les absorbent. Vous savez que ces éléments, au nombre de quatorze, sont divisés en deux catégories : éléments organiques et éléments minéraux. Nous consacrerons cette conférence à la recherche des sources du carbone, de l'hydrogène, de l'oxygène, et de l'azote qui forment la première catégorie, ainsi qu'à l'étude des conditions régulatrices de leur assimilation.

I. Les végétaux n'absorbent le carbone qu'à l'état d'acide carbonique. Cet acide est un gaz doué d'une grande fixité, soluble dans l'eau et dont la composition est exprimée en poids par

> 6 parties de carbone
> et 16 parties d'oxygène.

Les végétaux le tirent à la fois de l'air et du sol. Mais c'est surtout par les feuilles qu'ils se l'assimilent et c'est dans l'atmosphère qu'ils le puisent de préférence.

La faculté que possèdent les feuilles d'absorber l'acide carbonique de l'air est un phénomène remarquable à plus d'un titre ; mais ce qui l'est plus encore, c'est la décomposition que cet acide subit au sein de ces minces organes. Il ne faut pas croire, en effet, qu'il soit absorbé par les feuilles comme il le serait par un morceau de potasse caustique ou de chaux éteinte ; l'action des feuilles est plus intime et plus profonde. A peine l'acide carbonique a-t-il pénétré dans l'intimité de leurs tissus, qu'il subit une décomposition à la fois complète et irrémédiable. L'oxygène se sépare du carbone, il est expulsé au dehors et retourne à l'atmosphère, tandis que le carbone se fixe définitivement dans l'organisme des végétaux.

Lorsqu'on sait ce que la décomposition de l'acide carbonique exige d'efforts et à quelles réactions il faut avoir recours pour l'opérer dans nos laboratoires, on se demande, non sans étonnement, comment les organes dont la texture a souvent la délicatesse d'une toile d'araignée, peuvent l'accomplir avec tant de facilité. Ne voyez-vous pas là une preuve nouvelle qu'au sein des végétaux la vie commande aux affinités, dont elle règle le cours et les effets ?

Si l'on étudie l'assimilation du carbone du plus près, on reconnaît cependant que les choses ne se passent pas aussi simplement que je viens de le dire. Il est vrai que la plus grande partie de l'oxygène primitivement contenu dans l'acide carbonique est expulsée au dehors, mais il est vrai aussi que les végétaux en retiennent et en fixent une certaine quantité. Les feuilles absorbent donc à la fois du carbone et de l'oxygène, et là ne se borne pas l'économie de la fonction qui nous occupe, car ce double gain se complique d'un dégagement d'azote perdu par la substance même des feuilles.

Pour plus de clarté, je fixerai, dès à présent par quelques chiffres empruntés à Théodore de Saussure, les effets multiples que je viens d'énumérer :

EXPÉRIENCE SUR SIX PERVENCHES (VINCA MINOR L.)

PAR THÉODORE DE SAUSSURE

	COMPOSITION DE L'ATMOSPHÈRE	
	AU DÉBUT DE L'EXPÉRIENCE	A LA FIN DE L'EXPÉRIENCE.
Azote.	4199cc	4358cc
Oxygène.	1116	1408
Acide carbonique.	431	0
	5746cc	5746cc

J'ajouterai, pour ne rien omettre d'essentiel, que l'expérience a duré six jours, et que la substance des pervenches pesait après avoir été desséchée, 2g,707.

Les résultats suivants que j'emprunte encore à Saussure confirment ceux qui précèdent.

	ACIDE CARBONIQUE ABSORBÉ.	OXYGÈNE ET AZOTE DÉGAGÉS.		
Menthe aquatique. . .	309cc	Oxygène. . .	224cc	310cc
		Azote.. . . .	86	
Salicaire.	149cc	Oxygène. . .	121cc	142cc
		Azote.. . . .	21	
Pin.	306cc	Oxygène. . .	246cc	266cc
		Azote.. . . .	20	
Raquette.	184cc	Oxygène. . .	126cc	183cc
		Azote.. . . .	57	

Vous voyez, messieurs, que le volume total des gaz n'a éprouvé qu'un changement insignifiant. L'acide carbonique absorbé a toujours été remplacé par un volume presque égal d'oxygène et d'azote.

On peut craindre, il est vrai, que Saussure n'ait exagéré le dégagement d'azote : six pervenches n'ont pu perdre 139^{cc} de ce gaz, puisque c'est à peine si elles en contenaient 60 ou 70^{cc}!

D'ailleurs, en tenant le résultat pour exact d'une manière générale, ce qui a été reconnu depuis, il est certain que Saussure s'est mépris sur sa véritable portée, et qu'on ne peut lui accorder l'importance physiologique qu'il lui attribue. En effet, Saussure et ses continuateurs ont toujours expérimenté sur des feuilles détachées de la plante mère ; or, il n'est pas possible d'assimiler de simples feuilles isolées à un végétal complet. Ces feuilles peuvent bien conserver et manifester, à la rigueur, un reste de propriété vitale, comme une machine qui épuise son effet, mais on ne peut pas les considérer comme l'équivalent d'un végétal dans la plénitude de ses fonctions. Il afflue incessamment, par les racines, dans toutes les parties de ce végétal, des produits tirés du sol qui contribuent pour une part importante à la nutrition du système entier. Or, dans les feuilles séparées, ces produits font défaut ; et quoiqu'il y reste assez de vie pour absorber et réduire l'acide carbonique le phénomène se complique nécessairement. Une partie de la substance des feuilles s'altère et il se forme à leurs dépens des produits avec lesquels le carbone tiré de l'acide carbonique se combine. Cette altération préalable qui détruit l'équilibre entre les éléments premiers des feuilles, détermine vraisemblablement le dégagement d'azote observé par Saussure, et, par conséquent, on ne peut conclure, sans autre preuve, que les végétaux dans leur état d'intégrité dégagent de l'azote. Les expériences dans lesquelles ce fait s'est produit sont incomplètes, et on ne pourra prononcer définitivement qu'après les avoir répétées sur les végétaux entiers et dans des conditions normales de développement.

Enfin, tout récemment, M. Boussingault avait annoncé qu'au lieu d'azote les feuilles dégagent de l'oxyde de carbone ; mais c'était une illusion, car il est prouvé maintenant que ce nouveau gaz provenait de l'acide pyrogallique employé par le savant académicien pour absorber l'oxygène dans ses analyses eudiométriques.

Le dégagement d'azote signalé par Saussure devenant douteux, et l'assertion de M. Boussingault étant certainement inexacte, il ne reste plus que le phénomène simple de l'assimilation du carbone et de l'émission de l'oxygène, encore incomplétement connu dans sa cause ou dans la réaction qui le fait naître. C'est une étude qui devra être reprise avec des moyens d'observation plus rigoureux que ceux employés jusqu'ici et avec la condition expresse d'expérimenter sur des plantes entières en pleine prospérité.

Jusqu'à présent nous avons traité l'assimilation du carbone comme s'il s'agissait d'une fonction abstraite ; pour compléter ces premières notions nous avons besoin de connaître les conditions qui la déterminent et en règlent le cours.

Ces conditions sont au nombre de quatre. Trois appartiennent au monde extérieur, tandis que la quatrième dépend de l'organisation même des végétaux.

Parlons d'abord de cette dernière. L'acide carbonique n'est absorbé que par les parties vertes des végétaux, et c'est là même ce qui explique pourquoi les feuilles sont essentiellement le siége de cette fonction. Les organes qui

5

ne sont pas colorés en vert, bien loin d'absorber l'acide carbonique en dégageant de l'oxygène, produisent sur l'atmosphère un effet inverse. Ils absorbent de l'oxygène et dégagent
de l'acide carbonique. Les racines, l'écorce vieillie des arbres,
les pétales diversement colorés des fleurs, sont dans ce cas.
Les fleurs notamment absorbent quelquefois des quantités
véritablement énormes d'oxygène. Bien plus, si cette
oxydation n'a pas lieu, la floraison s'arrête, l'évolution du
bourgeon floral demeure suspendue. Entre les feuilles et les
fleurs, il y a donc une sorte de contraste et d'opposition,
Le contraste va donc au delà des effets qui nous occupent.

Au moment de la fécondation, les fleurs dégagent de la
chaleur. Les chatons de certains *arums* accusent, au ther-
momètre, un excès de température de près de vingt degrés
sur celle de l'air ambiant. Cette émission locale de chaleur
est une conséquence de l'absorption d'oxygène que je vous
ai signalée[1].

---

[1] L'élévation de température accusée par les fleurs dépasse quelquefois de
dix, quinze et même vingt degrés celle de l'air ambiant. — Entre cette élévation de température et la quantité d'oxygène absorbé, il y a une corrélation immédiate. — Les parties qui s'échauffent le plus sont, en effet, celles
qui absorbent le plus d'oxygène. Voici, d'après Saussure, quelques exemples
de ces effets remarquables d'absorption.

VOLUMES D'OXYGÈNE ABSORBÉS A LA LUMIÈRE PAR LES FLEURS SUIVANTES :

Giroflée simple (Cheiranthus incanus). .	11,0	fois son propre volume.
Giroflée double (Cheiranthus incanus). .	7,7	—
Tubéreuse simple (Polyanthes tuberosa).	9,0	—
Tubéreuse double (Polyanthes tuberosa).	7,4	—
Capucine simple (Tropæolum majus). .	8,5	—
Capucine double (Tropæolum majus). .	7,2	—
Datura arborea..	9,0	—
Passiflora serratifolia.	18,5	—
Carotte (ombelles) (Daucus carotta). . .	8,8	—
Hibiscus speciosus.	8,7	—
Millepertuis (Hypericum calycinum) . .	7,5	—

Si on pousse plus loin l'analyse de ces phénomènes, on constate que les

Les feuilles produisent des faits bien différents. Au lieu de dégager de la chaleur, elles en absorbent et en consomment, et c'est des radiations solaires qu'elles la reçoivent. La réduction de l'acide carbonique, acte de décomposition inverse des effets ordinaires de l'affinité chimique, ne peut s'accomplir que par le passage à l'état latent d'une certaine somme de chaleur et de lumière qui est absorbée et éteinte dans les produits à la formation desquels le carbone de l'acide carbonique a pris part. Cette faculté d'ab-

---

fleurs épanouies absorbent plus d'oxygène que les bourgeons floraux, les fleurs mâles plus que les fleurs femelles, et les organes sexuels plus que la corolle.

	BOURGEONS fois son volume	FLEURS ÉPANOUIES fois son volume
Passiflora serratifolia.	6,0	12,0
Hibiscus speciosus.	6,0	8,7
Fleurs mâles de courge (Cucurbita melo-pepo).	7,4	12,0

	FLEURS MALES fois son volume	FLEURS FEMELLES fois son volume
Courge (Cucurbita melo-pepo).	7,6	3,5
Massette (Typha latifolia).	15,0	6,2
Blé de Turquie (Lea mays).	9,6	5,2

	FLEURS ENTIÈRES fois son volume	ORGANES SEXUELS fois son. volume
Giroflée simple (Cheiranthus incanus).	11,0	18,0
Capucine simple (Tropæolum majus).	8,5	16,3
Millepertuis (Hypericum calycinum).	7,5	8,5
Hibiscus speciosus.	5,4	6,3
Cobæa scandens.	6,5	7,5

Quant à la production de chaleur déterminée par cette absorption d'oxygène, Hubert a constaté sur une fleur d'*arum cardifolium* qu'elle pouvait atteindre jusqu'à 45°. M. Adolphe Brongniart, qui a fait de ce phénomène une étude très-attentive, en prenant pour base de ses observations une fleur de *caladium odorum*, a reconnu en outre que cette production de chaleur est soumise à des intermittences en quelque sorte régulières, qui la rendent comparable à de véritables accès de fièvre.

sorption de la lumière et de la chaleur est l'une des plus précieuses dont les végétaux soient doués, car c'est à elle que nous devons de pouvoir emmaganiser en quelque sorte, pour notre usage, la lumière et la chaleur du soleil.

La preuve que cette lumière et cette chaleur ne sont pas perdues, c'est que, pour les faire renaître l'une et l'autre, il nous suffit de brûler les végétaux ou les combustibles qui en proviennent, et de faire repasser à l'état d'acide cabonique, sa forme initiale, le carbone que les feuilles avaient tiré de l'air.

« Voilà donc ce qui communique à vos locomotives leur « puissance et leur célérité, demandait à Stephenson un de « ses amis, en lui montrant un tas de houille. — Non, « répondit l'éminent ingénieur, c'est la lumière et la chaleur « du soleil condensées dans le charbon par la respiration « végétale. »

S'il est vrai que dans aucun phénomène naturel il n'y a création de matière, il est constant aussi qu'il n'y a nulle part ni perte ni création de forces. Les forces sont indestructibles au même degré que la matière elle-même. La matière change de forme et d'état, les forces se manifestent sous des formes différentes : la lumière, la chaleur et l'électricité, l'affinité chimique et les effets mécaniques ne sont que des manifestations de la même force, toujours active et jamais anéantie.

Mais je m'arrête ; une étude plus approfondie de ces transformations me ferait sortir du cadre dans lequel je dois me renfermer.

Je me borne donc, et ce sera ma dernière remarque, à vous faire observer que la formation de la graine est précédée d'une sorte de combustion. La métamorphose des produits transitoires que cette formation exige et l'accumulation des minéraux qu'elle nécessite, réclament cette élévation locale de température. Le dernier effort de la végétation, qui a pour résultat l'organisation du germe où la vie de la plante mère se concentre et d'où elle rayonnera plus tard, se résout donc dans le même acte que la respiration animale ?

Je passe maintenant à l'étude des conditions extérieures qui influent sur l'assimilation du carbone.

Au premier rang il faut placer la lumière, dont l'intervention est indispensable à la manifestation du phénomène. Plongez quelques feuilles d'une plante aquatique dans de l'eau chargée d'acide carbonique ; si le vase est exposé à la lumière directe du soleil, il se produit immédiatement un dégagement très-actif de bulles d'oxygène. Abrite-t-on l'appareil derrière un écran : le dégagement se ralentit d'abord et finit par s'arrêter tout à fait. Le vase est-il exposé de nouveau à la lumière : le dégagement recommence aussitôt. Il résulte de là que les végétaux doivent se comporter le jour autrement que la nuit : pendant le jour, ils exercent sur l'atmosphère une action salutaire en la débarrassant d'une certaine quantité d'acide carbonique et en l'enrichissant d'oxygène ; durant la nuit, l'épuration cesse complétement, et l'affluence de la respiration des plantes devient nulle, sinon décidément nuisible.

Cette influence, en effet, s'exerce alors, suivant leur nature, de trois manières bien distinctes :

En premier lieu, quelques feuilles, frappées d'une sorte d'inertie, n'ont aucune action appréciable sur l'atmosphère ; elles n'absorbent et ne dégagent rien. Tel est, en particulier, le cas des plantes aquatiques.

Secondement, d'autres feuilles absorbent de l'oxygène, mais ne dégagent rien. Les feuilles du *cactus opuntia*, du *sempervivum tectorum,* de l'*agave americana*, etc., sont dans ce cas.

Enfin, certaines feuilles absorbent de l'oxygène et dégagent de l'acide carbonique. Le rapport entre ces deux effets n'est soumis d'ailleurs à aucune règle. Il est bon seulement de remarquer que les feuilles de cette catégorie, quand elles se retrouvent exposées à la lumière, absorbent l'acide carbonique qu'elles ont produit pendant la nuit, et dégagent un volume égal d'oxygène, de sorte que la composition de l'atmosphère est revenue à son premier état.

On doit à Ingenhousz et à Théodore de Saussure une étude approfondie de ces phénomènes remarquables. Mais, comme nous l'avons déjà fait remarquer, il est à regretter que ces deux éminents observateurs aient toujours opéré sur des feuilles séparées de la plante. Cette circonstance restreint beaucoup la portée des résultats qu'ils ont constatés.

Les feuilles retournées, ou dont la face supérieure est devenue la face inférieure, absorbent, toutes choses égales d'ailleurs, moins d'acide carbonique que dans leur position naturelle. Ce fait semble indiquer que l'absorption n'a lieu que par la face supérieure, et ce serait en affaiblissant l'effet des radiations lumineuses sur cette partie de la plante que le retournement atténuerait l'intensité de l'absorption.

De même, dans les eaux chargées de carbonate de chaux, dont la dissolution est due à l'acide carbonique, la face supérieure des feuilles se couvre seule d'une couche de ce produit, alors que la face inférieure reste parfaitement intacte.

Je passe à la deuxième condition régulatrice de l'assimilation du carbone. Celle-ci dépend de la température. Au-dessous de + 8° à + 10°, ordinairement les végétaux de nos climats cessent d'absorber l'acide carbonique de l'atmosphère. Sur ce point, toutefois, nous manquons de données suffisantes pour formuler une loi générale, et il n'est pas douteux que l'organisation spéciale des végétaux ne doive exercer à cet égard une grande influence. Les arbres verts, notamment les pins et les bouleaux, dont la végétation est si prospère dans les régions voisines du pôle, conservent cette faculté quand les plantes herbacées et la plupart des arbres de nos climats l'ont perdue. Tout ce que l'on peut dire avec certitude, c'est qu'au-dessous de $+ 10°$ beaucoup de plantes cessent de décomposer l'acide carbonique, et que cette propriété atteint au contraire sa limite extrême d'intensité aux environs de $+ 30°$.

La troisième et dernière condition qui influe sur l'assimilation du carbone est la composition de l'air. L'oxygène y fait-il défaut, l'acide carbonique n'est ni absorbé ni réduit par les feuilles, toutes les autres conditions reconnues nécessaires à la manifestation du phénomène fussent-elles d'ailleurs réunies. Les plantes aquatiques semblent pourtant faire exception à cette règle, à cause peut-être de l'oxygène dont leurs tissus plus spongieux sont pénétrés. Ce qui est certain, c'est que dans de l'eau chargée d'acide carbonique ces plantes opèrent la décomposition de ce gaz en l'absence de l'oxygène.

La cause qui rend la présence de l'oxygène indispensable pour les plantes ordinaires ne nous est pas connue. C'est un *desideratum* dans l'état actuel de nos connaissances sur la respiration végétale.

Vous voyez, messieurs, comme je vous l'ai dit en commençant, que l'assimilation du carbone est un phénomène à la fois remarquable et plus compliqué qu'il ne le paraît. C'est à Priestley que revient l'honneur d'avoir le premier découvert que les végétaux agissent sur l'atmosphère à l'inverse de la respiration animale. C'est une découverte de premier ordre, et elle occupera toujours une place à part dans l'histoire de la science, car elle a été le point de départ des premières notions positives que nous avons acquises sur les lois qui assurent la conservation des êtres vivants à la surface de notre globe.

Les contemporains de Priestley ne se méprirent pas sur le caractère et la portée de ses observations. La Société royale de Londres lui décerna la médaille Copley, la plus grande récompense dont elle dispose, et voici dans quels termes son président, le docteur Pringle, se chargea de motiver son jugement.

« Les découvertes de M. Priestley nous démontrent clai-« rement qu'aucune plante ne croît en vain ; que chaque « individu dans le règne végétal, depuis le chêne des fo-« rêts jusqu'à l'herbe des champs, est utile au genre hu-« main, et que les plantes qui semblent n'être douées « d'aucune vertu particulière contribuent, cependant, de « concert avec toutes les autres, à conserver à notre atmo-« sphère le degré de pureté que réclament, pour s'y main-« tenir, la vie des hommes et celle des animaux. »

Sous le rapport agricole, l'origine du carbone nécessaire aux végétaux n'a qu'une importance très-secondaire. Du moment, en effet, que l'air est le réservoir où ils le puisent et que ce réservoir ne peut jamais être tari, l'homme est dispensé d'en fournir aux cultures, et le carbone ne doit pas figurer sur la liste des éléments qu'il est nécessaire de restituer au sol après un certain nombre de récoltes pour maintenir sa fécondité.

A l'assimilation du carbone se rattachent cependant quelques faits d'un intérêt pratique dont il faut que je vous entretienne.

La quantité de carbone fixée par les principales cultures varie dans des limites fort étendues. Mais elle reste toujours très-considérable. Vous pourrez en juger par les chiffres suivants :

| | PAR AN. | |
RÉCOLTES DESSÉCHÉES A 120°.	RENDEMENT ANNUEL MOYEN A L'HECTARE.	CARBONE DANS LA RÉCOLTE.
	kil.	kil.
Forêts (plantées de hêtres, chênes, bouleaux, trembles) [1]	3754	1854
Pommes de terre (fanes et tubercules) [2]	3772	1666
Betteraves (feuilles et racines)	4359	1800
Navets dérobés	716	307
Topinambours (tiges et tubercules)	17781	7993
Trèfle	4029	1909
Luzerne	8804	4225
Avoine (grains et paille)	2347	1182
Froment (grains et paille)	4208	2003

On peut estimer en moyenne à 2,000 ou 3,000 kilogrammes par hectare la quantité de carbone prélevée sur l'air par nos principales cultures ; mais cette quantité, comme je vous l'ai dit, est susceptible de variations très-étendues. Dans le tableau qui précède, vous la voyez en effet descendre à 307, ou s'élever à 7993 kilogrammes. A quelles causes convient-il d'attribuer des différences si considérables ?

La première et la plus importante vient de ce que toutes les plantes sont loin d'offrir, sous le rapport des feuilles, une surface égale. Plus cette surface a d'étendue, plus la quantité de carbone tirée de l'air atteint un chiffre

---

[1] Chevandier.
[2] Boussingault.

élevé. Le tableau suivant a pour objet de mettre en lumière la corrélation manifeste de ces deux ordres de faits.

	CARBONE FIXÉ A L'HECTARE	SURFACES DES FEUILLES SUR UN HECTARE
	kil.	mèt. c.
Topinambours.	7993	71205 [1]
Betteraves.	1800	24960
Pommes de terre.	1666	19820
Froment.	2003	17745

Mais à ces causes il faut en ajouter une autre tirée de l'organisation même des feuilles. Minces, elles absorbent, à surface égale, plus d'acide carbonique que quand elles sont épaisses et charnues. Sous ce rapport encore la différence peut varier du simple au double. Voici, en effet, ce qu'une observation fort exacte a permis de constater :

CARBONE FIXÉ	PAR MÈTRE CARRÉ DE SURFACE DE FEUILLES
	Gr.
Topinambours.	112
Froment.	112
Pommes de terre.	83
Betteraves.	72

Enfin, comme dernier trait, pour clore ce tableau et vous donner une idée des masses vraiment énormes de matière que la végétation met en œuvre, si on calcule ce qu'en France la culture prélève chaque année de carbone sur l'atmosphère, on est conduit, en estimant les choses au plus bas, au chiffre énorme de 60 millions de tonnes, dont voici, au surplus, la justification par spécialité de cultures :

---

[1] Boussingault.

NATURE DES CULTURES.	SURFACES CULTIVÉES.	CARBONE ABSORBÉ.
	Hectares.	Tonnes.
Culture et prés.	30659255	41910000
Forêts et vignes.	9776334	
Olivets, amandiers, mûriers. . .	109261	18320000
Châtaigneraies.	559029	
Total de la surface cultivée. .	41103879	
Total du carbone absorbé. . . .		60230000

Si ce chiffre, par lui-même, ne vous donnait pas une idée suffisante de la masse énorme qu'il représente, j'ajouterais qu'il dépasse de près de deux millions de tonnes la somme des transports maritimes auxquels donne lieu le commerce extérieur de tous les pays d'Europe[1].

Ces quantités sont, en réalité, si considérables, que s'il n'existait pas dans la nature des sources d'acide carbonique capables de rendre à l'atmosphère ce qu'elle a perdu,

---

[1] Le tableau suivant, tiré des statistiques officielles, ne peut laisser aucun doute à cet égard :

COMMERCE EXTÉRIEUR DE TOUS LES PAYS D'EUROPE.

		TRANSPORTS MARITIMES
		Tonnes.
France et colonies.	1859	8694000
Angleterre et colonies.	1859	22904000
Belgique..	1859	1152000
Pays-Bas et colonies.	1858	3384000
Villes anséatiques.	approx.	3000000
Allemagne. { Prusse..	1858	3150000
{ Autres États.	approx.	»
Suède et Norwége.	1858	1190000
Danemark.	1858	900000
Russie..	1858	1840000
Autriche..	moyenne	2000000
À REPORTER.		48194000

un petit nombre d'années suffirait à la végétation pour épuiser ce dont elle dispose [1].

Depuis la belle observation de Priestley, nous savons que les animaux agissent à l'inverse des plantes, qu'ils rendent à l'air de l'acide carbonique par la combustion d'une partie de leurs aliments; mais cette source si puissante qu'elle soit, ne suffirait cependant pas à contre-balancer les effets de la végétation. En France, en effet, la respiration des hommes et des animaux, augmentée de tout l'acide carbonique produit par les combustibles qu'on y consomme, rend à peine à l'atmosphère 33,000,000 tonnes de carbone, dans le cours d'une année, alors que la végétation en distrait 60,000,000 de tonnes dans le même laps de temps.

D'autres phénomènes compensent, heureusement, le dé-

Report...			48194000
Provinces danubiennes.		approx.	380000
Suisse.		approx.	»
Italie.	États Sardes.	1857	1135000
	Toscane et duchés.	1859	1010000
	États Romains.	1857	600000
	Deux-Siciles.	approx.	1400000
Espagne et colonies..		1858	1592000
Portugal et colonies.		1856	1400000
Turquie.		approx.	2500000
Grèce et Iles.		1858	320000
			58531000

[1] Un prisme d'air qui aurait un hectare de base et qui s'élèverait jusqu'aux limites de l'atmosphère contient 16,900 kilogr. de carbone. Or la moyenne du carbone fixé annuellement par la culture étant 3,000 kil., on a :

$$\frac{16,900}{3,000} = 5,63$$

Il en résulte que si la surface du globe était couverte d'une végétation comparable à celle de nos climats, et si l'acide carbonique qu'elle absorbe ne se renouvelait pas, au bout de six ans l'air en serait entièrement dépouillé, et la vie végétale rendue impossible.

ficit. On doit citer en première ligne les volcans, la formation des pyrites, et la décomposition spontanée des matières organiques qui s'accomplit sans interruption à la surface du globe. Toutes ces causes réunies déversent dans l'air beaucoup plus d'acide carbonique que la végétation n'en absorbe. La différence en leur faveur est même si grande, qu'elle finirait par rendre l'atmosphère délétère et inhabitable, si un nouveau phénomène, assez puissant, n'intervenait pour rétablir définitivement l'équilibre et maintenir à la composition de l'air l'immuable fixité attestée depuis cinquante ans par les analyses les plus délicates. Ce phénomène nouveau, qui avec les volcans, mais en sens inverse, domine tous les autres, est la désagrégation des feldspaths, qui change les roches ignées en kaolins et en argiles. La désagrégation d'une couche de feldspath orthose de 7 millimètres d'épaisseur suffirait pour absorber tout l'acide carbonique de l'air, si elle s'étendait à toute la surface du globe[1].

Il résulte de là que les conditions qui président à la conservation des êtres vivants ne sont pas aussi simples

---

[1] « Appliquons ce résultat à la décomposition du feldspath orthose. Ce « minéral contient 17 pour 100 de potasse qui doivent absorber 7, 8 pour 100 « du poids de l'orthose en acide carbonique. Or, la densité de l'orthose étant « de 2,5 environ, on voit que 1 mètre cube de ce minéral absorbe, en se « décomposant complétement, 195 kilogrammes d'acide carbonique. La pres- « sion due à l'acide carbonique dans l'air n'étant que de 1 kil. 24 par mètre « carré de surface, il en résulte qu'il suffirait de la décomposition complète « de moins de $0^m,007$ d'épaisseur d'orthose pour absorber la totalité de l'a- « cide carbonique contenue dans l'atmosphère, si cette décomposition s'opé- « rait à la fois sur toute la surface du globe. En réduisant la surface sur « laquelle la décomposition s'opère à $\frac{1}{20}$ de celle de la terre, on voit qu'il « suffirait de $0^m,14$ d'épaisseur de feldspath décomposé pour déterminer la « complète absorption de l'acide carbonique de l'air.

« EDELMEN. »

qu'on le supposait au siècle dernier. Les phénomènes géologiques dominent ceux de la nature animée et la science de nos jours s'est enrichie à cet égard de notions nouvelles de l'ordre le plus élevé ; toutefois si importantes que soient ces notions, c'est à Priestley, comme nous l'avons déjà dit, qu'appartient la gloire d'avoir ouvert la voie qui devait y conduire.

Voici, dans l'état de nos connaissances, comment on peut représenter le conflit des phénomènes dont le cours assure à notre atmosphère la fixité de sa composition.

LES ANIMAUX	LES VÉGÉTAUX
Absorbent de l'oxygène.	Dégagent de l'oxygène.
Dégagent de l'acide carbonique.	Absorbent de l'acide carbonique.
Produisent de l'ammoniaque.	Consomment de l'ammoniaque.
Dégagent de l'azote.	Absorbent de l'azote.

PRODUITS MORTS EN SE DÉCOMPOSANT	LES VÉGÉTAUX
Absorbent de l'oxygène.	Dégagent de l'oxygène.
Dégagent de l'acide carbonique.	Absorbent de l'acide carbonique.
Produisent de l'ammoniaque.	Consomment de l'ammoniaque.
Dégagent de l'azote.	Absorbent de l'azote.

PHÉNOMÈNES GÉOLOGIQUES.

PRODUISENT DE L'ACIDE CARBONIQUE	ABSORBENT DE L'ACIDE CARBONIQUE
Les volcans.	La désagrégation des roches éruptives.
La formation des pyrites.	L'oxydation des pyrites.
La destruction des matières organiques contenues dans les terrains stratifiés (houille, lignite, bitume).	La formation de la tourbe et de la houille.

Voulez-vous, enfin, comparer les effets produits par les forces organiques, dans les conditions qui leur sont faites par notre état social ? Le tableau suivant vous en offre les moyens :

EFFETS PRODUITS EN FRANCE SUR L'ATMOSPHÈRE

PAR LA POPULATION, LES ANIMAUX ET LA VÉGÉTATION, DANS LE COURS D'UNE ANNÉE DE 365 JOURS.

LA POPULATION

	NOMBRE DE L'UNITÉ	ABSORBE OXYGÈNE	DÉGAGE AZOTE	DÉGAGE CARBONE
		Tonnes	Tonnes	Tonnes
Enfants, hommes non mariés.	9972233	2056900	18900	630400
Hommes mariés.	6986217	2584100	23900	795600
Hommes veufs.	836509	309400	2900	95300
Enfants et filles.	9351794	1663000	15600	522200
Femmes mariées.	6948830	1235700	11600	388100
Femmes veuves.	1687587	300100	2800	94200

LES ANIMAUX

		ABSORBENT OXYGÈNE	DÉGAGENT AZOTE	DÉGAGENT CARBONE
		Tonnes	Tonnes	Tonnes
Chevaux.	2801667	5845200	30700	2556500
Bêtes à cornes.	9883050	20619400	108200	9018300
Moutons.	51864247	16619900	87200	7269000
Porcs	4852824	5795800	7800	1170800
Chèvres.	845778	441100	2500	192900
Mulets.	366837	765300	4000	334700
Anes.	408355	852000	4500	572600
Chiens.	4500000	211900	2000	65700

L'INDUSTRIE

PAR LE COMBUSTIBLE QU'ELLE CONSOMME.		ABSORBE OXYGÈNE	DÉGAGE AZOTE	DÉGAGE CARBONE
	Quintaux métriq.	Tonnes		Tonnes
Houille.	49870273	10945200		4189100
	Stères			
Bois.	34570585	13879400		5312100
POPULATION, ANIMAUX, INDUSTRIE.		82124400	322400	33007500

LA VÉGÉTATION

SURFACES EN CULTURE.		DÉGAGE OXYGÈNE	ABSORBE AZOTE	ABSORBE CARBONE
	Hectares	Tonnes	Tonnes	Tonnes
Culture et prés.	30659254	125420000	1530000	41910000
Forêts et vignes.	9776334			
Olivets, amandiers, mûriers.	109261	54820000	350000	18320000
Châtaigneraies.	559029			
VÉGÉTATION.		180240000	1880000	60230000

Ces résultats ont été calculés d'après les recensements de 1851.

II. Indépendamment du carbone, les végétaux admettent dans leur composition de l'hydrogène et de l'oxygène. On peut dire, d'une manière générale, que ces deux éléments ont pour origine l'eau que les racines puisent dans le sol.

Les plus grands physiologistes du dernier siècle, Sennebier, Ingenhousz, Spallanzani, se sont beaucoup préoccupés de la question de savoir si les plantes solidifient l'eau et se l'assimilent dans son intégrité, ou si elles lui font subir une réduction analogue à celle qu'elles exercent sur l'acide carbonique. Berthollet inclinait en faveur d'une réduction, Sennebier partageait la même opinion, et cependant ils ne pouvaient invoquer aucune expérience vraiment décisive. Ils ont tenté, vainement, de constater un dégagement d'oxygène, en l'absence de l'acide carbonique. L'expérience, dans ces conditions, a toujours répondu négativement. — Il ne pouvait en être autrement ; l'assimilation de l'hydrogène est un acte corrélatif de l'assimilation du carbone : vouloir isoler ces deux faits, c'est véritablement tenter l'impossible.

Aujourd'hui même ce n'est que par induction que nous pouvons pressentir ce qui se passe. L'amidon, le sucre, les gommes et la cellulose, tous les produits, en un mot, auxquels nous avons donné le nom d'hydrates de carbone, sont présentés par du carbone combiné aux éléments de l'eau. La composition de ces produits, qui forment plus des trois quarts de la substance des végétaux, indique manifestement que l'eau peut être fixée sans subir de réduction préalable.

Mais il existe une autre classe de composés, moins répandus, il est vrai, quoique très-abondants dans certaines espèces végétales, qui n'admettent dans leur composition que du carbone et de l'hydrogène et d'où l'oxygène est exclu.

Telles sont, par exemple, les résines et certaines huiles essentielles, l'essence de térébenthine notamment. Parmi les espèces qui exsudent ces matières, on peut citer, dans nos climats, le pin maritime. Cet arbre prospère sur les plus mauvaises terres, sur le sable des dunes, où il ne vit que d'air et d'eau. Or ces végétaux, par la résine et l'essence qu'ils produisent, me semblent attester que l'eau subit au sein de leur organisme la même décomposition que l'acide carbonique.

Je n'insisterai pas davantage sur ce point. Quelle que soit la réaction qui détermine la fixation de l'hydrogène et de l'oxygène au sein de l'économie végétale, qu'il y ait assimilation pure et simple de l'eau ou réduction préalable, il est certain que ces trois éléments ont l'eau pour origine, qu'ils appartiennent à la catégorie de ceux dont les végétaux sont toujours surabondamment pourvus par la nature et dont l'agriculteur n'aura point à se préoccuper.

III. Nous arrivons à la dernière partie de notre programme, c'est-à-dire à l'origine de l'azote et à ses fonctions dans les végétaux. Nous touchons ici à un point fondamental de la science agricole, autant par l'importance des questions théoriques qui s'y rattachent, que par la gravité et l'étendue des intérêts économiques qui en dépendent.

L'azote est assimilé par les végétaux sous des formes

6

très-dissemblables, que l'on peut ramener cependant aux trois suivantes :

1° Les nitrates (AzO^5MO)
2° L'ammoniaque (AzH^3)
3° L'azote gazeux (Az).

L'azote, à ces trois états, n'est pas également assimilable et ne convient pas au même degré à tous les végétaux indistinctement. Les uns ont besoin de trouver dans le sol des nitrates, des sels ammoniacaux ou des matières organiques azotées, et ne prospèrent qu'à ce prix, tandis que ces produits sont au moins sans action, s'ils ne sont pas décidément nuisibles, sur d'autres plantes pourvues de la faculté d'absorber de préférence l'azote à l'état de gaz.

Dès qu'on s'enquiert de l'origine de l'azote, un premier fait vous frappe : les récoltes en contiennent beaucoup plus que les engrais. La différence atteint même quelquefois des proportions véritablement énormes, si l'on a égard aux quantités d'azote toujours faibles qui se trouvent dans les végétaux.

Commençons par bien fixer ce premier fait, et, pour éloigner jusqu'à l'éventualité d'une contestation, empruntons à M. Boussingault les chiffres qui l'attestent, bien qu'ils soient fort au-dessous de ceux que nous fournirait la culture intensive.

BALANCE ENTRE L'AZOTE DES RÉCOLTES ET CELUI DES ENGRAIS

SUR UN HECTARE

		RÉCOLTES SÈCHES.	AZOTE DANS LA RÉCOLTE.	FUMIER SEC.	AZOTE DANS LE FUMIER
		kil.	kil.	kil.	kil.
ASSOLEMENT	1re Froment......	4198	43,7	4140	82,8
DE TROIS ANS	2e Froment......	4198	43,7	»	»
AVEC JACHÈRE	3e Jachère.......	»	»	»	»

kil.
Azote dans la récolte.   87,4 } Excédant annuel dans la récolte : 1k,55
Azote dans le fumier.   82,8 }

		kil.	kil.	kil.	kil.
	1re Pommes de terre.	3772	62,1	10161	203,2
	2e Froment......	3406	35,4	»	»
ASSOLEMENT	3e Trèfle........	4029	84,6	»	»
DE CINQ ANS	4e { Froment......	4208	43,8	»	»
	{ Navets dérobés...	716	12,2	»	»
	5e Avoine........	2347	28,4	»	»

kil.
Azote dans la récolte.   266,5 } Excédant annuel dans la récolte : 12k,6
Azote dans le fumier.   203,2 }

		kil.	kil.	kil.	kil.
	1re { Pommes de terre.	2755	44,0	9108	182,1
	{ Betteraves.....	3028	67,9	»	»
ASSOLEMENT	2e Froment......	4413	47,1	»	»
DE QUATRE ANS	3e Trèfle........	6320	152,7	»	»
	4e Froment......	4413	47,1	»	»

kil.
Azote dans la récolte.   538,8 } Excédant annuel dans la récolte : 39k,0
Azote dans le fumier.   182,1 }

		kil.			
	Hêtre........	3095	}		
CULTURE	Chêne........	166	}	kil.	
FORESTIÈRE	Bouleau.......	35	} Azote annuellement fixé 33		
	Fagots mêlés.....	258	}		

		kil.			
CULTURE	Topinambours.....	5500	88,0	4707	94,0
CONTINUE	Tige et feuilles.....	12281	49,0	»	»
DE TOPINAMBOURS					

kil.
Azote de la récolte...   137 } Excédant annuel : 43k
Azote de l'engrais....   94 }

		SUR UN HECTARE		
		RÉCOLTES SÈCHES.	AZOTE DANS LA RÉCOLTE.	FUMIER SEC.	AZOTE DANS LE FUMIER.
		kil.	kil.	kil.	kil.
CULTURE DE LUZERNE ET DE FROMENT	1re Luzerne.	3360	79	9108	224,0
	2e —	10080	237	»	»
	3e —	12500	294	»	»
	4e —	10080	237	»	»
	5e —	8000	188	»	»
	6e Froment et paille. .	5556	43	»	»

Azote dans les cinq premières récoltes.   1035 ⎰   Excédant annuel dans la
Azote dans l'engrais. . . . .   224 ⎱   récolte . . .   162^k,2 (1).

Avant de pousser plus loin l'examen de ces résultats, commençons par leur donner leur valeur véritable. Les récoltes contiennent plus d'azote que les engrais ; mais vous remarquerez que l'excédant indiqué dans le tableau qui précède est loin d'exprimer ce que la végétation a dû emprunter à la source inconnue qu'il s'agit de découvrir. En effet, il s'en faut de beaucoup que la totalité de l'azote contenu dans les engrais soit utilisée par les cultures. Il s'en perd au moins de 30 à 50 pour 100 par les eaux pluviales et par les exhalaisons gazeuses qui émanent du sol. Si l'on fait subir aux résultats qui précèdent cette correction nécessaire, on trouve que la quantité d'azote dont la fumure ne peut rendre compte est au moins double de celle que nous venons de rapporter.

Pour conserver toutefois à la discussion plus de simplicité, nous ne changerons rien à ces résultats.

---

1 Les rendements rapportés par M. Boussingault sont, en général, de 30 à 50 pour 100 inférieurs à ceux du champ de Vincennes.

D'où vient l'excédant d'azote accusé par les récoltes? Voilà le point qu'il s'agit de mettre dans une complète et irrésistible évidence. M. Boussingault, qui a soutenu tour à tour le pour et le contre sur cette question, l'attribue aujourd'hui à l'ammoniaque et aux nitrates que l'atmosphère contient en quantités presque insaisissables. Moi, je le rapporte au contraire à l'azote même de l'air, et je prétends que ni l'ammoniaque ni les nitrates de l'atmosphère ne jouent un rôle appréciable dans l'économie végétale. Il s'agit de décider entre ces deux opinions dont l'une est forcément la négation de l'autre.

Pour conclure dans un sens ou dans l'autre, il faut au préalable connaître exactement la proportion d'ammoniaque et de nitrates contenus dans l'air. Cette proportion, pour l'ammoniaque, est incontestablement de l'ordre des infiniment petits. En opérant successivement sur dix, vingt, trente, quarante ou cinquante mille litres d'air, je l'ai trouvée comprise

$$\text{Entre } 0.0000000317$$
$$\text{et } 0.0000000177$$

ce qui revient à dire, pour parler plus simplement, qu'un million de kilogrammes d'air contient de 18 à 31 grammes d'ammoniaque. Des quantités aussi exiguës ne peuvent se concilier avec l'importance du rôle qu'on a voulu leur attribuer.

Il a donc fallu renoncer à cette explication, mais on a essayé de la faire revivre sous un autre forme. Obligé de reconnaître que à cette dose l'ammoniaque ne peut avoir une action directe sur la végétation, on a prétendu qu'elle devenait cependant active après avoir été condensée par l'eau des pluies, grâce à sa grande solubilité [1]. On ajoutait que l'une des fonctions les plus importantes de la pluie était précisément de rassembler sous un faible volume les traces d'ammoniaque qui sont disséminées dans

---

[1] A cause de l'importance de ce résultat, je crois devoir rapporter en détail les dosages d'où il a été déduit.

DOSAGE DE L'AMMONIAQUE DE L'AIR
PAR M. GEORGES VILLE

INTÉRIEUR DE PARIS.		POIDS DE L'AIR DANS L'EXPÉRIENCE. Gr.	AMMONIAQUE TROUVÉE. Gr.	RAPPORT DE L'AMMONIAQUE A L'AIR.
1849	1re	24437,720	0,0005391	0,00000002206
	2	24491,320	0,0006161	0,00000002515
	3	24875,200	0,0006161	0,00000002476
	4	21073,963	0,0003851	0,00000001831
1850	5	24346,333	0,0006161	0,00000002530
	6	26014,830	0,0004621	0,00000001776
	7	24494,911	0,0004621	0,00000001886
	8	23196,400	0,0007317	0,00000003161
	9	22841,510	0,0006161	0,00000002697
	10	23669,338	0,0004236	0,00000001787
	11	26711,467	0,0008472	0,00000003171
	12	25287,606	0,0006161	0,00000002436
GRENELLE (Banlieue de Paris).				
1852	1	35879,457	0,0005930	0,00000001652
	2	34637,416	0,0006315	0,00000001825
	3	40955,720	0,0011168	0,00000002726
	4	69872,797	0,0015634	0,00000002237

RÉSULTATS
AMMONIAQUE DANS 1 MILLION DE KILOGR. D'AIR

		Gr.
INTÉRIEUR DE PARIS.	Maximum.	31,71
	Minimum.	17,76
	Moyenne.	23,75
GRENELLE (banlieue)	Maximum.	27,26
	Minimum.	16,52
	Moyenne.	21,01

l'air et d'assurer, par cette condensation même, leur efficacité à l'égard des végétaux. Mais cette supposition ne résiste pas davantage à un examen sérieux et un peu approfondi.

D'après M. Boussingault, l'eau de pluie contient en moyenne 0^{gr},0005 d'ammoniaque par litre, ce qui, à raison de 680 millimètres de pluie qui tombent dans le cours d'une année, porte à 2^k,92 par hectare la quantité d'azote acquise de ce chef par le sol[1]. Et l'on aurait la prétention d'expliquer ainsi l'excédant *minimum* de 43 kil. accusé par la récolte de topinambours, et l'excédant de 162 kil. accusé par la luzerne !

À cela on répond, il est vrai, que l'air est le siège d'actions électriques, incessantes et formidables, que les nuées orageuses agissent sur les éléments de l'air comme le pourrait faire une étincelle électrique, en déterminant la combinaison de l'oxygène et de l'azote, et que l'atmosphère devient ainsi une sorte de nitrière inépuisable. L'eau qui s'évapore de la surface des mers, des fleuves et des rivières serait donc la cause première de la formation des nitrates dans l'air ; et c'est à elle encore que serait dévolue la fonction de ramener ces sels à la surface du sol, lorsqu'elle repasse à l'état de pluie. C'est là une brillante image qui s'évanouit, comme toutes les fictions, au premier souffle de la réalité.

L'eau de la pluie contient, il est vrai de l'azote à l'état de nitrates, mais la dose en est bien faible. Elle atteint à peine 0^{gr},0005 d'azote par litre. Sous cette forme, la terre reçoit donc 2^k,92 d'azote par hectare dans le cours d'une

---

[1] Nous raisonnons sur l'eau qui tombe actuellement aux environs de Strasbourg, parce que M. Boussingault raisonne sur les cultures de l'Alsace.

année, lesquels ajoutés à l'ammoniaque forment un total de 5^k,84. Or ce n'est là qu'une fraction insignifiante des quantités énormes dont nous avons à rendre compte. Toutes ces tentatives d'explication n'ont donc abouti en définitive qu'à démontrer l'inanité des hypothèses qui leur ont servi de point de départ[1].

Mais je vais plus loin. La pluie amenât-elle 20, 30, 50 kil. d'azote à l'état de nitrates et d'ammoniaque, que cela ne suffirait pas pour expliquer l'excédant accusé par les récoltes. En effet, jusqu'à présent nous avons recherché quelles sources peuvent approvisionner le sol de composés azotés

---

[1] QUANTITÉ D'AMMONIAQUE TROUVÉE DANS L'EAU DE PLUIE

PAR M. BOUSSINGAULT

mm.	mm.	AMMONIAQUE PAR LITRE. milligr.
de 0,0 à	0,5	2,94
0,5 à	1,0	1,37
1,0 à	5,0	0,70
5,0 à	10,0	0,43
10,0 à	15,0	0,43
15,0 à	20,0	0,36
20,0 à	31,0	0,41
	Moyenne.	0,50

Ces résultats fourniraient, au besoin, la preuve, que la proportion d'ammoniaque trouvée par M. Ville dans l'air est, malgré son exiguité, plutôt au-dessus qu'au-dessous de la vérité.

Si l'eau de pluie contient, en effet, en moyenne 0^{gr},0005 d'ammoniaque par litre, un million de kilogrammes d'air doit en contenir seulement 5 grammes. Voici les éléments de cette déduction :

A 15° et sous la pression de 760 mill., 1 mètre cube d'air contient 13 grammes de vapeur d'eau, d'où il résulte que 1 kilogramme d'eau provient de 76,920 litres d'air, qui contenaient 0^{mm},5 d'ammoniaque.

$$\frac{0^{gr},0005}{76,920 \times 1,29318} = 0,000000005 \text{ ou } 5 \text{ gr. pour 1 million de kilogr. d'air.}$$

et agir comme moyen naturel de fertilisation, mais nous n'avons rien dit des quantités bien autrement importantes de ces mêmes composés que le sol perd, sans profit pour les plantes, et qui doivent être défalquées de celles qu'il reçoit.

Or, on doit à cet égard à M. Boussingault une observation bien précieuse, car elle suffit à elle seule pour renverser sans retour le fragile édifice des systèmes qu'il soutient aujourd'hui. Ayant eu l'idée de recueillir un jour de la neige, qui avait séjourné pendant 36 heures sur la terre d'un jardin, et, tout à côté, de la neige tombée en même temps sur une dalle de pierre, il reconnut que l'eau provenant de la première contenait beaucoup plus d'ammoniaque que celle de la seconde. La différence est exprimée par les chiffres suivants :

	AMMONIAQUE PAR LITRE D'EAU.
	Gr.
Neige recueillie sur la terre.	0,01034
Neige recueillie sur la dalle de pierre.	0,00178

et quant à l'origine de l'excédant d'ammoniaque accusé par la neige recueillie sur la terre, M. Boussingault déclare expressément « QU'IL EST POUR LUI DE LA DERNIÈRE ÉVIDENCE « QUE CET EXCÉDANT PROVIENT DES VAPEURS ÉMISES PAR LE SOL. »

Suivons les conséquences de cet aveu. Si la couche de neige avait seulement un centimètre d'épaisseur, chaque mètre de surface aurait reçu l'équivalent de 10 litres d'eau, aurait donc perdu $0^{gr},0806$ d'ammoniaque en trente-six heures[1]? Ceci porterait la perte par hectare, dans le même laps de temps, à 856 grammes, et à 208 kilog. d'ammoniaque ou 172 kil. d'azote dans le cours d'une année.

---

[1] On suppose à la neige la densité de l'eau.

En présence de ce témoignage dont je me suis bien gardé d'exagérer la gravité, que deviennent tous les calculs fondés sur la fertilisation par la pluie ?

Quand je vois aujourd'hui encore des esprits vraiment éclairés supputer gravement les milligrammes de matières azotées que la pluie apporte à la terre, et passer volontairement sous silence les centaines de kilogrammes qui se perdent en moins d'une année, je serais, malgré moi, tenté de douter de leur bonne foi, si l'appréciation des motifs personnels ne devait pas être bannie de toute discussion scientifique. Nous pouvons donc conclure, en toute assurance, que ni l'ammoniaque répandue dans l'air à l'état de gaz, ni l'ammoniaque, ni les nitrates condensés par la pluie ne jouent un rôle appréciable dans l'économie de la production végétale.

J'éprouve, en ce moment, un véritable embarras, car me voici en face d'un dernier argument qui semble emprunté à la science du moyen âge et que l'état actuel de nos connaissances m'autoriserait à passer sous silence, tant il est peu conforme aux principes les plus élémentaires d'une saine critique. L'ammoniaque et les nitrates de l'air ne suffisant pas, on m'a objecté, le croiriez-vous ? qu'il pouvait exister dans l'atmosphère des composés azotés d'une nature inconnue auxquels on devait rapporter l'excédent d'azote contenu dans les récoltes. Une expérience bien simple et toute pratique va réduire à néant cette nouvelle hypothèse.

On a institué deux cultures de froment l'une à côté de l'autre, dans deux caisses de zinc verni, de même dimension et abritées sous un même toit vitré. Un udomètre de même surface était placé à côté. Après chaque pluie, l'eau recueillie à l'udomètre était versée sur l'une des caisses, l'autre était arrosée avec un volume égal d'eau distillée.

Ammoniaque, nitrates, composés azotés mystérieux et indéterminés, tout devait donc affluer dans la première caisse,
tandis que tout était absolument banni de la seconde.
Quel fut le résultat ? Les deux récoltes, venues dans des
conditions si dissemblables, furent sensiblement égales et
contenaient la même quantité d'azote, comme vous pouvez
vous en convaincre par le tableau suivant :

CULTURE ARROSÉE	CULTURE ARROSÉE
A L'EAU DE PLUIE.	A L'EAU DISTILLÉE
Gr. Gr.	Gr. Gr.
Semence 25 de blé — azote 0,60	Semence 25 de blé — azote 0,60
RÉCOLTES	RÉCOLTES
Gr. Gr.	Gr. Gr.
Paille sèche. 338,7 — azote 1,66	Paille sèche. 388,7 — azote 2,06
Graines. . . 87 — 2,26	Graines. . . 80,7 — 2,05
3,92	4,11

Vous voyez, messieurs, qu'en prenant l'observation la
plus rigoureuse pour guide et pour loi, nous sommes amenés, par la force irrésistible des choses, à demander à
l'azote gazeux de l'atmosphère ce que l'on a vainement
cherché dans l'ammoniaque, les nitrates et les composés
indéterminés. Nous admettons en effet que l'azote de l'air
est assimilé par les végétaux ; que cette assimilation est
une des conditions de la vie végétale et qu'elle est la base
sur laquelle reposent les seules théories agricoles auxquelles
on puisse se confier. Envisageons donc maintenant le problème de l'origine de l'azote sous ce jour nouveau, et
voyons comment la science et la pratique se réunissent pour
consacrer la thèse que nous défendons.

La preuve invoquée par la science est aussi simple que
péremptoire.

Semer des graines dans du sable calciné, les arroser avec
de l'eau distillée parfaitement pure, et les cultiver dans
l'intérieur d'une cloche à parois de verre, que traverse un
courant d'air purifié de toutes les matières azotées adventi-
ves, voilà ce que la science a prescrit et réalisé quand elle
s'est donné la tâche de définir le rôle de l'azote de l'air
à l'égard des végétaux. Vous remarquerez que, dans ce
système d'expériences, les plantes ne sont en rapport
qu'avec de l'azote à l'état de gaz. L'eau distillée n'est formée
que d'hydrogène et d'oxygène ; le sable servant de sol est
de la silice pure, c'est-à-dire une matière absolument inerte
offrant aux plantes un point d'appui, mais ne leur cédant
rien ; or, les pots également calcinés dans un four à porcelaine sont exactement dans le même cas. On a ajouté, il est
vrai, au sable du phosphate de chaux, de la potasse, de la
chaux, de l'oxyde de fer à l'état de silicate, du sulfate de
chaux, en un mot tout ce que la végétation exige, mais à
l'exclusion de tous composés azotés. Dans ces conditions,
quel a été le résultat ? Les récoltes ont accusé un excédant
d'azote dont l'origine, après tout ce que je viens de dire, ne
peut évidemment être rapportée qu'à l'azote même de l'air.

Depuis quinze ans, j'ai varié ces expériences à l'infini.
Le résultat a toujours été le même : toujours l'azote de la
récolte a dépassé celui de la semence. Parmi les preuves
que je pourrais invoquer, je n'en citerai qu'une seule, l'expérience faite par moi en 1849. Je la préfère à toute autre,
parce qu'elle fait époque dans ma vie, et qu'elle a été
l'objet d'une vérification qui en atteste la parfaite exactitude.

EXPÉRIENCES SUR L'ABSORPTION DE L'AZOTE

PAR M. GEORGES VILLE[1].

	SEMENCES DESSÉCHÉES A 120°.	AZOTE.		RÉCOLTES DESSÉCHÉES A 120°.	AZOTE.
	Gr.	Gr.		Gr.	Gr.
Cresson.	0,531	0,026	Cresson. . . .	8,73	0,147
Lupins (grands).	0,991	0,064	Lupins (gr.). .	3,50	0,064
Lupins (petits).	0,991	0,604	Lupins (pet.) .	2,56	0,047
Total. des sem^s.	2,513		Total. des réc.	14,79	
Totalité de l'azote. . .		0,154	Totalité de l'azote. .		0,258

RÉSULTAT DE L'EXPÉRIENCE.

Azote dans les récoltes.	0,258
Azote dans les semences.	0,154
Azote tiré de l'air.	0,104

Il y a, dans cette expérience, une circonstance qui lui donne à mes yeux une valeur exceptionnelle. Elle se compose de trois cultures instituées toutes trois dans le même pot : sol, air, eau, tout était absolument semblable entre elles. Or, sur les trois cultures, malgré cette identité de conditions, une seule a réussi complétement, celle du cresson. Une autre, celle des grands lupins, ne présente ni perte ni gain. Celle des petits lupins accuse décidément une perte, et cette perte s'explique par une circonstance toute accidentelle. Les feuilles s'étaient collées aux parois de la cloche et avaient subi une altération assez profonde pour arrêter le développement des plantes auxquelles elles appartenaient.

---

[1] *Recherches expérimentales sur la végétation*, in-folio, chez M. Victor Masson, place de l'École-de-Médecine.

On peut tirer de cette expérience deux conclusions pratiques : la première, c'est que toutes les plantes ne se prêtent pas au même degré à ce mode artificiel de culture ; la seconde, c'est que le sable et l'eau distillée étaient bien réellement purs de tout principe azoté, puisque les grands lupins qui ont prospéré, n'accusent, par rapport à la semence, aucun excédant d'azote.

Je vous ai dit que mon expérience avait obtenu les honneurs d'une vérification ; permettez-moi d'en placer les résultats sous vos yeux :

EXPÉRIENCE DE VÉRIFICATION FAITE AU MUSÉUM D'HISTOIRE NATURELLE[1]

	POIDS DE LA RÉCOLTE DESSÉCHÉE A 120°.	POIDS DE LA SEMENCE DESSÉCHÉE A 120°.	RENDEMENT PAR RAPPORT AU POIDS DE LA SEMENCE.	EXCÉDANT D'AZOTE DANS LA RÉCOLTE.
	Gr.	Gr.	Fois.	Gr.
N° 1. . . .	2,242	0,319	7,02	0,000
N° 2. . . .	1,506	0,127	11,85	0,007
N° 3. . . .	6,021	0,124	48,04	0,050

Vous le voyez, messieurs, cette expérience est la confirmation fidèle de la précédente, à cette différence près, qu'indépendamment du fait principal relatif à l'absorption de l'azote, elle marque le moment précis où cette absorption commence. Le rendement s'arrête-t-il à sept fois le poids de la semence, la récolte n'accuse ni perte ni gain, on y

---

[1] *Comptes rendus de l'Académie des sciences*, 1855, t. XLI, page 757. Rapport fait à l'Académie des sciences au nom d'une commission composée de MM. Dumas, Regnault, Payen, Decaisne, Péligot, Chevreul rapporteur. Ce rapport conclut ainsi :
« L'expérience faite au Muséum d'histoire naturelle par M. Ville est conforme aux conclusions qu'il avait tirées de ses travaux antérieurs. »

retrouve exactement l'azote de la semence. Au delà de cette limite, elle accuse un gain manifeste dont les expériences 2 et 3 vous permettent de suivre le progrès.

Consentez, je vous prie, à placer en regard de ces résultats ceux que M. Boussingault a publiés en 1852. Dans ses expériences les plus heureuses, le poids des récoltes atteint à peine quatre à cinq fois celui de la semence, et il n'a jamais réussi à dépasser la phase où la plante vit aux dépens de la graine. Or que peut-on raisonnablement conclure de telles expériences?

RECHERCHES DE M. BOUSSINGAULT.

CULTURE DANS UNE ATMOSPHÈRE CONFINÉE[1].			CULTURE DANS UNE ATMOSPHÈRE RENOUVELÉE[2].		
	Poids de la semence	Poids de la récolte		Poids de la semence	Poids de la récolte
	Gr.	Gr.		Gr.	Gr.
1851. Haricot nain. . .	0,78	1,87	1854. Haricot nain. . .	0,72	2,00
Avoine.	0,57	0,54	Haricot nain. . .	0,75	2,84
1852. Haricot flageolet.	0,53	0,89	Lupin.	0,34	2,14
Avoine.	0,14	0,44	Haricot nain. . .	1,51	5,15
1853. Lupin.	0,62	1,82	CULTURE A L'AIR LIBRE.		
Lupin.	2,20	6,73	Haricot nain. . .	0,65	2,72
Haricot nain. . .	0,79	2,35	Cresson alénois.	0,50	2,25

Ces rendements minuscules, anormaux par leur faiblesse, n'attestent-ils pas, à vos yeux, un vice radical dans le procédé d'expérimentation?

En résumé, si l'on met de côté les questions de théorie et surtout les questions de personnes, il y a un fait sur lequel tout le monde doit tomber d'accord, c'est que ni les engrais ni le sol ne fournissent aux végétaux la totalité de l'azote qu'ils contiennent.

---

[1] *Annales de chimie et de physique*, 3e série, 1854, p. 1 et suivantes.
[2] Même recueil, 1855, t. XLIII, p. 149 et suivantes.

Veut-on que l'excédant provienne de l'ammoniaque et des nitrates de l'air ? Je le concède volontiers ; mais alors je demande pourquoi ces composés, auxquels on attribue un rôle si important, ne manifestent pas leur influence sur les cultures faites en plein air par M. Boussingault ? Pourquoi ces cultures n'attestent-elles jamais le moindre gain d'azote ? Si ses expériences ne sont pas défectueuses en quelque point, si vous les tenez pour exactes et probantes, prenez garde, car alors elles prouveront, contre M. Boussingault, que les nitrates et l'ammoniaque de l'air sont en proportion trop faibles pour exercer un effet appréciable sur les végétaux ; et nous reviendrons à notre point de départ : d'où vient, dans la grande culture, l'azote des récoltes dont les engrais ni le sol ne peuvent rendre compte ?

Concluons donc que l'azote de l'air est assimilé par les végétaux, pour lesquels il est une condition essentielle d'existence.

Si la forme un peu concise et par trop abstraite peut-être de cette démonstration devait, contre mon attente, laisser subsister le moindre doute dans vos esprits, j'ai lieu de penser que la nouvelle expérience dont je vais vous entretenir suffira pour les dissiper. Cette expérience est pour moi doublement précieuse : d'abord par son origine, puis et surtout par le caractère inattendu et inattaquable de la démonstration dont elle nous fournit les éléments.

Ayant eu l'idée d'étendre ses recherches d'un sol de sable calciné à un sol fumé, M. Boussingault institua dans l'intérieur d'un très-grand ballon de verre l'expérience que voici.

A du sable calciné, additionné des minéraux indispensables, il ajouta, à titre d'engrais azoté, six graines de lupin blanc, privées de leur faculté germinative par leur immersion dans l'eau bouillante. Il sema dans le sol ainsi préparé trois autres graines de la même espèce, après quoi il ferma le ballon à l'aide d'un petit système qui permettait d'ajouter à l'air un excès d'acide carbonique. Dans ces conditions nouvelles, les lupins poussèrent beaucoup plus que dans le sable calciné, additionné seulement de minéraux. La récolte accusa un gain d'azote considérable; mais, tout compte fait, l'engrais se trouva avoir perdu un peu plus d'azote que les plantes n'en avaient gagné. D'où M. Boussingault tire la conclusion « QUE L'ENGRAIS N'A PAS DÉTERMINÉ « L'ASSIMILATION DE L'AZOTE DE L'AIR, ET QUE L'AZOTE DE LA RÉ- « COLTE VIENT EXPRESSÉMENT DES SEMENCES ET DE L'ENGRAIS. »

Cette expérience a une portée capitale dans la question qui nous occupe. J'en ai vérifié plusieurs fois l'exactitude et je la tiens pour vraie dans son ensemble. Mais, et c'est ici que le dissentiment renaît, ces résultats prouvent réellement que l'azote à l'état de gaz est assimilé par les végétaux. Pour donner à cette démonstration un caractère irrésistible d'évidence, j'ai besoin de rappeler les chiffres mêmes de l'expérience de M. Boussingault, qui lui sert de base.

CULTURE FUMÉE DE LUPIN BLANC.

PAR M. BOUSSINGAULT [1].

	Gr.	AZOTE AU DÉBUT DE L'EXPÉRIENCE.
Azote dans les semences.	0,0365	Gr.
Azote dans l'engrais.	0,1462	0,182

	Gr.	AZOTE A LA FIN DE L'EXPÉRIENCE.
Azote dans la récolte.	0,1165	Gr.
Azote resté dans le sol	0,0552	0,169
Azote perdu par l'engrais.		0,013

[1] *Annales de chimie et de physique*, 3e série, 1854, tome XLI, p. 58

L'ensemble du système accuse une perte de $0^{gr},013$ d'azote, mais par contre la récolte accuse un gain de $0^{gr},080$.

	Gr.
Azote dans la récolte.	0,1165
Azote dans les semences	0,0365
Excédant acquis par la récolte.	0,0800

Au premier abord, les résultats semblent justifier la conclusion qu'en a tirée M. Boussingault. Il n'en est rien cependant; avant de se prononcer il eût fallu s'enquérir de ce que devenait l'engrais ajouté au sable. Il est manifeste que cet engrais, constitué par des graines de lupin, n'a pu être absorbé sous cette forme, et qu'il n'a pu concourir à la nutrition des plantes que par les produits de sa décomposition. Or ces produits sont au nombre de deux : Ammoniate et azote gazeux. Pour que la conclusion de M. Boussingault fût exacte et pour qu'il fût possible d'admettre avec lui qu'il n'y a pas eu assimilation d'azote à l'état de gaz, il faudrait que l'ammoniaque provenant de la décomposition de l'engrais pût rendre compte des $0^{gr},080$ d'azote gagnés par la récolte. Si la quantité d'ammoniaque est insuffisante, si l'azote qu'elle représente est inférieur à $0^{gr},080$, l'engrais, dans l'acte de sa décomposition n'ayant produit, en outre de l'ammoniaque, que de l'azote à l'état de gaz, ne sera-t-il pas évident pour vous, comme cela est manifeste pour moi, qu'une partie notable de l'azote fixé par les lupins l'a été sous forme d'azote gazeux? C'est en effet ce qui a lieu et ce que le tableau suivant devra mettre en pleine lumière

EXPÉRIENCE DE M. BOUSSINGAULT, INTERPRÉTÉE PAR M. VILLE.

	Gr.
Azote dans l'engrais, au début de l'expérience. . . .	0,146

Eu se décomposant, il produit :

		Gr.
Azote à l'état d'ammoniaque.	0,036	
Azote resté dans le sol.	0,053	0,146
Azote à l'état de gaz.	0,057	

Dans ces termes le doute n'est plus permis. $0^{gr},036$ d'azote dégagé à l'état d'ammoniaque ne peuvent rendre compte des $0^{gr},080$ d'azote acquis par la récolte. L'expérience, sous toutes ses formes, nous conduit donc invariablement à la même conclusion et tous les faits se réunissent pour attester que les végétaux possèdent bien véritablement la propriété d'assimiler à l'état de gaz soit l'azote naissant, soit l'azote de l'air.

S'il n'en n'était pas ainsi, la dernière expérience que je viens de discuter nous mènerait à des conséquences singulièrement graves, heureusement démenties par tous les faits connus.

En effet, puisque tous les composés organiques perdent, en se décomposant, une partie de leur azote à l'état de gaz, si les végétaux ne possédaient pas la faculté de s'assimiler l'azote sous cette forme, l'azote irait sans cesse s'accumulant à la surface du globe aux dépens de l'azote combiné ; la végétation, impuissante à rétablir l'équilibre et disposant d'une quantité d'azote de moins en moins forte, devrait finir par s'éteindre sans retour.

J'avais répondu, vous le voyez, à toutes les objections, et je pouvais croire la discussion définitivement close sur ce point. Combien je connaissais mal ce que l'esprit de système peut mettre de ténacité au service des plus mauvaises causes !

Depuis deux ans à peu près, il s'est produit une nouvelle théorie fort habilement présentée et sur laquelle on semblait d'autant plus compter, qu'on pouvait penser qu'il serait impossible de la ramener à une question de chiffres, ce *criterium* souverain, auquel il faut tôt ou tard en appeler pour prononcer en dernier ressort.

Je vous disais, il y a un moment, qu'un fait incontestable dominait nos dissentiments, et ce fait le voici : on ne trouve ni dans le sol ni dans les engrais l'explication de l'azote des récoltes, et il faut, de toute nécessité, choisir entre la supposition d'un gisement d'azote inconnu[1], ou admettre l'assi-

---

[1] MM. Lawes, Gilbert et Evan Puch ont publié, en 1861, un travail considérable sur la question qui nous occupe. Ils n'ont jamais réussi à constater un gain appréciable d'azote, mais ce résultat négatif s'explique par la faiblesse des rendements qu'ils ont obtenus. Tout ce que j'ai dit contre les résultats de M. Boussingault leur est applicable. Voici comment ils résument les conclusions de leur principal mémoire, publié dans les *Transactions philosophiques* (2ᵉ partie, 1861), sous ce titre : *On the sources of the nitrogen of vegetation*, page 540 :

« Les engrais ne rendent pas compte de la quantité d'azote que les plantes
« contiennent, surtout les légumineuses . . . . . . Dans nos expériences,
« les légumineuses n'ont jamais acquis leur développement normal. . . . .
« Nos expériences n'étant pas favorables à l'assimilation de l'azote de l'air,
« il est à désirer que l'on recherche plus complétement qu'on ne l'a fait
« encore toutes les sources où les végétaux peuvent en puiser ; car s'il est
« établi qu'ils ne sont pas aptes à opérer l'assimilation de l'azote libre, il
« faut convenir que NOUS IGNORONS A QUELLES SOURCES ET A QUELLES ACTIONS IL
« FAUT ATTRIBUER UNE GRANDE PARTIE DE CELUI QU'ILS CONTIENNENT. »

MM. Lawes, Gilbert et Evan Puch admettent donc, comme conclusion finale, l'existence d'une source d'azote qui nous échappe, bien qu'elle soit accessible aux végétaux et mise journellement à contribution par eux.

Tout en appréciant infiniment les travaux de ces messieurs, je n'ai pu, dans cette conférence, leur accorder une place aussi importante que je l'aurais voulu ; la nature de cette publication ne me le permettait pas. Mais

miliation de l'azote à l'état gazeux. Ne pouvant soutenir sans preuve la première hypothèse, et ne voulant pas se rendre à l'évidence de la seconde on a eu recours à l'expédient suivant :

On a admis que l'azote de l'air sert à la nutrition végétale, mais après s'être transformé au préalable dans le sein de la terre, par une réaction encore inconnue, en acide nitrique. Le fait principal survit donc à la discussion, et le dissentiment ne porterait plus que sur un point de détail. Eh bien, sur ce point, c'est la grande culture qui va se charger de percer à jour l'inanité de la supposition nouvelle. De l'aveu de M. Boussingault, la luzerne accuse un rendement moyen annuel de 9,000 kil. par hectare, contenant 207 kil. d'azote. Si l'on met à part la première année, la moyenne des rendements, pendant les quatre années suivantes, s'élève à 10,415 kil., ce qui porte l'azote de la récolte à 239 kil. Ce dernier résultat est encore au-dessous des rendements de la culture intensive. Mais la manière dont M. Boussingault a fixé la proportion d'azote dans la luzerne n'est pas admissible. Il l'a déduite en effet d'analyses étrangères aux produits de la récolte. Il a de plus surélevé de un quart, sans en donner la raison, la proportion d'azote attribuée par lui au fumier de ferme[1]. Vou-

---

j'aurai bientôt l'occasion d'y revenir, et, je puis le leur assurer, avec tout le développement que réclame l'importance du sujet, avec l'esprit d'impartialité indépendante dont ils ont fait preuve à mon égard.

[1] Voici d'abord les éléments d'où M. Boussingault a déduit la décomposition de la luzerne :

	AZOTE POUR CENT
Une luzerne fanée à Bechelbronn.	1,7
Une jeune luzerne en fleur qui a donné à M. Payen.	3,1
Une luzerne fanée en 1841.	2,25
Moyenne.	2,35

Plus loin il ajoute : j'ai pris la composition du fumier d'écurie à 0,0051

lant m'éclairer sur l'économie de cette culture, j'en ai institué
une à Vincennes. La première année, le sol a reçu une fumure
complète dans laquelle le nitrate de soude entrait pour une
quantité équivalente à 90 kil. d'azote par hectare. Les rendements ont dépassé ceux qu'a rapportés M. Boussingault. La
moyenne de la deuxième et de la troisième année se trouve
comprise entre 14 et 15,000 kil. Pour donner plus de
force à ma démonstration, je la réduirai volontairement à
10,522 kil., et j'admettrai que la totalité de l'engrais a été
absorbée par les deux dernières récoltes. Dans 10,522 kil.
de luzerne (qui équivalent à 12,000 kil. de luzerne séchée
au soleil), l'analyse accuse 387 kil. d'azote, desquels il convient de déduire 45 kil. provenant de l'engrais, ce qui réduit
l'excédant à 343 kil. Si cette quantité d'azote a été absorbée à l'état d'acide nitrique, on doit retrouver évidemment
dans les cendres de la récolte une quantité de bases suffisantes pour la neutraliser, l'acide nitrique n'ayant pu être
absorbé en nature. Or l'analyse ne confirme pas cette pré-
vision. 343 kil. d'azote correspondent à 1,322 kil. d'acide
nitrique, lesquels exigent 832 kil. de bases pour être sa-
turés. Or la totalité des éléments minéraux de la récolte,
déduction faite de l'acide carbonique, s'élève à 973 kil.,
dans lesquels les bases disponibles figurent pour 504 kil.;
d'où il résulte que la récolte, malgré la réduction que nous
lui avons fait subir, contient encore 135 kil. d'azote qui
n'ont pu pénétrer dans la plante à l'état de nitrate.

d'azote, tandis que la composition moyenne qui se déduit de ses analyses est
0,0041 ; cette surélévation a pour effet de porter à 224 kil. l'azote de la fumure, alors qu'en réalité il n'était que de 182 kil.

Comparer la composition du fumier admise par l'auteur dans le tableau
n° 4 des assolements, p. 189, et celui attribué au fumier de la luzerne,
p. 192, du tome II, de son *Économie rurale*.

Voici au surplus les éléments de cette discussion.

MINÉRAUX DANS 10,522 KILOGRAMME DE LUZERNE DESSÉCHÉE A 120°

	kil.	BASES SATURÉES PAR LES ACIDES MINÉRAUX DE LA CENDRE	BASES DISPONIBLES
Acide phosphorique. . . .	77,88	ɤ	»
— sulfurique.	44,60	»	»
— carbonique.	255,49	»	»
Chlore.	39,86	kil.	kil.
Potasse.	329,19	77,66	251,53
Soude.	56,41	34,80	1,61
Chaux.	263,17	46,07	217,10
Magnésie.	56,71	22,30	34,41
Oxyde de fer.	6,70	180,83	504,65
Silice soluble.	10,32		
Sable.	7,98		

D'autres faits empruntés à la grande culture viennent à
l'appui de cette déduction, qu'ils complètent et fortifient.

Je vous ai dit, en commençant l'étude de l'assimilation
de l'azote, que ce corps pouvait être absorbé par les végétaux sous trois formes principales : à l'état de nitrate, à
l'état d'ammoniaque et à l'état d'azote gazeux. Eh bien, in-
stituons trois cultures, une de froment, une de pois, la troisième de trèfle, soumises toutes les trois à deux modes de
fumure différents : d'une part, fumure complète comprenant les minéraux et un composé azoté ; de l'autre, fumure
simplement minérale. Sur le froment, l'effet de ces deux
fumures sera très-différent ; celui de la fumure simplement minérale sera presque nul ; et l'addition d'une matière azotée imprimera au contraire à cette culture un degré
de fécondité remarquable. Il est évident que le froment a
besoin de trouver, dans le sol, de l'ammoniaque ou du

nitre. Mais, à l'inverse de ce qui arrive dans ce cas, l'addition de ces substances à la fumure minérale n'exerce aucune influence appréciable ni sur la récolte des pois, ni sur celle du trèfle; l'effet est même décidément nuisible.

Or, si les nitrates et les sels ammoniacaux que l'on ajoute à la terre nuisent plus qu'ils ne servent au pois et au trèfle, peut-on, sans nier l'évidence, soutenir que ces plantes n'absorbent l'azote que sous ces deux formes? Et si, d'un autre côté, le froment sur le rendement duquel les engrais azotés exercent une si grande influence, ne produit presque rien avec une fumure simplement minérale, il est prouvé par cela même que la terre n'est pas le siége d'une formation de nitrate, puisque, si elle avait lieu, cette formation, en ajoutant à l'engrais ce qui lui manque, réaliserait la plus haute condition de la fertilité?

Les tableaux suivants, où je mets en regard les résultats obtenus à la ferme de Rothampsted par MM. Lawes et Gilbert et ceux que me donne depuis quatre ans le champ d'expériences de Vincennes, seront pour vous la manifestation de ce que j'ai cherché à vous démontrer, et, sous une forme irrécusable, le dernier argument de cette longue discussion.

CHAMP DE VINCENNES

RENDEMENT A L'HECTARE. — RÉCOLTES SÉCHÉES AU SOLEIL.

	FROMENT		POIS.	
	ENGRAIS COMPLET.	ENGRAIS MINÉRAL.	ENGRAIS COMPLET.	ENGRAIS MINÉRAL.
1861.	Paille 4250	3120	Paille 5380	5340
	Grain 2400	2130	Grain 1470	1770
	6650	5250	6850	7110

	FROMENT.			POIS.	
	ENGRAIS COMPLET.	ENGRAIS MINÉRAL.		ENGRAIS COMPLET.	ENGRAIS MINÉRAL.
1862.	Paille 3950	3230		Paille 3950	3680
	Grain 1900	1520		Grain 1690	2010
	5850	4750		5620	5690
1863.	Paille 6941	3003		Paille 2180	2660
	Grain 3750	1287		Grain 700	810
	10691	4290		2880	3470
1864.	Paille 4500	2300		Paille 3000	3200
	Grain 1890	1060		Grain 1290	1530
	6390	3360		4290	4730

FERME DE ROTHAMPSTED.

	FROMENT.			FÉVEROLES.	
	ENGRAIS COMPLET.	ENGRAIS MINÉRAL.		ENGRAIS COMPLET.	ENGRAIS MINÉRAL.
1852.	Paille 4239	2187	1847.	Paille 2019	2179
	Grain 1812	1169		Grain 1627	1887
	6051	3356		3646	4066
1853.	Paille 4156	2268	1848.	Paille 1429	1704
	Grain 1516	666		Grain 1670	2036
	5672	2934		3099	3740
1854.	Paille 6172	2793			
	Grain 3278	1720			
	9450	4513			
1855.	Paille 4487	2012			
	Grain 2348	1279		TRÈFLE.	
	6835	3291	1849.	9550 k.	9625 k.
1856.	Paille 4982	2299			
	Grain 2534	1342			
	7516	3641	1850.	2406	2352

	FROMENT.		TRÈFLE.	
	ENGRAIS COMPLET.	ENGRAIS MINÉRAL.	ENGRAIS COMPLET.	ENGRAIS MINÉRAL.
1857. Paille	4210	1864		
Grain	3161	1623		
	7371	3487 1851.	3611	5572

Que pourrait-on ajouter à ces chiffres si éloquents? Si les matières azotées réputées les plus efficaces, si les nitrates et les sels ammoniacaux sont pour certaines plantes sans effet ou même décidément nuisibles, n'est-il pas évident qu'on ne peut attribuer l'azote de ces plantes à ces composés, quels que puissent être d'ailleurs leur origine et leur mode de formation? Le froment qui alterne avec une légumineuse produit autant que le froment qui alterne avec une jachère; le froment qui succède au trèfle rend plus que le froment qui a précédé le trèfle. Que peut-on opposer à l'unanimité de ces témoignages? Reconnaissons donc la justesse, la vérité de la proposition par laquelle nous avons commencé cette étude. Oui, l'azote est assimilable sous des formes multiples : la forme que le froment préfère ne convient ni au trèfle ni aux pois ; ce que le froment demande au sol à l'état de nitre et de sels ammoniacaux, les légumineuses le prennent dans l'air à l'état d'azote gazeux. Oui, la faculté d'assimiler l'azote de l'air, plus particulière à certaines espèces végétales, est une loi d'ordre supérieur ; elle a pour fonction de compenser la perte incessante d'azote que la respiration animale fait subir au capital disponible de matières azotées ; elle rétablit l'équilibre troublé par la perte de même nature que la décomposition spontanée des matières organiques fait naître ; elle est le pivot sur lequel roulent toutes les combinaisons d'assolement, en ce sens que certaines plantes ramènent aux engrais l'azote que d'autres leur ont pris. Supprimez cette faculté, il n'est plus possible de comprendre le travail de la végétation, les ténèbres succèdent à la lumière ; de florissantes qu'elles étaient nos cultures deviennent précaires ; atteintes dans l'une de ses conditions les plus essentielles, la vie s'épuise dans une lente et douloureuse agonie.

Pour échapper à l'irrésistible évidence de ce long enchaînement de preuves, on a essayé de ce que les géomètres appellent une réfutation par l'absurde.

L'azote, a-t-on dit, ne possède que des affinités très-faibles ; il n'entre en combinaison avec d'autres corps qu'à grand'peine et sous l'empire de conditions tout exceptionnelles, et on a invoqué cette sorte d'inertie pour réfuter *a priori* et sans examen les résultats qui lui sont contraires. Mais s'il est vrai que l'azote, dans l'état où l'air le contient, ne possède que de faibles affinités, il est non moins incontestable que l'azote forme, avec une facilité remarquable, les composés les plus stables que la chimie connaisse si on le met en rapport avec des corps à l'état naissant c'est-à-dire au moment où ils sortent d'une combinaison antérieure [1].

En contact avec de l'hydrogène à l'état naissant, l'azote donne lieu à une formation d'ammoniaque ; si on substi-

---

[1] J'extrais le passage suivant d'un rapport fait à l'Académie des sciences sur les travaux de M. Boussingault, à l'époque où ce savant admettait l'assimilation de l'azote de l'air par les plantes :

« On a été involontairement tenté de croire que l'azote demeurait à l'état « passif dans tous ces phénomènes (la végétation), car on sait que l'azote, pris à « l'état gazeux, ne contracte de combinaison qu'avec beaucoup de peine. On « n'avait pas réfléchi suffisamment à la facilité avec laquelle l'azote dissous « contracte, au contraire, des combinaisons énergiques. ON N'AVAIT PEUT-ÊTRE PAS SONGÉ NON PLUS AUX CIRCONSTANCES QUI SE PRÉSENTENT DANS LES PATURAGES DES HAUTES MONTAGNES, OU CHAQUE ANNÉE ON EXTRAIT TANT D'AZOTE

tue à l'hydrogène de l'oxygène, également à l'état naissant, il se forme de l'acide nitrique ; si c'est le carbone qui entre en jeu dans les mêmes conditions, il fera naître du cyanogène. Or, si vous voulez vous reporter un instant à ce que nous avons dit en traitant de l'assimilation du carbone, vous vous rappellerez que chaque feuille devient le foyer d'une évolution presque incessante d'oxygène et de carbone à l'état naissant. Alors pourquoi l'azote que la séve fait affluer vers les feuilles et celui que ces organes peuvent puiser dans l'air ne se combineraient-ils pas l'oxygène et le carbone qui y naissent ? Cette supposition est d'autant plus légitime, que si l'on recueille l'oxygène que les feuilles exhalent et qu'on le mêle à l'azote de l'air, il suffit de faire passer ce mélange dans une dissolution de potasse caustique pour que la combinaison ait lieu et que l'azote se change en acide azotique.

A côté du fait incontestable de l'assimilation directe de l'azote à l'état de gaz, la science nous offre donc, sans sortir des lois les mieux établies de l'affinité, les moyens de comprendre et d'expliquer cette assimilation. L'argument tiré de l'inertie de l'azote se trouve par là réfuté comme tous les autres.

Et maintenant que la vérité s'est faite à nos yeux, que nous avons débarrassé le chemin des ronces dont on l'avait embarrassé, que l'esprit ne peut plus conserver aucun doute, parlons de l'assimilation de l'ammoniaque et du nitre et des propriétés de ces deux agents de fertilité. Mais aupa-

---

« PAR L'ENGRAIS DES BESTIAUX ET LA PRODUCTION DU LAITAGE, ET OU NÉANMOINS « L'AZOTE NE PEUT GUÈRE PARVENIR QUE PAR L'AIR ATMOSPHÉRIQUE LUI-MÊME. »

DUMAS.

(*Comptes rendus de l'Académie des sciences*, 1839, tome VI, p. 130.)

ravant essayons de fixer ce que la culture, en France, prélève d'azote sur l'atmosphère, dans le cours d'une année. Cette quantité est vraiment énorme ; elle s'élève annuellement à 1,880,000 tonnes, dont le tableau suivant doit vous fournir la justification par nature de culture :

NATURE DES CULTURES.	SURFACES CULTIVÉES.	AZOTE TIRÉ DE L'AIR.
	Hect.	Tonnes.
Cultures et prés.	30659259	1530000
Forêts et vignes. . . . . , .	9776334	
Olivets, amandiers, mûriers. . . .	109261	350000
Châtaigneraies.. :	559029	
Total de l'azote tiré de l'air.		1880000

IV. D'une manière générale, et à part les exceptions dont les légumineuses sont l'exemple le plus remarquable, on peut dire que l'azote est plus facilement assimilable à l'état d'ammoniaque qu'à l'état de gaz. Dans une atmosphère additionnée de vapeurs ammoniacales, la végétation est généralement plus prospère que dans l'air pur. Le colza et le froment, en particulier, y acquièrent un développement tout à fait exceptionnel : leurs feuilles sont d'un vert plus foncé ; on les dirait enduites d'une couche de plombagine, et, à l'analyse, la récolte accuse une proportion d'azote plus élevée.

J'ai réussi, par l'emploi de l'ammoniaque en vapeurs, à imprimer à des orchidées un degré de vigueur et de prospérité qui contrastait avec l'état habituellement maladif de ces plantes. On a particulièrement remarqué les bons effets de ces vapeurs sur les espèces *Phajus*, *Zycopetalum*, *Lycastes*, *Houletia*. Sur les *Musa*, les *Caladium*, les *Crinum*. les *Ravenala* et les *Pelargonium* leur action a été plus manifeste encore. Le moyen le plus simple pour mettre en

pratique ces espèces de fumigations dans les serres consiste à frotter un morceau de carbonate d'ammoniaque
sur les conduits de chaleur du calorifère.

L'emploi des vapeurs ammoniacales exige une grande
surveillance. Il faut l'interrompre pendant les chaleurs de
l'été et quand approche l'époque de la floraison ; car en
surexcitant le développement des feuilles, on nuirait à la
production des fleurs. Pour préciser autant qu'il m'est possible ces notions sur l'assimilation de l'ammoniaque et ses
effets, je crois devoir placer sous vos yeux les résultats de
deux cultures de même nature instituées l'une dans l'air
pur, l'autre dans une atmosphère artificiellement additionnée de vapeurs ammoniacales.

DANS L'AIR PUR.			DANS L'AIR AMMONIACAL.		
NATURE DES CULTURES	RÉCOLTES DESSÉCHÉES A 120°	AZOTE DANS LES RÉCOLTES	NATURE DES CULTURES	RÉCOLTES DESSÉCHÉES A 120°	AZOTE DANS LES RÉCOLTES
	Gr.	Gr.		Gr.	Gr.
Colza...	55,76	1,070	Colza...	67,02	2,810
Froment.	2,80	0,031	Froment.	19,28	0,750
Seigle..	5,14	0,057	Seigle..	18,65	0,575
Tot. des réc. 59,70			Tot. des réc. 104,95		
Totalité de l'azote.. 1,138			Totalité de l'azote.. 4,113		

AZOTE DANS 100 DE RÉCOLTE :

VENUES DANS L'AIR PUR		VENUES DANS L'AIR AMMONIACAL	
	Gr.		Gr.
Colza..........	1,99	Colza..........	4,19
Froment.......	1,10	Froment.......	3,77
Seigle.........	1,18	Seigle.........	3,07

On peut mettre en évidence l'assimilation de l'ammoniaque par un autre procédé; pour cela il suffit d'ajouter du sel ammoniac à un sol de sable, pourvu de tous les minéraux que la production des végétaux exige. Dans ces conditions ils prospèrent plus qu'avec les minéraux seuls. On constate, en outre, que la proportion du sel ammoniac diminue dans le sol à mesure que les plantes progressent. L'assimilation est donc certaine.

Cette expérience, appliquée aux nitrates, conduit au même résultat. Les végétaux absorbent aussi ces sels et se les assimilent; on constate même qu'à proportion égale d'azote, le nitrate de potasse produit plus d'effet que les composés ammoniacaux. Voici quelques faits précis à l'appui de ces deux assertions.

CULTURE DE FROMENT.

AVEC 0gr,110 D'AZOTE A L'ÉTAT DE :	POIDS DE LA RÉCOLTE DESSÉCHÉE A 120°	AZOTE DANS LA RÉCOLTE
	Gr.	Gr.
Nitrate de potasse........	26,71	0,221
Chlorhydrate d'ammoniaque...	20,40	0,142
Nitrate d'ammoniaque......	18,52	0,155
Phosphate d'ammoniaque. . . .	18,40	0,158

Dans une autre expérience sur le colza, l'avantage en faveur du nitre a été plus marqué encore.

	POIDS DE LA RÉCOLTE DESSÉCHÉE A 120°.	AZOTE DANS LA RÉCOLTE.
	Gr.	Gr.
Hydrochlorate d'ammoniaque...	6,80	0,105
Nitrate de potasse........	15,20	0,374

M. Kuhlmann a obtenu en grand des résultats analogues. Il a constaté que les nitrates et les sels ammoniacaux, employés à doses égales, produisent des effets égaux. Il en résulte clairement que les nitrates sont les plus efficaces, puisque, à poids égal, ils renferment presque moitié moins d'azote. En effet, le nitrate de soude du commerce contient de 15 à 16 pour 100 d'azote, tandis que le sel ammoniac en contient de 25 à 27 pour 100.

EXPÉRIENCES SUR UNE PRAIRIE NATURELLE

PAR M. KUHLMANN.

A L'HECTARE :	NATURE ?+ L'ENGRAIS	POIDS DE LA RÉCOLTE	EXCÉDENT DU A L'ENGRAIS
	kil.	kil.	kil.
1844 Sans engrais.	»	3820	»
Sulfate d'ammoniaque. .	250	5564	1744
Nitrate de soude. . . .	250	5590	1770
1845 Sans engrais.	»	7744	»
Sulfate d'ammoniaque. .	200	9388	1644
Nitrate de soude. . . .	200	9545	1801

Les cultures de Vincennes n'ont pas présenté les mêmes différences. Les sels ammoniacaux ont produit relativement plus d'effet que les nitrates. Mais j'incline à penser que si les résultats ne concordent pas avec les précédents, cela tient aux doses excessives des produits azotés mis en jeu. Les cultures étant surabondamment pourvues de ces composés, l'influence de chaque forme individuelle ne pouvait guère se manifester.

ACTION COMPARÉE DU NITRATE DE SOUDE ET DU SEL AMMONIAC

(174 KILOGR. D'AZOTE A L'HECTARE.)

			RÉCOLTES SÈCHES		
			NITRATE DE SOUDE Kil.		SEL AMMONIAC Kil.
1862	FROMENT de printemps. . . .	Paille	4380	Paille	5930
—	—	Grains	1900	Grains	1900
			6280		5830
1863	— d'automne	Paille	6435	Paille	6941
—	....	Grains	3135	Grains	3750
			9570		10691
1864	— —	Paille	4190	Paille	4500
—	....	Grains	1980	Grains	1890
			6170		6390
1861	BETTERAVES.	Racines	8196	Racines	7940
1862	—	Racines	3620	Racines	3053
1861	ORGE de printemps.	Paille	5350	Paille	5270
—	—	Grains.	3020	Grains	3280
			8370		8550
1862	— —	Paille	4450	Paille	3880
—	—	Grains	2730	Grains	2450
			7180		6330
1863	COLZA	Paille	10400	Paille	8750
—		Grains	2670	Grains	2740
			13070		11490
1861	POIS	Paille	5580	Paille	5380
—		Grains	1471	Grains	1470
			7051		6850
1862	—	Paille	3280	Paille	3930
—		Grains	1400	Grains	1690
			4680		5620

8

Les matières organiques qui contiennent de l'azote exercent sur la végétation une action comparable à celle des sels ammoniacaux et des nitrates. Cela ne doit pas nous surprendre, puisque leur décomposition produit de l'ammoniaque. Les bons effets du sang desséché, de la chair, les déjections animales et des fumiers en vert sont dus en partie à cette production. Il ne m'a pas été donné de pouvoir emprunter à la grande culture des documents qui me seraient nécessaires pour énoncer à ce sujet des faits précis, mais je puis y suppléer en partie par les résultats suivants, tirés de mes recherches de laboratoire :

CULTURE DE FROMENT :

	POIDS DE LA RÉCOLTE SÈCHE.	AZOTE DANS LA RÉCOLTE.
AVEC 0ᵍʳ,110 D'AZOTE A L'ÉTAT DE :	Gr.	Gr.
Nitrate de potasse..	26,71	0,221
Sel ammoniac.	20,40	0,142
Gélatine.	22,56	0,204
Graines de lupin.	18,12	0,154

L'emploi des matières azotées se rattache au phénomène de l'absorption de l'azote par un ordre de faits qui méritent de vous être signalés. Ils éclairent d'une lumière inattendue cet acte important de la vie végétale, et ils nous révèlent en même temps les conditions les plus avantageuses de l'emploi de ces substances. Si l'on institue, au sein de sable calciné, deux cultures de colza, dans des conditions identiques, à cette différence près que l'une reçoit 0ᵍʳ,50 de nitrate de potasse, et l'autre 1 gramme, on est conduit, par rapport à l'assimilation de l'azote de l'air, à deux résultats contradictoires.

Tout est d'abord semblable entre les deux cultures. Les

plantes prospèrent à l'envi, leurs feuilles d'un beau vert étalent leur limbe ferme et résistant, à l'extrémité d'un pétiole rigide et droit. Mais, au bout de six semaines, le pot qui n'a reçu que 0^{gr},50 de nitre, change d'aspect. Les feuilles perdent leur fraîcheur, et elles deviennent glauques et ternes. Les premières venues pâlissent et se détachent, et celles qui poussent encore n'atteignent pas la dimension de leurs aînées. Vainement on prolongerait l'expérience; les plantes n'arriveraient pas à dépasser cette phase, limite de leur développement; il semble qu'elle soit arrêtée par un obstacle infranchissable. Si on termine l'expérience à cette période et que l'on dose l'azote de la récolte, on le trouve en quantité rigoureusement égale à la somme de l'azote contenu à la fois dans le nitre et dans la semence. Prenons acte par quelques chiffres de ce premier fait :

CULTURE DE COLZA, AVEC 0^{gr},50 DE NITRE

I			II		
Semence desséchée	Gr.		Semence desséchée	Gr.	
à 100°.	0,027		à 100°.	0,027	
Azote du nitre et de		Gr.	Azote du nitre et de		Gr.
la semence.. . .		0,070	la semence.. . .		0,070
Récolte desséchée à	Gr.		Récolte desséchée à	Gr.	
100°.	5,14	Gr.	100°.	5,02	Gr.
Azote de la récolte.		0,066	Azote de la récolte.		0,068

Dans le second pot, qui a reçu 1 gramme de nitre au lieu de 0,50, les choses se passent tout autrement. Le ralentissement et le temps d'arrêt subis par la première culture ne se font pas sentir. Les plantes continuent de prospérer; et si l'on prolonge l'expérience pendant quatre mois, la récolte, au terme de cette durée, accuse un excédant d'azote considérable. Voici, en effet, jusqu'où cet excédant peut aller :

CULTURE DE COLZA, AVEC 1er DE NITRE

Semence desséchée à 100°. 0gr,031
Azote du nitre et de la semence.. . . . . . .   0gr,140
Récolte desséchée à 100°. 15gr,30
Azote de la récolte. 0gr,374

Quelle est la signification de ces résultats si différents?
Ils nous apprennent que les matières azotées agissent de
deux manières sur la végétation : par l'azote dont elles en-
richissent le sol, et par l'azote que les plantes développées
sous leur vivifiante influence arrivent à puiser elles-mêmes
dans l'atmosphère. Mais, pour que ces derniers effets se
produisent, il faut que les plantes trouvent dans la terre la
quantité de composés azotés nécessaire pour donner aux
feuilles le développement et la force qu'exige l'assimilation
de l'azote gazeux. Les colzas cultivés avec 0gr,50 de nitre n'ont
rien gagné, parce qu'ils n'ont pu atteindre ce développement;
les autres, qui avaient reçu un gramme, accusent au contraire un excédant considérable parce qu'ils l'ont atteint et
dépassé.

Entre les végétaux qui, à l'exemple du froment, tirent de
préférence leur azote du sol, et ceux qui semblent le prendre
en totalité dans l'air et sur lesquels les nitrates et les sels
ammoniacaux exercent un effet au moins nul, sinon nuisible,
comme nous l'avons reconnu pour les pois et pour le trèfle, il faut placer ceux qui occupent un rang intermédiaire.
Telle est notamment la betterave, dont la culture réclame
impérieusement de grandes quantités de matières azotées,
mais dont la récolte accuse, en fin de compte, un excédant
considérable d'azote.

Plus cet excédant sera élevé, et plus la plante sera amélio-
rante, car plus elle sera apte à compenser les pertes d'azote
en combinaison qui résultent soit des exhalaisons du sol,

soit de la conversion d'une partie des récoltes en viande. Il résulte aussi, de ce que je viens de vous dire, que les cultures les plus améliorantes sont non pas celles qui pour prospérer exigent le moins d'engrais, mais bien celles qui prélèvent le plus d'azote sur l'atmosphère. Ajoutons même que, pour certaines d'entre ces dernières, plus la fumure sera forte et plus l'amélioration subséquente du sol sera grande. Ce rapport, cette solidarité dont la science vient de nous révéler la véritable cause, la pratique en a depuis longtemps constaté l'existence, comme l'attesteraient au besoin ces paroles de Mathieu de Dombasle :

« C'est un fait d'observation générale, dit-il, que les « fonctions par lesquelles les végétaux s'approprient les « éléments nutritifs contenus dans le sol et dans l'air sont « des *fonctions correspondantes*, de sorte qu'une augmen-« tation dans la quantité des principes qu'ils tirent de la « terre peut seule les mettre en état de s'approprier une « quantité plus considérable des aliments atmosphériques. « C'est pour cela que les plantes les plus améliorantes, « celles qui empruntent le plus à l'air, le sont d'autant « plus qu'elles croissent sur un sol plus fertile. »

Cette théorie des cultures intensives peut se formuler d'une manière plus saisissante et plus scientifique. Supposons, en effet, une plante cultivée dans le sable calciné, aux dépens de l'air et de l'eau, et produisant, dans les quinze premiers jours qui suivent sa germination, vingt feuilles. Si le produit de l'absorption d'une feuille se traduit tous les quinze jours par la formation d'une feuille nouvelle, au bout de trois mois et demi la plante aura produit deux mille cinq cent soixante feuilles.

A côté, supposons une autre plante cultivée dans un sol fumé, et admettons que le fumier détermine, tous les quinze jours, la formation de cinq feuilles en sus de celles dont l'air et l'eau ont fait tous les frais dans la culture précédente. Après le même laps de temps, la plante aura produit trois mille huit cent trente-cinq feuilles, c'est-à-dire près de deux fois plus que dans le premier cas, et pourtant le fumier n'a déterminé par lui-même que la formation de trente-cinq feuilles. Ce résultat que, au premier abord, on serait tenté de rejeter parce qu'il semble un paradoxe, s'explique cependant aisément, quand on réfléchit que les premières feuilles, qui ont le fumier pour origine, concourent à l'accroissement de la récolte, non-seulement par leur nombre, mais encore par les feuilles de formation subséquente dont l'atmosphère a fait tous les frais. Il se passe là quelque chose d'analogue à ce qu'on observe dans la chute d'un corps. Plus il tombe de haut, plus sa vitesse est grande lorsqu'il arrive à la surface de la terre, parce qu'à la vitesse qu'il acquiert à chaque instant s'ajoute l'action constante de la pesanteur.

Ainsi, entre le froment qui puise tout son azote dans le sol, et les pois qui semblent ne le tirer que de l'air, il faut placer l'orge et la betterave, qui l'empruntent à ces deux sources à la fois, et dont les emprunts faits à l'atmosphère sont d'autant plus élevés que le sol a été plus abondamment fumé.

Vous voyez par là, messieurs, que les matières azotées jouent un rôle de premier ordre dans l'économie végétale. Dans la pratique, on trouve de grands avantages à employer de préférence les sels ammoniacaux et le nitrate de soude. La fixité de leur composition, la sûreté de leur action, leur forme éminemment assimilable, leur assurent une supériorité méritée sur tous les autres composés azotés. J'ai coutume de les employer à la dose de 90 à 100 kil. d'azote à l'hectare, ce qui fait en chiffres ronds 400 kil. de sel ammoniac, et 550 kil. de nitrate de soude.

Par cela même que ces produits sont doués d'une grande puissance, on ne saurait les répandre avec trop de soin et d'uniformité. On y parvient assez facilement, en les mélangeant avec quatre ou cinq fois leur poids de terre passée à la claie et sur laquelle on verse quelques arrosoirs d'eau. On mêle à la pelle les sels avec la terre, on forme un tas qu'on abandonne à lui-même pendant quarante-huit heures. Les sels se dissolvent en partie et se diffusent, par l'effet de la capillarité, dans toute la masse de terre ; on retourne encore une ou deux fois à la pelle, et on répand à la machine ou à la main, immédiatement après le dernier labour. On herse et on sème.

De l'ensemble des notions qui viennent de vous être présentées, il résulte, messieurs, qu'entre le carbone, l'hydrogène, l'oxygène d'une part, et l'azote de l'autre, il y a, sous le rapport agricole, cette différence profonde, que la nature fournit toujours surabondamment aux végétaux les trois premiers, et que, par conséquent nous n'avons pas à nous en préoccuper, tandis qu'elle ne leur fournit l'azote qu'exceptionnellement et sous l'empire de certaines conditions.

Le secret de la bonne culture consiste à faire alterner les plantes qui puisent l'azote dans l'air avec celles qui ont besoin de le trouver dans le sol à l'état de nitre et de sels ammoniacaux, et à réserver pour ces dernières tout ce qu'on peut se procurer de composés azotés.

Les cultures qui puisent l'azote dans l'atmosphère ont été à bon droit appelées cultures améliorantes, puisqu'elles ont pour destination de réparer les pertes d'azote combiné causées par la décomposition des engrais et l'alimentation des animaux; mais, parmi ces cultures, il faut distinguer celles sur le développement et le rendement desquelles les composés azotés du sol n'exercent aucune action, de celles qui ne puisent l'azote dans l'air qu'à la condition rigoureuse d'en avoir trouvé dans le sol.

En tête des premières il faut placer le trèfle, les pois, les féveroles. La betterave a été considérée jusqu'ici comme le type par excellence des secondes, mais je crois qu'on sera amené à lui préférer le chou branchu et peut-être aussi le sorgho. Répétons-le, pour les plantes de cette catégorie, il faut nécessairement recourir aux engrais azotés; leur effet améliorant ne se manifeste qu'à ce prix.

C'est par l'alternance de ces cultures opposées et l'administration raisonnée de l'engrais qui convient le mieux à chacune, qu'on réussit à élever les rendements ou le chiffre des récoltes sans épuiser la terre. Un des secrets de la culture intensive est donc, comme nous l'avons démontré, de tirer de l'air le plus d'azote possible; c'est là que doivent tendre tous les efforts des agriculteurs, et un des services les plus utiles que la science leur ait rendus a été précisément de mettre cette vérité dans tout son jour. Si elle est, la science, un guide, qu'il ne faut suivre qu'avec une certaine réserve, à cause des questions d'argent dont les opérations agricoles se compliquent, n'oublions pas que tout ce qui a été fait d'utile, de bon et de grand est conforme à ses lois, et que si nous sommes à la veille de voir s'accomplir des progrès qui, par leur importance et leur fécondité, feront pâlir les conquêtes du passé, c'est à elle que nous en serons redevables.

Dans la prochaine conférence nous traiterons des fonctions de l'humus, de l'argile et du sable, et des minéraux utiles à la végétation.

APPENDICE

Pour compléter ce que j'ai dit de l'emploi des vapeurs ammoniacales dans les serres, je crois devoir reproduire la note suivante, dont on ne peut manquer d'apprécier la haute valeur pratique :

OBSERVATIONS FAITES DANS QUATRE SERRES
SUR L'INFLUENCE DES FUMIGATIONS AMMONIACALES.

Ces fumigations ont eu lieu dans quatre serres :

1° Une serre chaude principalement affectée aux orchidées ; 2° une autre serre chaude ; 3° une serre à pélargoniums, à cinéraires, à calcéolaires, etc. ; 4° une serre à camellias, à azaléas, etc.

Elles ont commencé le 15 février 1852 et ont été continuées, savoir : dans la serre à orchidées, jusqu'à la fin de juin. C'est, à proprement parler, la seule serre où les fumigations aient été faites avec suite au moyen de l'appareil disposé par M. Ville ; elles ont été interrompues pendant les chaleurs et reprises vers la fin d'août. Dans la seconde serre chaude, les fumigations ont été faites moins régulièrement et au moyen de petits ballons contenant quelques morceaux de chaux sur lesquels on versait 15 à 20 grammes de dissolution d'hydrochlorate d'ammoniaque. Ces bouteilles étaient promenées à la main dans les diverses parties de la serre. Des réparations commencées en mai ont interrompu les expériences. Dans les serres à pélargoniums et à camellias, les fumigations, faites très-irrégulièrement, ont cessé à la fin d'avril.

Les opérations, qui ont été continuées avec suite, peuvent se résumer de la manière suivante :

1° A la mi-mars, on remarque un changement très-marqué dans la verdure des plantes des serres chaudes. Les feuilles des plantes succulentes sont injectées d'une couleur vert sombre ; cette couleur fait bourrelet autour des parties maculées ou froissées. Dans les feuilles en cours de développement, on aperçoit des veines très-foncées de couleur verte qui se ramifient à l'infini et marbrent les tissus. Ces effets sont surtout très-caractérisés dans les *Musa*, *Caladium*, *Crinum*, *Ravelana* ; dans plusieurs espèces d'orchidées, *Phajus*, *Zygopetalum*, *Lycastes*, *Houletia*, etc. Dans la serre à pélargoniums, les plantes, qui, en général, avaient souffert et étaient très-jaunes, ont poussé vigoureusement et développé un feuillage abondant et très-foncé. La serre à camellias et à azaléas ne donne lieu à aucune observation.

2° Au milieu du mois d'avril, la végétation des plantes de serre chaude est remarquable par sa couleur verte et par la force et la grandeur des feuilles. Sur les feuilles des plantes succulentes existe une couche grasse : on dirait que les tissus ont été enduits de mine de plomb. Le développement des parties foliacées se fait rapidement et avec vigueur. Des plantes qui sont ordinairement d'un vert pâle, les *Miltonia*, *Oncidium roseum* et autres, ont une teinte plus vive. Les *Begonia* ont des feuilles sombres et veinées ; il semble que les plantes à feuillage dur et résistant sont plus vertes qu'à l'ordinaire. Des *Crinum* qui avaient souffert se développent avec une grande vigueur, et prennent de fortes dimensions. Il en est de même des *Musa* et des *Caladium*. Quelques fleurs d'orchidées, telles que *Phajus grandifolium*, *Cœlia Baueriana* et autres, paraissent avoir des teintes plus foncées et une vivacité de coloris plus grande. Les pélargoniums, les cinéraires et autres plantes de serre froide sont d'un vert et d'une vigueur très-remarquables. Rien d'appréciable dans la serre à camellias, si ce n'est que ces plantes végètent d'une manière assez puissante.

3° Au milieu du mois de mai, les observations ne portent plus que sur les plantes de serre chaude ; leur végétation vigoureuse, leur état de santé, la verdure de leur feuillage, frappent tous les yeux. Les plantes succulentes sont surtout remarquables par la grandeur des feuilles, la force des pétioles, le vert foncé du limbe ; les tissus sont pour ainsi dire injectés, et l'on suit à l'œil tous les dessins que la couleur verte a faits en circulant dans les vaisseaux. Ces plantes sont fermes et portent bien tous leurs appendices. Les orchidées et plusieurs espèces de plantes dures végètent avec vigueur et très-abondamment. Mais plusieurs plantes qui auraient dû montrer leurs fleurs sont en retard ; d'autres qui auraient dû être au repos continuent à végéter ; d'autres, enfin, dont le repos aurait dû se prolonger, se remettent en végétation avant le temps : on dirait que les fumigations sollicitent les plantes à pousser et prolongent leur période de croissance. Quelques orchidées, qui montrent leurs tiges à fleurs en développant leurs pseudo-bulbes, ont de nombreuses tiges florales ; il n'en est pas de même des orchidées à tiges, dont la végétation est presque constante.

4° A la fin de juin, les effets déjà signalés sont encore plus saillants, la végétation de certaines plantes est splendide ; l'aspect général est des plus satisfaisants. Beaucoup d'espèces d'orchidées ont développé de nombreux pseudo-bulbes ou de nombreuses tiges ; les feuilles sont généralement plus grandes et plus vertes que dans les végétations précédentes. Sur quelques espèces, il semble que cette croissance des feuilles nuit à la formation des pseudo-bulbs, qui n'atteignent pas leur grosseur ordinaire, quoique la partie foliacée soit plus forte. Quelques *Cattleya*, dont les pseudo-bulbes sont toujours dressés, et dont le feuillage est ferme et droit, laissent infléchir leurs feuilles plus longues que de coutume. Il est remarquable que les *Stanhopea*, toutes très-vigoureuses, et qui ont eu un long temps de repos, ne fleurissent pourtant pas. Il est plus remarquable encore qu'une très-forte plante d'*OErides crispum*, qui a trois fortes tiges de 1 mètre chacune, et qui, par conséquent, aurait dû donner de nombreuses fleurs, n'en montre aucune; à leur place et entre les feuilles, il est sorti neuf branches ou tiges nouvelles qui se développent rapidement sans nuire à la croissance des tiges mères. Cette végétation est extraordinaire. Les orchidées à tiges, les *Vanda*, par exemple, végètent bien, mais ne fleurissent pas. Toutes les espèces de broméliacées poussent aussi rapidement et donnent de nombreux rejetons. Du pied d'un *Nepenthes distillatoria*, qui a 2^m,50 de haut, il part quatre rejetons, tout en continuant de s'allonger avec vigueur. Un bananier et un *Caladium odorum*, plantés en pleine terre près du bassin, offrent une végétation luxuriante, et produisent de nombreux rejetons.

Au total, la végétation est très-belle, mais la floraison est peu abondante. L'observation précédemment faite que si les dégagements sont favorables à la croissance des plantes, ils ne le sont pas autant à leur floraison, semble se confirmer. Pendant les mois de juillet et d'août, les dégagements ont été discontinués. Les plantes se sont, en général, bien comportées; quelques-unes ont vu leurs feuilles jaunir pendant les fortes chaleurs, et sous l'influence des coups de soleil, la floraison a été un peu plus nombreuse, quoi-qu'elle ait laissé à désirer. Les expériences ont été reprises depuis trois semaines, et les plantes ont acquis une grande vigueur de végétation. Les mêmes phénomènes déjà signalés continuent à se manifester, les plantes sont particulièrement remarquables par leur teinte verte et leur aspect de santé.

A. GUIBERT.

Passy, le 21 septembre 1852.

On peut éviter facilement l'inconvénient que M. Guibert signale sous le rapport des fleurs. Pour cela, il suffit de faire passer les plantes dans une serre où l'on ne fait pas de fumigations trois semaines ou un mois avant l'époque où elles fleurissent. Je crois même que, dans ces conditions, l'effet observé sur le *Cœlia Baueriana* se généralisera, et que les fleurs auront des tons plus chauds. L'exemple de l'*OErides crispum*, qui a poussé neuf bourgeons herbacés au lieu de fleurir, est une belle confirmation des effets que j'ai rapportés moi-même dans le premier volume de mes *Recherches expérimentales sur la Végétation.* G. V.

EMPLOI DE L'AMMONIAQUE POUR LA PRODUCTION DES FRUITS.

Je soumets aux horticulteurs les conjectures suivantes :

D'une manière générale, le fruit est une feuille modifiée. Lorsque ces modifications n'altèrent pas l'épiderme au point de le rendre dur ou corné, le fruit participe de la faculté que possèdent les feuilles d'absorber les gaz. Je crois qu'on pourrait favoriser l'accroissement des melons, des pastèques, des raisins, des pêches, en les exposant à de faibles émanations d'acide carbonique et d'ammoniaque. Pour les melons, je comprendrais qu'on mît une poignée de bon fumier sous les cloches dont on a l'habitude de les recouvrir, et qu'on le changeât de temps en temps. Dans les serres à vigne, je conseillerais l'emploi du même moyen. De petits tas de fumier placés immédiatement au-dessous du fruit formeraient autour de lui une atmosphère artificielle chargée d'ammoniaque et d'acide carbonique.

Je crois qu'on obtiendrait encore de bons effets sur les arbres à fruits en agissant de la manière suivante. Je ne parle, bien entendu, que des arbres cultivés en espalier dans les serres. La première année on dégagerait, dans la serre, de l'acide carbonique et de l'ammoniaque. On produirait une végétation très-active : l'arbre se couvrirait de feuilles, les branches et le tronc prendraient plus de force ; mais, à cause de ce développement ligneux, l'arbre produirait peu de fruits. L'année suivante, on suspendrait les fumigations ammoniacales ; je crois que l'arbre produirait alors beaucoup de fruits, le travail de l'année précédente l'ayant fortifié en faisant prédominer le développement du bois. — Ainsi je conseillerais l'emploi intermittent des vapeurs ammoniacales.

Je comprends encore une troisième manière d'employer l'ammoniaque. Je prendrai la vigne pour exemple. On soumettrait la serre au régime de l'ammoniaque et de l'acide carbonique, et, lorsque l'époque de la floraison approcherait, on dépouillerait la vigne des trois quarts de ses feuilles et l'on suspendrait les fumigations. A la suite de cette double suppression, il est probable que la végétation changerait de cours, et que, ne pouvant continuer de s'exercer au profit du bois, elle tournerait au profit des fruits. Mais, de ces trois moyens, les deux premiers me paraissent mériter plus de confiance. — Cependant je prie le lecteur de ne pas oublier que ce sont ici de simples conjectures.   G. V.

TROISIÈME CONFÉRENCE

Messieurs,

On ne peut se faire une idée tant soit peu nette des conditions qui déterminent la production des végétaux, si l'on
ne connaît au préalable la nature des éléments qui entrent
dans la composition de la terre végétale.

Ces éléments, en assez grand nombre, sont loin d'avoir
tous la même importance. Les uns, dont le rôle est purement passif, servent de support aux racines, tandis que les
autres concourent directement, par leur substance, à la
formation même des végétaux. Les premiers sont un des
milieux où cette formation s'opère. Les seconds, au contraire, sont les matériaux que la vie organique met en
œuvre, et sur lesquels s'exerce son activité.

Ces deux catégories d'éléments ne sont pas, je le répète,
de même ordre, et pourtant, en l'absence absolue des uns
ou des autres, la végétation devient également impossible.

Comment, en effet, concevoir un végétal sans une base pour le supporter, ou sans les produits assimilables nécessaires à sa formation ?

Les éléments de la première catégorie, aux fonctions extérieures et passives, sont dans le sol au nombre de trois : l'humus, l'argile et le sable. Commençons par eux l'étude de la terre végétale à laquelle la conférence de ce jour doit être consacrée.

L'humus, vous le connaissez tous, messieurs, c'est la matière noire que contient la terre de bruyère, produit de la décomposition des détritus végétaux. Pour le définir, les chimistes ont coutume de dire qu'il est peu soluble dans l'eau ; qu'il perd entièrement sa solubilité par l'action alternative de la gelée et de la chaleur ; que la potasse le dissout, et que les acides le précipitent de cette dissolution sous forme de dépôt spongieux et semi-pulvérulent.

Au contact de l'air, l'humus absorbe l'oxygène et le change en acide carbonique ; il en résulte qu'il détermine dans le sein de la terre toujours plus ou moins aérée une production incessante d'acide carbonique aux dépens de son propre carbone.

Il faut le dire, d'ailleurs, la formule de l'humus n'est pas exactement connue ; ce n'est que par induction que nous pouvons pressentir sa véritable nature ; et notre incertitude à cet égard s'explique aisément. Lorsqu'un corps est cristallisé, les chimistes ont d'abord, dans le fait de sa cristallisation, le témoignage certain de sa pureté, puis dans la forme du cristal, telle qu'elle résulte du genre de ses faces et de la mesure de ses angles, une donnée essentielle qui met sur la voie de son individualité. Si le corps, solide mais amorphe, est du moins fusible par l'action de la chaleur, comme le suif ou la cire, le degré de chaleur néces-saire pour déterminer sa fusion devient à son tour un pre-mier caractère distinctif. Enfin, s'agit-il de corps liquides ou volatils, la température à laquelle ils commencent à bouil-lir ou à se vaporiser, ainsi que la densité de leur vapeur, servent efficacement à faire connaître le genre et l'espèce auxquels ils appartiennent. Mais lorsque ces divers attributs, forme cristalline, température de la fusion, de l'ébullition ou de la vaporisation, viennent à manquer à la fois, lorsque le corps soumis à notre examen n'est ni cristallisable, ni fusible, ni volatilisable, il ne nous reste, pour essayer de le classer, que la ressource moins certaine de ses analogies de propriétés et de composition avec d'autres corps dont la nature nous est exactement connue. Tel est le cas de l'hu-mus. Aussi, pour le définir dans son essence chimique, faut-il prendre les choses d'un peu loin.

Je vous ai dit, dans notre première conférence, qu'avant de passer à l'état de tissus ou à celui d'organes, les élé-ments auxquels les végétaux doivent leur formation se pré-sentaient sous deux aspects généraux qui, bien que n'ap-partenant plus à la nature inorganique, s'arrêtent cependant sur le seuil de la vie. Ces produits intermédiaires marquent le premier degré des combinaisons dont les êtres vivants, dans la plénitude de leurs facultés, sont la dernière expres-sion.

Au sein des végétaux, ces produits se divisent en deux classes bien distinctes. La première comprend ce que nous avons désigné du nom d'*hydrate de carbone*, voulant expri-mer par là que tous les termes de cette série peuvent être représentés par du carbone combiné avec l'hydrogène et l'oxygène dans le rapport voulu pour former de l'eau, sans rien affirmer sur la distribution et le mode de groupement de leurs éléments. Dans la deuxième classe nous avons rangé d'autres produits, répandus aussi dans l'universalité des végétaux et qui, en plus du carbone, de l'hydrogène et de l'oxygène, contiennent de l'azote, du phosphore et du soufre. Il vous souvient que nous avons fait de l'albumine le type par excellence des produits de cette seconde catégorie.

Revenant aux composés de la première classe, nous disons qu'on peut les représenter par la formule générale

$$C^{12} H^n O^n,$$

dans laquelle le terme C^{12} reste invariable, tandis que les proportions de H et de O, quoique toujours dans le rapport de 1 à 1, peuvent varier comme quantité absolue, dans des limites assez étendues. Laissez-moi faire repasser sous vos yeux quelques formules propres à mettre en lumière ces deux ordres de faits.

$C^{12} H^{12} O^{12}$ Glucose et sucre de fruits.
$C^{12} H^{11} O^{11}$ Sucre de canne.
$C^{12} H^{10} O^{10}$ Amidon, cellulose.

L'oxygène et l'hydrogène entrent dans la composition de ces produits en quantités variables, mais égales entre elles, et dans le rapport voulu pour former de l'eau, tandis que la proportion de carbone reste invariable.

Si l'on soumet le sucre de canne, blanc et cristallisé, à l'action de la chaleur, il entre en fusion, il se colore d'abord en jaune, puis en brun, puis en noir, et passe bientôt de l'état solide à l'état visqueux. Dans ce second état si différent du premier, on retrouve la proportion de carbone C^{12}; mais les proportions de l'hydrogène et de l'oxygène sont descendues de 11 à 9; et ce produit nouveau a pour formule

$$C^{12}H^9O^9$$

C'est du sucre moins trois équivalents d'eau.

Si, pour éviter les fractions, dans les symboles des corps qui vont suivre et dont il faut que je vous entretienne avant d'arriver à l'humus, on double les formules précédentes, le sucre étant représenté par

$$C^{24}H^{22}O^{22},$$

le composé nouveau que nous en avons déduit, et qui n'est autre que le caramel, devient :

$$C^{24}H^{18}O^{18}.$$

Verse-t-on sur le sucre de l'eau de baryte bouillante, la réaction est très-vive. Le sucre se colore comme précédemment. Il passe du jaune, nuance de l'ambre, au brun et au noir; c'est une combinaison nouvelle à laquelle les chimistes ont donné le nom d'assamare ou d'acide apoglucique; elle dérive du sucre son générateur, comme le caramel, et n'en diffère que par la perte d'une plus grande proportion des éléments constitutifs de l'eau; car du caramel

$$C^{24}H^{18}O^{18}$$

nous descendons à

$$C^{24}H^{13}O^{13},$$

formule de l'acide apoglucique.

9

Par une simple élévation artificielle de température, et sans recourir à d'autres réactifs que l'eau de baryte, on peut soustraire du sucre une quantité d'eau plus forte encore, en faisant naître un second acide aux affinités faibles et mal accusées, appelé acide mélassique et qui a pour formule

$$C^{24}H^{10}O^{10}.$$

C'est encore la même quantité de carbone avec moitié moins d'hydrogène et d'oxygène que dans le sucre générateur commun de tous ces produits.

Substituons à l'eau de baryte l'acide sulfurique dilué, et il suffira d'une ébullition de quelques heures pour changer le sucre en un corps noir, insoluble dans l'eau, soluble dans les alcalis, ayant pour formule

$$C^{24}H^{9}O^{9}.$$

Or ce produit nouveau n'est autre que l'humus, et vous voyez actuellement comment cet humus mystérieux se rattache aux hydrates de carbone que nous avons appris à connaître.

Au sein de l'économie végétale, le carbone se combine avec les éléments de l'eau en plusieurs proportions; mais dès que les produits nés de cette union sont soustraits à l'influence de la vie et placés sous le seul empire de l'affinité qui commande aux corps inorganiques, ils deviennent le siége d'une réaction inverse de celle qui a déterminé leur formation; les éléments de l'eau sont éliminés peu à peu, et le composé de plus en plus simplifié nous ramène finalement au carbone pur.

L'humus n'est donc pas le dernier terme de ces transformations successives. On en retrouve une infinité d'autres dans les dépôts carbonifères, depuis la tourbe de l'époque géologique actuelle jusqu'au graphite issu des végétaux qui ont couvert les premiers la surface de notre globe, et dont la décomposition n'est si complète que parce qu'elle a mis plusieurs milliers d'années à s'accomplir, dans les conditions les plus favorables de température et de pression.

Plus les combustibles sont anciens, plus ils sont riches en carbone et moins ils contiennent d'hydrogène et d'oxygène.

La tourbe, qui est presque de l'humus, en diffère cependant par un léger excès d'hydrogène. Les lignites, qui viennent immédiatement avant dans l'ordre chronologique, sont dans le même cas, ils n'accusent plus entre les éléments constitutifs de l'eau le rapport de 1 à 1 ; l'hydrogène l'emporte sur l'oxygène ; la somme de ces deux éléments devient notablement inférieure à ce qu'elle est dans la tourbe ; et cette diminution est de plus en plus prononcée à mesure qu'on s'éloigne de la période actuelle.

Il y a pour nous un grand intérêt à mettre en regard les produits carbonés qui se forment au sein des végétaux et ceux qui naissent de leur décomposition, car ce parallèle fait ressortir d'une manière saisissante l'opposition qui existe entre les effets de l'affinité, suivant qu'elle agit seule ou sous l'empire et avec le concours de la vie.

PRODUITS FORMÉS PAR LES VÉGÉTAUX	PRODUITS RÉSULTANT DE LA COMPOSITION DES VÉGÉTAUX [1]
ORIGINE $CO^2 + HO - O$.	ORIGINE $C^{24}H^nO^n - HO - CO^2$.

Cellulose.........	$C^{24}H^{20}O^{20}$	$C^{24}H^{18}O^{18}$. Caramel.
Sucre de canne......	$C^{24}H^{22}O^{22}$	$C^{24}H^{15}O^{15}$. Acide apoglucique.
Sucre de raisin......	$C^{24}H^{24}O^{24}$	$C^{24}H^{10}O^{10}$. Acide mélassique.
		$C^{24}H^9O^9$.. Humus ou acide humique
		$C^{24}H^{15}O^9$.. Tourbe de Long.
		$C^{24}H^{11}O^5$.. Lignite de Dax.
		$C^{24}H^{11}O^4$.. Jayet de Balestat.
		$C^{24}H^{10}O^4$.. Jayet de Saint-Girons.
		$C^{24}H^{10}O^3$.. Houille de Noroy.
		$C^{54}H^9O^2$.. Houille de Céral.
		$C^{24}H^8O$. . Houille d'Obernkirchen.
		$C^{24}H^2$. . . Anthracite de Macot.
		C^{24}. . . . Graphite.

[1] On a déduit c·s formules des analyses classiques publiées par M. Regnault, dont voici au surplus les éléments :

FORMATIONS CONTEMPORAINES.

		LES CENDRES DÉDUITES.	
Tourbes de Long........	60,89	6,21	32,90

TERRAINS TERTIAIRES.

Lignite de Dax........	74,19	5,88	20,13

TERRAINS SECONDAIRES.

ÉTAGE SUPÉRIEUR.

Jayet de Balestat.......	76,09	5,84	18,07
Jayet de Saint-Girons.....	76,05	5,69	18,26

ÉTAGE INFÉRIEUR.

Houille de Noroy.......	78,32	5,38	16,30
Houille de Céral.......	84,56	5,52	16,12
Houille d'Obernkirchen....	90,40	4,88	4,72
Anthracite de Macot......	97,23	1,25	1,52

Dans ces analyses, l'oxygène et l'azote étant confondus, on a retranché des quantités d'oxygène rapportées par M. Regnault, 2 p. 100 pour la tourbe et les lignites, et 1 p. 100 pour les houilles, afin de ramener l'oxygène à sa véritable proportion. *Annales des mines*, 3e série, t. XII, p. 228 et suivantes.

En résumé, au sein de l'économie végétale, le carbone se combine avec les éléments de l'eau ; mais dès que la vie a cessé, l'hydrogène et l'oxygène se séparent du carbone, et on revient par degré aux deux points de départ, le carbone et l'eau. Dans la plupart des cas, cette séparation s'opère par quantités équivalentes pour l'hydrogène et l'oxygène ; les composés formés contiennent toujours ces deux corps dans le rapport de 1 à 1.

Quelquefois cependant, la perte de l'oxygène l'emporte sur celle de l'hydrogène ; mais ce changement dans le rapport des éléments déplacés ne détruit pas le contraste qui existe entre les effets de l'affinité agissant sous l'empire de la vie ou en dehors de son influence ; car dans les végétaux, en outre des hydrates de carbone où l'hydrogène et l'oxygène sont combinés dans le rapport 1:1, il se forme d'autres produits, l'acide oxalique C^2HO^4, par exemple, dans lesquels l'oxygène est en plus grande proportion que l'hydrogène. Remarquons enfin que tous les composés qui naissent dans les végétaux proviennent d'une absorption d'acide carbonique, dont l'oxygène est expulsé au dehors, tandis que ces mêmes produits, lorsqu'ils sont soustraits à l'influence de la vie et se décomposent, empruntent de l'oxygène à l'air et perdent une partie de leur carbone à l'état d'acide carbonique.

Dans le premier cas, c'est-à-dire lorsqu'il s'agit des végétaux vivants, à mesure que l'acide carbonique est réduit, les éléments de l'eau se fixent sur le carbone, au lieu que dans le second cas, celui de la décomposition des produits antérieurement organisés, la combustion du carbone est toujours accompagnée d'une perte d'hydrogène et d'oxygène à l'état d'eau.

Si je n'ai pas insisté tout d'abord sur ce point, c'était pour

mieux vous faire apercevoir le rapport qui rattache la composition de l'humus et de ses congénères à celle des végétaux eux-mêmes.

Deux circulations en sens contraire des mêmes éléments
nous conduisent donc, l'une de la nature inanimée au
monde des êtres vivants, l'autre du domaine de la vie au
règne inorganique. Ces effets de caractères opposés, produits les premiers par voie de synthèse, les seconds par
voie d'analyse, ont une seule et même cause mutuelle,
l'attraction des éléments premiers de la matière. Si le résultat n'est pas identique, la différence tient uniquement
à la direction spéciale que, dans un cas, la vie imprime à
cette attraction, en la dominant et la soumettant à ses lois.

Ces notions nous éloignent un peu du point de vue agricole. Ne vous en plaignez pas, messieurs, et pénétrez-vous
bien au contraire de cette vérité : que l'importance des résultats pratiques se règle sur l'étendue et la généralité des
principes théoriques dont ils ne sont en définitive qu'une
application particulière et limitée. Plus les principes théoriques ont de généralité, plus sont nombreuses, variées et
fécondes les applications que notre industrie réussit tôt
ou tard à en faire.

La nature de l'humus se trouve définie par ce qui précède : il dérive de la substance des végétaux par une réaction très-simple et inverse de l'action à laquelle ceux-ci
devaient leur formation. Ce que l'affinité aidée de la vie
avait fait, l'affinité abandonnée à elle-même l'a défait.

Passons aux propriétés de l'humus considéré comme
agent ou support de la végétation. Ces propriétés sont multiples, et quelques-unes sont très-importantes. Nous place-
rons en première ligne la faculté qu'il possède d'absorber
et de retenir une grande quantité d'eau. 100 parties d'hu-

mus peuvent absorber jusqu'à 190 parties d'eau. A ce seul point de vue, la présence de l'humus dans le sol est une condition éminemment favorable au succès des cultures. Dans un terrain privé d'humidité, la végétation est impossible, parce que les éléments minéraux constitutifs des plantes, le phosphate de chaux, la chaux, la magnésie, la silice, le fer, ne sont assimilables pour elles qu'à la condition d'être préalablement dissous dans l'eau. Tout ce qui tend à conserver à la terre un état permanent d'humidité est donc favorable à la vie végétale.

Une propriété très-précieuse de l'humus est qu'il absorbe l'ammoniaque et la fixe dans le sol; sans nuire à son assimilation par les végétaux, ces effets de fixation jouent un grand rôle dans les phénomènes de la végétation. L'humus délayé dans une eau faiblement ammoniacale enlève à cette eau la plus grande partie de son ammoniaque, qui n'est ni perdue, puisqu'il suffit pour l'extraire d'un lavage longtemps continué, ni rendue inactive ou non assimilable. Il se fait ainsi entre l'humus et l'eau qui l'imbibe de continuels échanges d'ammoniaque. L'eau est-elle en excès : l'humus lui cède la plus grande partie de l'ammoniaque qu'il contient; l'eau vient-elle à faire défaut : la faculté absorbante de l'humus reprend le dessus.

De ces effets contraires il résulte que le degré de dilution de l'ammoniaque reste sensiblement le même dans toutes les alternatives d'humidité ou de sécheresse du sol.

Je n'insisterai pas davantage ici sur cette propriété, dont vous comprenez toute l'importance; j'y reviendrai, avec plus de détails, à l'occasion de l'argile, qui la possède également. Je dois cependant ajouter que cette faculté d'absorption de l'humus ne s'exerce que sur l'ammoniaque (AzH^3) et nullement sur les dissolutions de sels ammoniacaux. On peut filtrer impunément la dissolution d'un sel ammoniacal quelconque sur une couche épaisse d'humus, sans que la dissolution cède rien de son ammoniaque. Mais si l'on ajoute à l'humus un peu de carbonate de chaux, la dissolution de sel ammoniacal se trouve décomposée ; elle cède à l'humus, qui la fixe, une portion de son ammoniaque, comme dans le cas d'une simple dissolution de l'ammoniaque dans l'eau.

L'humus possède une troisième propriété, non moins remarquable et précieuse au point de vue agricole. Il absorbe l'oxygène de l'air et le transforme incessamment en acide carbonique au sein de la terre végétale. Cet acide carbonique, résultant de la combustion spontanée de l'humus, ne sert pas seulement à la nutrition des plantes, fonction dans laquelle l'acide carbonique de l'atmosphère pourrait le remplacer ; il joue un rôle beaucoup plus important, celui de désagréger et de rendre plus facilement solubles les éléments minéraux du sol. Les feldspaths, par exemple, résistent moins à l'eau chargée d'acide carbonique qu'à l'eau pure, et la chaux, la silice, la potasse, produits précieux de leur décomposition, sont ainsi dissous plus facilement et en plus grande quantité.

Le phosphate de chaux, insoluble dans l'eau naturelle, se dissout également dans l'eau chargée d'acide carbonique, et il n'est pas jusqu'au phosphate d'alumine qui, l'acide carbonique aidant, n'abandonne, en présence de la potasse ou de la chaux, une partie de l'acide phosphorique qu'il contenait à l'état insoluble, sans profit pour la végétation.

L'humus, dans le même ordre d'action directe et immédiate, produit sur le phosphate de chaux un effet de dissolution très-remarquable et qui favorise son absorption par les végétaux. Les récoltes obtenues dans du sable mêlé d'humus contiennent plus de phosphate que celles venues dans le sable pur. Avec ou sans humus, dans des conditions de fumure identiques, le rendement est le même, mais la récolte contient dans le premier cas plus de phosphate de chaux que dans le second.

Ces résultats ont trop de portée et sont trop inattendus pour que nous n'en précisions pas la signification à l'aide des chiffres mêmes qui nous les ont révélés.

CULTURE DE FROMENT — 1860

SEMENCE : 22 GRAINS.	SABLE CALCINÉ.	RÉSULTATS INÉDITS. TERRE DES LANDES DE GASCOGNE [1].
	Gr.	Gr.
Paille et racines.	14,79	12,77
147 grains.	3,85	141 . . . 4,35
	18,64	17,12

Vous voyez par ce rapprochement, et je pourrais citer un grand nombre d'exemples analogues, que l'addition d'humus a été sans influence sur le rendement, la fumure étant la même dans les deux cas, et le carbonate de chaux en étant exclu [2].

---

[1] La terre des Landes n'est en réalité que du sable quartzeux mêlé de 3 ou 4 p. 100 d'humus résultant de la décomposition des feuilles de bruyère ou de fougère.

[2] Elle se composait de :

Phosphate de chaux.. 2,61
Phosphate de magnésie. . . . 3,80
Sulfate de chaux. 0,10
Chlorure de sodium.. 0,10
Oxyde de fer. 0,10
Silicate de potasse. 5,09
Silicate de soude. 0,26
Nitrate de potasse. . . . . . 0,795 (azote 0gr,110).

Si on examine les choses de plus près, on remarque, non sans étonnement, que la terre des Landes se couvre d'efflorescences blanches, sortes de petits mamelons principalement composés de phosphate, et que la récolte venue sur cette terre contient une proportion d'acide phosphorique trois fois plus forte que celle venue dans le sable pur. Vous en trouverez la preuve dans les résultats suivants :

CULTURE DE FROMENT. — 1860.

		SABLE CALCINÉ.	SABLE HUMUS.
		Gr.	Gr.
ACIDE PHOSPHORIQUE	Paille..	0,086	0,353
DANS.	Grains.	0,045	0,051
		0,131	0,404

Ce qui fait en centièmes :

		Gr.	Gr.
ACIDE PHOSPHORIQUE	Paille..	0,58	2,76
DANS 100 PARTIES DE	Grains.	0,17	1,17

L'humus possède encore une propriété longtemps ignorée, et sur laquelle je dois insister. Il détermine l'oxydation de l'ammoniaque et favorise sa conversion en acide azotique. Cette propriété présente un grand intérêt pour l'agriculture, parce que, grâce à elle, l'humus fixe dans le sol, sous la forme la plus efficace, l'azote de l'ammoniaque, produit direct et incessant de la décomposition des matières animales. Dans cette oxydation l'humus agit à la fois par sa porosité, qui multiplie les points de contact entre l'oxygène de l'air et l'ammoniaque, et par sa propre combustion, qui s'étend aux corps avec lesquels il est en contact [1].

---

[1] Millon.

Enfin, l'humus, et c'est là sa fonction principale, favorise singulièrement l'action fertilisante du carbonate de chaux et ne manifeste lui-même d'effet utile qu'autant qu'il lui est associé.

A l'engrais dont j'ai donné plus haut la composition, et qui s'est montré aussi efficace dans le sable calciné et dans la terre des Landes, ajoutez 50 grammes de carbonate de chaux : cette addition, dans le sable calciné, ne sera suivie d'aucun résultat; dans la terre des Landes, au contraire, le rendement augmentera d'un quart.

Je n'insisterai pas, cette année, sur ces résultats, tout importants qu'ils soient.

Il me suffira de les appuyer de quelques faits inédits très-nets et très-concluants, en me réservant de faire ressortir plus tard les conséquences pratiques qui en découlent.

CULTURE DE FROMENT. — 1860.

SEMENCE : 22 GRAINS.	SABLE CALCINÉ.	SABLE HUMUS [1]	SABLE CALCINÉ CARB. CHAUX.
	Gr.	Gr.	Gr
Pailles et racines. . .	14,79	12,77	15,45
Grains.	3,85	4,35	4,00
	18,64	17,12	19,45

Ajoute-t-on le carbonate de chaux à l'humus avec le même engrais, on obtient :

	SABLE HUMUS CARB. CHAUX.
Paille et racines.	21,0
Grains.	9,1
	30,1

[1] Terre des Landes.

CULTURE D'ORGE. — 1861.

SEMENCE : 22 GRAINS.

	SABLE CALCINÉ CARB. DE CHAUX.	SABLE HUMUS.	SABLE HUMUS CARB. DE CHAUX.
	Gr.	Gr.	Gr.
Paille et racines. . .	11,48	12,70	16,0
Grains..	5,32	5,32	8,8
	16,80	18,02	24,8

CULTURE DE SARRASIN. — 1861.

SEMENCE : 22 GRAINS.

	SABLE HUMUS.	SABLE HUMUS CARB. DE CHAUX.
	Gr.	Gr.
Paille et racines	12,70	16,0
Grains.	5,32	8,8
	18,02	24,8

Résumons-nous. L'humus entretient dans le sol une humidité salutaire; il le rend meuble et léger; par sa combustion spontanée il favorise la conversion de l'azote des matières organiques en nitrate; il aide puissamment, par l'acide carbonique que cette combustion fait naître, à la désagrégation et à la dissolution des éléments minéraux du sol; il exerce par lui-même une action dissolvante des plus remarquables sur le phosphate de chaux; enfin, mélangé avec le carbonate de chaux, il augmente dans une proportion considérable l'efficacité de cet agent.

Le moment de parler avec quelque développement de son emploi en agriculture et des moyens de le produire artificiellement n'est pas encore venu : il faut auparavant que je vous montre qu'on peut, à l'aide des seuls principes minéraux et azotés, obtenir des agents de fertilité supérieurs à tous les engrais connus.

Entre l'humus de la théorie et l'humus de la nature il y a deux différences que nous ne pouvons passer sous silence; le premier est un hydrate de carbone à l'état de pureté; le second contient en outre une proportion assez notable d'azote et de minéraux utiles.

L'humus du sol provient de la décomposition spontanée des matières organiques d'origine végétale, déterminée par l'action de l'eau et de l'air. Sous cette double influence, ces matières s'altèrent, les formes qu'elles avaient revêtues sous l'empire de la vie s'effacent, leurs éléments constitutifs se séparent; il se dégage de la vapeur d'eau, de l'acide carbonique, de l'ammoniaque, de l'azote gazeux et souvent de l'hydrogène sulfuré. L'humus est le dernier terme de ce travail intérieur de décomposition, qui atteint les parties molles et charnues des végétaux plus vite et plus complétement que les parties sèches et ligneuses.

L'altération et la transformation en humus des mousses et des *sphagnum* est surtout remarquable.

Lorsque l'eau des marais où ces plantes croissent de préférence reste au-dessous de 8 à 10 degrés et qu'elle présente une réaction acide, l'extrémité des racines s'oblitère et noircit, et cette altération gagne de proche en proche le reste de la tige. Mais pendant que le bas de la plante s'altère, le sommet prospère et se développe. Les dépouilles des premiers organes servent d'assises à ceux qui leur succèdent. C'est ainsi que se produit la tourbe, très-voisine de l'humus. Si l'on considère qu'à part quelques dépôts de lignites la tourbe est le seul combustible minéral qui se forme actuellement, on est conduit à penser qu'un jour viendra peut-être où les régions montagneuses, les hautes vallées, trop froides pour être cultivées avec profit, seront converties en marais tourbeux et nous offriront, sous une nouvelle forme, l'équivalent de la houille que nous consommons aujourd'hui.

Je passe maintenant à l'argile.

L'argile, qui entre pour une grande part dans la composition de presque tous les sols, provient de la désagrégation des silicates à plusieurs bases, parmi lesquels il faut compter l'alumine.

Si l'on prend le kaolin pour type des argiles, leur composition générale s'exprimera par la formule suivante :

$$Al^2O^3SiO^3 + 2HO.$$

Ce sont des silicates d'alumine hydratés.

Il peut vous paraître surprenant, au premier abord, que les granits, les porphyres, les trachytes, les basaltes, c'est-à-dire des roches éruptives dont la solidité semble défier l'action du temps, se changent en argile qui s'amollit et s'assouplit dans l'eau comme une pâte sans cohésion. Rien n'est cependant plus vrai que cette transformation en apparence invraisemblable.

Elle se produit de préférence lorsque la roche a passé brusquement de l'état d'incandescence et de fusion à l'état solide par refroidissement subit et que ses molécules à l'intérieur sont dans des conditions de tension forcée; il se produit alors quelque chose d'analogue à ce qui arrive au verre fondu quand on le laisse tomber dans l'eau pour le mouler en larmes bataviques : sa fragilité devient telle que le moindre choc suffit pour le faire voler en poussière. Lorsque la roche s'est solidifiée trop subitement, la seule action du temps suffit à déterminer dans sa masse une véritable dislocation moléculaire. L'air et l'eau peuvent alors la pénétrer, car elle est devenue poreuse, et finissent par en opérer l'entière décomposition. Sous l'action réunie de ces deux agents, les éléments primordiaux de la roche se séparent : toutes les bases (potasse, soude, chaux, oxyde de fer, etc.) et une partie de la silice sont entraînées par les eaux, tandis que l'alumine reste tout entière à l'état d'argile, c'est-à-dire à l'état de silicate hydraté.

La réaction cependant est loin de présenter toujours ce caractère de simplicité extrême, cette même netteté dans les résultats. Le plus ordinairement les argiles retiennent, à titre de produits éventuels, de la silice en excès, de la potasse, de l'oxyde de fer et de l'oxyde de manganèse dont la présence modifie d'une manière considérable le rôle qu'elles jouent en agriculture.

Les argiles diffèrent entre elles, et c'est un de leurs caractères spécifiques les mieux accusés, par la proportion d'eau qu'elles contiennent. Lorsque cette proportion est de 10 à 12 pour 100 en poids, l'argile résiste aux acides et forme avec l'eau une pâte ferme qui se pétrit et se façonne aisément, que les températures les plus élevées ne parviennent pas à déformer : c'est celle qu'on emploie à la fabrication des poteries. La proportion de l'eau atteint-elle au contraire de 22 à 25 pour 100, l'argile se dissout dans les acides. La pâte qu'elle forme avec l'eau n'a ni cohésion, ni plasticité, elle manque de liant et se déforme au feu. Impropres à la fabrication des poteries, ces argiles rachètent leur infériorité par d'autres propriétés non moins précieuses, celle, par exemple, de se combiner avec les huiles et les graisses, ce qui permet de les employer au dégraissage des laines.

Nous avons dit que les argiles contiennent souvent de la silice à l'état de liberté et simplement disséminée dans le reste de la masse. Pour s'en convaincre, il suffit de les faire bouillir pendant une minute ou deux dans une dissolution de potasse caustique concentrée. Toute la silice libre se dissout.

Voici quelques exemples des changements que ce mode de traitement fait subir à leur composition :

COMPOSITION BRUTE DE QUELQUES KAOLINS [1]

| | SILICE. | ALUMINE. | EAU. | PRODUITS ÉVENTUELS. | |
				CHAUX MAGNÉSIE POTASSE.	FER MANGANÈSE.
Kaolins de Limoges.	42,07	34,65	12,17	1,33	traces.
— des Pieux près Cherbourg	42,31	34,51	12,09	1,39	traces.
— de Mende (Lozère). . .	35,61	22,33	9,70	1,32	3,67
— de Bréage (Cornouailles)	46,63	24,06	8,74	0,60	traces.
— de Aüe près Schnœberg.	35,98	34,12	11,09	0,69	traces.
— de Chine.	23,72	9,80	2,62	3,08	0,43

COMPOSITION RATIONNELLE DES MÊMES KAOLINS APRÈS LEUR TRAITEMENT PAR LA POTASSE [1]

	SILICE COMBINÉE.	ALUMINE.	EAU.	SILICE LIBRE.
Kaolins de Limoges.	31,09	34,65	12,17	10,98
— des Pieux.	39,88	34,51	12,09	2,43
— de Bréage.	45,36	24,06	8,74	1,27
— Aüe.	34,22	34,12	11,09	1,76

Je compléterai ces notions générales sur la composition des argiles en empruntant à feu M. Brongniart l'analyse des variétés les plus estimées.

---

[1] MM. Brongniart et Malaguti.

ARGILES	SILICE.	ALUMINE.	OXYDE DE FER.	CHAUX.	MAGNÉSIE.	EAU.
Du Devonshire.	49,60	37,40	0,00	0,00	0,00	11,20
Harfort.	65,24	25,33	1,52	1,24	0,00	7,52
De Hesse.	47,50	34,37	1,24	0,50	1,00	14,50
De Rochiltz (Saxe). . .	48,25	36,60	2,75	0,00	0,00	14,00
Abondant(près de Dreux)	50,60	35,20	0,40	0,00	0,00	13,10
Arcueil.	62,14	22,00	3,09	1,68	0,00	11,01
Vanves	51,84	26,10	4,91	2,25	0,23	14,58
Dourdan.	60,60	26,39	2,50	0,84	0,00	9,20
Forges-les-Eaux. . . .	65,00	24,00	0,00	0,00	0,00	11,00
Gaujac.	46,50	38,00	0,00	0,00	0,00	14,50
Coblentz.	66,70	24,00	1,20	0,00	1,20	6,75
Montereau.	64,10	24,60	0,00	0,00	0,00	10,00
Nevers.	62,50	23,15	0,00	2,30	0,00	12,65
Provins.	50,95	34,45	1,62	4,75	1,80	12,60
Strasbourg.	66,70	18,°0	1,60	0,00	0,60	12,00
Stourbridge.	63,70	22,70	2,00	0,00	0,00	10,30

L'argile appartient, comme l'humus, et plus encore que l'humus, à la classe des substances que nous appelons, en raison de leurs fonctions purement passives, éléments mécaniques du sol. Elle est en effet et demeure toujours insoluble ; elle ne cède rien à l'eau et n'aide en aucune manière par elle-même à la nutrition des végétaux. Elle remplit néanmoins, malgré cette inertie et en raison de quelques propriétés saillantes, un rôle de premier ordre dans l'économie de la végétation.

D'abord l'argile possède, comme l'humus, la propriété d'absorber une grande quantité d'eau et de la fixer dans le sol, s'opposant également et à son écoulement dans les couches inférieures et à son évaporation.

100 parties d'argile absorbent 70 parties d'eau, et là où le sable, mouillé au même degré, perd, en 4 heures, 88 parties d'eau, la perte de l'argile n'est que de 46 parties.

L'argile partage avec l'humus la faculté de soustraire l'ammoniaque à ses dissolutions dans l'eau et d'autant plus que la dissolution est plus concentrée. Cette fixation n'est pas le résultat d'une combinaison, et n'a rien de définitif. Il ne faut y voir qu'un effet purement physique. L'argile prend l'ammoniaque à l'eau, mais l'eau, à son tour, reprend l'ammoniaque à l'argile; ces deux effets se produisent avec la même facilité : la soustraction dans un sens ou dans l'autre dépend uniquement du rapport entre les quantités réagissantes d'eau et d'argile.

Lorsque la dissolution d'ammoniaque est très-diluée, l'argile n'exerce presque plus d'action sur elle, et devient impuissante à l'affaiblir encore davantage; il y a une limite qu'on essayerait en vain de dépasser. Par contre, l'argile ne cède à l'eau que par fractions l'ammoniaque qu'elle a fixée; pour l'en dépouiller entièrement, il faut multiplier et prolonger les lavages et renouveler l'eau à chaque fois. Il résulte de ces actions et réactions que l'argile agit sur l'ammoniaque en dissolution comme une sorte de régulateur, la retenant ou la rendant tour à tour, suivant que l'état du sol passe de la sécheresse à l'humidité.

Il ne sera pas inutile d'exprimer par quelques chiffres ces effets si remarquables.

Nous avons dit, en premier lieu, que l'argile fixe l'ammoniaque. 100 grammes d'une argile compacte ont pris $0^{gr},075$ d'ammoniaque à une dissolution qui en contenait $0^{gr},306$.

Nous avons ajouté que l'argile, devenue inactive à l'égard d'une dissolution diluée d'ammoniaque, retrouve immédiatement son efficacité au contact d'une dissolution plus concentrée.

Les 100 grammes de l'expérience précédente, plongés

dans une dissolution deux fois plus forte, lui ont pris de nouveau $0^{gr},112$ d'ammoniaque.

Pour mieux mettre ce second résultat en évidence, il suffit de faire agir 100 grammes d'argile sur les dissolutions ammonicales de plus en plus concentrées; on voit alors le chiffre de l'absorption s'élever dans le même rapport que la richesse du liquide.

AMMONIAQUE DANS LA DISSOLUTION.	AMMONIAQUE ABSORBÉE.
	Par 100 grammes de terre.
0,4004	$0^{gr},010$
0,8008	0 ,026
1,3832	0 ,064
2,8847	0 ,152

L'argile, avons-nous dit encore, ne restitue à l'eau que peu à peu et par fractions l'ammoniaque qu'elle a une fois fixée.

En effet, 100 grammes d'argile chargés de $0^{gr},265$ d'ammoniaque en ont perdu $0^{gr},150$ après sept lavages prolongés.

AMMONIAQUE PERDUE PAR L'ARGILE APRÈS SEPT LAVAGES CONSÉCUTIFS

1er lavage.	$0^{gr},0134$
2e lavage.	0 ,0365
3e lavage..	0 ,0348
4e lavage..	0 ,0354
5e lavage.	0 ,0070
6e lavage.	0 ,0109
7e lavage..	0 ,0129
	$0^{gr},1509$

Le doute n'est donc plus possible. L'argile règle à la fois la diffusion de l'ammoniaque dans le sol et son assimilation par les végétaux.

Mieux partagée que l'humus, elle exerce sur les dissolutions salines la même action que sur l'ammoniaque. Elle fixe la potasse, la soude, la chaux, l'acide phosphorique.

A part l'acide phosphorique avec lequel son alumine entre réellement en combinaison, l'argile semble n'exercer sur les trois bases qu'une action mécanique ou capillaire. L'eau suffit en effet pour lui reprendre la potasse qu'elle a absorbée.

Lorsqu'elle agit sur une dissolution formée de plusieurs sels, l'argile détermine ou favorise de doubles décompositions qui ne se seraient peut-être pas accomplies sans sa présence, car, en séparant les corps de l'eau qui leur servait de véhicule, en les condensant, en les rapprochant, elle multiplie leurs points de contact et seconde leurs actions mutuelles. C'est un fait certain qu'on ne retire pas de la terre les sels à l'état où on les lui a fait absorber. Il se produit dans son sein des effets encore mal connus, qui ont porté quelques chimistes à penser que le sol fait naître certaines combinaisons admirablement appropriées aux besoins des végétaux, et dont la formation est indépendante de l'état individuel des minéraux qui y concourent.

Je m'explique. Vous savez tous, messieurs, que la potasse est un des éléments minéraux dont les plantes peuvent le moins se passer ; or M. Way pense que cet alcali, avant d'être absorbé, passe toujours à l'état de silicate, formé de :

Silice.	47^{gr},97
Alumine.	27 ,17
Potasse.	24 ,86
	100^{gr},00

Dans son opinion, il importe peu que la potasse soit donnée au sol à l'état de chlorure, de sulfate ou de carbo-

nate. Son effet est le même dans tous les cas; car il se
forme toujours le même silicate, seul composé de potasse
assimilable et doué d'une activité certaine. M. Way va
plus loin : il paraît croire que la chaux, la soude, l'ammoniaque, partagent avec la potasse la faculté de se constituer
à l'état de composés analogues au silicate de potasse.

	Gr.			Gr.			Gr.
Silice....	52,41		Silice....	53,33		Silice....	53,96
Alumine...	29,68		Alumine...	30,21		Alumine...	30,57
Soude....	17,91		Chaux....	16,46		Ammoniaque.	15,47
	100,00			100,00			100,00

Il est bien vrai que si l'on force du jus de fumier, par
exemple, à traverser une couche de terre, la potasse et la
soude (la potasse surtout) en dissolution sont retenues par
la terre, tandis qu'une partie des acides combinés avec ces
bases sont entraînés par le liquide à l'état de sels de chaux.
Mais, pour être en droit de conclure de ce fait particulier
à la permanence de la réaction, et à la formation de l'un
de ces trois silicates, il aurait fallu opérer séparément sur
chaque constituant du sol, définir par expérience son action
propre, et rechercher si cette action persiste, lorsqu'on
substitue au sable, à l'argile et à l'humus employés isolément, des mélanges de ces trois substances à proportions
variables.

Il eût fallu enfin, après cette étude toute de laboratoire,
procéder à des essais de culture pour constater que les
résultats de la pratique sont conformes aux prévisions de
la théorie. Faute d'avoir suivi cette méthode, la seule pourtant qui pût donner avec certitude la solution de ce difficile problème, on a été conduit à ériger en lois des asser-

tions que l'expérience n'a pas justifiées. On a prétendu que la nature des sels employés est sans influence sur le rendement des récoltes, que le sulfate de potasse, par exemple, et le chlorure sont aussi efficaces que le carbonate ou le silicate. J'ai voulu vérifier ces prétendues lois, et l'expérience les a parfaitement infirmées.

Sur deux parcelles de terrain d'un are chacune, cultivées depuis trois ans sans le secours d'aucun engrais, et ne donnant plus que de très-chétives récoltes, car il s'agit du sol de Vincennes, dont la fertilité, vous le savez, est très-limitée, j'ai expérimenté les deux mélanges suivants :

A L'HECTARE.

I	kil.	II	kil.
Phosphate de chaux. .	400	Phosphate de chaux. .	400
Sulfate de potasse. . .	200	Carbonate de potasse. .	200
Sel ammoniac.	218	Sel ammoniac.	218

Dès les premiers jours, les cultures ont présenté un contraste saisissant. Avec le carbonate de potasse les plantes étaient magnifiques ; avec le sulfate, elles se montraient décidément inférieures. Les chiffres suivants feront mieux ressortir la différence des deux récoltes :

A L'HECTARE. — 1864.

I	kil.	II	kil.
Paille.	3250	Paille.	5400
Grains.	1040	Grains.	2040
	4290		7440
Hectolitres.	13,0	Hectolitres.	25,5

Vous voyez, par cet exemple, combien il est dangereux de conclure trop précipitamment. Quant à moi, je crois pour l'argile à une fixation par capillarité, mais non à une combinaison véritable. Lorsque l'argile est mêlée de carbonate de chaux, ce qui est le cas le plus ordinaire, certaines décompositions deviennent inévitables, mais leur nature est trop peu connue pour que nous puissions en tirer aucune conclusion pratique. En un mot, les propriétés physiques de l'argile ont à mes yeux plus d'importance que les affinités chimiques qu'elles mettent en jeu. L'argile absorbe la potasse, la soude, l'ammoniaque; mais elle ne les fixe pas au point de les distraire du sol pour toujours; son rôle, comme celui de l'humus, est de modérer et de régulariser la dissolution et l'assimilation des éléments constitutifs de la plante.

Vous voyez jusqu'où je vais et où je m'arrête : j'admets une sorte de fixation temporaire, mais je ne puis me résoudre à croire à la formation régulière d'un produit complétement défini et toujours le même.

Ce que nous avons dit de la fixation de la potasse par l'argile s'applique également aux phosphates; les effets sont surtout très-tranchés avec le phosphate acide de chaux. Il se forme alors, selon toute apparence, du phosphate d'alumine, et l'effet physique se complique, dans ce cas, d'une véritable combinaison. Lorsque l'argile contient de la marne, c'est du phosphate neutre de chaux qui se produit; quand on met l'argile en contact avec une dissolution de phosphate neutre de chaux, (le phosphate étant dissout au moyen de l'acide carbonique) la fixation du phosphate n'est ni moins assurée ni moins entière, mais elle se réduit alors à un simple effet de précipitation par capillarité.

Entre l'humus et l'argile il y a donc cette différence profonde que l'un favorise la dissolution des phosphates, tandis que l'autre la tempère. Il m'a paru intéressant de rechercher si l'influence de l'argile irait jusqu'à réduire la proportion des phosphates dans les végétaux, au lieu de l'accroître comme fait l'humus. Dans ce dessein, j'ai institué deux cultures : l'une dans la terre des Landes seule, l'autre dans la terre des Landes additionnée d'argile et de carbonate de chaux ; il est arrivé que la proportion du phosphate a été beaucoup plus forte dans le premier cas que dans le second. On peut donc, au moyen de l'argile, agir sur la composition des végétaux et diminuer leur richesse en phosphate, tandis qu'avec l'humus seul on produit l'effet opposé. Permettez-moi de placer sous vos yeux les rendements comparatifs de ces deux cultures, et d'achever cette comparaison par les données analytiques qui s'y rapportent.

DEUX CULTURES DE POIS RAMEUX

SEMENCES : 12 GRAINS.

AZOTE DE L'ENGRAIS : 0ᵍʳ,110.   SOL.

	Terres des Landes.	1000-	Terres des Landes. .	1050
			Carbonate de chaux.	150
			Argile.	100
		Gr.		Gr.
	Grains.	9,37		17,67
	Paille et racines. . .	24,00		19,83
		33,37		37,50
ACIDE PHOSPHORIQUE DANS	{ Paille.	0,160		0,040
	{ Grains. . . .	0,124		0,127
		0,284		0,167

Ce qui fait en centièmes :

ACIDE PHOSPHORIQUE DANS 100 PARTIES DE	{ Paille.	0,67		0,20
	{ Grains.. . . .	1,38		0,72

Cette expérience n'est pas tout à fait concluante quant au

rôle attribué à l'argile. Le carbonate de chaux a pu contri-
buer, de son côté, à modérer l'absorption des phosphates.
Malgré cette réserve, le fait physiologique n'en subsiste pas
moins dans toute sa généralité, et il demeure établi qu'on
peut régler à volonté la proportion des phosphates au sein
des végétaux.

Le sable dont nous devons maintenant nous occuper
appartient à la classe des roches arénacées ; c'est le nom
que l'on donne aux roches réduites en fragments anguleux
ou roulées par l'action mécanique des eaux.

Ces fragments provenus de formations antérieures sont
tantôt très-volumineux, tantôt d'une ténuité extrême,
tantôt libres, tantôt agglutinés par un ciment de nature
variable.

Au point de vue agricole, il y a deux espèces principales
de sable : le sable à grains de quartz ou de silice; le sable
à grains de calcaire ou de carbonate de chaux. Le premier,
que les géologues placent dans le groupe des grès, couvre
souvent de grandes étendues de terrain ; le sol de la forêt
de Fontainebleau en est un exemple.

Dans l'ordre des dépôts sédimentaires, les grès occupent
la base, les argiles le milieu et les calcaires la partie supérieure. Formé de grains indépendants les uns des autres,
sur lesquels l'eau n'a aucune action, le sable diffère de
l'argile par sa nature comme par son gisement. Il n'en diffère pas moins par ses propriétés agricoles.

L'argile est très-avide d'eau et la retient avec force,
quand elle l'a absorbée. Le sable au contraire se laisse
traverser par l'eau comme un véritable filtre; il n'exerce
sur elle que de faibles effets de capillarité, déterminés par
les vides laissés entre ses grains, et n'oppose aucune résistance à l'évaporation.

A poids égal, le sable absorbe moins d'eau que l'argile, et cependant il en laisse évaporer dans le même espace de temps une plus grande quantité. 100 de sable siliceux absorbent 25 d'eau, 100 d'argile en absorbent 70, ce qui n'empêche pas que le sable perde par l'évaporation 88 parties d'eau, tandis que l'argile n'en laisse évaporer que 32.

Une terre formée seulement d'argile serait très-défavocable à la végétation. En effet, l'argile desséchée acquiert un degré de compacité que les racines des plantes sont impuissantes à vaincre, et, saturée d'eau, elle forme une pâte trop molle et trop dépourvue de cohésion pour offrir aux végétaux un appui suffisant.

A la végétation il faut, pour prosperer, une terre meuble perméable au gaz comme à l'eau, retenant l'eau avec assez de force pour pouvoir résister à l'action desséchante des vents ; dont les éléments constitutifs soient assez étroitement unis pour ne pas tomber en poussière à l'époque des sécheresses; assez séparés les uns des autres pour ne jamais atteindre ce degré de compacité qui rendrait le sol impénétrable aux derniers filaments des racines. Cet ensemble de propriétés qui fait de la terre végétale une roche à part, différente de toutes les autres, résulte précisément de la réunion du sable et de l'argile. Le premier tempère la compacité de la seconde; la seconde, de son côté, en les liant fait des molécules du sable un tout homogène et consistant aussi perméable aux gaz qu'à l'eau, où l'air peut circuler et se renouveler, condition essentielle à l'exercice de la vie végétale.

Mais quel doit être le rapport entre le sable et l'argile, pour que le sol possède, au plus haut degré, les qualités exigées par la culture? Ce rapport, messieurs, n'a rien d'absolu. Il change avec la localité et le climat. Sous la latitude de Paris, les bonnes terres à froment contiennent 50 pour 100 de sable ; à Turin, ces mêmes terres en renferment jusqu'à 80 pour 100.

Pourquoi faut-il dans la terre plus d'argile à Paris qu'à Turin ? C'est qu'à Turin il pleut plus souvent qu'à Paris, et que par suite l'argile, dont le rôle est de retenir l'eau dans le sol, y est moins nécessaire pour conserver au froment la moyenne d'humidité dont il a besoin.

Il est donc impossible de poser à cet égard aucune règle absolue et précise. Le sol, dans sa composition, est solidaire du climat ; le mieux pourvu sous le rapport du sable et de l'argile est celui qui, pour un climat donné, se maintient plus uniformément au même degré d'humidité malgré les changements de saison et de température.

Bien que les modifications que la nature des sels subit au sein de la terre végétale nous soient assez mal connues, quant à la cause qui les détermine et à la part d'action que chaque constituant du sol en particulier prend à ces changements, je veux, ne fût-ce qu'à titre de renseignements provisoires, vous donner au moins une idée de ces réactions à la fois multiples et profondes. Je vais en citer deux exemples, empruntés à un travail récent de M. Wœlcker sur ce sujet ; mais non sans avoir exprimé le vœu que cet éminent chimiste, loin de se laisser décourager par l'étendue et la difficulté de la tâche qu'il s'est donnée, se décide, en reprenant ses études, à opérer non plus sur des sols tout formés, mais sur leurs éléments constitutifs, d'abord isolés, puis mélangés de manière à produire par degrés l'équivalent des terres naturelles. Je terminerai par cette citation l'histoire des éléments mécaniques du sol.

ABSORPTION ET TRANSFORMATION DE LA PARTIE ACTIVE DU FUMIER PAR UN SOL ARGILO-CALCAIRE[1]

4500 GRAMMES DE JUS DE FUMIER TRÈS-AVANCÉ CONTENAIENT :

	AVANT LEUR FILTRATION DANS LE SOL	APRÈS LEUR FILTRATION DANS LE SOL
	Gr.	Gr.
Ammoniaque (sous forme de sels). .	1,280	0,449
Matières organiques.	8,713	7,702
Silice soluble.	0,049	0,155
Phosphate de chaux et de fer.	0,513	0,100
Carbonate de chaux.	1,135	5,182
Sulfate de chaux..	0,141	0,515
Carbonate de magnésie.	0,854	0,401
Chlorure de sodium.	1,485	1,229
Chlorure de potassium.	2,291	1,718
Carbonate de potasse.	5,542	0,279
	21,983	17,730

La filtration avait eu lieu à travers un sol tenace où la marne et l'argile dominaient. En voici l'analyse exacte :

ANALYSE MÉCANIQUE :

	SOL.	SOUS-SOL.
Eau..	5,36	3,66
Matière organique et eau combinée.	25,86	8,79
Chaux.	14,30	26,03
Argile..	34,84	56,76
Sable.	19,64	4,76

[1] The journal of the royal Agricultural Society of England, t. XVIII, p. 3. — Revue agricole de l'Angleterre, par Robiou de la Tréhonnais, t. V, p. 66 et 69.

ANALYSE CHIMIQUE :

	SOL.	SOUS-SOL.
Eau..	5,56	5,66
Matière organique et eau combinée.	25,86	8,79
Oxyde de fer et d'alumine.	13,88	10,13
Carbonate de chaux.	14,50	26,05
Sulfate de chaux..	0,56	non déterminé.
Acide phosphorique et chlorure. . .	traces	
Carbonate de magnésie..	1,04	
Potasse.	0,07	1,67
Soude..	0,18	
Matière siliceuse insoluble.	38,75	49,72
	100,00	100,00

Si maintenant vous vous reportez aux changements que la filtration fait subir au jus de fumier, vous reconnaîtrez qu'ils se résument dans deux faits principaux : l'ammoniaque, les matières organiques, les phosphates et la potasse sont retenus pour plus des trois quarts ; le chlorure de sodium au contraire a passé presque en entier, et la proportion des sels de chaux s'est beaucoup accrue. La terre a donc perdu de la chaux et gagné de l'ammoniaque, de la potasse et des phosphates. Ces résultats sont conformes à ce que je vous ai dit des propriétés de l'argile et de l'humus.

J'arrive à ma deuxième et dernière citation. Il s'agit d'un sol léger, sablonneux, pauvre en argile, mais abondamment pourvu de matières organiques. Cette fois, la fixation des minéraux assimilables est à peu près nulle, et c'est encore conforme à ce que nous savons des fonctions et des propriétés du sable.

ABSORPTION DE LA PARTIE ACTIVE DU FUMIER PAR UN SOL SABLONNEUX

4500 GRAMMES DE JUS DE FUMIER RÉCENT CONTENAIENT :

	AVANT LEUR FILTRATION DANS LE SOL.	APRÈS LEUR FILTRATION DANS LE SOL.
	Gr.	Gr.
Ammoniaque.	0,499	0,463
Matières organiques.	23,300	19,611
Silice.	0,309	0,980
Phosphate de chaux et de fer. . . .	2,370	2,153
Carbonate de chaux.	0,457	1,317
Carbonate de magnésie.	0,323	0,154
Carbonate de potasse.	9,665	5,596
Chlorure de potassium.	1,970	2,577
Chlorure de sodium.	3,308	3,131
	42,201	35,972

Voici quelle était la composition du sol qui a servi à cette seconde filtration :

ANALYSE CHIMIQUE :

Eau.	3,45
Matière organique et eau de combinaison.	13,94
Carbonate de chaux.	0,31
Sulfate de chaux.	0,53
Alumine.	14,74
Oxyde de fer.	5,87
Potasse-silicate.	0,25
Chlorure de sodium.	0,11
Acide phosphorique combiné à de l'alumine et du fer	0,06
Silice soluble dans une dissolution de potasse. . . .	7,42
Matières siliceuses insolubles	53,52
	100,00

ANALYSE MÉCANIQUE .

Eau..	3,45
Matière organique et eau de combinaison.	13,94
Sable de quartz blanc, grossier..	47,00
Sable rouge fin.	19,82
Argile grossière.	2,82
Argile fine..	12,97
	100,00

II. Vous le reconnaîtrez avec moi, messieurs, les notions que nous venons d'acquérir sont aussi neuves qu'instructives. Elles nous ont dévoilé l'économie du travail qui précède dans la terre celui de la végétation, dont nous devons nous occuper à présent. Pour remplir cette deuxième partie de notre programme, il nous reste à définir la fonction des éléments assimilables du sol, comme nous l'avons fait pour les éléments mécaniques. Nous entrons cette fois dans le vif de notre sujet, car nous touchons aux conditions essentielles de la vie végétale.

Nous savons pour quelle part le carbone, l'hydrogène, l'oxygène et l'azote entrent dans la composition des végétaux. Il faut nous demander maintenant pour quelle part les éléments minéraux y figurent, et, parmi ces minéraux, quels sont les plus efficaces.

Cette tâche est loin d'être simple et facile; elle exige, si l'on veut arriver à des résultats utiles et certains, non-seulement beaucoup d'ordre et de méthode dans l'exposition des faits, mais avant tout une absence complète d'idée préconçue à l'égard des conclusions qui s'en déduisent. Par ce double motif, qu'il me soit permis de vous rappeler une fois encore la liste exacte des minéraux que la végétation met en œuvre. Ils sont au nombre de dix :

Acide phosphorique,
Acide sulfurique,
Chlore,
Silice,
Oxyde de fer,
Oxyde de manganèse?
Chaux,
Magnésie,
Potasse,
Soude.

Si ces conférences avaient pour but d'exposer une théorie complète de la production végétale, nous devrions définir la fonction de chaque minéral en particulier, et les soumettre tous à une étude également approfondie. Mais comme tel n'est pas notre dessein, et que nous voulons seulement faire ressortir les conditions qui, dans la pratique, influencent et règlent les rendements des cultures, notre tâche, quoique toujours difficile et complexe, se trouve beaucoup simplifiée.

Parmi les minéraux que je viens d'énumérer, il en est au moins sept dont les sols les plus pauvres sont surabondamment pourvus, et qui par conséquent ne font jamais défaut aux plantes ; ce qui nous autorise, quelle que puisse être d'ailleurs leur utilité, à ne pas nous y arrêter et à procéder à leur égard comme nous l'avons fait pour le carbone, l'hydrogène et l'oxygène. Il ne viendra certainement à l'esprit de personne de vouloir amoindrir ou contester le rôle important du carbone dans l'économie de la végétation ; mais quand on sait que l'acide carbonique de l'air en contient plus que le règne végétal, sur toute la surface du globe, n'en peut consommer dans le cours de plusieurs milliers d'années, et que sous cette forme unique le carbone suffit à tous les besoins des végétaux, il est bien évident que l'agriculture, rassurée sur ce point, doit tourner ses préoccupations d'un autre côté.

Ce que nous disons là du carbone s'applique avec non moins de raison à l'hydrogène et à l'oxygène qui ont l'eau pour principal véhicule, et à ceux des minéraux dont le sol est naturellement approvisionné. On peut, sans inconvénient, faire abstraction de ces principes minéraux pour s'attacher uniquement à ceux que le sol ne contient pas essentiellement, et en l'absence desquels la culture est impossible ou singulièrement précaire. Cette omission, toute volontaire de ma part, n'a au fond rien d'arbitraire. Elle est la conséquence du point de vue pratique où je me suis placé. Elle a de plus l'inestimable avantage de beaucoup simplifier notre tâche, sans en amoindrir l'utilité. On comprend que la science, quand elle plane dans les sphères de la vérité pure, n'omette rien de ce qui peut donner à ses affirmations plus de force et d'évidence. Mais lorsqu'elle consent à descendre dans le domaine des applications utiles et des intérêts matériels, elle ne perd rien et gagne au contraire beaucoup à se borner aux faits les plus essentiels et à renoncer aux formules et aux symboles abstraits. En se montrant sobre de détails et d'une grande simplicité dans la forme, elle donne à ses enseignements plus de généralité, elle permet de suivre plus facilement l'enchaînement des déductions qui mènent aux procédés qu'elle recommande, et se place, enfin, plus sûrement au niveau des résultats qu'elle veut atteindre.

Par ce motif, je passerai volontairement sous silence, dans l'exposition des procédés qui ont permis à la science de produire les végétaux de toutes pièces, ce qui concerne la silice, le chlore, l'oxyde de fer, le soufre et la soude,

11

dont les plus mauvaises terres sont suffisamment pourvues, pour ne vous entretenir que

> Du phosphate de chaux,
> De la potasse,
> De la chaux,

qui peuvent y manquer et dont l'absence entraîne les plus graves conséquences.

Le phosphate de chaux, la potasse, la chaux, unis à une matière azotée, réalisent dans le sol les conditions d'une grande fertilité. Je leur donne pour ce motif le nom d'agents de la production agricole, et à leur mélange celui d'*engrais complet*. Convenablement préparé, cet engrais est supérieur à tous les autres. Le fumier de ferme, dont on affecte de faire le type des engrais par excellence, ne doit lui-même son efficacité qu'à leur présence. L'engrais complet est au fumier ce que la quinine est au quinquina, la cause dernière de ses bons effets et de sa puissance. Une tonne d'engrais complet équivaut, comme composition, à 20 tonnes de fumier, et comme puissance, à 25 tonnes au moins. Son action est plus rapide et non moins certaine, parce que les éléments dont il est formé sont immédiatement assimilables par les végétaux, tandis que les éléments du fumier, pour le devenir, doivent passer par une série de décompositions préalables, qui entraînent à leur suite des chances de perte et un ralentissement qu'il est impossible d'éviter.

Avec les engrais chimiques, l'agriculture abandonne les voies toujours incertaines de l'empirisme pour celles beaucoup plus sûres de la science, qui nous indique à la fois la nature des agents qu'elle emploie et le degré d'importance de chacun. La formation des végétaux n'a plus alors rien d'indéterminé et la culture peut se régler aussi facilement que le travail d'un haut fourneau. Quels progrès, quel avenir, quelles perspectives s'ouvrent devant nous, alors que tout, à l'exception des conditions météorologiques, rentre sous l'empire de nos calculs, de notre prévoyance et de notre activité !

Le moment est venu, messieurs, de vous apprendre comment ce résultat a été obtenu.

Lorsque je conçus pour la première fois, il y a aujourd'hui seize ans, la pensée de pénétrer par la science le mécanisme de la production des végétaux, deux préoccupations m'amenèrent à choisir la méthode que je me suis créée, et que j'ai constamment suivie. Ne pouvant réussir à comprendre, — ce qu'il me serait facile de vous expliquer aujourd'hui, — pourquoi les chimistes les plus éminents qui avaient soumis la terre à l'analyse la plus approfondie, n'avaient rien produit dont la pratique agricole eût profité, j'étais persuadé que, si je suivais la même voie, je ne serais pas conduit à de meilleurs résultats. Frappé de ce second fait que les végétaux sont formés d'un petit nombre de corps toujours les mêmes, l'idée me vint qu'à leur aide on devait réussir à produire les plantes de toutes pièces, et que pour cela il suffirait de découvrir les conditions d'activité de ces corps au sein de la terre végétale. J'ajoute que dès ce moment je soupçonnais que leur efficacité dépendait de leur mode d'association. Pour être vrai, cependant, je dois avouer que ce n'était là dans mon esprit qu'une présomption et un vague pressentiment ; mais comme depuis seize ans la réalisation de cette pensée a occupé dans ma vie la première place, il me sera bien permis de vous exposer à la fois le plan que je me traçai et les résultats auxquels ces longues et pénibles études m'ont conduit.

Résolu de m'adresser à la végétation pour connaître ses véritables besoins, je choisis comme terre d'expérimentation le sable calciné, privé de toute matière étrangère, et ramené à l'état de quartz ou de silice pure, par l'action successive de l'acide chlorhydrique et du feu.

Dans ce sol élémentaire, arrosé avec de l'eau distillée sans aucune addition, la végétation est triste et précaire. La tige du froment atteint à peine le diamètre d'une aiguille à tricoter; elle fleurit cependant et porte graine. La semence représentée par vingt-deux grains de blé de mars, pesant

Fig. 1.   Fig. 2.

en moyenne $0^{gr},80$, produisit de 4 à 6 gram. de récolte (*fig.* 1).

Vous savez, messieurs, que les végétaux admettent dans leur composition, à titre d'éléments organiques, le carbone, l'hydrogène, l'oxygène et l'azote ; je me demandai en second lieu dans quelle mesure la présence dans le sol d'une matière organique, formée seulement de carbone, d'hydrogène et d'oxygène, aurait une action favorable. Cette addition eut lieu sans effet appréciable, si tant est qu'elle ne fût pas nuisible. C'est en vain que j'appelai à mon aide la cellulose à tous les degrés d'agrégation, la fécule, le sucre, les huiles et l'humus lui-même. Le résultat fut toujours nul, et dans le cas du sucre et des huiles, il fut même très-décidément défavorable. Il fallut donc en conclure que les matières hydrocarbonées, employées seules, n'ont aucun effet appréciable sur la végétation (*fig.* 2).

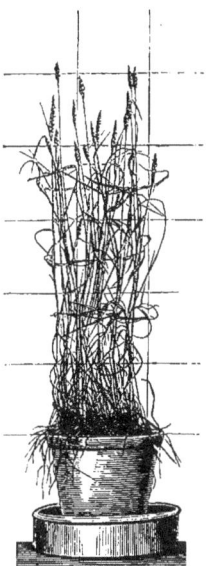

Dans une troisième série d'essais de tout point comparable aux deux premières, j'ajoutai au sable diverses matières qui, en outre du carbone, de l'hydrogène et de l'oxygène, contenaient de l'azote, telles que la gélatine, l'urée ou l'acide urique. Cette seconde addition produisit un effet sensible. Les feuilles acquirent plus de développement ; elles se montrèrent d'un vert plus sombre ; mais cette amélioration dans l'ensemble aboutit à un résultat très-peu supérieur aux deux premiers. Le poids de la récolte atteignit

Fig. 3.

à peine de 8 à 9 gram. Il était prouvé néanmoins que les matières azotées produisaient sur la végétation un effet très-appréciable (*fig.* 3).

Il restait à savoir si cet effet provenait de l'azote seul ou de son association avec le carbone, l'hydrogène et l'oxygène.

Pour lever ce nouveau doute, je répétai l'expérience, mais en opérant cette fois avec du sel ammoniac et du nitrate de potasse. Vous savez, messieurs, que l'ammoniaque est une combinaison d'azote et d'hydrogène, tandis que l'acide nitrique est formé d'oxygène et d'azote. Dans ces nouvelles conditions, l'effet utile de la matière azotée continua de se manifester, mais il resta ce qu'il était ; la présence du carbone n'avait donc aucune part dans le résultat des essais antérieurs.

Je ne saurais trop insister pour vous faire remarquer que, dans toutes ces expériences, la végétation se montra chétive et les plantes rabougries ou étiolées. A proprement parler, je n'obtenais pas des plantes vraiment dignes de ce nom, mais de simples rudiments de plantes, qui, en dépit de leur état précaire, parcouraient, à mon grand étonnement le cycle entier de leurs évolutions, fleurissaient et portaient graine. Ralentie ou gênée dans ses manifestations, la vie végétale ne subissait aucune atteinte essentielle.

Le moment était venu de soumettre les éléments minéraux à la même épreuve. J'ajoutai d'un seul coup au sable le mélange suivant :

> Phosphate de chaux,
> Phosphate de magnésie,
> Sulfate de chaux,
> Sulfate de fer,
> Chlorure de sodium,
> Silicate de potasse,
> Silicate de soude.

formé de tous les minéraux que l'analyse met en évidence dans les végétaux.

L'effet de cette addition fut très-peu sensible. Les plantes différèrent à peine de celles qui avaient poussé dans le sable

pur. Les feuilles restèrent d'un vert pâle, et le poids de la
récolte ne dépassa pas (toujours pour 22 graines de semence) 8 grammes (*fig. 4*).

Dans une quatrième série
d'expériences où j'ajoutai à la
fois au sable le mélange minéral et une matière azotée, le
résultat fut tout différent. La
nouvelle culture contrasta dès
le début avec celles qui l'avaient
précédée. Les plantes prirent
rapidement leur essor. La tige

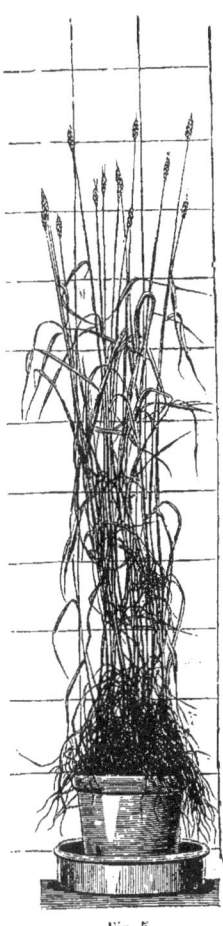

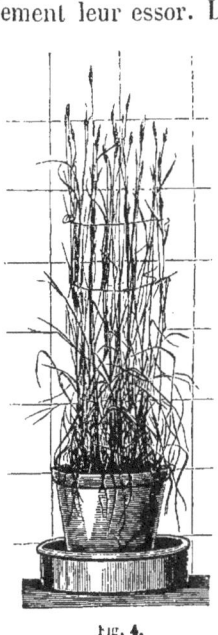

Fig. 4.　　　　　　　Fig. 5.

fut droite et ferme, les feuilles d'un vert foncé, larges et
bien venues, les épis bien formés donnèrent un grain dense

et volumineux ; le poids de la récolte oscilla entre 18 et 22 grammes, c'est-à-dire trois ou quatre fois plus que dans les premières expériences (*fig.* 5).

Arrêtons-nous un moment, messieurs, et permettez que j'exprime en chiffres sous vos yeux les résultats que nous avons successivement obtenus.

	POIDS DES RÉCOLTES. Gr.
Sable calciné.	6,00
Sable calciné avec addition de minéraux.	8,00
Sable calciné avec addition de matière azotée.	9,09
Sable calciné avec addition de minéraux et de matière azotée.	18 à 22

La matière azotée employée seule agit plus efficacement que tous les minéraux réunis, mais l'union des minéraux et de la matière azotée est absolument nécessaire pour imprimer à la végétation le degré d'activité qu'elle atteint dans les conditions naturelles. Il se produit là quelque chose d'analogue à ce que nous avons constaté pour l'humus et le calcaire. Leur effet utile exige la simultanéité de leur présence.

Malgré l'importance de ce résultat, il nous reste encore bien du chemin à faire. Nous n'aurons atteint le but qu'après avoir fait la part de chaque élément minéral en particulier. De nouvelles expériences peuvent seules nous l'apprendre.

Revenons au sable et à la matière azotée, qui deviendra désormais un élément constant dans la composition du sol, ajoutons-y tous les minéraux à l'exception des phosphates de chaux et de magnésie. Dans ces nouvelles conditions, les grains germent très-bien. Les jeunes plantes commen-

cent par prospérer, mais dès que leur deuxième feuille est
apparue, elles jaunissent, s'étiolent, s'oblitèrent et meurent.

Si l'on s'en tient à la matière azotée, les plantes restent
chétives et rabougries, mais elles ne meurent pas. La mort
suit au contraire invariablement l'addition de minéraux
d'où les phosphates sont exclus. Ce résultat prouve deux
choses, la première, que sans phosphate les autres éléments
minéraux exercent une influence défavorable; la seconde,
que les phosphates agissent de deux manières : directement,
à titre d'éléments constitutifs; indirectement, comme agents
nécessaires à l'assimilation des autres minéraux (*fig*. 6).

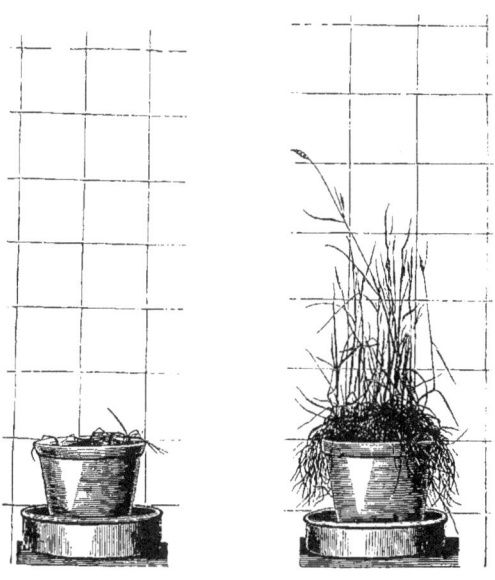

Fig. 6.   Fig. 7.

Passons à l'action de la potasse. Si on l'exclut à son
tour du sol, la végétation reste singulièrement chétive et
languissante. La forme des plantes revêt même un caractère

inusité. La tige ne se dresse plus verticalement, elle se contourne sur elle-même et s'incline à la manière des plantes rampantes. Le limbe des feuilles perd sa forme d'ellipsoïde allongé; il se termine par un prolongement filiforme de sa nervure médiane. Le poids de la récolte atteint à grand' peine 9 grammes (*fig.* 7).

La soude peut-elle remplacer la potasse? Si l'on s'en rapportait aux analogies chimiques, on n'hésiterait pas à l'affirmer. La soude, en effet, possède un grand nombre de propriétés qui lui sont communes avec la potasse. Ceux des produits naturels qui contiennent de la potasse contiennent aussi de la soude; ces deux bases sont unies par les liens de la plus étroite parenté. Il était donc naturel de penser qu'on pourrait les substituer l'une à l'autre.

Il n'en est rien cependant. La soude ne peut pas remplacer la potasse. Son action est tout à fait nulle. Dans un sol qui en est surabondamment pourvu et où la végétation est plus que précaire, une trace de potasse manifeste sa présence par une amélioration considérable dans le résultat[1].

La suppression de la magnésie n'a pas moins d'inconvénients que celle du phosphate de chaux et de la potasse. Le sarrasin ou blé noir se ressent immédiatement de son ab-

CULTURES DE 1860. — ENGRAIS COMPLET

	AVEC SOUDE MAIS SANS POTASSE			AVEC SOUDE ET POTASSE	
	I Gr.	II Gr.		I Gr.	II Gr.
Paille et racine.	7,80	6,37	Paille et racine.	16,14	15,25
Grains.	0,45	0,20	Grains.	4,90	4,45
	8,25	6,57		21,04	19,70

sence ; le froment ne l'accuse qu'à partir de la poussée des deuxièmes feuilles. Mais il n'est pas rare que parvenu à cette période, il ne succombe comme le blé noir. Lorsqu'il résiste, il accuse jusqu'au terme de son développement un grand état de souffrance et de langueur, la récolte atteint alors 7 grammes (*fig.* 8).

La suppression de la chaux dans un sol dépourvu d'humus ne se fait presque pas sentir. Le poids de la récolte reste

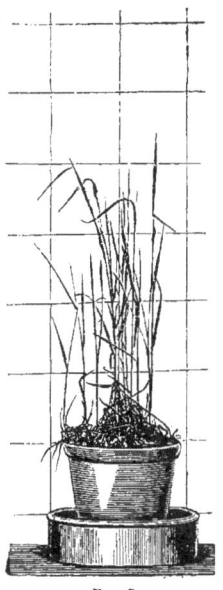

Fig. 8.   Fig. 9.

compris entre 18 et 22 grammes avec une tendance à descendre de 2 grammes au-dessous de la récolte produite par l'engrais qui contient du carbonate de chaux (*fig.* 9).

Dans un sol pourvu d'humus, au contraire, la suppression du carbonate de chaux manifeste un effet considérable, elle fait descendre la récolte de 31 grammes à 22. Je vous ai déjà signalé ce résultat en traitant de l'humus.

Je me borne, messieurs, à ce résumé de mes recherches. Il suffit au but de nos conférences. Mais permettez-moi de prendre acte de ce fait qu'elles m'ont conduit à des résultats dont on ne saurait contester ni la certitude ni l'importance.

Leur importance est évidente, puisqu'ils nous ont appris comment les végétaux naissent et se forment; leur certitude ne l'est pas moins, puisqu'ils sont le témoignage fidèle des végétaux eux-mêmes, et qu'on les a déduits d'expériences où tout était connu, pesé, analysé, de façon à rendre toute illusion et toute méprise impossibles.

Ainsi nous avons pu sans l'intervention d'aucune hypothèse, et sans avoir fait appel à aucune donnée antérieure, découvrir les conditions qui règlent la production des végétaux, et que l'on peut résumer ainsi :

1° Les minéraux, employés seuls, produisent peu d'effet.

2° Les matières azotées, employées seules, sont plus efficaces, mais la récolte est encore bien faible.

3° La réunion de la matière azotée et des minéraux réalise les conditions d'une grande fertilité.

4° On atteint la limite extrême des rendements, si à la réunion des minéraux et de la matière azotée on ajoute encore le calcaire et l'humus.

A ce point de vue la végétation est susceptible de deux degrés que nous caractériserons par les noms de CULTURE ACTIVE et de CULTURE INTENSIVE. Dans la première, des élé-

ACTION COMPARÉE DES AGENTS DE LA PRODUCTION VÉGÉTALE

CULTURE INTENSIVE   CULTURE ACTIVE

1860
ENGRAIS COMPLET
HUMUS ET CARBONATE DE CHAUX

1860
ENGRAIS COMPLET
CARBONATE DE CHAUX

1864
ENGRAIS COMPLET
ET HUMUS

1864
ENGRAIS COMPLET
SANS HUMUS
NI CARBONATE DE CHAUX

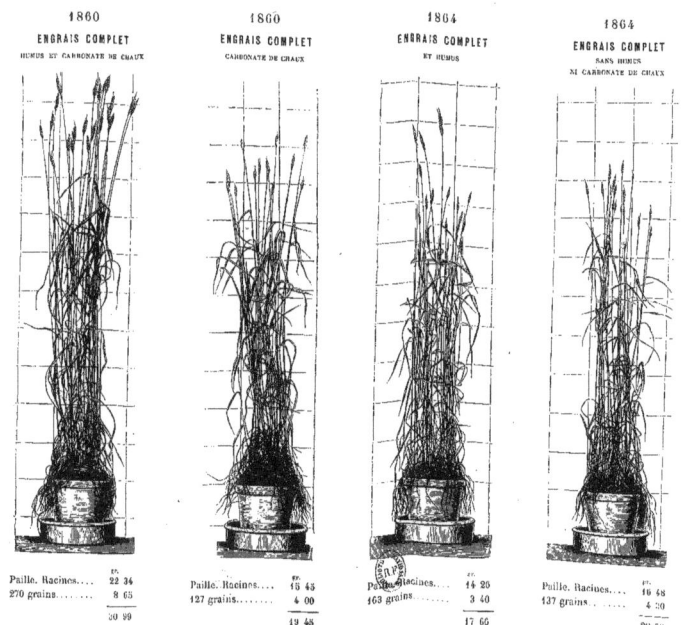

Paille. Racines.... 22 34
270 grains........ 8 65
_____
30 99

Paille. Racines.... 15 45
127 grains........ 4 00
_____
19 45

Paille. Racines.... 14 26
163 grains........ 3 40
_____
17 66

Paille. Racines.... 16 48
137 grains....... 4 30
_____
20 78

ments minéraux et la matière azotée sont seuls en jeu ;
dans la seconde l'humus et le carbonate de chaux inter-
viennent et le développement atteint à son maximum de
puissance.

Pour mieux préciser la signification de ces résultats,
qu'il me soit permis de réunir en tableaux les nombres qui
les expriment :

ACTION COMPARÉE DES AGENTS DE LA PRODUCTION VÉGÉTALE

SEMENCE : 22 GRAINS DE FROMENT.	RÉCOLTE SÈCHE.
	Gr.
Engrais complet moins le phosphate.	0,48
Engrais complet moins la potasse.	9,00
Engrais complet moins la magnésie.	7,00
Engrais complet moins la matière azotée.	8,00
Engrais complet sans aucune suppression (CULTURE ACTIVE).	18,00 à 22
	Gr.
Engrais complet avec addition de carbonate de chaux.	20,00 à 22
Engrais complet avec addition d'humus.	18,00
Engrais complet avec addition d'humus et de carbonate de chaux (CULTURE INTENSIVE).	31,00
Sable pur de toute addition.	6,00
Sable et humus.	6,00

Les expériences en pleine terre ne sont pas moins concluantes que les cultures artificielles ; je citerai, comme
exemples, les résultats obtenus au champ d'expériences de
Vincennes dans la campagne de 1865.

		1865. — RENDEMENT A L'HECTARE	
		kil.	
ENGRAIS COMPLET. . . .	{ Paille. . . .	6941	hect.
	{ Grains. . . .	3750	46
		10691	
MATIÈRE AZOTÉE SEULE.	{ Paille. . . .	3487	
	{ Grains. . . .	1650	20
		5137	
MINÉRAUX SEULS. . . .	{ Paille. . . .	3003	
	{ Grains. . . .	1287	16
		4290	
PHOSPHATE DE CHAUX..	{ Paille. . . .	3036	
	{ Grains. . . .	1133	14
		4169	
TERRE SANS ENGRAIS. .	{ Paille. . . .	2640	
	{ Grains. . . .	902	11
		3542	

Tels sont, sous la forme la plus concise, les résultats auxquels m'ont conduit seize années d'expériences assidues. Je ne dis rien des difficultés pratiques qui m'ont long-temps arrêté. On ne saurait croire, lorsqu'on n'a pas opéré soi-même, combien il est dificile, dans une culture théori-que, de se mettre à l'abri des influences étrangères. Toutes les argiles et toutes les poteries cèdent à l'eau des traces de sels de potasse et de chaux, des sulfates, des chlorures, et si minimes qu'elles soient, ces exsudations suffisent pour troubler, quelquefois même pour masquer complétement la signification vraie des phénomènes.

Je passe également sur les procédés d'expériences ; vous en trouverez au besoin la description détaillée dans mes

CHAMP D'EXPÉRIENCES DE VINCENNES — RÉCOLTE DE 1863

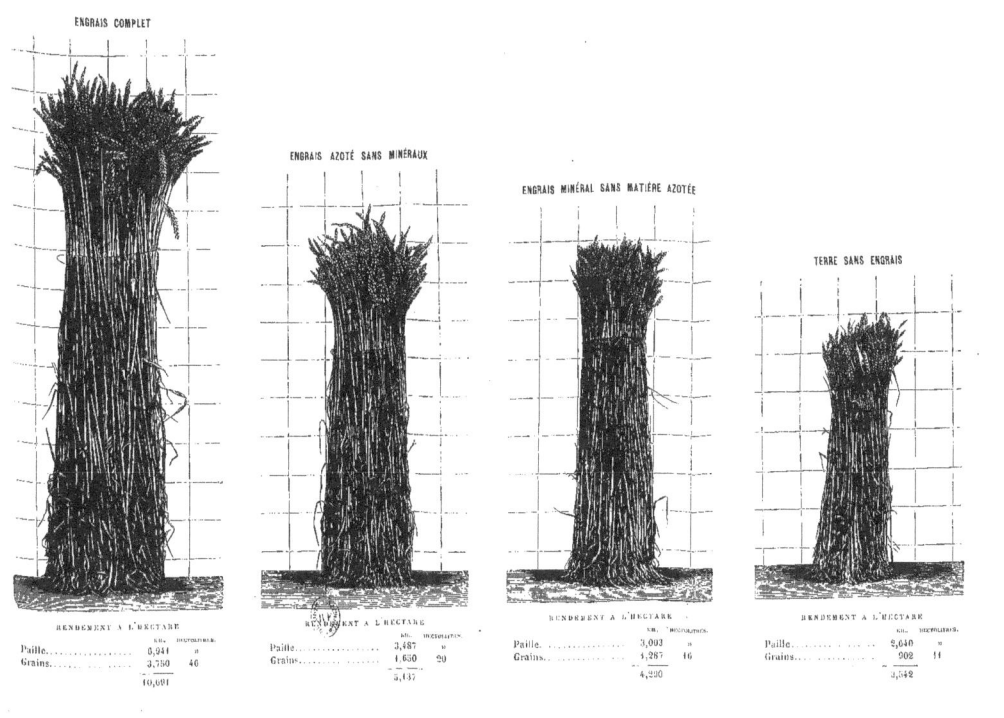

ENGRAIS COMPLET

ENGRAIS AZOTÉ SANS MINÉRAUX

ENGRAIS MINÉRAL SANS MATIÈRE AZOTÉE

TERRE SANS ENGRAIS

RENDEMENT A L'HECTARE

	KIL.	INCOMPLÈTE
Paille................	6,941	»
Grains...............	3,750	40
	10,691	

RENDEMENT A L'HECTARE

	KIL.	INCOMPLÈTE
Paille................	3,487	»
Grains...............	1,650	20
	5,137	

RENDEMENT A L'HECTARE

	KIL.	INCOMPLÈTE
Paille................	3,003	»
Grains...............	1,287	16
	4,290	

RENDEMENT A L'HECTARE

	KIL.	INCOMPLÈTE
Paille................	2,640	»
Grains...............	902	11
	3,542	

mémoires. Il me suffira de vous faire remarquer avec quel soin j'ai écarté tout ce qui aurait pu apporter quelque incertitude dans les résultats. Je me suis astreint à n'employer que des substances tout à fait pures, et je les ai mises en jeu dans un sol exclusivement formé de silice. Je n'ai rien conclu que du témoignage de la végétation, et je n'ai accepté définitivement ce témoignage qu'après avoir constaté par l'analyse des récoltes qu'il ne s'y était glissé aucun élément étranger.

Mes affirmations sont donc pures de toute assertion hasardée, de toute influence perturbatrice, de tout ce qui aurait pu échapper à une définition rigoureuse et vraiment scientifique. Exécutées d'abord sur une échelle restreinte et presque une à une, les expériences ont été reprises chaque année par série entière, à mesure qu'un résultat nouveau se produisait. Celui-là seul saura bien ce qu'il a fallu déployer d'efforts pour découvrir, vérifier et coordonner un si grand nombre de faits, qui entreprendra de les vérifier par lui-même. En attendant ce contrôle que j'appelle de tous mes vœux, je dois à la rigueur des procédés que j'ai constamment suivis ce résultat inappréciable, d'avoir fait naître en moi cette foi calme et sereine que le temps raffermit et que le doute ne peut atteindre.

Éclairés par les résultats qui précèdent, vous comprendrez sans peine pourquoi la pratique n'a pas pu conduire à une théorie générale de la production agricole. Partant toujours de la supposition erronée que les terres dont les rendements se balancent doivent avoir la même composition, elle ne pouvait expliquer pourquoi les mêmes engrais produisent quelquefois les résultats les plus différents ? Aujourd'hui rien n'est plus facile.

Concevez pour un moment, et à titre de simple hypo-

thèse, deux terres appartenant à deux formations géologiques différentes, mais épuisées toutes deux par une longue
succession de cultures. Admettez, en outre, pour tout bien
définir, que l'une de ces deux terres contienne une marne
phosphatée et soit privée de potasse, tandis que la seconde,
de nature argileuse, soit riche en potasse et manque de
phosphate. Sur ces deux terres dont nous supposons les
rendements égaux, les mêmes agents produiront des effets
tout différents. Les amendements alcalins unis à une matière azotée se montreront très-efficaces sur la première,
très-peu sur la seconde. Un mélange de phosphate de chaux
et de matière azotée, sans action sur la terre marneuse, en
aura beaucoup sur la terre argileuse. Vous comprenez dès
lors comment on était amené à déclarer actif sur un point
ce qui était considéré comme à peu près inerte sur un autre.

Ces résultats n'ont rien qui puisse vous surprendre. Il
n'y a d'efficace, en tout lieu et dans toutes les conditions,
que l'engrais complet, formé de matière azotée, de phosphate de chaux, de potasse, et de sulfate de chaux.
Lorsqu'un de ces quatre termes manque, et surtout le
phosphate de chaux, la potasse ou la matière azotée,
l'engrais n'agit que si la terre le contient naturellement. L'effet utile est solidaire de la composition du sol.
Voilà comment on a pu quelquefois juger défavorablement
un engrais qui dans d'autres conditions se serait montré
très-efficace. Voilà encore pourquoi la pratique, réduite à ses
seules ressources, a été jusqu'ici impuissante à pénétrer le
secret des lois qui règlent la production agricole.

Dans mes premiers essais de culture j'avais constamment
pris, pour sol d'expérimentation, du sable calciné. Je pouvais accepter comme évident, *a priori*, que l'intervention de
l'argile, du calcaire et de l'humus ne changerait rien au ca-

ractère essentiel des résultats obtenus. Avant de l'admettre toutefois, j'ai cru devoir en appeler de nouveau au témoignage de l'expérience. Les fumures restant les mêmes, j'ai donc refait dans des sols artificiels se rapprochant de plus en plus de la terre ordinaire, comme vous en pourrez juger par le tableau suivant, toutes les expériences instituées d'abord dans de la silice pure :

SÉRIE **A**	SÉRIE **B**	SÉRIE **C**
1. { SABLE / ARGILE	4. { SABLE / ARGILE / CALCAIRE	6. { SABLE / ARGILE / CALCAIRE / HUMUS
2. { SABLE / CALCAIRE	5. { SABLE / ARGILE / HUMUS	
3. { SABLE / HUMUS		

Ces nouvelles expériences m'ont fait découvrir la solidarité qui existe entre l'humus et le calcaire, et c'est à elles que je dois les notions pratiques sur le rôle de ces deux éléments du sol que je vous ai exposées.

Je pourrais, sans sortir du cadre de mes recherches, ajouter bien des faits nouveaux à ceux que vous connaissez déjà. Mais ces développements m'entraîneraient trop loin, et leur étendue ne serait pas compensée par des résultats d'une utilité assez immédiate. Vous remarquerez cependant qu'en étudiant la végétation comme je l'ai fait, toujours guidé et enchaîné par l'observation, j'ai pu dresser une

---

[1] Voyez la note ci-contre.

sorte d'échelle théorique de la fertilité, où se trouvent prévues, définies et classées toutes les qualités naturelles des sols, et si j'ai aujourd'hui la satisfaction de voir mes déductions théoriques confirmées par la pratique, c'est que je n'avais jamais rien énoncé qui ne fût le résultat net et précis de l'expérience et des faits.

Fort de cette conformité tant de fois constatée, vous serez amenés à reconnaître, avec moi, que si l'agriculture, par le résultat économique qu'elle poursuit, reste toujours une industrie, par la définition de plus en plus rigoureuse de ses procédés, elle tend à s'élever au rang d'une science véritable.

Pour terminer l'histoire des agents de la production végétale, il me resterait à résumer avec vous deux ordres de faits, à vous faire connaître d'abord où résident dans

1860. — ENGRAIS COMPLET SANS CARBONATE DE CHAUX

RÉSULTATS MOYENS

	SABLE.	SABLE CALCAIRE.	SABLE HUMUS.	SABLE ARGILE.	SABLE ARGILE CALCAIRE.
	Gr.	Gr.	Gr.	Gr.	Gr.
Paille. .	14,74	14,55	12,77	15,76	17,87
Grains. .	3,85	3,84	4,35	4,88	5,32
	18,59	17,39	17,12	20,64	23,19

MATIÈRE AZOTÉE SANS MINÉRAUX

	SABLE.	SABLE CALCAIRE.	SABLE HUMUS.	SABLE ARGILE.	SABLE ARGILE CALCAIRE.
	Gr.	Gr.	Gr.	Gr.	Gr.
Paille. .	7,40	5,93	4,35	6,40	7,23
Grains. .	0,02	0,02	0,00	0,17	0,06
	7,42	5,95	4,35	6,57	7,29

la nature ces précieux agents; à vous dire ensuite comment l'industrie se les procure, et à quelles conditions elle peut nous les fournir. La réponse à cette seconde question fera l'objet spécial de la cinquième conférence.

Aujourd'hui je me bornerai, après un coup d'œil général sur la structure de l'écorce solide du globe, à vous rappeler comment se répartissent, dans les diverses formations qui la composent, les éléments tant mécaniques qu'assimilables de la terre végétale.

III. Le nombre des minéraux connus ne va pas à moins de cinq à six mille, parmi lesquels il n'y en a guère plus d'une dizaine qui méritent de vous être signalés, parce que c'est à eux qu'il faut remonter pour expliquer la formation de la terre végétale.

Vous savez, messieurs, que toutes les roches connues peuvent être ramenées à trois types principaux : les roches d'origine éruptive, appelées aussi roches ignées, primitivement fondues et incandescentes, dont les masses tourmentées attestent la violence des actions auxquelles elles doivent leur formation; les roches de sédiment ou neptuniennes, provenant de dépôts opérés au sein des eaux par couches superposées, et où l'on trouve des débris fossilisés d'animaux et de plantes qu'on ne rencontre jamais dans les premières; enfin, entre ces deux grandes divisions, les roches métamorphiques, qui ont la même origine que les roches sédimentaires, mais dont la structure et la composition ont été modifiées par le voisinage ou le contact de roches éruptives postérieures à leur formation.

Ces trois classes de roches, d'origines si dissemblables, doivent présenter et présentent en effet, sous le rapport de leurs caractères et de leurs propriétés, des différences

souvent profondes. Cependant, si on multiplie les comparaisons, on finit par reconnaître que les roches métamorphiques, qui participent à la fois des roches éruptives et
des roches de sédiment, forment la transition de l'une à
l'autre, et qu'à leur aide on finit par passer de l'alluvion la
plus récente au granit le plus ancien, par une succession
graduée de formations intermédiaires.

Dans la composition des roches éruptives il entre essentiellement :

> De la silice,
> De l'alumine,
> De la potasse,
> De la soude,
> De la magnésie,
> De l'oxyde de fer,
> De l'oxyde de manganèse,
> De l'acide phosphorique, etc., etc.,

c'est-à-dire tous les minéraux dont la végétation a besoin.
Mais on les y trouve sous une forme et dans un état où les
végétaux ne peuvent se les approprier. Ces roches, en effet,
sont dures et compactes, et par conséquent impénétrables
aux racines. C'est à elles cependant qu'il faut remonter
pour expliquer la formation des roches de sédiment, d'où la
terre végétale provient à son tour.

Au premier abord il semble bien difficile d'admettre que
le sable, l'argile et le calcaire aient pour origine le granit ou
le porphyre, etc. Rien pourtant n'est plus vrai, et j'ajoute
plus facile à expliquer.

Un refroidissement trop subit a pour effet de rendre certains corps cassants à l'excès ou même friables au point
que le moindre ébranlement suffit pour les réduire en pous-

sière. Telles sont, par exemple, les larmes bataviques. Vous savez qu'on prépare ces curieuses larmes en laissant tomber du verre fondu dans l'eau froide; qu'il suffit d'en casser la pointe pour qu'elle vole en éclats, tant les molécules sont dans un état d'équilibre instable et forcé. Le même effet s'est produit, quoique à un moindre degré, sur les roches éruptives à l'époque de leur refroidissement.

Il n'y a pas de massif granitique où l'on ne trouve, par place, la roche en pleine désagrégation, alors que les parties voisines sont parfaitement intactes. L'altération est toujours le résultat d'un refroidissement trop subit.

Cette désagrégation toute physique et pour ainsi dire spontanée ne modifie pas la composition de la roche qui la subit. La roche désagrégée est exactement après ce qu'elle était avant; mais les agents atmosphériques qui jusque-là étaient restés sans effet sur elle, l'attaquent alors avec la plus grande facilité. L'acide carbonique se combine avec la potasse, la soude et la chaux, l'oxygène se fixe sur les protoxydes de fer et de manganèse. Les eaux pluviales agissent à leur tour et dissolvent les carbonates alcalins, souvent même les carbonates terreux et jusqu'à l'oxyde de fer lui-même, si elles sont saturées d'acide carbonique. Il ne reste de la roche primitive que l'alumine à l'état d'argile, c'est-à-dire à l'état de combinaison avec la silice et l'eau.

Les parties dissoutes et entraînées par les eaux se déposent à leur tour au fond des lacs et des mers à l'état de calcaires ou de conglomérats ferrugineux.

Par opposition avec les effets qui précèdent, il peut se présenter le cas où les roches éruptives sont simplement divisées et broyées par les eaux qui les entraînent à l'état de blocs qui s'entre-choquent et s'usent en roulant les uns sur les autres. Cette action si différente de la première s'est manifestée sur l'échelle la plus étendue aux premières époques géologiques, lorsque les eaux, déplacées de leur ancien lit par des actions volcaniques irrésistibles, firent sur les continents de soudaines irruptions. Les dépôts de sable et les grès n'ont pas d'autre origine. Ainsi des actions de deux ordres peuvent faire passer les roches éruptives à l'état de roches de sédiment : l'action mécanique des eaux qui les transporte au loin par blocs qu'elle broie et divise ; la désagrégation de la roche mère qui s'opère sur place et dont les eaux pluviales complètent les effets.

Après ces explications, je puis ajouter, sans exciter votre surprise, que les roches de sédiment, considérées dans leur ensemble, ont la même composition que les roches éruptives. Des deux côtés les constituants sont les mêmes ; il n'y a de différence que dans le mode de groupement. Dans les roches éruptives toutes les bases sont combinées avec la silice, tandis que dans les roches de sédiment elles tendent à s'isoler pour former des composés indépendants.

On trouve la chaux et la magnésie à l'état de carbonate purs ou mélangés avec des proportions variables d'argile. La magnésie se présente encore combinée avec la silice, et tient alors le milieu entre la chaux et l'alumine auxquels elle sert de trait d'union.

Le fer et le manganèse, mêlés en proportions diverses, à l'état de peroxydes hydratés, forment des rognons indépendants, ou figurent à titre de produits éventuels dans la plupart des argiles.

L'acide phosphorique, que l'on rencontre toujours dans les roches éruptives en petite proportion diffusée dans la masse, ou en grande quantité, mais alors à l'état de filons, se retrouve aussi dans les roches de sédiment, à l'état de phosphate d'alumine dans les argiles, sous forme de phosphate de chaux dans les marnes et les calcaires, ou bien enfin à l'état d'ossements fossiles et de conglomérats roulés de phosphate de chaux appelés nodules.

Vous le voyez, messieurs, dans les deux grands systèmes de roches, les éléments sont les mêmes, mais autrement groupés. Ce qui est confondu dans l'un est isolé dans l'autre.

Je vous ai dit que dans les roches éruptives toutes les bases étaient combinées avec la silice; il y a toutefois une distinction à faire entre elles sous ce rapport. Dans certains cas, les minéraux constitutifs de la roche mère ne sont formés que de silice, d'alumine, de potasse ou de soude, ou de silice, d'alumine, de soude et de chaux à la fois. Ces minéraux, auxquels appartient la grande famille des feldspaths, sont caractérisés par l'absence constante du fer et du manganèse.

En opposition avec ce groupe on en trouve un second se rattachant aussi aux roches éruptives, mais où la potasse, la soude et l'alumine manquent et sont remplacées par le fer et la magnésie. Tels sont, par exemple, l'amphibole et le pyroxène.

La distance est grande entre ces deux classes de composés, mais la transition de l'une à l'autre s'opère par degrés presque insensibles, comme vous pourrez vous en convaincre par le tableau suivant:

FELDSPATH ORTHOSE.		FELDSPATH ALBITE.	
Silice.	65,75	Silice.	67,99
Alumine.	18,18	Alumine..	19,61
Potasse..	14,14	Soude.	11,12
Soude.	1,44	Chaux..	0,66
	99,51		99,58

FELDSPATH OLIGOCLASE.		FELDSPATH LABRADOR.	
Silice.	63,70	Silice.	53,48
Alumine.	23,95	Alumine..	26,46
Soude.	8,11	Chaux..	9,49
Chaux.	2,05	Soude.	4,10
Magnésie.	1,60	Magnésie.	1,74
Potasse.	1,20	Protoxyde de fer. . .	2,69
Protoxyde de fer. . .	0,50	Potasse...	0,22
	101,11		98,18

MICA.		TALC.	
	MICA D'UTOÉ		
Silice.	47,50	Silice.	58,20
Alumine.	37,20	Magnésie.	32,20
Peroxyde de fer.. . .	3,20	Oxyde de fer.. . . .	4,60
Peroxyde de manganèse.	0,90	Eau..	3,50
Potasse..	9,60		98,50
Chaux.	0,00		
Lithine..	0,00		
Fluor.	0,56		
Eau.	2,67		
	101,63		

AMPHIBOLE.		PYROXÈNE.	
Silice..	57,60	Silice.	58,50
Chaux.	9,56	Chaux.	17,50
Magnésie.	7,85	Oxyde de fer.. . . .	4,00
Protoxyde de fer. . .	22,67	Magnésie.	20,00
Protoxyde de manganèse	0,00		100,00
Alumine.	0,75		
Eau.	0,00		
	98,43		

Mieux que leur analyse, la formule de ces minéraux va vous mettre à même d'apprécier les contrastes que présente leur composition, et comment néanmoins on est conduit par degrés de l'un à l'autre.

FELDSPATH ORTHOSE.

$$KO,SiO^5+Al^2O^3,3SiO^3.$$

FELDSPATH ALBITE.

$$\left.\begin{array}{l} Na \\ Ca \end{array}\right\} O,SiO^5+Al^2O^3,3\,SiO^3,$$

FELDSPATH OLIGOCLASE.

$$\left.\begin{array}{l} N \\ K \\ Ca \\ F \end{array}\right\} O,SiO^3+Al^2O^3,2\,SiO^3.$$

FELDSPATH LABRADOR.

$$\left.\begin{array}{l} Ca \\ Na \\ Mn \\ Fe \end{array}\right\} O,SiO^5+Al^2O^3,SiO^5.$$

MICA.

Pas de formules,
produit de passage.

TALC.

$$MgO,SiO^5+3\,MgO,2\,SiO^5+aq.$$

AMPHIBOLE.

$$CaO,SiO^5+3\left.\begin{array}{l} Mg \\ Fe \end{array}\right\} O,2SiO^5.$$

PYROXÈNE.

$$3\left.\begin{array}{l} Mg \\ Fe \\ Ca \end{array}\right\} O,2\,SiO^5$$

Entre le groupe des feldspaths et celui des amphibolides se place le mica, qui participe à la fois de l'un et de l'autre, et dont la composition est trop variable pour qu'on puisse la traduire en formule.

Si par la pensée on se reporte à l'origine des choses, à l'époque où notre globe commença à se solidifier, et si l'on admet, ce qui est conforme aux lois les mieux établies de l'affinité, que les composés les moins fusibles se sont déposés les premiers, on voit naître, en première ligne, les feldspaths, caractérisés par la présence constante de l'alumine et d'un excès de silice, et en dernier lieu les pyroxènes, où le fer et la magnésie dominent à l'exclusion des alcalis et de l'alumine.

Si enfin on essaye de classer les bases dans leurs rapports

avec les formations auxquelles elles ont concouru, on est amené à les grouper de la manière suivante :

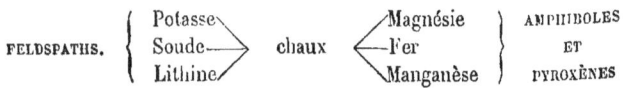

FELDSPATHS. { Potasse / Soude → / Lithine } chaux ← { Magnésie / Fer / Manganèse } AMPHIBOLES ET PYROXÈNES

D'un côté, la potasse, la soude et la lithine; de l'autre, la magnésie, le fer et le manganèse, la chaux entre les deux.

Quoique très-différents sous le rapport de la composition, les feldspaths ont avec les amphiboles et les pyroxènes un caractère commun d'une grande importance. Les uns et les autres peuvent se décomposer spontanément et nous ramènent par des chemins différents aux formations sédimentaires.

Je n'insisterai pas davantage sur les propriétés des roches de sédiment. Ce que je vous ai dit de l'argile et du sable, en commençant cette conférence, est suffisant pour le but que nous nous proposons. Je vous ai montré comment ces deux corps dérivent des roches éruptives, et comment ce que le feu avait réuni et confondu finit, par la seule action du temps, par se désunir et se séparer. Notre sujet ne comporte pas de développements plus étendus.

Les calcaires, l'argile et le sable forment souvent des dépôts isolés et indépendants. La terre végétale qu'ils produisent est en général de mauvaise qualité; et, après ce que je vous ai dit du rôle et des propriétés de l'argile et du sable, il n'y a là rien qui doive vous surprendre.

Si mes assertions à cet égard avaient besoin de preuves, il me suffirait d'en appeler d'une part aux plaines arides de la Champagne pouilleuse, dont le sol est un calcaire à peu près pur, de l'autre aux sables de nature siliceuse qui forment, dans le département de la Gironde et du Lot, ces dunes et ces landes dont la pauvreté est passée en proverbe.

Un mélange de sable et d'argile convient infiniment mieux aux exigences de la végétation; mais la réunion de l'argile, du sable et du calcaire présente seule toutes les qualités requises. Je vous prie de remarquer pourtant que ce dernier mélange ne doit pas seulement sa supériorité à ses propriétés physiques, qui répondent mieux aux besoins des plantes, il la doit surtout à la présence mieux assurée de tous les minéraux assimilables.

Il est rare qu'un calcaire soit dépourvu de phosphate de chaux et qu'il n'y ait pas de potasse dans l'argile. Ces minéraux ne sont là qu'en très-faibles proportions et à titre de produits éventuels, et cependant c'est de leur présence que dépend en grande partie la prospérité de la végétation. Entre la terre végétale et les dépôts de sédiment, il y a cette différence profonde que les éléments qui remplissent dans la terre les fonctions les plus importantes à l'égard des plantes, n'entrent dans la composition des roches de sédiment que d'une façon accidentelle, et n'ont qu'une influence tout à fait secondaire, pour ne pas dire tout à fait nulle sur leurs propriétés.

Une terre qui ne contient que des éléments assimilables de nature minérale, ne possède, vous le savez, qu'un degré assez médiocre de fertilité. Pour acquérir la fécondité que la culture réclame, l'addition d'un composé azoté est indispensable. Néanmoins en l'absence même de ce composé, la terre peut suffire à la vie végétale, et pour certaines plantes, les légumineuses par exemple, elle peut y devenir active et prospère. Il est bon enfin de remarquer qu'un sol de ce genre abandonné à la végétation naturelle et spontanée ne tarderait pas à égaler en fertilité les terres les plus favorisées. Il suffirait pour cela de laisser les premières générations des plantes se décomposer sur place, car le sol y gagnerait à la fois l'azote et l'humus qui lui manquent, originaires tous deux de l'azote et du carbone de l'air.

En résumé, messieurs, le sol se compose de deux sortes d'éléments distincts : éléments inertes et passifs ; — éléments actifs et assimilables. — A part les produits organiques et azotés, ils dérivent tous des roches éruptives dont ils reproduisent la composition sous une forme simplifiée. Il existe dans les roches éruptives aussi bien que dans les roches de sédiment à l'état de dépôts isolés ou de filons tous les éléments que la végétation réclame. On doit tendre de plus en plus à exploiter ces dépôts pour composer des engrais de toutes pièces.

Le degré de fertilité de la terre dépend à la fois, quoique dans une mesure inégale, et de la quantité des éléments soit mécaniques, soit assimilables, et surtout de la forme sous laquelle ces derniers sont contenus dans le sol.

Un autre problème à résoudre dans l'intérêt de l'agriculture est celui-ci. Un sol étant donné, déterminer avec certitude la nature des éléments assimilables qu'il contient, afin de régler la composition des engrais qu'il convient de lui appliquer sur des données positives. Nous verrons dans la prochaine conférence comment il est toujours possible d'acquérir cette notion indispensable pour arrêter les bases d'une culture rationnelle et en fixer avec certitude l'économie.

QUATRIÈME CONFÉRENCE

Messieurs,

Après avoir défini les conditions qui règlent la production des végétaux, nous devons chercher le moyen de découvrir les éléments de fertilité que le sol contient naturellement, car sans cette connaissance il nous serait impossible d'arriver à rien d'utile, de précis et surtout de pratique sur l'emploi des engrais.

Mais c'est là une notion difficile à acquérir, et qu'on a jusqu'ici demandée en vain à l'analyse chimique. En effet, malgré les tentatives multipliées faites par les chimistes dans cette direction, la question n'a pu encore être résolue. Personne ne pourrait, en se fondant sur des procédés de laboratoire, assigner à une terre son véritable degré de fertilité, et dire d'avance avec certitude à quel système de culture on doit la soumettre.

Pour arriver sur ce point à des notions certaines, il faut, de toute nécessité, recourir à la végétation elle-même et à des essais de culture raisonnés. C'est ce que je me propose de vous démontrer dans cette conférence. — Mais expliquons d'abord pourquoi l'analyse chimique est impuissante à nous fournir ces renseignements indispensables.

Je vous ai dit, dans la dernière conférence, qu'il fallait distinguer, dans un sol fertile, trois sortes d'éléments :

Les *éléments mécaniques*, qui servent de support aux végétaux sans participer, par leur substance, à leur formation ;

Les *éléments assimilables actifs*, qui sont les agents par excellence de la production végétale et dans lesquels réside essentiellement la fertilité ;

Enfin les *éléments assimilables en réserve* qui remplissent d'abord les fonctions d'éléments mécaniques, mais qui, à un moment donné, peuvent devenir assimilables, et rentrer dans la catégorie des éléments actifs.

Le tableau suivant, qui résume nos études sur ce sujet, est destiné à mettre en relief ces analogies et ces oppositions.

COMPOSITION D'UN SOL FERTILE.

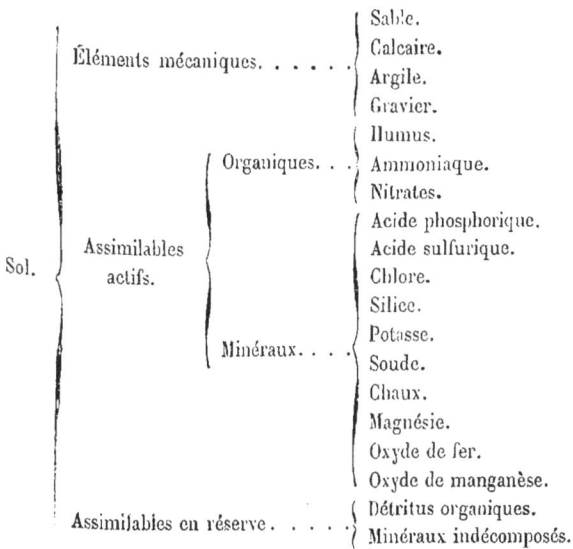

Cette classification fondée sur nos expériences de culture dans des sols artificiels, où tout était connu et défini, va nous apprendre pourquoi les chimistes ont échoué dans leurs tentatives, lorsqu'ils ont voulu déduire, de l'analyse de la terre, les conditions qui règlent la fertilité, et pourquoi ce difficile problème a reçu de nos recherches une solution qui répond à tous les besoins de la pratique.

Parmi les chimistes qui ont fait de la terre végétale une étude approfondie, en vue des applications agricoles, il faut placer en première ligne sir Humphry Davy, à qui l'on doit la découverte des métaux alcalins. D'autres avant lui avaient émis des idées justes sur la nécessité de rendre au sol certains agents que la culture lui enlève ; mais personne n'avait encore tenté de fonder une sorte d'agriculture rationnelle sur la comparaison rigoureuse des éléments premiers que contiennent à la fois la terre, les engrais et les récoltes. Davy pensa que les terres fertiles, quelle que fût d'ailleurs leur origine géologique, devaient, malgré des dissemblances inévitables, accuser toutes la présence de certains produits communs, dont la constance et la fixité attesteraient qu'en eux réside la cause de la fertilité.

Cette idée est grande et belle, et j'ajoute qu'au fond elle est essentiellement vraie ; mais, pour la démontrer, il eût fallu connaître ce que la science d'alors ignorait absolument, c'est-à-dire la composition exacte des végétaux, l'importance fonctionnelle de leurs éléments, et surtout les formes variées sous lesquelles ces éléments sont, au sein de la terre, assimilables ou inertes. Faute de ces notions essentielles, la tentative de Davy devait nécessairement échouer. Ses analyses conclurent contre lui. Toutes les terres soumises à cette épreuve, bien que fertiles, présentèrent une composition différente.

ANALYSE DES TERRES

PAR SIR HUMPHRY DAVY.

ORIGINE DES TERRES.	SABLE ET GRAVIER.	SILICE.	ALUMINE.	CARBONATE DE CHAUX.	CARBONATE DE MAGNÉSIE.	OXYDE DE FER.	SELS ET MATIÈRE ORGANIQUE.	SULFATE DE CHAUX.	HUMIDITÉ.	PERTE.
Comté de Kent.	66,2	5,2	3,2	4,7	0,7	1,2	8,0	0,5	4,7	5,2
Norfolk.	88,9	1,6	1,2	6,9	»	0,3	0,5	»	0,3	»
Middlesex . . .	60,0	12,8	11,6	11,2	»	4,4	»	»	»	»
Worcestershire.	60,0	16,4	14,0	5,6	»	1,2	2,8	»	»	»
Vallée de Tiviot.	83,3	7,0	6,8	0,6	»	0,8	1,3	»	»	»
Salisbury. . . .	9,1	12,7	6,3	57,2	»	1,8	12,7	»	»	»

Davy avait borné ses dosages au sable, au gravier, à l'argile, au calcaire, et aux matières organiques dont il n'avait pas défini la nature. Quel résultat pouvait-on attendre de telles analyses? évidemment aucun, vous le savez déjà.

Il importe en effet très-peu de connaître, à quelques centièmes près, ce qu'une terre contient d'argile ou de sable. Malgré leur prédominance dans le sol, ces corps n'y jouent, par rapport à la végétation, qu'un rôle passif et tout à fait secondaire. Ils forment un des milieux de la vie végétale sans y concourir; aussi leur avons-nous donné le nom d'éléments mécaniques, que justifient à tous égards leur inertie et la passivité de leurs fonctions.

Il en est tout autrement de ce que nous avons appelé la partie active du sol : les nitrates, les sels ammoniacaux, les matières organiques azotées, le phosphate de chaux, la po-

tasse, la chaux, etc. Des traces relativement très-faibles de
ces produits suffisent pour rendre le sable calciné aussi
fertile que la bonne terre. — Or, je vous le demande,
comment des analyses qui omettaient ces éléments du
sol auraient-elles pu découvrir la cause et les lois de la
fertilité ?

Répétons-le donc, Davy a échoué pour n'avoir pas distingué les éléments mécaniques du sol des éléments assimilables, et pour avoir attribué aux premiers la prééminence
qui, en réalité, appartient aux seconds. Les observations de
Davy n'étaient pas inexactes, mais incomplètes ; ses analyses n'étaient pas erronées, mais insuffisantes. Aujour-
d'hui nous savons pourquoi la terre est fertile et pourquoi
elle ne l'est pas. La lumière s'est faite lentement, mais elle
a fini par se faire. On peut dire sans présomption qu'elle
est maintenant complète. Tout esprit impartial sera forcé
de le reconnaître, s'il consent à suivre, dans la solidarité
de leur enchaînement, la longue succession d'efforts qu'il
a fallu faire pour amener cet important résultat.

Vous excuserez, Messieurs, cette critique des travaux de
Davy, que personne n'admire et n'honore plus que moi ;
mais si le génie a ses priviléges, la vérité a aussi ses droits
qu'elle ne peut abdiquer.

Rappeler tout ce qui a été publié d'analyses de terre, depuis une trentaine d'années, serait se vouer sans compensation à une tâche aussi fastidieuse que peu profitable ; conçues sur le même plan que celles de Davy, ces analyses
devaient avoir le même sort ; nous pouvons donc les passer
sous silence.

Les chimistes n'ayant pas réussi, les physiciens purent
espérer d'être plus heureux. Persuadés, on ne sait trop
pourquoi, que le degré de fertilité du sol dépendait plus de

l'état physique de ses constituants que de leur nature, ils mirent au rang des propriétés les plus importantes le degré variable de ténuité que présente le sable, le plus ou moins de compacité de l'argile. A ces remarques, on en ajouta d'autres tirées de la densité des terres, de leur degré de cohésion, de leur faculté d'absorber et de retenir l'eau. Toutes les conditions physiques du sol devinrent en un mot l'objet de déterminations multipliées, qui fournirent à la pratique quelques indications utiles de second ordre, mais sans rien produire d'essentiel quant au fond de la question et sans la faire avancer d'un pas. La cause de la fertilité continua de rester inconnue. Les chimistes étaient partis d'une idée juste ; ils avaient échoué faute de données suffisantes ; — les physiciens partant d'une idée fausse ne pouvaient évidemment réussir.

Parmi toutes les tentatives que nous venons de rappeler, il convient de distinguer cependant les recherches si étendues et d'ailleurs si estimables de Berthier. Des analyses multipliées de végétaux de toute nature et de toute provenance lui avaient appris qu'on trouve dans tous un certain nombre de produits minéraux dont la présence ne saurait être fortuite et sans utilité. Frappé de la constance de ces produits, Berthier ne pouvait se résoudre à croire que la composition du sol n'eût pas d'influence sur la fertilité. Sollicité à la fois par une intuition dont il n'était pas maître, et par certains résultats qui semblent attribuer une sorte de prééminence aux conditions physiques, Berthier fut amené à tenter la synthèse de ces deux ordres de notions qu'il espérait pouvoir compléter les unes par les autres. Les deux analyses suivantes, que j'emprunte à cet éminent chimiste, vous donneront une idée de ce qu'il était permis d'attendre de cette nouvelle tentative.

TERRE DES VIGNOBLES DE POMARD

(côte-d'or)

	N° 1.		N° 2.	
Quartz resté sur le tamis de crin	2,6		2,5	
Quartz resté sur le tamis de soie	1,4		2,0	
Quartz obtenu par lévigation	8,5		4,6	
Quartz excessivement fin	17,5		13,3	
Silice combinée	10,2	argile	7,8	argile
Albumine	5,1	15,3	3,9	11,7
Hydrate de fer	9,8		7,4	
Pierre calcaire restée sur le tamis de crin	23,0		38,5	
Pierre calcaire restée sur le tamis de soie	2,9		10,0	
Pierre calcaire en grains fins	7,8		2,2	
Pierre calcaire en grains excessivement fins	11,3		7,8	
Matières organiques	1,0		2,0	
	101,0		102,0	

TERRE A GARANCE DE MALLEMONT

(bouches-du-rhône)

Sable quartzeux	20,00
Argile	30,50
Oxyde de fer	6,00
Carbonate de chaux	37,00
Carbonate de magnésie	1,00
Matières organiques	1,60
Eau	3,90

Et comme pour mieux affirmer son opinion, Berthier
ajoute qu'à ses yeux « la qualité de la terre dépend en
« partie de sa composition, mais plus encore de sa situa-
« tion, de l'influence du climat sous lequel elle se trouve et
« surtout de l'état physique de ses éléments constitutifs :
« *la condition la plus essentielle d'une bonne terre étant de*
« *retenir beaucoup d'eau.* » Ai-je besoin de rien ajouter pour

réfuter cette opinion ? Et ne suffit-il pas de recourir à notre pierre de touche habituelle, à la classification des constituants du sol que je vous ai présentée en commençant, pour apercevoir que Berthier a commis la même erreur que Davy, et méconnu, lui aussi, la distinction si nécessaire entre les éléments mécaniques et les éléments assimilables du sol, dont il faisait un tout indivis sans distinction de fonctions ?

Gardons-nous d'ailleurs de nous montrer trop sévères envers les savants de cette époque. Au fond de leurs travaux et sous leurs erreurs mêmes, il y avait une certaine somme de vérité. Si par la situation du sol on entend la nature des produits que les eaux souterraines peuvent y amener, ou la conservation d'un état uniforme et continu d'humidité, il n'est pas douteux que cette situation ne doive exercer une influence considérable sur la fertilité. Mais cette condition, quelque importance qu'on lui attribue, en suppose une autre à laquelle elle est subordonnée : c'est la présence, dans la terre ou dans les eaux, des agents dits assimilables qui, à un moment donné, passent du sol dans les plantes et qui représentent le fond invariable sur lequel la végétation opère, puisqu'ils suffisent pour rendre fertile le sable calciné.

Pendant que les chimistes et les physiciens s'épuisaient en efforts infructueux à la poursuite d'un problème dont le véritable caractère leur échappait toujours, les botanistes crurent qu'ils seraient plus heureux en se fondant sur les changements que la nature géologique des terrains imprime à la végétation. Théodore de Saussure avait un des premiers signalé à l'attention des savants ce phénomène remarquable. Entre les terrains calcaires et les terrains d'origine granitique, les premiers sont incontestablement

les plus productifs. On revint sur cette idée ; mais lorsqu'on
voulut étendre les inductions tirées de quelques cas isolés à
la grande généralité des terrains, l'influence de la nature
géologique tout à l'heure incontestable cessa de se manifester et on se trouva dans l'impossibilité de rien conclure
d'un peu significatif. « APRÈS SEPT ANS DE VOYAGES EN
« FRANCE, dit M. de Candolle, J'AI FINI PAR TROUVER TOUTES
« LES PLANTES NAISSANT SPONTANÉMENT DANS PRESQUE TOUS LES
« TERRAINS MINÉRALOGIQUES. »

Aussi, à part quelques rares exceptions, l'opinion dominante parmi les géologues et les botanistes est-elle que
l'état physique des roches a plus d'influence sur la fertilité
que leur composition chimique ; mais hâtons-nous d'ajouter
qu'à l'exemple de Davy et de Berthier ils omettent dans
cette composition le phosphate de chaux, la potasse, la
matière azotée, c'est-à-dire les éléments assimilables les
plus importants, ce qui explique et réfute en même temps
l'opinion à laquelle ils se sont arrêtés.

Vous le voyez, Messieurs, pour n'avoir pas distingué
entre les éléments mécaniques et les éléments assimilables,
les chimistes ne nous ont rien appris dont la pratique
agricole ait pu tirer profit. Les physiciens n'ont pas été
plus heureux, parce qu'ils ont commis la même confusion,
et l'ont aggravée encore, en faisant dépendre uniquement
la fertilité de l'état physique des milieux dont l'influence
est essentiellement secondaire. Les botanistes et les géologues ont également échoué pour le même motif. Tous ces
insuccès s'expliquent naturellement quand on se reporte
à notre classification, exemple remarquable de ce que peut
l'expérience lorsque le véritable caractère des problèmes
auxquels on l'applique est exactement connu.

Vous devez avoir hâte, Messieurs, d'arriver aux analyses

faites par les chimistes contemporains. Aujourd'hui, j'en conviens, on s'enquiert avec un soin minutieux de tout ce que contient la terre : phosphate de chaux, potasse, chaux, magnésie, matière azotée. On n'omet rien, comme vous pourrez vous en convaincre par l'exemple suivant que j'emprunte à un analyste aussi instruit que consciencieux [1].

ANALYSE D'UNE TERRE DES ENVIRONS DE CHALONS-SUR-MARNE.

Sable et gravier	42,25
Matières fines	52,50

ANALYSE :

Matières organiques	1,80
Eau hygrométrique	2,70
Eau combinée	5,92
Acide carbonique	33,20
Sable quartzeux	3,10
Argile	6,00
Silice attaquable	3,10
Oxyde de fer	2,00
Alumine	0,15
Chaux	40,50
Magnésie	traces.
Alcalis	0,38
Acide sulfurique	0,28
Acide phosphorique	0,12
Azote et chlore	traces.
	99,25

Voilà assurément une analyse bien complète. Rien n'y manque, et pourtant elle ne peut rien nous apprendre ni sur les conditions de la fertilité, ni sur les vrais besoins

---

[1] Rivot, *Annales des mines*, 5ᵉ série, t. VI, p. 260.

de la pratique; le témoignage des agriculteurs est là pour l'attester. Il est impossible, en effet, sans recourir à d'autres lumières que l'analyse ainsi appliquée, de dire avec certitude quel sera, sur une terre donnée, le rendement du froment ou de telle autre culture, pendant combien d'années on pourra la cultiver sans la fumer, et, quand la nécessité s'en fera sentir, à quel engrais on devra recourir de préférence.

Ne nous mettons-nous pas ici en contradiction avec les principes que nous avons émis il y a un moment? Nous disions tout à l'heure que les analyses anciennes étaient défectueuses, parce qu'on n'avait pas tenu compte des éléments assimilables, et maintenant qu'on y a égard nous ajoutons qu'on n'est pas plus avancé. La contradiction n'est qu'apparente, Messieurs, et pour vous en convaincre il me suffira d'en appeler une fois encore à la classification des éléments du sol à laquelle nous sommes toujours forcés de revenir.

Éléments mécaniques. — Sable, argile, gravier, etc.; je n'ai rien à ajouter à ce que vous savez déjà.

Éléments assimilables actifs. — Phosphate de chaux, potasse, chaux, matière azotée, etc., — leur fonction n'a plus de mystère pour vous et je n'y insiste pas.

Éléments assimilables en réserve. — Détritus végétaux et minéraux indécomposés.

Ces derniers appellent un supplément d'explication qui va nous apprendre pourquoi les chimistes de nos jours, malgré le soin qu'ils ont pris de ne rien omettre dans leurs analyses, n'ont pas été plus heureux que leurs devanciers.

Supposons pour un moment qu'une terre contienne à la fois du sable siliceux et du sable feldspathique. Le premier est formé essentiellement de silice; il est insoluble dans l'eau et ne cède rien de sa substance à la végétation. Sa place est donc marquée parmi les éléments mécaniques. Le sable feldspathique est un produit plus composé. Il contient à la fois de la potasse, de la chaux, de l'alumine et de la silice, combinés sous l'action d'une température très-élevée. C'est quelque chose d'analogue à la porcelaine dont les grains homogènes sont presque aussi durs que le quartz et, comme lui, insolubles dans l'eau. Le sable feldspathique doit donc aussi être rangé dans la classe des éléments mécaniques du sol. Cependant si je vous dis que ce sable n'a, malgré sa dureté, qu'une fixité apparente, qu'il peut, par une sorte d'exfoliation intérieure, changer complétement d'état, perdre sa dureté, devenir friable, céder la potasse et la chaux qu'il contient aux eaux pluviales qui les entraînent ou les diffusent dans la masse du sol, tandis que ses grains ne laissent à leur place qu'une combinaison de silice et d'alumine, onctueuse au toucher, qui se délaye dans l'eau qu'elle absorbe et retient avec une grande force; si j'ajoute que ce produit nouveau n'est autre chose que l'argile, croirez-vous toujours que le sable feldspathique doive être de tout point assimilé au sable quartzeux? Le premier peut, comme vous le voyez, devenir pour la végétation une source de potasse, de chaux et de silice soluble, dans des conditions où le second n'éprouvera aucun changement et restera toujours de la silice insoluble et inattaquable par l'eau. Il est donc impossible, sans méconnaître le témoignage le plus vulgaire des faits, de ne pas distinguer ces deux natures de sable et de ne pas leur attribuer une fonction différente à l'égard de la végétation. C'est en vue de cette distinction nécessaire, que j'ai réuni, sous le nom d'*Éléments assimilables en réserve*, ceux qui, à l'origine, fonctionnent comme éléments mécaniques, mais qui peuvent dans la suite devenir la source d'une production important d'éléments assimilables actifs.

Si l'on impute au compte des éléments assimilables actifs les phosphates, la potasse et la chaux, qu'à la rigueur on peut extraire du sol sans avoir égard à leur insolubilité et à l'inertie qui en est la conséquence, on sera conduit à attribuer aux terres un degré de fertilité qu'elles ne possèdent pas. Pour que la potasse, la chaux, les phosphates et les matières azotées qui existent dans le sol manifestent leur action, il faut que l'eau qui imbibe la terre puisse les dissoudre. Sans cette dissolution préalable, ces agents ne produiront aucun effet et seront comme non avenus. Il est vrai que malgré leur insolubilité la chimie nous en découvre la présence avec la plus grande facilité. Mais de quelle utilité peut être cette découverte, tout produit insoluble dans l'eau aidée des gaz qui naissent dans le sol (l'acide carbonique notamment) étant par cela même sans action? Il faut sans doute avoir égard aux agents actifs qui peuvent naître de la désagrégation de ces composés temporairement inertes; mais n'est-ce pas exagérer outre mesure leur importance que de leur attribuer ce qui n'appartient qu'aux composés secondaires qui en dérivent?

Les premiers chimistes qui tentèrent de définir par l'analyse les propriétés agricoles de la terre végétale échouèrent pour n'avoir pas connu les agents par excellence de la production. Ceux de nos jours n'ont pas mieux réussi pour n'avoir pas distingué entre les formes différentes sous lesquelles les mêmes agents sont, suivant les cas, actifs ou inertes, et pour avoir considéré comme actifs ceux qui en réalité ne le sont pas.

Je vous ai promis, Messieurs, qu'à l'aide de notre classification des constituants du sol, fondée tout entière sur des faits de végétation irrécusables, nous expliquerions de la manière la plus satisfaisante les insuccès des chimistes. — Trouvez-vous ma démonstration concluante? J'ai besoin d'en pousser plus loin les conséquences. Mais afin d'être plus libre dans mes appréciations, je substituerai aux analyses qui ont servi de base à cette discussion une analyse de la terre du champ d'expériences de Vincennes, faite par moi. La critique me sera ainsi rendue plus facile, et, pour donner plus de simplicité à la discussion, je ferai volontairement abstraction des éléments organiques du sol pour ne m'attacher qu'aux éléments minéraux les plus importants.

100 PARTIES DE TERRE DU CHAMP D'EXPÉRIENCES DE VINCENNES

CONTIENNENT :

Éléments mécaniques	Sable	78,240
	Argile	14,370
Éléments assimilables actifs	Acide phosphorique	0,047
	Potasse	0,057
	Chaux	0,984
	Magnésie	0,107
Éléments assimilables en réserve	Potasse	0,239
	Chaux	0,077
	Magnésie	0,068

J'ai compris parmi les éléments assimilables actifs tout ce qu'il est possible d'extraire de la terre en phosphate, potasse et chaux, à l'aide de l'acide hydrochlorique. Les éléments assimilables en réserve proviennent du résidu de ce premier traitement, soumis aux moyens d'attaque et de désagrégation les plus puissants que nous possédions. Ne nous occupons, pour le moment, que des éléments assimilables actifs.

Le poids de la couche de terre végétale répandue sur un hectare s'élève environ à 4 millions de kilogrammes. A ce compte, la terre du champ d'expériences de Vincennes contiendrait les quantités suivantes de minéraux assimilables :

Acide phosphorique..	1792 kil.
Potasse	2301
Chaux. . . . . ·	59365
Magnésie..	4312

Ces quantités sont considérables et constituent une réserve fort importante. Mais voyez à quelle exagération peut conduire l'analyse chimique lorsqu'elle est appliquée sans discernement. Pour épuiser la terre de Vincennes, trois ou quatre récoltes de froment suffisent, si l'on emploie comme engrais du sel ammoniac ou du nitrate de soude, c'est-à-dire une matière azotée. A-t-on recours au contraire à l'engrais complet qui contient, outre la matière azotée, du phosphate de chaux, de la potasse et de la chaux, les rendements se soutiennent sans faiblir : preuve évidente que l'abaissement constaté dans le premier cas tenait bien à l'insuffisance des minéraux, quoique en réalité les quantités perdues par le sol ne fussent qu'une fraction insignifiante de celles que l'analyse avait accusées.

Qu'il me soit permis de fixer un moment votre attention sur cette contradiction entre le témoignage de la culture et celui de l'analyse.

MINÉRAUX CONTENUS

	DANS QUATRE MILLIONS DE KIL. DE TERRE	DANS QUATRE RÉCOLTES CONSÉCUTIVES DE FROMENT[1]
Acide phosphorique. . .	1797 kil.	71 kil.
Potasse.	2301	116
Chaux.	39365	68
Magnésie	4313	34

Ainsi là où l'analyse découvre **1,797 kil.** d'acide phosphorique, la culture n'en trouve que **71 kil.** de disponibles. La même observation s'étend à la potasse. Remarquez en effet avec quelle rapidité les rendements diminuent lorsque les minéraux sont exclus de l'engrais et que la végétation est réduite à ceux qu'elle trouve dans le sol.

RENDEMENT A L'HECTARE.

		FUMURE AZOTÉE.		FUMURE COMPLÈTE.	
1862 Blé de mars.	Paille . .	3960 kil.	Paille . .	3930 kil.	
	Grains. .	1610 — 20 hectol.	Grains. .	1900 — 23 hectol.	
		5570		5830	
1863 Blé d'hiver.	Paille . .	4906 kil.	Paille . .	6941 kil.	
	Grains. .	1958 — 25 hectol.	Grains. .	3750 — 47 hectol.	
		6864		10691	
1864.	Paille . .	2100 kil.	Paille . .	4500 kil.	
	Grains. .	250 — 9 hectol.	Grains. .	1890 — 23 hectol.	
		2350		6390	
1865.	Paille . .	2696 kil.	Paille . .	3705 kil.	
	Grains. .	1044 — 13 hectol.	Grains. .	2505 — 31 hectol.	
		3740		6210	

[1] Produites avec un engrais azoté sans minéraux.

Vous le voyez donc, messieurs, on ne peut, au point de vue agricole, rien conclure d'une analyse de terre. Il n'y a pas de comparaison possible entre l'action des réactifs et les effets d'absorption produits par les végétaux. Vouloir assimiler ces deux ordres de faits, c'est s'exposer aux plus graves mécomptes : tout ce qui précède l'établit avec la dernière évidence.

On a pu croire un moment qu'on serait conduit à de meilleurs résultats si, au lieu de l'acide hydrochlorique, l'on employait l'eau distillée pour extraire les principes utiles du sol. Il est certain que, par cette substitution, on se rapproche davantage des procédés de la végétation. Cette nouvelle méthode n'a pas répondu cependant aux espérances qu'on avait conçues. Pour vous montrer combien elle conduit peu à la solution tant désirée, il me suffira de vous dire que la plupart des terres se montrent plus fertiles après qu'on les a épuisées par un lavage prolongé, qu'à leur état naturel. Quelle conclusion voulez-vous tirer après cela des analyses faites par ce procédé ?

Voici deux exemples de l'amélioration produite par le lavage de la terre. L'un a été obtenu sur une terre de la Beauce et l'autre sur une terre franche des environs de Paris.

1861 — CULTURE DE FROMENT

DANS LA TERRE D'AUNEAU (BEAUCE).

SEMENCE : 22 GRAINS.	TERRE NATURELLE.	TERRE LAVÉE.
	Gr.	Gr.
Paille	4,77	6,55
Grains	1,15	2,20
	5,92	8,75

1859 — CULTURE DE POIS

DANS UNE TERRE FRANCHE DES ENVIRONS DE PARIS.

SEMENCE 12 POIS RAMEUX.	TERRE NATURELLE.	TERRE LAVÉE.
	Gr.	Gr.
Paille	18,00	18,75
Grains	6,87	10,22
	24,87	28,97

Dans une infinité de cas, les matières extraites du sol n'exercent pas d'effet utile sur la végétation.

CULTURE DE FROMENT.

SEMENCES : 22 GR.	SABLE CALCINÉ SANS ADDITION.	AVEC 8 GR. 85 DE MATIÈRES EXTRAITES DE LA TERRE D'AUNEAU.
	Gr.	Gr.
Paille	4,90	3,60
Grains	0,15	0,28
	5,05	3,88

En y réfléchissant, ces résultats n'ont rien qui doive nous surprendre. L'eau employée en grande masse, détermine dans la terre des réactions qui n'ont certainement pas lieu lorsqu'elle est en faible quantité. Dans le premier cas, il y a dissolution de certaines matières organiques, qui, dans le second, résistent à l'action de l'eau, et qui cependant deviennent avec le temps des auxiliaires très-efficaces pour la végétation par les produits secondaires qui naissent de leur décomposition.

D'un autre côté, les matières tant organiques que minérales que l'eau dissout dans le sol ne sont pas absorbées indifféremment par les racines. Certains produits les traversent avec la plus grande facilité, tandis que d'autres

sont arrêtés au passage par leur membrane extérieure. Il
est donc impossible d'assimiler l'action absorbante des
racines à celle de l'eau agissant isolément et par simple
lavage.

Remarquons enfin que, lorsque la terre est seulement
humide, ces cavités intérieures sont remplies d'air, et que
cet air par son oxygène favorise la décomposition des
matières organiques et détermine une formation lente mais
continue d'acide carbonique, qui augmente dans une proportion considérable le pouvoir dissolvant de l'eau et supplée par là à sa faible quantité.

Ce travail multiple qui s'accomplit dans le sol, avec le
concours du temps, permet finalement à la végétation d'en

Composition de la matière extraite par l'eau de la terre du champ d'expériences de Vincennes :

PARTIE ORGANIQUE.	DANS 100 PARTIES DE LA MATIÈRE EXTRAITE DU SOL.	POUR 4 MILLIONS DE KILOG. DE TERRE.
	kil.	kil.
Hydrogène, oxygène, carbone. . .	22,73	1520,40
Azote.	2,31	154,49
PARTIE MINÉRALE.		
Acide carbonique.	14,70	983,13
Acide phosphorique	0,43	29,16
Acide sulfurique.	4,70	314,66
Acide nitrique.	1,00	67,01
Chlore.	5,34	357,20
Potasse	3,68	246,11
Soude.	8,58	573,69
Chaux.	27,11	1813,32
Magnésie.	3,29	219,90
Peroxyde de fer	0,44	29,16
Silice soluble	5,84	390,57
Sable, alumine.	0,27	8,96
	100,42	6707,76

extraire plus de principes utiles que ne saurait le faire l'eau agissant toute seule.

Deux kilog. de terre du champ d'expériences de Vincennes, lavés avec 40 litres d'eau distillée, lui ont cédé 3^{gr},391 [1] d'une matière jaunâtre dans laquelle on a trouvé 0,43 pour 100 d'acide phosphorique et 3,68 pour 100 de potasse. A ce compte la terre contiendra par hectare, en portant à 4 millions de kilogrammes la couche qui en forme la partie active, 29 kil. d'acide phosphorique et 246 kil. de potasse. C'est là évidemment un maximum; or, voyez combien ces indications sont peu conformes au témoignage de la végétation. La terre de Vincennes, fumée avec une matière azotée, sans minéraux, a été cultivée pendant trois ans de suite en betteraves. La récolte de la première année contenait 84 kil. d'acide phosphorique et 186 kil. de potasse : quantités qui au bout des trois années se sont élevées à 150 kil. d'acide phosphorique et 327 kil. de potasse.

CULTURE DE BETTERAVES.

		VERTES.	SÈCHES.	ACIDE PHOSPHORIQUE.	POTASSE.
		kil.	kil.	kil.	kil.
1861	Racines. . .	60500	8804	71,05	164,00
—	Feuilles. . .	15500	1176	12,91	22,27
1862	Racines. . .	32200	3120	25,18	58,12
—	Feuilles. . .	10600	1034	11,35	19,58
1863	Racines. . .	24500	2601	21,02	48,52
—	Feuilles. . .	8000	772	8,47	14,62
			17507	149,98	527,11

Je pourrais ajouter bien d'autres critiques à celles qui précèdent. Mais à quoi bon ?

---

[1] Voyez la note ci-contre.

14

Je me bornerai donc à vous dire une fois encore qu'un des inconvénients les plus graves de cette méthode, c'est de ne pas tenir compte des produits qui se forment dans le sol par la décomposition spontanée des matières organiques.

Supposez en effet, pour ne citer qu'un exemple qui sera le dernier, une terre contenant des débris d'origine animale, de la chair musculaire, par exemple, dont l'efficacité sur la végétation est certaine, mais qui exige, pour se manifester, le concours du temps, l'épuisement par l'eau ne vous apprendra rien sur la présence de ces matières dans le sol. Or, comment un procédé qui n'a pas égard à ces actions lentes et aux produits qui en naissent pourrait-il conduire à des résultats utiles et pratiques?

Répétons-le donc, l'eau ne donne pas de meilleurs résultats que les acides. Par la première méthode on reste, en général, au-dessous de la vérité, et par la seconde on l'exagère outre mesure. Est-il donc impossible d'éviter ces deux excès et faut-il renoncer pour toujours à l'espoir de découvrir une méthode exempte des inconvénients que je viens de signaler? C'est là un arrêt que je me garderai bien de prononcer, d'abord parce que l'analyse de la terre n'est pas un problème au-dessus des moyens de la chimie, et que cet arrêt serait en opposition avec mes plus fermes croyances.

Un fait nous a été démontré par tout ce qui précède, c'est qu'il importe moins de connaître la composition de la terre, dans le sens rigoureux du mot, que de savoir ce que les plantes peuvent y puiser d'éléments assimilables, dans un temps donné. Le véritable problème à résoudre consiste donc à imiter le travail des végétaux et à retirer du sol ce qu'ils sont capables d'en extraire eux-mêmes. Au lieu d'épuiser la terre par une grande masse d'eau, il sera vraisemblablement préférable de n'en employer que de petites quantités et d'avoir recours à des surfaces poreuses pour extraire les produits solubles par une imitation de l'action qu'exercent les racines. Ce moyen d'une délicatesse et d'une sûreté incomparables, a été introduit dans la science par M. Graham sous le nom de *Dyalise*. J'incline à penser qu'appliqué à l'analyse des terres, il est appelé à donner d'excellents résultats. Il restera toujours néanmoins la difficulté d'apprécier les produits qui se forment par la décomposition des matières organiques insolubles et à l'égard desquels la dyalise reste muette. Mais cette difficulté, qui est réelle, ne me paraît pas insurmontable. Je suis très-disposé à croire qu'en attaquant la terre avec ménagement, à l'aide de dissolutions alcalines de divers titres, on pourra prévoir les effets du temps avec assez de certitude pour les besoins de la pratique, soit qu'on se fonde sur la quantité de matière organique dissoute ou sur la quantité d'ammoniaque qui se dégage, lorsqu'on chauffe le liquide. Mais cette méthode fût-elle découverte, son application restera toujours une opération longue et délicate interdite aux agriculteurs, c'est-à-dire à ceux qui sont le plus intéressés à s'en servir.

Heureusement, messieurs, qu'entre les analyses défectueuses du passé et les analyses plus sûres de l'avenir auxquelles la pratique ne pourra prétendre, il y a une troisième solution aussi complète qu'on puisse la désirer, et grâce à laquelle on peut, sans le secours de la chimie, connaître ce que la terre contient et ce qui lui manque.

Pour acquérir ce précieux renseignement, quelques essais de culture suffisent. Comment cela se peut-il? C'est ce qu'il me reste à vous apprendre.

Si vous avez présents à l'esprit les résultats auxquels nous sommes parvenus dans nos deux dernières conférences, vous devez vous souvenir que, sur les quatorze éléments que la formation des végétaux exige, il n'y en a en réalité que quatre dont il y ait lieu de se préoccuper sérieusement, attendu que les plantes trouvent toujours les autres dans l'air ou dans le sol, si pauvre qu'on le suppose. Vous vous souvenez encore que nous avons donné à la réunion de ces quatre agents, source et condition de la fertilité, le nom d'engrais complet, voulant indiquer par là, qu'avec leur aide on peut obtenir, en tous lieux et dans tous les sols, d'abondantes récoltes sans aucun autre secours. Il vous souvient enfin qu'entre les quatre termes de l'engrais complet il existe une telle solidarité, une si étroite dépendance, que la suppression d'un seul suffit pour rendre les trois autres à peu près inertes. Réfléchissez à cette dernière condition qui détermine et règle l'action des engrais, et vous apercevrez tout de suite comment, à l'aide de quelques essais raisonnés de culture, on doit arriver non-seulement à découvrir les agents utiles que le sol contient, mais encore à suivre pas à pas l'épuisement de chacun d'eux, à mesure qu'il a lieu, et à marquer le moment précis où il faut rendre à la terre ceux qu'elle ne contient plus, si on ne veut pas qu'elle devienne improductive.

Supposons en effet deux parties de la même terre fumées, l'une avec l'engrais complet et l'autre avec de l'engrais d'où l'on aura exclu à dessein le phosphate de chaux ou la potasse. N'est-il pas évident que si les rendements se balancent, c'est que le sol contient naturellement de la potasse et du phosphate de chaux, c'est-à-dire l'agent qui manque au deuxième engrais? La conséquence est évidente, elle est forcée, car je vous ai prouvé, par les expériences les plus rigoureuses, qu'en l'absence du phosphate de chaux, la végétation est impossible et que sans potasse elle est languissante et précaire.

C'est donc par l'abaissement que détermine, dans les rendements, la suppression successive, mais isolée, de chacun des quatre termes de l'engrais complet, qu'on découvre les agents qui manquent dans le sol.

Il peut arriver que la chimie, contredisant le témoignage de la végétation, trouve dans la terre les agents dont la culture accuse l'absence. Mais en quoi ce dissentiment pourrait-il infirmer nos déductions et nous toucher, si la potasse ou l'acide phosphorique mis au jour par l'analyse n'ont pas d'action sur les végétaux et n'en peuvent pas avoir à cause des combinaisons dans lesquelles ils sont engagés?

Nous voilà donc, messieurs, en possession d'une méthode excellente pour déterminer, exactement et avec certitude, ce que la terre contient et ce qui lui manque. Accessible à tous, cette méthode a de plus et seule elle possède l'inappréciable avantage d'exprimer les indications qu'elle produit dans la langue des faits pratiques, sans être pour cela moins scientifique que les autres. Ainsi après douze années consacrées à des essais raisonnés de culture, j'ai pu résoudre cette question capitale de l'analyse du sol, sans sortir du domaine agricole, et sans avoir besoin, pour vous la faire comprendre, de recourir à la langue symbolique des formules dont il est de mode aujourd'hui de faire un trop bruyant étalage.

La nouvelle méthode peut être appliquée de deux manières différentes : en pleine terre, en procédant comme s'il s'agissait d'une culture ordinaire, ou dans de simples

pots à fleurs. Les deux procédés s'équivalent. Je préfère
cependant le premier, à cause de sa grande conformité avec
les usages de la culture.

Les expériences en petit exigent l'emploi de pots de biscuit de porcelaine, à cause des matières salines que les pots
de terre ordinaire exsudent toujours et dont il faut se garantir. C'est déjà une première difficulté. Les pots de porcelaine n'étant pas eux-mêmes tout à fait à l'abri de cet
inconvénient, il faut les enduire d'une couche de cire fon-
due. Il faut enfin n'employer, pour arroser les plantes, que
de l'eau distillée ou tout au moins de l'eau de pluie recueillie et conservée avec des précautions minutieuses. Vous le
voyez, l'expérience n'est pas aussi simple qu'on aurait pu
le croire au premier abord ; aussi lui préféré-je, je le répète,
les essais en pleine terre. C'est cependant à l'aide de résultats obtenus dans de simples pots que je vais vous mettre
à même de juger d'abord la méthode dont il s'agit. Possédant beaucoup de documents recueillis dans ces conditions, je pourrai plus aisément multiplier et varier les
exemples.

Je me demanderai, en premier lieu, ce que contient la
terre des landes de Gascogne et quels sont les agents
qui lui font défaut. Pour cela il nous suffira d'essayer,
dans cette terre, un petit nombre d'engrais et de comparer
leurs effets avec ceux qu'ils produisent dans le sable calciné.

1860. — CULTURE DE FROMENT

(SEMENCE : 22 GRAINS).

TERRE DES LANDES
DE GASCOGNE.   SABLE CALCINÉ.

N° 1. — ENGRAIS COMPLET

RÉCOLTE SÈCHE.   RÉCOLTE SÈCHE.
Gr.   Gr.
52,00 24,00

N° 2. — ENGRAIS SANS MATIÈRE AZOTÉE
9,00 8,00

N° 3. — ENGRAIS SANS PHOSPHATE DE CHAUX
6,00 0,48

N° 4. — ENGRAIS SANS POTASSE
8,00 8,00

N° 5. — ENGRAIS SANS CHAUX
18 à 22 . . . . 18 à 22

SANS ENGRAIS
6,00 6,00

La comparaison de ces résultats nous montre que la terre des landes manque de phosphate de chaux, de potasse, de matière azotée et de carbonate de chaux, c'est-à-dire de tous les termes fondamentaux qui composent l'engrais complet, mais qu'elle contient de l'humus ou un produit congénère de l'humus. En effet, les rendements, qui dans les autres cas se balancent, l'emportent sur ceux obtenus dans le sable calciné, lorsque l'engrais contient du carbonate de chaux. Or, comme nous savons que le carbonate de chaux ne manifeste une action favorable qu'en présence de l'humus, il est évident que la terre des landes en contient, puisque l'engrais pourvu de carbonate de chaux y est plus efficace que dans le sable calciné, tandis que la récolte retombe au même niveau dans les deux cas, dès que ce produit est supprimé de l'engrais[1].

Soumettons à la même épreuve la terre des landes de Bretagne. Celle qui a servi à mes expériences provient d'une lande nouvellement défrichée, appartenant au domaine de Korn-er-Houet, d'où Mme la princesse Baciocchi a eu la bonté de me l'adresser.

1861 — CULTURE DE FROMENT
(SEMENCE : 22 GRAINS).

TERRE DES LANDES DE BRETAGNE.	SABLE CALCINÉ.
N° 1. — ENGRAIS COMPLET	
RÉCOLTE SÈCHE.	RÉCOLTE SÈCHE.
Gr.	Gr.
29,00	24,00

[1] Je crois devoir rappeler les résultats que j'ai déjà cités dans la *Troisième Conférence*, page 132, pour prouver que le calcaire et l'humus n'ont d'action que lorsqu'ils sont réunis, et qu'employés isolément ils perdent leur efficacité.

1860. — CULTURE DE FROMENT
AVEC ENGRAIS COMPLET MOINS LE CARBONATE DE CHAUX.

	SABLE CALCINÉ.	SABLE, HUMUS.	SABLE CALCINÉ, Cᵗᵉ DE CHAUX.	SABLE CALCINÉ, Cᵗᵉ DE CHAUX, HUMUS.
	Gr.	Gr.	Gr.	Gr.
Paille. . .	14,79	12,77	15,45	21,00
Grains. . .	3,85	4,35	4,00	9,10
	18,64	17,12	19,45	30,10

N° 2. — ENGRAIS SANS MATIÈRE AZOTÉE

Gr.   Gr.
16,00 8,00

N° 3. — ENGRAIS SANS PHOSPHATE DE CHAUX

9,00 0,43

N° 4. — ENGRAIS SANS POTASSE

18,00 8,00

N° 5. — ENGRAIS SANS CHAUX

» » . . . . 18 à 22

SANS ENGRAIS

5,00 6,00

Moins pauvres en potasse et en matière azotée que les landes de Gascogne, les landes de Bretagne manquent complétement de phosphate de chaux.

Passons à la terre du champ d'expériences de Vincennes :

1861. — CULTURE DE FROMENT.

(SEMENCE: 22 GRAINS).

| TERRE DE VINCENNES. | SABLE CALCINÉ. |

N° 1. — ENGRAIS COMPLET

RÉCOLTE SÈCHE.	RÉCOLTE SÈCHE.
Gr.	Gr.
35,00 24,00	

N° 2. — ENGRAIS SANS MATIÈRE AZOTÉE

20,00 8,00

N° 3. — ENGRAIS SANS PHOSPHATE DE CHAUX

28,00 0,48

No 4. — ENGRAIS SANS POTASSE

Gr.   Gr.
28,00   8,00

No 5. — ENGRAIS SANS CHAUX

32,00 . . . . 22 à 24

SANS ENGRAIS

11,00   6,00

Quoique pauvre encore, la terre de Vincennes l'est moins
que les deux précédentes, car elle contient plus de matière
azotée, plus de potasse et de phosphate de chaux, mais en
revanche il s'y trouve moins d'humus ou de produits congénères de l'humus.

Vous doutez peut-être, messieurs, que cette méthode soit
assez sensible pour fournir des indications vraiment rigoureuses et précises, et vous avez besoin, je crois, d'être
édifiés à cet égard. Il me sera facile de vous satisfaire.

S'agit-il du phosphate de chaux? Que le sol en contienne
seulement un cent-millième de son poids et la végétation en
accusera nettement la présence. Vous savez en effet qu'en
l'absence du phosphate de chaux, la végétation est impossible dans le sable calciné, malgré la présence d'un engrais composé de matière azotée, de carbonate de chaux
et de potasse. Mais qu'à cet engrais, tout à l'heure ineffi-
cace, on ajoute un centigramme de phosphate de chaux, les
plantes qui succombaient après quinze jours d'une végétation languissante, résistent et parcourent le cycle entier de
leur développement[1]. Elles sont chétives et rabougries,

---

[1] Voyez à l'Appendice.

mais enfin elles vivent et chaque pied de froment produit une graine : d'où il résulte qu'on peut découvrir, par un essai de culture, la présence du phosphate de chaux dans le sol, ce composé n'y figurât-il que dans la proportion d'un cent-millième, ce qui correspond à cinq millionièmes d'acide phosphorique.

CULTURE DE FROMENT

DANS LE SABLE CALCINÉ.

ENGRAIS COMPLET AVEC 2 GR. DE PHOSPHATE DE CHAUX.	ENGRAIS COMPLET AVEC 1 CENT. DE PHOSPHATE DE CHAUX.
SEMENCE : 22 GRAINS.	
Gr.	Gr.
Paille 16,55	Paille 5,85
Grains 4,22	Grains 0,01
20,77	5,86

Comment ce résultat est-il possible? C'est ce qui me reste à vous apprendre.

Dans dix grammes de paille de froment, il y a en moyenne huit milligrammes d'acide phosphorique, par conséquent l'absorption de cinq milligrammes de cet acide correspond à la formation de cinq à six grammes de paille. Il suffit donc d'une très-petite quantité d'acide phosphorique pour produire une quantité relativement très-forte de plantes. Voilà tout le secret de cette sensibilité si exquise qu'elle semble tenir du merveilleux et qui pourtant s'explique d'elle-même quand on va au fond des choses.

A ce propos, qu'il me soit permis de placer encore une

fois sous vos yeux les résultats que nous avons obtenus dans la terre des landes de Gascogne et dans celle des landes de Bretagne. Ces résultats rapprochés de celui que je viens de vous faire connaître acquerront un surcroît d'importance, car ils nous mettront à même d'apprécier, presque numériquement, la quantité de phosphate assimilable que ces terres contiennent.

CULTURE DE FROMENT

DANS LE SABLE CALCINÉ.		DANS LA TERRE DES LANDES.	
SEMENCE : 22 GRAINS.			
ENGRAIS COMPLET AVEC 1 CENT. DE PHOSPHATE DE CHAUX.		DE GASCOGNE. ENGRAIS SANS PHOSPHATE.	DE BRETAGNE. ENGRAIS SANS PHOSPHATE.
	Gr.	Gr.	Gr.
Paille. . . .	5,85	Paille. . . . 6,40	Paille. . . . 7,9
Grains . . .	0,91	Grains . . . 0,04	Grains . . . 1,3
	5,86	6,44	9,2

Je vous ai promis, messieurs, une méthode délicate et sûre. A moins de nier l'évidence, il faut reconnaître, je crois, que celle que je viens de vous exposer satisfait à ces deux conditions.

A l'égard de la matière azotée, de la potasse, de la chaux, les choses se passent comme pour le phosphate de chaux. L'absence de ces corps dans le sol détermine un abaissement dans les rendements, moindre que celle des phosphates, mais le procédé ne perd rien pour cela, ni de sa certitude, ni de ses avantages.

La végétation accuse la présence dans le sol, d'un demidix-millième d'azote. Je suis persuadé qu'avec des quantités beaucoup plus faibles on obtiendrait encore des indices très-significatifs.

1865. — CULTURE DE FROMENT.

SEMENCE : 22 GRAINS.	SANS MATIÈRE AZOTÉE.	AVEC 0gr,035 D'AZOTE À L'ÉTAT DE NITRE.	AVEC 0gr,110 D'AZOTE À L'ÉTAT DE NITRE.
	Gr.	Gr.	Gr.
Récolte	8,0	12,0	24,0

La sensibilité de la méthode n'est pas moindre à l'égard de la potasse. Voici en effet l'écart produit par $0^{gr},370$ de cette base ajoutés à 1 kilog. de sable calciné.

1860. — CULTURE DE FROMENT.

SANS POTASSE [1].		AVEC 0gr,57 DE POTASSE. À L'ÉTAT DE NITRE.	
	Gr.		Gr.
Paille	7,57	Paille	12,49
Grains	0,41	Grains	3,00
	7,98		15,49

A l'égard du carbonate de chaux, les documents me manquent pour indiquer avec certitude la limite où son action commence à se faire sentir. Mais cette lacune a peu d'inconvénients, le chaulage des terres étant une pratique à part dont l'utilité est certaine, et dont je réserve, quant à présent, la véritable théorie à l'égard de laquelle on a émis presque autant d'erreurs que d'opinions.

Vous le voyez, messieurs, j'ai tenu ma promesse. Voilà bien une méthode accessible à tous, dont la sensibilité n'est

---

[1] Le sol avait reçu la même quantité d'azote à l'état de nitrate de chaux.

inférieure à aucune autre, et qui a, sur l'analyse ordinaire, l'inestimable avantage de traduire ses résultats dans la langue des faits pratiques.

Je ne vous conseillerai pas cependant d'appliquer cette méthode en petit. La culture dans des pots exige trop de soins et une surveillance trop minutieuse. Je préfère les essais en pleine terre. Là tout se passe comme dans la culture ordinaire, et les résultats, plus faciles à obtenir, ont, aux yeux des agriculteurs, un caractère de certitude bien supérieur aux premiers.

Envisageons donc la question sous ce nouvel aspect, et voyons jusqu'à quel point les essais en grand correspondent aux essais en petit et sont aussi concluants : les exemples que je vais rapporter sont empruntés aux cultures du champ d'expériences de Vincennes : les deux séries que je place sous vos yeux diffèrent par la proportion inégale de matière azotée admise dans les engrais; cette proportion a été beaucoup plus forte dans les cultures de la première série que dans celles de la seconde.

1863. — RENDEMENT A L'HECTARE.

SÉRIE I.		SÉRIE II.	
N° 1. — ENGRAIS COMPLET			
Paille . .	6435 kil.	Paille . . .	5160 kil.
Grains . .	3155 — 39 hectol.[1]	Grains . . .	2490 — 31 hectol.
	9570		7650

[1] Un autre essai de l'engrais complet, dans lequel la matière azotée était du sel ammoniaque au lieu de nitrate de soude, a produit :

$$\begin{array}{ll} \text{Paille} \ldots \ldots & \text{6941 kil.} \\ \text{Grains} \ldots \ldots & \text{5750 — 47 hectol.} \\ \hline & \text{10691} \end{array}$$

N° 2. — ENGRAIS SANS MATIÈRE AZOTÉE

Paille. . . 3030 kil.   Paille . . . 3720 kil.
Grains . . 1287 — 15 hectol.   Grains . . . 1510 — 18 hectol.
           _____   _____
           4317   5250

N° 3. — ENGRAIS SANS PHOSPHATE DE CHAUX

Paille. . . 5555 kil.   Paille . . . 5040 kil.
Grains . . 1980 — 24 hectol.   Grains . . . 1730 — 21 hectol.
           _____   _____
           7535   6770

N° 4. — ENGRAIS SANS POTASSE

Paille. . . 5236 kil.   Paille . . . 3140 kil.
Grains . . 2288 — 28 hectol.   Grains . . .   900 — 11 hectol.
           _____   _____
           7524   4040

N° 5. — ENGRAIS SANS PHOSPHATE NI POTASSE

Paille. . . 4841 kil.   Paille . . . 4270 kil.
Grains . . 1892 — 23 hectol.   Grains . . . 1920 — 24 hectol.
           _____   _____
           6733   6190

N° 6. — ENGRAIS SANS CHAUX

      «   «   Paille . . . 5020 kil.
      «   «   Grains . . . 2120 — 28 hectol.
                                             _____
                                             7140

N° 7. — TERRE SANS ENGRAIS

Paille. . . 2640 kil.   Paille . . . 3090 kil.
Grains . .   902 — 11 hectol.   Grains . . . 1110 — 13 hectol.
           _____   _____
           3542   4200

Pour rendre plus claire et mieux définie la signification de ces résultats, je rapporterai également ceux qu'on a obtenus en 1864, lorsque l'engrais arrivait au terme de son action.

1864. — RENDEMENT A L'HECTARE.

SÉRIE I.	SÉRIE II.

N° 1. — ENGRAIS COMPLET

Paille. . . 4500 kil.	Paille . . . 3990 kil.
Grains . . 2490 — 31 hectol.	Grains . . . 1860 — 23 hectol.
6990	5850

N° 2. — SANS MATIÈRE AZOTÉE

Paille. . . 2300 kil.	Paille . . . 2040 kil.
Grains . . 1060 — 13 hectol.	Grains . . . 1160 — 14 hectol.
3360	3200

N° 3. — ENGRAIS SANS PHOSPHATE DE CHAUX

Paille. . . 3300 kil.	Paille . . . 2650 kil.
Grains . . 1120 — 14 hectol.	Grains . . . 1120 — 14 hectol.
4420	3770

N° 4. — ENGRAIS SANS POTASSE

Paille. . . 2730 kil.	Paille . . . 2220 kil.
Grains . . 920 — 11 hectol.	Grains . . . 720 — 9 hectol.
3650	2940

N° 5. — SANS PHOSPHATE DE CHAUX NI POTASSE

Paille. . . 2100 kil.	Paille . . . 2570 kil.
Grains . . 750 — 9 hectol.	Grains . . . 830 — 10 hectol.
2850	3400

N° 6. — ENGRAIS SANS CHAUX

« «	Paille . . . 3350 kil.
« «	Grains . . . 1450 — 18 hectol.
	4800

N° 7. — TERRE SANS ENGRAIS

Paille. . .	1220 kil.		Paille . . .	1500 kil.	
Grains . .	360 —	4 hectol.	Grains. . .	400 —	5 hecto.
	1580			1900	

Jamais analyse, si subtile et si complète que vous la supposiez, ne vous donnera de tels renseignements. Vous voyez qu'à l'origine la matière azotée a suffi pour obtenir de bons rendements; mais à mesure que les minéraux disponibles s'épuisent, cet engrais devient insuffisant. Dans la sixième conférence, je rapporterai d'autres exemples analogues et accusant les mêmes contrastes. Vous comprenez combien il est important de connaître le moment précis où le sol manque de tel ou tel agent. Il est impossible de régler avec exactitude l'emploi des engrais artificiels sans connaissance antérieure et préalable, que les champs d'essai peuvent seuls nous fournir.

Pour opérer sagement et avec prévoyance, lorsqu'on a pris une fois le parti de recourir, sur une large échelle, aux engrais artificiels, sans lesquels, pour le dire en passant, la culture, dans nos régions tempérées, ne peut lutter contre l'importation étrangère, il faut, la première année, se borner à l'établissement des champs d'expériences ; de cette manière on ne laisse rien dans le vague, on sera toujours sûr de connaître, en temps utile, les agents les plus efficaces et l'ordre dans lequel on doit les employer.

Traitons donc avec détail de l'établissement de ces champs, appelés à servir d'éclaireurs, pour diriger avec économie l'exploitation du reste de la propriété.

L'agriculteur, qui veut faire de la culture intensive au moyen des engrais chimiques, doit avant tout choisir dans son domaine la pièce de terre qui représente le mieux la qualité moyenne du sol, pour y établir le champ d'expériences principal, car il en faut plusieurs. Ce champ se composera de 8 parcelles d'au moins deux ares de superficie et séparées les unes des autres par un sentier de un mètre de large.

On réglera les fumures de la manière suivante et on sèmera en froment :

ARCELLES.

No 1. — Engrais complet. — Terre chaulée avant l'engrais.

No 2. — Engrais complet.

No 3. — Un demi-engrais complet.

No 4. — Engrais minéral, ou sans matière azotée.

No 5. — Engrais sans phosphate de chaux.

No 6. — Engrais sans potasse.

No 7. — Engrais azoté, sans minéraux.

No 8. — Terre sans engrais.

Je répète que l'établissement de ce champ doit précéder d'une année l'emploi systématique des engrais chimiques, afin que ses indications soient toujours d'une année en avance sur leur application en grand. Mais la qualité de la terre offre, dans les mêmes régions, des variations telles que, sur une grande exploitation, un seul champ ne peut suffire. Je conseillerais donc d'étendre les essais aux principales divisions du domaine, mais en opérant sur une échelle beaucoup plus restreinte. Un are divisé en quatre parties suffirait pour ces essais complémentaires, qu'on pourra réduire aux termes suivants :

CHAMP D'EXPÉRIENCES COMPLÉMENTAIRE.

1° — Sans engrais.

2° — Engrais complet.

3° — Engrais minéral.

4° — Engrais azoté.

Quelques coins de terre consacrés à ces expériences ne troubleront en rien la marche des travaux de l'exploitation et ils feront connaître le moment précis où, pour chaque pièce en particulier, il faudra recourir aux fumures azotées ou minérales. Ces petits champs seront comme des vedettes, placées en observation, et que tout directeur intelligent d'un domaine devra consulter comme les officiers de marine, à la mer, ont coutume de consulter le baromètre et la direction du vent. Les hommes pratiques peuvent m'en croire : à l'aide de ces essais, institués avec méthode et poursuivis avec persévérance, ils en apprendront plus, sur les vrais principes de la production agricole, qu'avec tous les livres possibles. Lorsqu'ils seront entrés dans cette voie nouvelle et que l'expérience leur en aura démontré les avantages, ils n'hésiteront plus à reconnaître que l'agriculture doit cesser d'être un art livré aux incertitudes de l'empirisme et qu'elle s'est élevée au rang d'une science véritable, dont les principes théoriques s'étendent et satisfont à tous les besoins de la pratique. Plus j'avance dans ces études, plus mes observations se multiplient, et plus je me sens pénétré par la conviction qu'une révolution véritable est à la veille de s'accomplir dans la pratique que la tradition nous a léguée. Mais plus ma foi et mes espérances se raffermissent, plus je sens que c'est pour moi un devoir de vous prémunir contre les fausses interprétations auxquelles le désir d'aller trop vite pourrait vous entraîner.

Disons-le donc tout de suite. Les indications fournies par les champs d'expériences n'ont pas ordinairement, dès le principe, toute la netteté des résultats que je viens de mettre sous vos yeux. Pour obtenir des indications aussi régulières sur une terre de fertilité moyenne, il faut au moins deux ans d'expériences, et à la condition surtout que la terre ne relève pas en jachère. A Vincennes, où la terre était en prairie avant l'établissement du champ d'expériences, ce n'est qu'à partir de la troisième année que les résultats ont acquis une netteté et une plénitude d'informations tout à fait suffisantes. Il est en outre bien rare que, sur une série de cinq ou six expériences différentes, il ne se produise pas quelque incident de nature à masquer la véritable signification d'un ou deux résultats. Les inégalités d'épaisseur de la couche arable, les différences qui se produisent souvent dans la marche et le succès de la germination des graines, les attaques de certains insectes, peuvent fausser momentanément la véritable expression des rendements; mais, au bout de deux ou trois années, ces causes accidentelles de trouble cessent et la moyenne des rendements atteint un degré d'équilibre dont il est impossible de n'être pas frappé.

Si, pour une cause qu'on ne peut définir (l'enfouissement trop profond de l'engrais par exemple), la récolte reste une année au-dessous de ce qu'elle devrait être, l'année suivante, à moins d'accidents météorologiques, elle se relève et regagne ce qui lui avait manqué l'année précédente. De sorte qu'en prenant la moyenne de trois années on est surpris de la fixité accusée par les rendements.

Plus les phénomènes dépendent de conditions nombreuses et variées, et plus il faut s'attendre à ces sortes d'oscillations qui s'effacent quand on passe des résultats individuels aux résultats moyens.

Ce n'est donc pas sans motif que je vous ai engagés à multiplier les expériences. La comparaison des résultats obtenus sur plusieurs points différents permet toujours de ramener chaque expérience en particulier à son expression normale. Vous avez pu constater parmi les expériences de 1863 (série n° 2, page 221) un effet de ce genre. La parcelle sans potasse a produit sur le pied de 11 hectolitres à l'hectare, tandis que celle où l'on avait supprimé à la fois la potasse et le phosphate de chaux produisait sur le pied de 24 hectolitres. L'anomalie est trop flagrante, pour qu'il soit possible d'admettre sans amendement et comme définitif le premier résultat. A Vincennes, les parcelles affectées aux divers engrais sont trop éloignées les unes des autres. Il y a là une cause de trouble et de variations contre laquelle je ne saurais trop vous prémunir [1].

Dans une grande exploitation, le choix de la pièce affectée au champ d'expériences principal exige autant de soin que de discernement. Il est surtout désirable que cette pièce représente, à un degré moyen, le caractère dominant de la propriété.

Enfin un point sur lequel je ne saurais trop insister, c'est la possibilité de soumettre à une sorte de contre-épreuve les résultats fournis par les champs d'expériences, et voici comment : lorsque j'ai traité de l'origine de l'azote dans les végétaux, je vous ai dit que les matières azotées

---

[1] Trois ou quatre chemins ont traversé autrefois le champ de Vincennes Sur leur emplacement, à cause peut-être de leur empierrement, la végétation est inférieure aux parties voisines.

n'exerçaient pas sur tous les végétaux indistinctement la même influence. Cette influence, il vous en souvient, est très-grande sur le froment, la betterave, le colza, tandis qu'elle est nulle sur les pois et le trèfle. Cette différence peut, à l'occasion, être d'un grand secours pour ramener à leur véritable signification des indications douteuses.

Si, par exemple, le trèfle et les pois prospèrent sur une terre, on peut tenir pour certain que cette terre est richement pourvue de minéraux (phosphate de chaux, potasse, chaux) ; si le froment y réussit également, on peut conclure, avec non moins d'assurance, qu'elle contient de plus de la matière azotée.

Le froment au contraire y réussit-il médiocrement, ses feuilles sont-elles d'un vert tirant sur le jaune, tenez pour certain que la terre manque de matière azotée. Si le froment prospère à demi et si les pois viennent mal, c'est la preuve irrécusable que le sol contient plus de matière azotée que de minéraux.

Quelques semis de froment et de pois, épars çà et là, peuvent donc devenir, vous le voyez, une source d'indications précieuses. Vous jugerez mieux de ce que peut produire un pareil système d'observations quand j'aurai mis sous vos yeux les résultats que j'ai obtenus à Vincennes, à l'aide d'engrais incomplets, tant sur le froment que sur les pois.

J'ai dit que les matières azotées n'ont pas d'influence sur le rendement des pois, le tableau suivant vous en fournit la preuve.

CULTURE DE POIS. — RENDEMENT A L'HECTARE.

ENGRAIS COMPLET.		ENGRAIS MINÉRAL.	
1862. Paille	3930 kil.	Paille . . .	3680 kil.
Grains	1690	Grains . . .	2010
	5620		5690
1863. Paille	2180 kil.	Paille . . .	2660 kil.
Grains . . .	700	Grains . . .	810
	2880		3470
1864. Paille	3000 kil.	Paille . . .	3200 kil.
Grains	1290	Grains . . .	1350
	4290		4550

Prouvons maintenant que les minéraux exercent sur la même culture une action considérable.

CULTURE DE POIS. — RENDEMENT A L'HECTARE.

TERRE NATURELLE SANS ENGRAIS.		ENGRAIS MINÉRAL.	
1862. Paille	2470 kil.	Paille . . .	3680 kil.
Grains	1470	Grains . . .	2010
	3940		5690
1863. Paille	1340 kil.	Paille . . .	2660 kil.
Grains . . .	590	Grains . . .	810
	1730		3470
1864. Paille	2110 kil.	Paille . . .	3200 kil.
Grains	820	Grains . .	1450
	2930		4550

Enfin faut-il démontrer que la matière azotée influe d'une manière frappante sur la production du froment et que, par conséquent, cette plante est très-propre à en relever la présence, il me suffira d'appeler votre attention sur les résultats qui suivent :

CULTURE DE FROMENT. — RENDEMENT A L'HECTARE.

	ENGRAIS COMPLET.		ENGRAIS MINÉRAL	
1862. Paille. . .	3930 kil.	Paille. . .	5230 kil.	
Grains . .	1900 — 24 hectol.	Grains . .	1520 — 18 hectol.	
	5830		4750	
1863. Paille. . .	6941 kil.	Paille. . .	3003 kil.	
Grains . .	3750 — 47 hectol.	Grains . .	1287 — 16 hectol.	
	10691		4290	
1864. Paille. . .	4500 kil.	Paille. . .	2300 kil.	
Grains . .	1890 — 23 hectol.	Grains . .	1060 — 13 hectol.	
	6490		3360	

Après tant de témoignages favorables, il me paraît bien difficile de contester l'utilité des champs d'expériences et la haute valeur des observations par lesquelles on peut les compléter. Pour vous montrer enfin combien les indications des champs d'expériences sont tranchées dès la première année, lorsque la terre est de qualité inférieure et qu'un fonds d'éléments utiles accumulés par la culture ne vient pas masquer l'action des engrais analyseurs, qu'il me soit permis de rapporter les résultats obtenus cette année par M. Sèbe dans les environs de Perpignan.

1864. — CULTURE D'AVOINE. — RENDEMENT A L'HECTARE.

N° 1. — ENGRAIS COMPLET

Paille. . . . . 2600 kil.
Grains . . . . 1364 — 31 hectol.
                           ―――――
                            3964

N° 2. — ENGRAIS SANS MATIÈRE AZOTÉE

Paille. . . . . 2400 kil.
Grains . . . . 1100 — 25 hectol.
                           ―――――
                            3500

N° 3. — ENGRAIS SANS POTASSE

Paille. . . . . 2200 kil.
Grains . . . .   924 — 21 hectol.
                           ―――――
                            3124

N° 4. — ENGRAIS SANS PHOSPHATE

Paille. . . . . 2200 kil.
Grains . . . .   924 — 21 hectol.
                           ―――――
                            3124

5. — ENGRAIS SANS PHOSPHATE NI POTASSE
(Matière azotée seule)

Paille. . . . . 1500 kil.
Grains . . . .   616 — 12 hectol.
                           ―――――
                            2116

Si j'ajoute que l'avoine est moins sensible que le froment à la présence des matières azotées et que, sous ce rapport, elle se place, pour ainsi dire, entre le froment et les pois, vous tirerez avec moi, des résultats qui précèdent, la conclusion suivante : « *Terre pauvre pour laquelle il faut recou-rir à l'engrais complet.* »

Enfin, comme dernier témoignage en faveur de la nou-velle méthode d'observation que je vous propose, qu'il me soit permis de vous montrer à quel point les résultats ob-tenus dans des pots s'accordent avec ceux de la culture en pleine terre.

Si l'on exprime, dans les deux cas, par 34 le rendement dû à l'engrais complet, on obtient les deux séries suivantes, qui se correspondent terme à terme au point de se con-fondre :

	ENGRAIS COMPLET.	ENGRAIS SANS MATIÈRE AZOTÉE.	ENGRAIS SANS POTASSE.	ENGRAIS SANS PHOSPHATE
Culture en pots [1]. . . .	34	20	28	28
Culture en pleine terre.	34	21	30	32

Que pourrais-je ajouter à ce témoignage? Rien qui soit nécessaire à votre conviction. Je me bornerai donc, pour

---

[1] Il me paraît nécessaire d'insister sur ce rapprochement et d'en faire le sujet de quelques explications.

Les résultats en pleine terre ne s'accordent avec ceux qu'on obtient dans les pots qu'à la condition de prendre pour terme de comparaison, en ce qui concerne la culture dans les pots, les rendements de la première année et, pour la pleine terre, la moyenne des trois ou quatre premières récoltes. Une seule année d'expérience dans les pots peut donc faire prévoir ce qui arrivera pour trois ou quatre en pleine terre. Cela tient à ce que dans le premier cas la terre s'épuise plus vite que dans le second.

Dans les conditions ordinaires, la couche de terre arable qui recouvre un hectare est de 3 à 4 millions de kilogrammes ; en admettant que l'on sème à raison de 2 hectolitres par hectare, la terre aura reçu, comme semence, en 6 ans, 23,800,000 grains de froment ou un nombre rond de 6 grains par kilogramme. Dans les pots, au contraire, la terre reçoit 22 grains par kilo-gramme ; on conçoit qu'elle s'épuise alors plus vite que dans la culture ordinaire. Voilà pourquoi la comparaison indiquée plus haut n'est possible que si l'on prend pour la pleine terre la moyenne de plusieurs années.

clore sur ce point, à vous indiquer exactement la composition des engrais nécessaires pour mettre en pratique la nouvelle méthode d'observation.

COMPOSITION DES ENGRAIS ANALYSEURS POUR UN ARE.

NATURE DE L'ENGRAIS.	PHOSPHATE DE CHAUX.	CARBONATE DE POTASSE.	CHAUX ÉTEINTE.	NITRATE DE SOUDE.
	Kil.	Kil.	Kil.	Kil.
Engrais complet.	4	2	2	6
Sans matière azotée.	4	2	2	0
Sans phosphate de chaux. . . .	0	2	2	6
Sans potasse.	4	0	2	6
Sans minéraux.	0	0	0	6
Sans chaux	2	2	0	6

La question qui nous occupe est trop grave, messieurs,
pour que nous nous séparions sans être revenus sur
nos pas, ne fût-ce que pour mieux affirmer nos conclusions.

Lorsque la chimie se fut élevée au rang d'une science
positive, et que les principes de ses méthodes furent définitivement fixés, l'étroite analogie que l'on découvrit entre
la substance des animaux et leurs aliments fit penser qu'il
devait exister une analogie de même ordre entre la composition des végétaux et celle du sol. Cette idée fit naître, à
son tour, l'espérance de découvrir, par l'analyse de la terre,
les conditions de sa fertilité.

Deux causes principales rendirent vaines les tentatives
faites dans cette direction : en premier lieu, l'ignorance à
peu près complète où l'on était de la part que l'air prend à
la nutrition des plantes, et secondement l'idée préconçue

que les éléments qui dominent dans la masse du sol remplissent les fonctions les plus importantes à l'égard de la végétation. Cette croyance, toute spontanée et d'intuition, est contraire à la réalité des choses, car ces éléments ne sont en quelque sorte, vous le savez, que la gangue des véritables agents de la production végétale, et s'ils y concourent, c'est seulement à titre de supports pour les plantes à l'égard desquelles leurs fonctions, en réalité latentes et passives, sont subordonnées à celles des agents assimilables.

Je ne reviendrai pas sur les distinctions que nous avons admises à l'égard des constituants du sol : vous les avez présentes à l'esprit et en avez reconnu à la fois la justesse et la nécessité.

C'est pour n'avoir pas tenu compte de ces distinctions que les chimistes se sont si complétement mépris sur les véritables conditions de la fertilité, ceux du commencement de ce siècle ayant mis sur la même ligne les éléments mécaniques et les éléments assimilables, et ceux de notre temps ayant confondu les éléments assimilables actifs, avec les éléments assimilables en réserve.

Notre point de départ, à nous, a été tout autre, et bien différents sont aussi les résultats auxquels nous avons été conduits. Au lieu d'étudier la végétation en dehors des végétaux, nous les avons constamment pris pour auxiliaires. La véritable nature des éléments dont ils sont formés nous étant connue, nous nous sommes appliqués à découvrir les conditions de leur activité : non en analysant des terres réputées pour leur fertilité, mais en composant des sols artificiels, dont le sable calciné a été le point de départ, et que nous avons réussi à rendre aussi fertiles que les terres naturelles les plus favorisées.

Dans cette voie nouvelle, il n'y avait pas d'illusion possible, pas de mécomptes à appréhender. Notre marche a été lente, laborieuse, pénible, mais toujours sûre et ferme, et nos efforts n'ont jamais été déçus. Un premier fait nous a d'abord été révélé, c'est que le sable, pour devenir fertile, n'a pas besoin de recevoir tous les éléments qui entrent dans la composition des végétaux. Il n'est pas nécessaire, qui l'aurait cru *à priori?* que les engrais contiennent du carbone, de l'hydrogène et de l'oxygène à titre de composés indépendants, bien que ces trois corps représentent les 93 centièmes du poids des végétaux. Ce résultat n'a rien qui puisse vous surprendre, maintenant qu'il vous a été démontré que le carbone des végétaux provient de l'acide carbonique de l'air, l'hydrogène et l'oxygène de l'eau.

Toujours fidèle à notre méthode, fondée sur l'observation et l'expérience, nous avons reconnu qu'entre les agents que l'engrais doit contenir pour être efficace il existe une solidarité telle, que la suppression d'un seul suffit pour faire perdre à tous les autres une partie de leur efficacité, si elle ne les rend complétement inertes. Cette solidarité a été pour nous une véritable révélation, et elle nous a ouvert une voie aussi féconde qu'inattendue.

Il arrive souvent, avons-nous dit, que des engrais où il n'entre qu'une partie des agents nécessaires produisent autant d'effet que ceux qui les contiennent tous. Leur efficacité, qui n'est à la vérité que temporaire, s'explique tout naturellement par la présence, dans le sol, des agents qui leur faisaient défaut.

C'est après avoir longtemps et attentivement étudié l'action des engrais à composition incomplète, que l'idée m'est enfin venue d'y avoir recours, non pour analyser la terre

dans toute la rigueur du mot, mais pour reconnaître avec
certitude ce qu'elle contient d'utile et ce qui lui manque, et
par conséquent ce qu'il faut lui fournir, pour la porter au
plus haut degré de fertilité.

Suivons maintenant les conséquences de ce résultat. Je
vous ai dit, il y a un moment, qu'après quelques hésitations
les géologues et les botanistes en étaient venus à nier l'influence de la composition chimique du sol sur la végétation
et à faire dépendre uniquement la fertilité de son état physique. J'ai ajouté qu'il y avait, dans cette conclusion, un
certain fonds de vérité, obscurci par une double méprise
que je me suis appliqué à faire disparaître et sur laquelle il
faut que je revienne.

Que l'état physique du sol influe sur son plus ou moins
de fertilité, c'est là un point incontestable; mais nier que
sa composition exerce une influence antérieure et supérieure, c'est nier aussi l'évidence et méconnaître les faits
les mieux établis. Les géologues n'ont pas aperçu cette influence, parce que, dans la composition du sol, ils se sont
arrêtés aux éléments mécaniques, ou que, s'ils ont tenté
d'aller au delà, ils ont confondu les éléments assimilables
actifs avec les éléments assimilables en réserve.

Cette méprise a eu et a tous les jours les conséquences
les plus regrettables. Depuis quelques années, on a publié
un grand nombre de cartes agricoles, fondées sur la distinction géologique des terrains : ces cartes ne sont et ne
peuvent être que d'une très-médiocre utilité pour la culture. Comment en serait-il autrement? Elles n'ont égard
qu'aux éléments prédominants dans le sol, dont la fonction, je ne saurais trop le répéter, est secondaire et subordonnée. Mais combien ces cartes, qui sont presque des lettres mortes, acquerraient d'importance et d'utilité pra-

tique, si, à l'aide de quelques champs d'expériences établis sur les principes que je viens de vous exposer, on assignait à chaque formation géologique son degré de richesse en phosphate de chaux, en potasse, en matière azotée et en calcaire. Combien il serait précieux de pouvoir suivre la répartition inégale de ces précieux agents, tant au sein des terrains similaires qu'au sein des terrains dissemblables, et de pouvoir affirmer, sur le témoignage de faits positifs, d'un caractère essentiellement pratique, dans quelle mesure les quatre termes, qui entrent dans la composition de l'engrais complet, prédominent ou font défaut lorsque le fonds géologique change, et jusqu'à quel point l'industrie des hommes a réussi à modifier ces rapports naturels.

Pour accomplir cette œuvre utile et si désirable, il suffirait de quelques modestes champs d'expériences, judicieusement répartis dans chaque commune, dont on coordonnerait ensuite les résultats d'après un plan uniforme.

Le sujet est trop grave pour que je laisse à ce projet le caractère d'une conception purement théorique. Je tiens à vous montrer par un exemple ce que l'on pourrait légitimement attendre d'une application généralisée de ce mode pratique d'investigation.

J'ai eu plusieurs fois l'occasion de prononcer dans le cours de ces conférences les noms de MM. Lawes et Gilberts. Depuis plus de vingt ans ces messieurs, encouragés et soutenus par les agriculteurs de l'Angleterre, poursuivent à la ferme de Rothampsted des expériences analogues à celles que nous avons instituées au champ de Vincennes. Or, voulez-vous savoir en quoi la terre de Rothampsted ressemble à celle de Vincennes et en quoi elle en diffère? Rapprochés des nôtres, les résultats obtenus par MM. Lawes et Gilberts vont nous permettre de répondre à cette question.

Je remarque, en premier lieu, que les rendements obtenus à l'aide de l'engrais complet se balancent et que sur ce point il y a égalité entre Rothampsted et Vincennes. — Il n'en est plus de même dès qu'on a recours aux engrais partiels. Avec les matières azotées seules, à Rothampsted ils se soutiennent sans faiblir ; avec les engrais minéraux, au contraire, l'avantage reste à Vincennes, faiblement, mais enfin il lui reste.

La conclusion à tirer de cette comparaison, c'est que la terre de Rothampsted contient plus de minéraux que celle de Vincennes, et que cette dernière était mieux partagée à l'origine sous le rapport de la matière azotée.

Voici d'abord les moyennes déduites de cinq années d'expériences, tant à Vincennes qu'à Rothampsted ; après les avoir comparées consentez à vous reporter aux rendements annuels d'où on les a déduites, alors, mais alors seulement, vous comprendrez tout le prix de la méthode qui nous occupe.

RENDEMENTS MOYENS OBTENUS
AUX CHAMPS D'EXPÉRIENCES DE VINCENNES ET DE ROTHAMPSTED.

RENDEMENT A L'HECTARE.
ENGRAIS COMPLET.

CHAMP DE VINCENNES.		CHAMP DE ROTHAMPSTED.	
Paille . . .	4750 kil.	Paille . . .	4665 kil.
Grains. .	2492 — 31 hectol.	Grains. . .	2453 — 31 hectol.
	7222		7118

ENGRAIS MINÉRAL

Paille . . .	2806 kil.		Paille . . .	2247 kil.
Grains. . .	1448 — 19 hectol.		Grains. . .	1428 — 18 hectol.
	4254			3675

ENGRAIS AZOTÉ

Paille. . . .	3253 kil.		Paille. . .	3523 kil.
Grains . . .	1301 — 17 hectol.		Grains . .	1920 — 25 hectol.
	4554			5443

Mais, je vous le répète, les chiffres qui précèdent n'acquerront à vos yeux toute leur valeur que si vous remontez aux éléments qui les ont fournis : qu'il me soit donc permis de les placer sous vos yeux.

RENDEMENTS ANNUELS.

FROMENT. — ENGRAIS COMPLET.

CHAMP DE VINCENNES.			CHAMP DE ROTHAMPSTED.		
1861.	Paille. . .	4250 kil.	1853.	Paille. . .	4156 kil.
	Grains . .	2400		Grains . .	1516
		6650			5672
1862.	Paille. . .	3930 kil.	1854.	Paille. . .	6172 kil.
	Grains . .	1900		Grains . .	5278
		5850			9450
1863.	Paille. . .	6941 kil.	1855.	Paille. . .	4589 kil.
	Grains . .	3750		Grains . .	2149
		10691			6558
1864.	Paille. . .	4500 kil.	1856.	Paille. . .	4309 kil.
	Grains . .	1890		Grains . .	2245
		6390			6554
1865.	Paille. . .	4030 kil.	1857.	Paille. . .	4500 kil.
	Grains . .	2520		Grains . .	3977
		6550			7577

RENDEMENT MOYEN.

Paille. . . . 4730 kil.   Paille. . . 4665 kil.
Grains . . . 2492 — 32 hectol.   Grains . . 2453 — 31 hectol.
              ————   ————
              7222   7118

————

FROMENT. — FUMURE MINÉRALE.

CHAMP DE VINCENNES.   CHAMP DE ROTHAMPSTED.

1861 . Paille. . . 5120 kil.   1853. Paille. . . 2268 kil.
       Grains . . 2150   Grains . .   666
                   ————   ————
                   5250   2934

1862 . Paille. . . 3330 kil.   1854. Paille. . . 2793 kil.
       Grains . . 1520   Grains . . 1729
                   ————   ————
                   4850   4522

1863 . Paille. . . 3030 kil.   1855. Paille. . . 2012 kil.
       Grains .   1287   Grains . . 1779
                  ————   ————
                  4317   3791

1864 . Paille. .   2300 kil.   1856. Paille. . . 2299 kil.
       Grains . . 106(?)   Grains . . 1342
                   ————   ————
                   3360   3641

1865 . Paille. . . 2253 kil.   1857. Paille. . . 1864 kil.
       Grains . . 1247   Grains . . 1623
                   ————   ————
                   3500   3487

RENDEMENT MOYEN.

Paille . . . 2806 kil.   Paille . . . 2247 kil.
Grains . . . 1448 — 19 hectol.   Grains . . 1428 — 18 hectol
              ————   ————
              4254   3675

FROMENT. — FUMURE AZOTÉE.

CHAMP DE VINCENNES.		CHAMP DE ROTHAMPSTED.	
1861.	Paille. . . 3250 kil.	1853.	Paille. . . 2500 kil.
	Grains . . 1500		Grains . . 721
	4750		3221
1862.	Paille. . . 3610 kil.	1854.	Paille. . 4719 kil.
	Grains . . 1490		Grains . . 2758
	5100		7477
1863.	Paille. . . 4841 kil.	1855.	Paille. . . 3572 kil.
	Grains . . 1892		Grains . . 1285
	6733		4857
1864.	Paille. . . 1870 kil.	1856.	Paille. . . 3506 kil.
	Grains . . 580		Grains . . 1867
	2450		5373
1865.	Paille. . . 2696 kil.	1857.	Paille. . . 3318 kil.
	Grains . . 1044		Grains . . 2469
	3740		5787

RENDEMENT MOYEN.

Paille . . . 3253 kil.		Paille. . . 3523 kil.	
Grains. . . 1301 — 17 hectol.		Grains . . 1920 — 25 hectol.	
4554		5443	

Nous disons donc que la terre de Rothampsted contient
plus de minéraux que celle de Vincennes. Voulez-vous
soumettre cette déduction à une sorte de contre-épreuve
offrant toutes les garanties d'une vérification certaine ?
Consultons les rendements des légumineuses sur la terre
non fumée des deux champs. Si la terre de Rothampsted

contient plus de minéraux que celle de Vincennes, les rendements devront l'emporter. Or, voici ce que les faits répondent à cette conjecture :

RENDEMENT MOYEN.

CHAMP DE VINCENNES.		CHAMP DE ROTHAMPSTED.	
POIS, HARICOTS.		FÉVEROLLES.	
Paille.	2214 kil.	Paille.	1784 kil.
Grains	1150	Grains	1850
	3364		3634

RENDEMENTS ANNUELS.

1861	Paille. . .	4430 kil.	1847.	Paille. . .	2362 kil.
	Grains . .	1850		Grains . .	1792
		6280			4154
1862 .	Paille. . .	2470 kil.	1848.	Paille. . .	1411 kil.
	Grains . .	1470		Grains . .	1546
		3940			2957
1863.	Paille. . .	1340 kil.	1849.	Paille. . .	1825 kil.
	Grains . .	390		Grains . .	2416
		1730			4241
1864 .	Paille. . .	2110 kil.	1850.	Paille. . .	1190 kil.
	Grains . .	820		Grains . .	1191
		2930			2381
HARICOTS.					
1865 .	Paille. . .	270 kil.	1851.	Paille. . .	2134 kil.
	Grains . .	1220		Grains . .	2508
		1490			4442

Plus l'expérience se prolonge, et plus l'avantage s'élève en faveur de Rothampsted.

Vous le voyez, messieurs, pour découvrir la nature des agents de fertilité qu'une terre contient, quelques essais de culture suffisent, et il n'est pas besoin pour cela d'être un profond chimiste.

S'il a été possible d'obtenir des résultats aussi concluants, à l'aide de données qui n'avaient point été recueillies pour cette destination, jugez ce qu'il est permis d'attendre d'expériences conçues spécialement pour cet objet.

Messieurs, si je m'adressais à un auditoire moins éclairé et moins familier avec les questions de science, je devrais terminer ici cette conférence, car je vous ai conduit au but que je m'étais proposé. Le caractère essentiellement pratique de ces entretiens m'en ferait presque une loi. Mais je vous demande la permission de ne pas borner là cette étude et de vous ouvrir, dans le domaine de la science pure, un nouvel horizon. Je ne vous dissimulerai même pas que j'attache aux faits nouveaux dont il me reste à vous entretenir, une importance particulière.

Je prétends, en effet, l'eussiez-vous jamais cru? qu'on peut, dans certains cas, à l'aide des faits de culture, scruter l'arrangement moléculaire des corps au point d'aider les chimistes à fixer leur véritable formule; que l'on peut encore prouver, malgré la longue suite des siècles qui nous sépare de l'époque où les premiers végétaux ont apparu à la surface de nos continents, que l'air n'avait pas alors la même composition que de nos jours et dire en quoi il en différait.

Qu'il me soit donc permis de vous soumettre les éléments de cette double démonstration.

Vous savez tous, messieurs, que l'ammoniaque est une des formes sous lesquelles l'azote est assimilé par les végétaux. Vous savez encore que ce composé, remarquable à tant d'égards, a pour formule $Az\,H^3$, que l'on peut représenter symboliquement de la manière suivante :

$$Az \begin{cases} H \\ H \\ H \end{cases}$$

Parmi les propriétés les plus caractéristiques de l'ammoniaque, il faut citer, en première ligne, la mobilité des trois atomes d'hydrogène. Cette mobilité est telle qu'on peut les remplacer, l'un après l'autre, par d'autres corps, par des métaux, ou même des groupes organiques, tels que C^4H^5, C^2H^3, auxquels les chimistes ont donné le nom d'Éthyle et de Méthyle. Lorsqu'un déplacement de cet ordre a lieu au sein d'un corps composé, les chimistes disent qu'il y a eu substitution. C'est donc par une succession de substitutions de plus en plus profondes, qu'on a réussi à l'aide de l'ammoniaque à produire les trois séries de corps suivantes :

AMMONIAQUE	ÉTHYLAMINE	MÉTHYLAMINE
$Az \begin{cases} H \\ H \\ H \end{cases}$	$Az \begin{cases} H \\ H \\ C^4H^5 \end{cases}$	$Az \begin{cases} H \\ H \\ C^2H^3 \end{cases}$
	BI-ÉTHYLAMINE	BI-MÉTHYLAMINE
	$Az \begin{cases} H \\ C^4H^5 \\ C^4H^5 \end{cases}$	$Az \begin{cases} H \\ C^2H^4 \\ C^2H^3 \end{cases}$
	TRI-ÉTHYLAMINE	TRI-MÉTHYLAMINE
	$Az \begin{cases} C^4H^5 \\ C^4H^5 \\ C^4H^5 \end{cases}$	$Az \begin{cases} C^2H^5 \\ C^2H^5 \\ C^2H^3 \end{cases}$

Dans tous ces composés, on retrouve le type de l'ammoniaque, aussi en reproduisent-ils les propriétés les plus essentielles. Comme l'ammoniaque, et au même degré qu'elle, ces corps possèdent la propriété de se combiner avec les acides qu'ils saturent et avec lesquels ils forment des sels aussi bien définis que ceux de l'ammoniaque elle-même. Semblables à des médailles de métaux différents, frappées à la même effigie, ces corps se ressemblent autant que des corps, en réalité dissemblables, peuvent se ressembler.

A raison de cette communauté de caractères, il m'a paru intéressant, sachant que l'ammoniaque était assimilable par les végétaux, de m'enquérir si ces corps le seraient aussi et au même degré. J'ai donc expérimenté d'abord sur les bases du premier degré, sur l'éthylamine et sur la méthylamine, après les avoir saturées préalablement par un acide, comme il faut le faire pour l'ammoniaque elle-même. Or ces deux bases se sont montrées aussi actives, aussi efficaces que l'ammoniaque : jusque-là ce résultat n'a rien qui doive nous surprendre. La similitude des formules explique et justifierait au besoin l'identité des effets. Mais en sera-t-il de même des bases du deuxième et du troisième degré, de celle où deux et trois atomes d'hydrogène sont remplacés par autant de fois les groupes C^4H, C^2H^5? Non, messieurs ; dès que la substitution dépasse un atome d'hydrogène, le corps qui en résulte change complétement de propriété à l'égard des végétaux, d'actif il devient inerte, il cesse d'être assimilable.

Entre les bases du premier et du second degré, il existe les mêmes analogies de composition qu'entre l'ammoniaque et les bases du premier degré. Pour les distinguer il faut recourir à des caractères d'une infinie délicatesse. Eh bien ! entre ces deux espèces de corps, la plante la plus humble nous découvre un abîme, car les uns sont aptes à participer au maintien et à l'exercice de la vie, tandis que les autres sont dépourvus de cette faculté.

Mais pour revenir à notre point de départ, il demeure

donc démontré, par ce qui précède, que les végétaux nous
permettent de suivre, avec une sûreté admirable, la progression de certains effets de substitution, ce qui est, au point
de vue de l'analyse, bien autrement difficile que de découvrir des traces de potasse ou d'acide phosphorique.

Mais suivons les conséquences de cette démonstration :
pendant longtemps les chimistes ont ignoré la véritable
nature de l'urée qui est contenue dans l'urine humaine, et
dont la sécrétion est indispensable au maintien de la vie.

Sans vous dire en détail les causes de leurs dissentiments, ce qu'il y a de certain, c'est que les uns considèrent
l'urée comme du cyanate d'ammoniaque, et les autres
comme un double atome d'ammoniaque condensé en un
seul, et dans lequel H^2 est remplacé par le groupe $C^2 O^2$. De
sorte qu'on peut représenter l'urée par les deux formules
suivantes, suivant qu'on incline en faveur de l'une ou de
l'autre de ces deux opinions.

CYANATE ANOMAL D'AMMONIAQUE	BI-AMMONIAQUE CARBONILÉE
$C^2O^2Az^2H^4$	$Az^2 \begin{cases} H^2 \\ H^2 \\ C^2O^2 \end{cases}$

L'esprit libre de tout parti pris, je m'adresse à la végétation pour décider entre ces deux formules.

Est-il vrai, comme le veut M. Liebig, que l'urée soit du
cyanate d'ammoniaque ou plutôt contienne de l'acide cyanique? La végétation condamne absolument cette conjecture. L'urée, en effet, produit sur la végétation des effets
considérables, qui ne sont pas inférieurs à ceux des sels
ammoniacaux. Si donc elle contient de l'acide cyanique, la
moitié de son azote étant sous cette forme, il faut que
l'acide cyanique agisse lui-même favorablement sur les

végétaux et que ses bons effets égalent ceux des sels ammoniacaux. Or voyez à quel point les faits sont en opposition avec cette conjecture. L'acide cyanique n'a aucune action sur les végétaux. Il ne peut être assimilé par eux. Sa passivité est absolue. La conclusion est évidente, l'urée ne contient pas d'acide cyanique.

L'idée de représenter l'urée comme de l'ammoniaque condensée et modifiée par la substitution de l'oxyde de carbone à de l'hydrogène est-elle mieux fondée? Pour être admise et démontrée, cette opinion exige que l'urée soit active à l'égard des végétaux et que son action égale celle des sels ammoniacaux. Cette fois l'expérience est conforme aux prévisions de la théorie. L'urée agit autant que l'ammoniaque; donc la deuxième formule est la vraie. Ne trouvez-vous pas la conclusion inattaquable?

Mais voulez-vous rendre la démonstration plus complète? La chose nous est possible.

L'urée forme avec l'acide azotique un composé cristallisé, neutre au papier de tournesol. Or, à proportion égale d'azote, le nitrate d'urée se montre aussi efficace à l'égard des végétaux que le nitrate d'ammoniaque. Ainsi se trouve justifiée la promesse que je vous ai faite, il y a un moment, que la végétation peut fournir à la chimie des données d'une valeur inappréciable pour donner à ses formules un plus haut degré de certitude.

Vous me pardonnerez, messieurs, de m'être laissé entraîner à des développements aussi étendus. Je conviens que, pour vous les présenter, le lieu n'est peut-être pas bien choisi. Le champ de Vincennes doit rester, avant tout, le domaine des résultats pratiques, et cependant je ne regrette pas ces développements, et je n'en voudrais rien supprimer.

Si les intérêts pratiques doivent avoir ici le pas sur la

théorie, il n'est pas sans utilité de vous rappeler, de temps en temps, comment ils se rattachent aux principes les plus élevés de la science. Accordez-moi donc encore quelques instants, et laissez-moi vous prouver, sans autre secours que la physiologie végétale, que l'air n'avait pas, aux premiers âges du monde, la même composition que de nos jours.

Quiconque interrogera les dépôts houillers, où se trouvent les fossiles de la flore primitive, sera forcé de reconnaître que la végétation possédait, à cette époque reculée, une activité qu'elle a perdue et dont les régions tropicales, qui sont encore les plus favorisées sous ce rapport, ne peuvent nous donner qu'une idée affaiblie. Il n'est pas rare de trouver des bancs de houille de 20 et 30 mètres d'épaisseur; or savez-vous ce qu'il faudrait de temps à nos plus belles futaies pour produire une couche de houille de 1 centimètre d'épaisseur seulement? Cinquante ans. Ce qui porterait à cinq mille ans la formation d'une couche de 1 mètre!

Si l'on compare les débris des premiers représentants du règne végétal aux plantes de notre époque, on reconnaît qu'ils appartiennent tous à la grande famille des cryptogames vasculaires, et que, tandis que leurs feuilles possédaient des dimensions véritablement énormes, la racine n'était qu'un simple fuseau de 15 à 20 centimètres de longueur. Ce défaut de proportion entre les racines et les feuilles nous indique clairement que la nutrition devait s'opérer alors principalement par les feuilles; et que si les racines restaient à l'état de rudiment, c'est parce que le sol, qui n'avait pu être fécondé par les dépouilles de générations antérieures, ne remplissait que le rôle passif d'un simple appui.

Une troisième remarque non moins importante que les

deux précédentes, c'est que les végétaux de nos jours, qui se rapprochent le plus des premiers représentants du règne végétal, appartiennent tous à nos espèces les plus humbles.

Aux calamites de la flore primitive correspondent en effet nos prêles, connues sous le nom de queues de cheval, qui croissent en abondance au bord des cours d'eau; et les lepidodendrons, qui étaient comparables à nos sapins, n'ont pour faire revivre leur souvenir et leur organisation que nos lycopodes, qui s'élèvent à peine à 15 ou 20 centimètres de hauteur. Quant aux fougères arborescentes contemporaines des calamites et des lepidodendrons, on ne trouve leurs analogues, quoique dégénérés, que sous les tropiques.

Si l'on remarque enfin qu'aujourd'hui les prêles les plus humbles croissent en Laponie, et les plus grandes aux Antilles, on est amené, par cette succession d'analogies, à s'avouer que la végétation a perdu de son activité, que le climat a lui-même changé, que la température s'est abaissée et que l'atmosphère est moins humide; car, je le répète, ce n'est que dans les régions humides et chaudes qu'on trouve aujourd'hui des fougères en arbre.

Mais si le cadre dans lequel la végétation primitive a dû se produire se trouve en quelque sorte rétabli par les considérations qui précèdent, ces considérations sont insuffisantes pour expliquer le caractère colossal de ses productions, et je me demande à quelles causes il faut l'attribuer.

M. Adolphe Brongniart incline à penser que l'air contenait, à ces époques reculées, plus d'acide carbonique que de nos jours; suivant lui, la puissance des dépôts houillers ne peut laisser subsister le moindre doute à cet égard; et c'est à cette circonstance qu'il attribue le surcroît d'activité accusé par la végétation. Mais l'expérience ne confirme qu'en partie cette conjecture. Un excès d'acide carbonique n'influe que faiblement sur l'activité du travail végétal et ne produit rien de comparable aux effets accusés par les végétaux des premiers âges du globe.

Cette explication est donc insuffisante.

Mais si un excès d'acide carbonique a peu d'action quand il est employé isolément, des traces d'ammoniaque, répandues dans l'air, en font un milieu si favorable à la végétation, que dans ces conditions nouvelles elle acquiert un degré de puissance extraordinaire, et que les plantes à grand feuillage, telles que les caladium, arrivent en peu de temps à des dimensions qui rappellent celles des végétations primitives.

Il faut donc qu'à ces époques lointaines l'air ait contenu un composé azoté qui a maintenant disparu. Quel pouvait être ce composé? Il n'y a que l'ammoniaque à l'état de vapeurs dans l'air, ou les nitrates en dissolution dans l'eau, qui puissent, avec l'aide d'un excès d'acide carbonique, produire de tels effets. J'ai longtemps hésité entre ces deux composés; mais tout bien pesé, le faible développement des racines, chez les premiers végétaux, me décide en faveur de l'ammoniaque. Ma conclusion est donc formelle. Les végétaux ont trouvé, à l'origine, dans la nature, des composés azotés dont la quantité s'est affaiblie, s'ils n'ont pas complétement disparu, et l'air contenait certainement plus d'acide carbonique qu'aujourd'hui. Sans ces composés il serait impossible de comprendre le caractère colossal de cette première création et notre affirmation, si formelle sur ce point, est encore, vous le voyez, une déduction de la solidarité qui existe entre l'activité de la végétation et la nature des milieux au sein desquels elle s'accomplit, — solidarité sur laquelle nous nous sommes fondés pour analyser le sol et régler avec économie l'emploi des agents de fertilité.

APPENDICE

DE L'INFLUENCE DU PHOSPHATE DE CHAUX

A PETITES DOSES SUR LA VÉGÉTATION

Je voudrais revenir sur les effets du phosphate de chaux à petites doses et rapporter à ce propos quelques faits qui n'ont pu trouver place dans la conférence. Cette nouvelle étude, j'en préviens le lecteur, nous ramènera à ma première conclusion, à savoir que les végétaux peuvent devenir, pour qui sait s'en servir, de merveilleux instruments d'analyse.

J'ai dit, page 216, que le froment mourait dans un sol d'où le phosphate de chaux était exclu, malgré la présence réunie de la potasse, de la chaux et de la matière azotée. Avec les pois les choses ne se passent pas comme avec le froment. Les pois résistent, leur végétation est triste et languissante, le rendement réduit ; mais enfin la plante résiste, elle donne des fleurs et des graines.

Si l'on sème ces graines d'une première génération dans un sol dépourvu de phosphate de chaux, les plantes continuent à résister, mais elles prennent moins de développement que les premières ; c'est à peine si la récolte égale le poids des semences, et cette fois il ne se forme ni fleurs ni graines : c'est une végétation rudimentaire qui reproduit tous les caractères du froment venu dans un sol contenant des traces de phosphate de chaux, 1 centigramme par exemple.

Pourquoi les légumineuses se comportent-elles autrement que le froment ? tout simplement parce que les graines sont plus grosses et contiennent plus de phosphate de chaux. Mais comme cette réserve s'épuise et que les graines venues dans un sol dépourvu de phosphate de chaux en contiennent moins que les graines venues dans la bonne terre, les rendements éprouvent un abaissement considérable.

Les pois ne font donc pas exception à la règle, ils y obéissent au contraire, et témoignent en faveur de sa généralité.

Ces résultats méritent sous tous les rapports de vous être présentés. Ayez égard seulement à cette circonstance, que lorsqu'on dit sol pourvu ou privé de phosphate de chaux, ce sol avait reçu de la potasse, de la chaux et de la matière azotée.

RÉCOLTE PRODUITE PAR :

	10 POIS PESANT 2^g,33 ET CONTENANT 0^g,029 D'ACIDE PHOSPHORIQUE		10 POIS PROVENANT DE L'EXPÉRIENCE, PESANT 1^g,75 ET CONTENANT 0^g,009 D'ACIDE PHOSPHORIQUE
	1	**2**	**5**
	DANS UN SOL CONTENANT 2 GRAMMES DE PHOSPHATE DE CHAUX	DANS UN SOL DÉPOURVU DE PHOSPHATE DE CHAUX	DANS UN SOL DÉPOURVU DE PHOSPHATE DE CHAUX
	Gram.	Gram.	Gram.
Paille . . .	23,50	8,24	2,75
60 grains.	13,05	2,05	0,00
	36,55	10,29	2,75

Autre preuve de l'extraordinaire sensibilité des végétaux à l'égard des phosphates.

Le froment meurt dans un sol privé de phosphate de chaux, si on le cultive dans un pot de biscuit en porcelaine; dans un pot de terre, il ne meurt pas. Il végète tristement, mais il parcourt le cycle entier de son évolution. Il reproduit à s'y méprendre le caractère de la culture avec un centigramme de phosphate de chaux, dans un pot de biscuit de porcelaine. Frappé de l'influence exercée par la nature des pots, je me suis demandé à quoi il fallait l'attribuer. Ayant analysé les récoltes avec le plus grand soin, j'y ai trouvé UN MILLIGRAMME ET DEMI d'acide phosphorique de plus que dans la semence, et j'ai acquis la preuve que cet acide phosphorique provenait de l'argile des pots, d'où j'ai pu en extraire. N'osant pas conclure cependant sur la foi de dosages qui portaient sur des quantités si faibles, j'ai eu l'idée de vérifier le témoignage de l'analyse par des essais de culture. Voilà pourquoi j'ai essayé l'action de 1 centigramme de phosphate de chaux, à l'aide duquel j'ai vu se reproduire, dans les pots de biscuit de porcelaine, les effets que j'avais obtenus dans les pots de terre ordinaire sans le concours du phosphate de chaux. On pourra juger, par l'exemple précédent, de la difficulté que présente l'étude des phénomènes de la végétation, si j'ajoute qu'il a fallu trois ans pour mener les expériences dont il s'agit à bonne fin et en tirer la conclusion que j'en déduis en ce moment.

Qu'il me soit permis de vous présenter les résultats analytiques dont il vient d'être question, puisque c'est leur discussion qui m'a décidé à entreprendre les expériences de culture qui devaient les compléter, et desquelles ils ont reçu leur véritable signification.

ANNÉE DE L'EXPÉRIENCE	POIDS DE LA RÉCOLTE	ACIDE PHOSPH. DANS LA RÉCOLTE	POIDS DE LA SEMENCE	ACIDE PHOSPH. DANS LA SEMENCE	EXCÈS DE L'ACIDE PHOSPH. DANS LA RÉCOLTE
	Gram.	Gram.	Gram.	Gram.	Gram.
1859	5,08	0,0057	0,82	0,0045	0,0012
—	8,45	0,0090?	0,82	0,0045	0,00457
—	7,53	0,0060	0,82	0,0045	0,0045
1860	6,53	0,0056	0,80	0,0050	0,0007

Lorsqu'il s'est agi de rechercher l'acide phosphorique dans l'argile et dans la substance des pots, on a opéré par deux procédés différents, en attaquant les matières par l'acide chlorhydrique seulement, et en l'attaquant d'abord par la chaux, et reprenant ensuite par l'acide hydrochlorique. Dans le dernier cas, la proportion d'acide phosphorique trouvée a été notablement plus forte que dans le premier.

ACIDE PHOSPHORIQUE POUR 100 DE MATIÈRE.

	ATTAQUÉ PAR L'ACIDE HYDROCHL.	ATTAQUÉ PAR LA CHAUX.
Argile de Dreux	0,009	0,039
» » (meilleur dosage) .		0,084
Autre argile	0,009	0,034
Substance de pots	0,019	0,034
Même dosage		0,043
Même dosage		0,052

Je puis donner plus de généralité encore aux résultats qui précèdent, grâce à d'autres observations non moins curieuses que les précédentes et non moins concluantes.

En comparant les rendements de mes expériences de 1858 avec ceux de mes expériences de 1859 et de 1860, je remarquai, non sans surprise, que les rendements de 1858 étaient très-notablement supérieurs à ceux des années suivantes. Rien dans les conditions de l'expérience ne pouvait justifier à mes yeux cette différence. Les pots étaient de la même nature, provenaient de la même fabrique, et le sol borné à du sable calciné avait reçu le même engrais, toujours composé de potasse, de chaux et de matière azotée.

Il n'y avait pas de différence, je le répète, dans les conditions de l'expérience, hormis une seule, la nature des blés employés comme semence. En 1858, j'avais fixé mon choix sur du blé fenton originaire d'Écosse, auquel j'avais substitué, en 1859, du blé fenton provenant de la culture de la vacherie du Pin ; en 1860 enfin, j'avais employé le blé français connu dans le commerce sous le nom de saumure de mars.

Ces trois blés ayant été cultivés dans un sol exempt de phosphate de chaux, mais dans des pots de fleurs ordinaires, se sont montrés très-inégalement productifs : le rendement obtenu avec le blé fenton originaire d'Écosse a dépassé de 30 pour 100 les deux autres. Pendant longtemps je n'ai su à quoi attribuer cette différence. L'analyse des trois blés a fini par me l'apprendre. Le blé fenton originaire d'Écosse contient deux fois plus d'acide phosphorique que les deux autres : c'est donc l'excès d'acide phosphorique contenu dans la semence, qui a produit le surcroît de rendement, comme nous l'avons déjà constaté pour les pois.

Voici, à l'appui de cette déduction, l'indication exacte des quantités d'acide phosphorique contenues dans ces trois blés, suivie de leur rendement :

BLÉS.	POIDS DE 22 GRAINS DE BLÉ. Gram.	ACIDE PHOSPHOR. POUR 100. Gram.	ACIDE PHOSPHOR. DANS LES 22 GRAINS. Gram.
Fenton d'Écosse.	1,16	0,85	0,009
Fenton du Pin	0,80	0,62	0,005
Saumure de mars. . . .	0,82	0,45	0,004

RENDEMENT MOYEN DE CES TROIS BLÉS

DANS UN SOL EXEMPT DE PHOSPHATE DE CHAUX

MAIS DANS DES POTS DE TERRE ORDINAIRES.

		Gram.
1858	Fenton d'Écosse	12,57
1859	Fenton de la vacherie du Pin . . .	7,00
1860	Saumure de mars	6,03

Rapprochez ces résultats de ceux fournis par les pois dont le rendement s'est tant affaibli à mesure que la proportion du phosphate de chaux a diminué, et dites-moi si je n'étais pas fondé à affirmer que les végétaux étaient des instruments merveilleux d'analyse, dont les indications rappellent presque, par leur exquise sensibilité, la méthode spectrale de MM. Kirschoff et Bunsen.

CINQUIÈME CONFÉRENCE

—

Messieurs,

Nous consacrerons cette conférence tout entière à l'histoire des agents qui entrent dans la composition de l'engrais complet, ce type régulateur par excellence de la fertilité. Il ne faut pas croire que la composition de cet engrais soit un fait du hasard ou un résultat arbitraire. Non. Sa composition, sa nature sont une conséquence de nos expériences.

La terre, avons-nous dit, doit sa fertilité à la présence d'un petit nombre de corps auxquels nous avons donné le nom d'*éléments assimilables actifs*. Ce point étant admis, du moment que ces corps nous sont exactement connus, la composition de l'engrais complet se trouve fixée par cela même. N'est-il pas évident, en effet, que cet engrais doit contenir tout ce qui, au sein de la terre, participe à la production des végétaux ? La conséquence est forcée

17

et j'ajoute qu'elle est une déduction de nos recherches sur les sols artificiels. Après nous avoir permis d'assigner à chaque constituant du sol sa véritable fonction, ces recherches nous fournissent maintenant le moyen d'assigner à l'engrais complet la composition qui en assure le mieux l'efficacité.

Ici pourtant se présente une contradiction qui pourrait jeter le trouble dans vos esprits et qu'il faut que je dissipe. Je vous ai dit dans notre troisième conférence (page 160) que l'engrais complet n'admettait dans sa composition que quatre termes, savoir :

> Phosphate de chaux,
> Potasse,
> Chaux,
> Une matière azotée.

Et aujourd'hui je dis, au contraire, qu'il doit contenir tous les éléments qui jouent un rôle actif au sein de la terre végétale, c'est-à-dire, outre les quatre termes précédents, de la silice, de la soude, de l'oxyde de fer, de l'oxyde de manganèse, du chlore, de l'acide sulfurique, etc. N'y a-t-il pas là une contradiction manifeste? Non, messieurs, la contradiction n'est qu'apparente.

Lorsqu'on parle d'engrais, il faut distinguer deux cas bien différents, celui où la végétation a lieu dans un sable calciné, formé de silice insoluble, sans autre addition, et celui où elle opère dans une terre naturelle, qui, quelque mauvaise qu'on la suppose, contient quatre-vingt-dix-neuf fois sur cent, pour ne pas dire toujours, une réserve surabondante de silice, d'oxyde de fer, d'oxyde de manganèse, de chlore, etc., etc. A quoi bon, pour ce second cas, faire entrer dans la composition de l'engrais ces derniers produits, puisque les plus mauvaises terres en sont pourvues, et qu'en raison des formes qu'ils y revêtent, ils sont assimilables par les végétaux? Supposons deux engrais, l'un borné aux quatre termes que vous connaissez, l'autre contenant tous les éléments actifs du sol. Dans le sable calciné l'effet de ces deux engrais sera bien différent; le second l'emportera de beaucoup sur le premier, tandis que dans une terre naturelle, de si mauvaise qualité qu'on la suppose, les résultats s'équilibreront : il n'y aura pas, entre les rendements, de différences sensibles et la qualité des produits sera la même. Alors pourquoi ajouter à l'engrais ce qui n'ajoute rien à ses effets et compliquer ce qui peut être rendu plus simple?

Répétons-le donc : en bornant au phosphate de chaux, à la potasse et à une matière azotée la composition de l'engrais complet, je n'entends pas nier l'utilité des autres produits, je les supprime parce que la terre en est déjà pourvue.

Il se peut qu'il existe des composés de fer et de magnésie plus efficaces que ceux que le sol contient naturellement, et dont la présence dans l'engrais se traduirait par un élévation de rendement. Lorsque l'expérience nous aura éclairé à cet égard, nous nous empresserons de nous conformer à ses enseignements. Mais, jusque-là, nous persisterons à exclure de l'engrais complet toute addition dont l'efficacité n'aura pas été reconnue.

La science n'est pas immuable : au contraire. A part quelques faits premiers, devenus des lois à jamais démontrées, l'interprétation des faits secondaires change incessamment à mesure que leur nombre s'accroît et que les conditions de leurs manifestations nous sont mieux connues. Personne ne pourrait aujourd'hui avoir la prétention de posséder le dernier mot de la science sur la végétation. Dans l'état de transition que nous traversons, le parti le plus sage est de s'en tenir au témoignage des faits, sans rester en deçà, comme sans aller au delà et d'éviter par-dessus toute chose les idées systématiques.

Fidèle à ce principe que nous avons toujours suivi, composons un engrais perfectible, comme la science dont il est une déduction et contentons-nous d'y faire entrer les produits dont l'action est actuellement bien définie, et la forme utile parfaitement connue. Cet engrais représentera ce qu'il y a de plus parfait dans l'état actuel de nos connaissances. Il suffira à tous les besoins de la pratique et si l'avenir doit y faire d'utiles additions, nous pouvons affirmer du moins qu'il n'y trouvera rien à retrancher.

Ces considérations trouveraient au besoin leur justification dans le tableau suivant :

		ENGRAIS THÉORIQUE.	ENGRAIS PRATIQUE.
	Organiques.	Humus.	
		Nitrates..	MATIÈRE AZOTÉE.
		Sels ammoniacaux.. .	
Agents assimilables actifs du sol.		Potasse.	POTASSE.
		Soude.	
		Chaux.	CHAUX.
		Magnésie.	
	Minéraux . .	Oxyde de fer.	
		Oxyde de manganèse.	
		Chlore.	
		Acide sulfurique.	
		Acide phosphorique. .	PHOSPHATE DE CHAUX.
		Silice.	

---

[1] Dans un sol artificiel de sable calciné, la suppression de la magnésie détermine des troubles et une diminution de rendement, au moins égaux

Mais arrivés à ce point de nos études, les résultats que nous avons obtenus resteraient sans application, si nous ne connaissions pas les sources auxquelles on peut puiser les éléments de l'engrais complet, et l'étendue des richesses de ce genre sur lesquelles il nous est permis de compter.

Depuis quelques années, le commerce des engrais a pris un grand développement. Un document officiel de date récente porte à 500 millions de francs le chiffre des transactions dont les matières fertilisantes sont annuellement l'origine pour la France seulement. Malheureusement il arrive trop souvent que les produits qui sont livrés à l'agriculture, composés sans discernement, ou sans une connaissance suffisante des vrais besoins de la végétation ne répondent que très-imparfaitement à l'attente de ceux qui les emploient. Afin de prémunir les cultivateurs à la fois contre les fraudes et contre les prétentions exagérées des marchands d'engrais, nous ferons aujourd'hui l'histoire des quatre constituants de l'engrais pratique, et nous mettrons chacun en mesure de composer, en pleine connaissance de cause, des fumures d'une efficacité certaine. Mais avant d'entrer dans cette étude dont l'utilité se justifie assez d'elle-même, j'ai besoin de réduire à leur juste valeur certaines opinions, dont la science est rendue

---

à ceux qui naissent de la suppression de la potasse. Frappé de ces effets, j'ai vainement tenté l'emploi du sulfate de magnésie dans la grande culture (c'est la forme sous laquelle cette base s'est montrée le plus efficace dans mes expériences en petit), je n'ai jamais obtenu d'effets appréciables. Cette inertie m'a empêché d'introduire la magnésie dans la composition de l'engrais complet. De nouvelles expériences entreprises dans les Landes de Gascogne, dont le sol est exclusivement formé de sable, produiront peut-être des résultats différents. Jusqu'à ce que l'expérience ait prononcé, je crois devoir m'en tenir pour la composition de l'engrais complet aux quatre termes que j'ai indiqués.

responsable, et qui ont été, pour l'agriculture, la source des plus graves mécomptes.

Frappés de l'effet considérable que les matières azotées produisent sur certaines cultures, MM. Boussingault et Payen furent amenés, il y a une quinzaine d'années, à considérer l'azote des engrais comme la condition prédominante de leur action. Sans aller jusqu'à nier précisément l'utilité des matières minérales, ils émirent l'opinion qu'on pouvait presque ne pas y avoir égard et que, vu l'influence prépondérante de la fonction de l'azote sur les résultats, le titre des engrais sous ce rapport suffisait pour en prévoir les effets avec certitude. Ainsi, selon eux, 34 kilogrammes de tourteaux contenant autant d'azote que 500 kilogrammes de fumier de ferme à l'état frais, devaient produire les mêmes effets, et on pouvait, dans la pratique, substituer tel engrais à tel autre, à la seule condition de régler leur quantité respective sur leur teneur en azote. Faisant à cet ordre de faits l'application, assez mal justifiée, d'un principe consacré en chimie, ces messieurs ont donné le nom d'*équivalents* aux quantités d'engrais de nature différente, qui contiennent le même poids d'azote et ils ont même dressé, dans cet ordre d'idées, de prétendues tables pratiques, à l'usage des agriculteurs. Qu'il me soit permis d'en placer un extrait sous vos yeux.

ÉQUIVALENTS DE QUELQUES ENGRAIS

D'APRÈS M. BOUSSINGAULT

ENGRAIS DESSÉCHÉS A 120°.	AZOTE POUR 100,	QUANTITÉS ÉQUIVALENTES.
Fumier de ferme.	2,00	100
Paille de froment.	0,53	352
Balles de froment.	0,94	198
Feuilles de peupliers.	1,17	156
Roseaux marins.	0,06	194
Sciure de sapin.	0,31	603
Marc de raisin.	2,00	93
Tourteau de lin.	6,00	31
Excréments de porc.	4,40	42
Excréments de mouton.	1,70	110
Chair musculaire.	14,25	13
Sang coagulé et pressé.	17,00	11
Guano du Pérou.	15,75	14

Ainsi dans ce système, 11 kilogrammes de sang doivent produire autant d'effet que 603 kilogrammes de sciure de bois et ces deux produits, à ces doses, équivalent comme effet utile à 100 kilogrammes de fumier de ferme, supposé sec.

Eh bien! je dis que cette proposition est en contradiction formelle avec les faits, et que malgré les amendements que son principal auteur lui a fait subir, elle ne peut servir de guide à la pratique.

Je vous rappellerai d'abord que, sur une classe très-nombreuse de plantes, les matières azotées n'exercent aucune influence. Je vous ai trop longuement entretenus de l'inertie de ces produits, à l'égard des légumineuses et du trèfle (deuxième conférence, page 103), pour que j'aie besoin de rien ajouter à ce sujet.

Ainsi, à l'égard de certaines plantes, l'idée de l'équivalence des engrais, fondée sur la proportion d'azote n'est pas admissible. Quant aux végétaux sur lesquels les matières azotées exercent une influence favorable, la détermination du titre de l'azote ne peut avoir de l'utilité que si l'on connaît également la nature des matières minérales que l'engrais contient et la nature du sol auquel on le destine. En l'absence des minéraux, les matières azotées sont à peu près inertes. Quelle induction peut-on dès lors tirer d'une notion dont l'application dépend de faits que l'on ignore?

Pour échapper à cette objection, M. Boussingault a modifié l'économie de ses premières tables d'engrais. Il en fonde maintenant la construction sur la proportion d'azote et de phosphate de chaux que les engrais contiennent. Cet amendement utile et rationnel au fond est insuffisant. La réunion d'une matière azotée au phosphate de chaux n'est pas plus efficace que la matière azotée seule. Un tel mélange ne devient actif que si l'engrais contient en même temps de la potasse, ou s'il s'en trouve dans le sol. Il faut donc un dosage de l'azote et des phosphates, ajouter de toute nécessité celui de la potasse, ou connaître la nature du sol, avant d'arriver à aucune donnée certaine.

Mais ce n'est pas tout. On peut encore faire aux opinions de M. Boussingault une objection non moins grave que les précédentes.

Le titre de l'azote ne peut servir pour apprécier la valeur d'un engrais qu'autant que l'on connaît la forme sous laquelle il y entre. On se trompe étrangement si l'on suppose que la forme de l'azote est sans influence sur son action. L'expérience prouve qu'à dose égale d'azote, on obtient de deux engrais, les effets les plus différents, suivant l'état que l'azote y revêt. S'il pouvait vous rester, à cet égard, quelques doutes, le tableau suivant suffirait certainement pour les dissiper.

1861. — CULTURE DANS LE SABLE CALCINÉ

ACTION COMPARÉE DE DIVERSES MATIÈRES AZOTÉES

AZOTE DE L'ENGRAIS 0ᵍ110

SEMENCE 22 GRAINS DE FROMENT.	NITRATE DE POTASSE.	URÉE.	ACIDE URIQUE	URATE DE CHAUX.	SEL AMMO-NIAQUE.	OXALATE D'AMMONIAQUE
	Gr.	Gr.	Gr.	Gr.	Gr.	Gr.
Paille .	18,50	14,14	14,50	12,20	15,10	8,50
Grains.	4,50	4,75	4,45	3,35	4.93	2,08
	23,00	18,89	18,95	15,55	20,03	10,58

Même expérience sur l'orge.

	Gr.	Gr.	Gr.	Gr.	Gr.	Gr.
Paille .	13,50	9,47	9,89	8,30	9,17	6.50
Grains.	5,73	4,97	5,30	4,20	3,08	3,20
	19,23	14,44	15,19	12,50	12,25	8,50

Il est donc certain que l'état de l'azote exerce une grande influence sur ses effets, et que l'indication tirée du dosage est en réalité un renseignement insuffisant et de bien peu de valeur.

Il est surtout nécessaire de spécifier la forme, lorsqu'il s'agit de composés azotés insolubles dans l'eau et qui n'ont d'action que par les produits de leur décomposition. Les matières d'origine animale par exemple, qui ont une si grande efficacité, ne peuvent être absorbées sous leur forme originelle. Elles n'agissent favorablement sur les végétaux que par l'ammoniaque ou les nitrates qui en dérivent. Leur effet utile dépend donc, dans une mesure importante, de la rapidité ou de la lenteur avec lesquelles elles se décomposent. Or, le titre de l'azote, nous laisse sans renseignement, à l'égard de cette condition à laquelle le résultat pratique est entièrement subordonné.

Concluons donc que quand on achète un engrais, s'il est utile de s'enquérir de ce qu'il contient d'azote, cette notion est cependant insuffisante pour en apprécier la valeur réelle et surtout pour en prévoir d'avance les effets[1].

Il est rare qu'une opinion trop exclusive n'en suscite pas une autre non moins aventureuse, qui lui soit diamétralement opposée. M. Boussingault avait exagéré l'importance de l'azote dans les engrais; M. Liebig l'a niée complétement. Cet éminent chimiste prétend, en effet, que la terre contient plus de matière azotée que la végétation n'en peut utiliser, et il attribue exclusivement la valeur des engrais aux matières minérales.

Il est bien vrai que si l'on chauffe, dans un tube de verre, un mélange de terre et de chaux éteinte, il se dégage des

---

[1] Comme justification du résumé que je viens de présenter des opinions de M. Boussingault, qu'il me soit permis de rapporter quelques citations de son principal mémoire, fait en collaboration avec M. Payen :

« Nous regardons l'azote comme le principe dont il importe surtout de « constater la présence ; c'est sa proportion qui établit, selon nous, la valeur « comparative des engrais et leurs équivalents réciproques.

« ..... On avait cru pouvoir attribuer les effets surprenants du noir des « raffineries, soit au carbone, soit au PHOSPHATE DE CHAUX ; mais d'une part, « le charbon d'os sans mélange, essayé dans les mêmes conditions, ne pro- « duisit que très-peu d'effet ; et, d'un autre côté, le phosphate et le carbonate « de chaux, provenant des os brûlés ou des résidus des colles d'os, n'eurent « aucune action sensible sur la végétation..... Le noir contient à l'état sec « de 20 à 22 centièmes de sang, auquel il doit son action principale, mais « dont il MODÈRE D'UNE MANIÈRE TELLEMENT CONVENABLE LA DÉCOMPOSITION DANS

quantités considérables d'ammoniaque. Mais il faut remarquer que cette ammoniaque ne se trouve pas toute formée dans la terre. Elle provient de la combustion de composés azotés que la terre contient, mais qui n'ont que peu ou point d'action sur les végétaux à leur état naturel : si bien qu'en évaluant la richesse du sol sur la foi d'un semblable dosage, on tombe dans la même erreur que les chimistes qui portaient à l'actif de la fertilité la potasse du feldspath inaltéré, et l'acide phosphorique des phosphates de fer et d'alumine. Il est donc bien certain que la présence des produits azotés dans les engrais est utile, qu'ils y remplissent une fonction considérable; mais il est non moins certain que seuls ils n'ont qu'une action médiocre. On peut en dire autant des produits minéraux. Si l'on prend le froment comme exemple, voici des faits qui réfutent, à la fois, l'opinion de M. Boussingault et celle de M. Liebig.

« LE SOL, QUE CETTE MATIÈRE ORGANIQUE AGIT DE CINQ A SIX FOIS PLUS QUE LE « SANG EMPLOYÉ SEUL.

« ..... Lorsque la valeur des noirs de raffinerie fut bien constatée, sa production devint insuffisante et une fabrication spéciale, venant y suppléer, « CONFIRMA LES DONNÉES PRÉCÉDENTES PAR DES FAITS NON MOINS REMARQUABLES ; « on parvint, en effet, à préparer une sorte de *noir factice* en fabriquant « d'abord une substance charbonneuse avec la terre végétale calcaire, calcinée au rouge brun en vase clos ; le charbon terreux mélangé à deux ou « trois reprises avec de la matière fécale jusqu'à saturation de la propriété « désinfectante, reçut ensuite 4 à 5 centièmes de sang coagulé et pressé.

« L'ENGRAIS AINSI OBTENU RÉUNIT SENSIBLEMENT LES MÊMES QUALITÉS QUE LE « NOIR DES RAFFINERIES ; SON TITRE EST EN GÉNÉRAL UN PEU PLUS ÉLEVÉ, COMME « LE MONTRENT NOS ANALYSES. » (*Annales de chimie et de physique*, 3e série, tome III, pages 69, 96, 97, 98.) — D'où il résulte que la terre carbonisée peut remplacer le phosphate de chaux dans les engrais et lui servir de succédané et d'équivalent! Ce qui n'empêche pas l'auteur, dont les principes conduisent à cette folle conséquence, de prétendre qu'il a découvert et formulé dans le mémoire dont il s'agit la véritable fonction des minéraux dans l'économie végétale!

CULTURE DANS LE SABLE CALCINÉ.

SEMENCE 22 GRAINS.	POIDS DE LA RÉCOLTE.
	Gr.
Engrais minéral.	8,00
Engrais azoté. . . . . :	9,00
Réunion des deux..	de 22 à 25 gr.

Un autre exemple, me permettra de vous montrer plus complétement, s'il est possible, combien il est dangereux de vouloir expliquer les faits de culture par des réactions de laboratoire.

« Le guano du Pérou, dit M. Liebig, contient générale-
« ment de 33 à 34 pour 100 de substances incombustibles
« et de 66 à 67 pour 100 de substances volatiles (eau et
« ammoniaque) et combustibles. Ces dernières se compo-
« sent pour la plus grande partie d'acide urique, d'acide
« oxalique, d'une matière brune de composition indéter-
« minée, et de guanine. L'acide urique y entre parfois
« pour 18 pour 100, et d'ordinaire l'acide oxalique pour
« 8 à 10 pour 100. *L'action que l'acide urique exerce*
« *sur la végétation n'est pas connue,* et il « N'EST GUÈRE
« ADMISSIBLE QU'IL PRENNE UNE PART MARQUÉE DANS L'ACTION
« DU GUANO »[1]. Pour M. Liebig, l'efficacité du guano tient au

---

[1] Voici le passage original.

« La cause de ce phénomène (l'action rapide du guano) réside dans l'acide
« oxalique dont le guano du Pérou renferme fréquemment de 8 à 10 pour
« 100. Lorsqu'on lave le guano avec de l'eau, celle-ci dissout le sulfate, le
« phosphate et l'oxalate d'ammoniaque, et si l'on évapore l'extrait, ce dernier
« sel cristallise en abondance. Mais si l'on se borne à humecter le guano, et
« qu'après l'avoir abandonné à lui-même, on en prenne de temps en temps
« une portion pour la faire digérer dans l'eau, on remarque que la quantité
« d'acide oxalique diminue et que celle de l'acide phosphorique augmente

phosphate de chaux et à l'oxalate d'ammoniaque. Ce dernier composé agissant moins par l'azote qu'il contient que par l'action qu'il exerce sur le phosphate de chaux, action à la suite de laquelle il se produit du phosphate d'ammoniaque et de l'oxalate de chaux, c'est-à-dire un phosphate soluble d'une assimilation plus prompte, plus facile et plus assurée.

Cette théorie n'a qu'un défaut, c'est d'être en opposition sur tous les points avec le témoignage de l'expérience.

L'acide urique, dit-on, n'a pas d'action sur les plantes : or, il se trouve qu'après les nitrates et les sels ammoniacaux, l'acide urique est un des produits azotés les plus efficaces. Consentez à vous reporter aux expériences que j'ai citées, il y a un moment, en traitant de la théorie de M. Boussingault et vous en acquerrez la preuve. L'acide urique participe donc pour une part importante aux bons effets du guano.

L'oxalate d'ammoniaque favorise la dissolution du phosphate de chaux, et à ce titre, sa présence ajoute, dit-on, encore à l'efficacité du guano comme engrais. Qu'il y ait réaction entre le phosphate de chaux et l'oxalate d'ammoniaque par l'intermédiaire du sulfate d'ammoniaque, lorsque le sol est humide, le fait n'est pas douteux ; mais que cette réaction se traduise par un effet utile sur les végétaux, l'expérience le dément absolument. Ajoutez à du sable calciné, employé comme sol d'expérimentation, du

---

« dans la dissolution, où, par l'intermédiaire du sulfate d'ammoniaque
« contenu dans le guano, l'acide oxalique et le phosphate de chaux forment
« de l'oxalate de chaux et du phosphate d'ammoniaque.

« Sous ce rapport, le guano du Pérou est un mélange très-remarquable
« qu'il eût été difficile d'imaginer, d'une manière plus ingénieuse dans le
« but d'alimenter les plantes, car l'acide phosphorique qu'il contient ne se
« dissout que dans un sol humide, et s'y répand alors sous forme de phos-
« phate de potasse, de soude et d'ammoniaque. »

phosphate de chaux, du phosphate de magnésie, du sulfate de chaux en très-petite quantité, et un silicate à base de potasse, de soude, de chaux et de fer; puis expérimentez l'un après l'autre tous les sels ammoniacaux connus, le chlorhydrate, le sulfate et enfin l'oxalate, de tous ces sels le moins efficace est l'oxalate. Ce qui prouve enfin que la formation du phosphate d'ammoniaque, n'a pas, pour la végétation, l'importance que lui attribue M. Liebig, c'est que le phosphate d'ammoniaque, ajouté tout formé au sol, ne se montre pas plus efficace que le sulfate et le chlorhydrate[1].

Voici des expériences déjà anciennes à l'appui de cette dernière assertion.

CULTURES DANS LE SABLE CALCINÉ

1861			(AZOTE DE L'ENGRAIS 0ᴳ110)		1856 [2]	
FROMENT.	SEL AMMONIAC.	OXALATE D'AMMONIAQUE	FROMENT.	SEL AMMONIAC.	PHOSPHATE D'AMMONIAQUE	
	Gr.	Gr.		Gr.	Gr.	
Paille. .	15,10	8,50	Paille.. .	15,10	15,82	
Grains. .	4,93	2,08	Grains. .	4,93	4,54	
	20,03	10,58		20.03	20,16	

[1] J'ai publié, il y a déjà longtemps, des faits qui méritent d'être rapportés. L'urée qui est sécrétée par les reins, dérive du carbonate d'ammoniaque par l'élimination de quatre équivalents d'eau. Par une réaction semblable, l'oxalate d'ammoniaque produit l'oxamide. L'urée et l'oxamide sont donc des produits dont la constitution et le mode de génération se correspondent de tout point.

Or l'urée et l'oxamide, toutes les deux actives comme engrais azotés, produisent cependant des effets bien différents. A proportion d'azote égale, l'urée produit deux fois plus d'effet que l'oxamide; on retrouve, dans l'action de ces deux corps, la même différence qu'entre le chlorhydate et l'oxalate d'ammoniaque. (*Comptes rendus de l'Académie des sciences*, t. LVII, p. 464.)

[2] Georges Ville, *Annales de chimie et de physique*, 5ᵉ série, t. XLIX, p. 183.

Vous le voyez, messieurs, les doctrines destinées à expliquer l'action des engrais, qui ont sollicité tour à tour la préférence des agriculteurs étaient incomplètes. Il y a dans chacune d'elles une certaine dose de vérité, mais prises dans leur ensemble, elles ne résistent pas au contrôle des faits. S'il nous fallait à la rigueur choisir entre les deux, la théorie de M. Liebig aurait l'avantage sur la théorie rivale, car du moins on peut invoquer, en sa faveur, le fait des légumineuses sur lesquelles les composés azotés n'ont pas d'influence. Cette exception, dont l'auteur de la théorie minérale n'a pas aperçu la véritable cause, vient de ce que les graines des légumineuses à raison de leur grosseur et de leur poids relativement considérable, fournissent à la jeune plante une sorte d'engrais à la faveur duquel elle atteint la période à partir de laquelle les plantes deviennent aptes à s'assimiler l'azote de l'air, faculté que les légumineuses possèdent à un degré éminent à cause du développement considérable qu'acquièrent leurs organes foliacés.

Et, maintenant que vous êtes bien convaincus de l'insuffisance des théories dont je vous ai entretenus, passons à l'histoire des agents qui entrent dans la composition de l'engrais complet. Le sujet est intéressant, car l'avenir de notre agriculture est étroitement lié à l'emploi de plus en plus étendu qu'on en saura faire.

MATIÈRES AZOTÉES. — On nomme ainsi les produits d'origine animale dans lesquels l'azote entre comme élément constitutif. Si on abandonne ces matières au contact de l'air, elles se décomposent rapidement. Une partie de l'azote s'en dégage à l'état de gaz, une autre sous forme d'ammoniaque. Lorsque la décomposition s'opère lentement par suite du mélange de la substance azotée avec une masse considérable de terre, au sein de laquelle on favorise la circulation de l'air, il se forme dans le sol au lieu d'ammoniaque, des nitrates. Tout porte à penser que la présence de l'humus dans le sol favorise, si elle ne détermine, cette dernière réaction. D'après M. Millon, c'est l'ammoniaque produite par la décomposition de la matière azotée qui servirait à la formation des nitrates. Il n'est pas inutile de vous faire remarquer à ce propos que l'ammoniaque a, jusqu'à un certain point, une composition analogue, par sa simplicité, à celle de l'acide nitrique, en ce sens que l'ammoniaque est formée par la combinaison de l'azote avec l'hydrogène, et l'acide nitrique, par celle de l'azote avec l'oxygène.

$$AzH^5 \; = \; \text{Ammoniaque.} \; \}$$
$$AzO^5 \; = \; \text{Acide nitrique dans les nitrates.}$$

Sous ces deux formes, l'azote est assimilable par les végétaux, et si les matières azotées d'origine animale et végétale agissent si efficacement sur la végétation, c'est par les sels ammoniacaux et les nitrates qui en proviennent. Entre ces deux ordres de produits et les matières azotées qui en sont la première origine, il y a donc, par rapport aux végétaux, cette différence profonde, que les premiers agissent immédiatement, car ils sont assimilables dans leur intégrité, tandis que la décomposition des matières azotées est la condition préalable de leurs bons effets.

Un des plus grands services que l'on pût rendre à l'agriculture serait de produire économiquement l'ammoniaque et les nitrates au moyen de l'azote de l'air ; malheureusement ce n'est que par des voies détournées trop onéreuses pour devenir pratiques, qu'on peut arriver à ce résultat.

A son état naturel, l'azote est frappé d'une inertie désespérante. C'est en vain qu'on cherche à le combiner avec l'hydrogène ou l'oxygène ; la combinaison ne s'opère que si l'azote sort d'une combinaison antérieure, s'il est, comme disent les chimistes, à l'état *naissant*. Dans ces conditions nouvelles, l'azote étant doué d'affinités plus actives, la combinaison se fait avec la plus grande facilité. Ce n'est donc que par voie détournée que la production de l'ammoniaque au moyen de l'azote de l'air peut être résolue.

Dans cet ordre d'idées, MM. Margueritte et Sourdeval ont réalisé un procédé de fabrication qui mérite de vous être signalé, bien qu'il ne soit point encore sorti de nos laboratoires pour entrer dans le domaine de la pratique industrielle.

Si on fait passer un courant d'air chaud sur du coke imprégné d'une dissolution de carbonate de potasse et chauffé à blanc, une partie de l'azote de l'air passe à l'état de cyanogène que la potasse fixe à l'état de cyanure de potassium. Cette réaction, connue depuis longtemps, a été le point de départ du procédé dont il s'agit.

Supposons qu'on substitue, dans la réaction précédente, la baryte à la potasse, et qu'au lieu d'un courant d'air, on ait recours à un mélange d'azote et d'hydrogène carboné (gaz d'éclairage). Il se forme du cyanure de baryum. La réaction est plus facile avec la baryte qu'avec la potasse. Lorsque le courant d'azote et d'hydrogène carboné a épuisé son action, on lance dans l'appareil un courant de vapeur d'eau ; une réaction de nature différente se produit aussitôt. L'eau se décompose ; l'oxygène se porte sur le charbon du cyanogène et forme de l'acide carbonique, tandis que l'hydrogène se combine avec l'azote pour former

18

de l'ammoniaque. Il suit de là qu'il se dégage finalement de l'appareil du carbonate d'ammoniaque, et que le baryum, repassant à l'état d'hydrate de baryte, peut servir à une série indéfinie d'opérations.

Comme expérience de laboratoire, ces deux réactions sont intéressantes au plus haut degré. Mais lorsqu'on a voulu les appliquer en grand le résultat n'a pas répondu aux espérances qu'on avait fondées sur elles. L'emploi de cylindres de fonte pour faire réagir l'azote sur la baryte et le coke, a toute sorte d'inconvénients. La chaleur n'atteint pas au centre le degré d'intensité que la réaction exige, à quoi il faut ajouter qu'à ces hautes températures, les métaux deviennent perméables aux gaz et ne s'opposent plus à leur diffusion. Il se produit alors des fuites, des pertes qu'il est à peu près impossible d'éviter.

Malgré ces inconvénients et l'insuccès qui en a été la conséquence, je devais signaler à votre attention ce procédé, parce qu'il peut suffire d'une modification dans les appareils ou d'un simple tour de main pour le rendre pratique, et amener la solution d'un problème qui aurait des conséquences incalculables pour le progrès agricole.

Je crois qu'on trouverait de grands avantages à abandonner l'emploi des cylindres et à leur substituer de véritables hauts fourneaux. Frappé de la quantité considérable d'ammoniaque qui s'échappe par l'orifice des hauts fourneaux où l'on traite les minerais de fer, M. Bunsen a proposé depuis longtemps de recourir à ces sortes d'appareils en réduisant leurs dimensions, pour produire, au moyen de l'azote de l'air, des cyanures que l'on pourrait ensuite convertir en ammoniaque. On ne saurait croire avec quelle régularité vraiment merveilleuse fonctionnent ces engins formidables, familiers à la grande industrie, et avec quelle précision s'y accomplissent les réactions les plus délicates. Puisse donc la production de l'ammoniaque, au moyen de l'azote de l'air, acquérir bientôt le degré de simplicité et d'économie que les applications agricoles réclament! ce jour-là, on peut le dire, sans crainte d'être démenti par les faits, une ère nouvelle s'ouvrira pour l'agriculture.

Depuis une vingtaine d'années, il est vrai, la production de l'ammoniaque a pris un développement considérable, mais c'est à titre de produit éventuel et accessoire d'autres fabrications. La houille, dont il se fait une si grande consommation, contient 0,75 à 2 pour 100 d'azote. Lorsqu'on la chauffe en vases clos, le tiers de cet azote se dégage à l'état d'ammoniaque.

Je vous disais, il y a un instant, que les hauts fourneaux en dégagent des quantités importantes qui se perdent dans l'air. MM. Bunsen et Playfair estiment à 200 kilogr. par jour la quantité de sel ammoniac qu'il est possible de recueillir à l'orifice d'un haut fourneau, au moyen d'une dépense insignifiante, et sans gêner le travail métallurgique. Si on ne s'est pas préoccupé jusqu'ici, dans nos forges, d'éviter cette perte regrettable à tous égards, l'industrie de l'éclairage par le gaz, mieux avisée, recueille avec soin ces produits ammoniacaux. Il est vrai que la nécessité où elle se trouve de distiller la houille en vase clos, a beaucoup simplifié sa tâche. On consomme à Londres de un million à un million deux cent mille tonnes de houille par an, pour la fabrication du gaz, — ce qui donne lieu annuellement à une production de dix à douze mille tonnes de sel ammoniac, qui correspondent à quatorze mille tonnes de sulfate d'ammoniaque.

Ces quantités semblent assez considérables pour que l'agriculture doive s'en ressentir. Quelques chiffres vous montreront combien les besoins agricoles sont au-dessus des moyens dont nous disposons pour les satisfaire.

En France seulement, la surface cultivée est de 30 millions d'hectares. Or, à raison de 300 kilog. de sulfate d'ammoniaque par hectare et par an, il n'en faudrait pas moins de *neuf milliards de kilogrammes*, ou *neuf millions de tonnes* pour étendre à tout notre territoire agricole l'usage de ce précieux agent de fertilité.

L'esprit est vraiment frappé d'un sentiment de stupeur, lorsqu'il en vient à généraliser les conséquences des faits agricoles. Pensez en effet qu'un accroissement de 5 à 6 hectolitres de froment par hectare, étendu à un pays comme la France, se traduit immédiatement par des centaines de millions si ce n'est par des milliards ; songez à l'influence qu'un tel accroissement de production doit exercer sur le bien-être de la population, et vous comprendrez alors qu'on poursuive avec passion la solution de semblables problèmes.

Pour moi, je n'hésite pas à croire que l'avenir appartient aux institutions qui permettront à l'activité humaine de se développer librement dans cette voie nouvelle, au terme de laquelle l'homme, éclairé sur les véritables conditions de son existence, mettra son intelligence et ses efforts à les réaliser partout autour de lui. Une chose m'a toujours surpris, c'est que les philosophes, les historiens et les économistes s'enquièrent si peu des conditions naturelles qui règlent l'essor de la vie, conditions qui font qu'elle est exubérante dans certaines régions du globe alors qu'elle est languissante sur d'autres points. On semble croire que les vicissitudes de la civilisation dépendent uniquement de causes morales. Sans nier la part qui leur revient, tenez pour certain qu'il est des causes de l'ordre physique, qui leur sont antérieures et que l'on ne méconnaît jamais impunément. Un pays qui fait à l'exportation des produits de son sol une part trop grande, et qui ne lui rend pas, à l'aide d'engrais tirés du dehors, l'équivalent de ce que la terre a perdu se voue à un dépérissement inévitable. Je vous citerai la Sicile et les belles provinces du littoral de l'Afrique, qui furent, dans l'antiquité, le grenier de l'Italie et qui maintenant suffisent à peine aux besoins d'une population relativement moins nombreuse.

Mais je reviens aux composés ammoniacaux et je répète que leur production n'est qu'un infiniment petit, par rapport aux besoins agricoles. Il serait donc bien désirable qu'aux sources actuellement connues, il vînt s'en ajouter de nouvelles.

Parmi les plus immédiates, on peut citer la fabrication du coke. Aujourd'hui, cette fabrication se fait dans des fours à ciel ouvert qui laissent perdre tous les produits gazeux dont la calcination de la houille détermine la formation. Pour recueillir ces produits, il suffirait de recourir à des appareils fermés comme dans la fabrication du gaz. Il est à ma connaissance que des tentatives sérieuses sont faites dans cette direction aux mines d'Alais; souhaitons, messieurs, que ces essais réussissent. Il ne m'a pas été possible de connaître exactement la quantité de houille affectée à la fabrication du coke; mais tout m'autorise à penser qu'en l'estimant à deux fois ce qui est employé à la fabrication du gaz, on reste certainement au-dessous de la vérité. La production de l'ammoniaque pourrait donc recevoir de ce chef un accroissement notable et être portée pour la France seulement à 20,000 ou 30,000 tonnes.

Le traitement des eaux vannes est devenu, depuis peu, la source d'une production d'ammoniaque, non moins importante que la précédente. On appelle eaux vannes les liquides que l'on retire des fosses d'aisance. Au sortir des fosses, ces eaux contiennent peu d'ammoniaque, mais après un séjour d'un mois à six semaines dans les bassins de dépôt où elles se clarifient, l'urée qu'elles contenaient passe à l'état d'ammoniaque, et on peut alors l'en extraire.

A cet effet, on fait passer ces eaux dans des alambics à colonnes, où, parcourant un long circuit, elles sont échauffées par un courant de vapeur qui les dépouille de leurs principes volatils. Autrefois on se servait, pour le traitement des eaux vannes, d'alambics ordinaires en plomb, qu'il fallait vider et remplir après chaque opération; c'est-à-dire d'appareils intermittents. Ceux que l'on emploie aujourd'hui fonctionnent d'une manière continue, et lorsque le liquide arrive au bas de la colonne, il ne contient plus la moindre trace d'ammoniaque; on peut, par conséquent, le faire écouler au dehors. L'appareil réalise ainsi les conditions d'une extraction non interrompue, ce qui permet de traiter un volume de liquide beaucoup plus considérable, et à beaucoup moins de frais.

Une usine établie sur ce principe par MM. Margueritte et Sourdeval, avec le concours de la compagnie Richer, fonctionne depuis plusieurs années à la voirie de Bondy et produit au moins cinq ou six tonnes de sulfate d'ammoniaque par jour.

Je vous ai dit, messieurs, à plusieurs reprises, que l'ammoniaque jouissait de la propriété de se combiner avec les acides comme une véritable base. Les sels qu'elle forme étant fort nombreux, on doit se demander quels sont ceux auxquels il convient de donner la préférence.

Dans le sable calciné, le chlorhydrate, le nitrate et le phosphate d'ammoniaque produisent les mêmes effets. En pleine terre j'ai obtenu d'excellents résultats avec le chlorhydrate et le sulfate.

Le sulfate contient de 21 à 22 pour cent d'azote. Il se vend au prix de 35 francs les 100 kilogrammes, ce qui porte le prix de l'azote à 1 fr. 60 c.; c'est un taux auquel on peut l'employer avec profit. La dose la plus convenable est de 300 kilogrammes par an et par hectare, ce qui représente une dépense de 105 francs. Mais c'est là une fumure très-intensive.

Le chlorhydrate d'ammoniaque, connu plus communément sous le nom de sel ammoniac, contient de 26 à 27 pour 100 d'ammoniaque et se vend 50 francs les 100 kilogrammes, ce qui met l'azote à 1 fr. 92 c. le kilogramme. Il paraît que l'emploi de l'acide chlorhydrique, pour saturer l'ammoniaque, donne lieu à des pertes que l'acide sulfurique permet d'éviter, et c'est à cette cause qu'est dû le prix plus élevé du sel ammoniac.

Mais que l'on fasse usage de l'un ou de l'autre de ces deux sels, il est prudent de ne pas dépasser 500 kilogrammes à l'hectare pour le sulfate et 400 kilogrammes pour le chlorhydrate. Ces doses représentent, en chiffres ronds, une fumure de 100 kilogrammes d'azote à l'hectare. Or, c'est là une dose élevée que, dans une terre forte, il serait bon de réduire. Dans ce cas, en effet, les céréales sont exposées à verser.

A la dose de 85 kilogrammes d'azote à l'hectare, les sels ammoniacaux m'ont donné de très-beaux résultats dans le département de la Drôme, sur une terre légère, que sa composition place entre celle de Vincennes et celle de la Champagne. Mais sur un terrain d'alluvion, aux bords du

Rhône, la même dose, après avoir imprimé à la végétation une activité extraordinaire, a déterminé finalement la verse des blés et compromis la récolte. Il est donc prudent de régler avec mesure la proportion des matières azotées que l'on emploie; un excès de ces matières retarde la maturité des grains et expose le blé aux attaques de la rouille.

Il y a, je vous l'ai dit plusieurs fois, dans la vie des plantes, deux phases bien distinctes pendant lesquelles la nutrition s'opère d'une manière différente. La première commence à la germination pour finir à l'apparition de la fleur; la seconde va de la floraison à la maturité du fruit.

Durant la première phase, la plante vit surtout aux dépens du sol; pendant la seconde, au contraire, l'activité végétale se concentre dans la fleur et dans la graine. Ces organes fonctionnent alors, pour ainsi dire, comme une plante de plus récente formation à laquelle les organes foliacés qui l'ont précédée servent de sol. Or, quand on a trop forcé la dose de la matière azotée, les organes foliacés prennent un développement exubérant dont l'effet est de retarder la formation du grain, et pour peu qu'un accident météorologique prolonge ce retard, la plante s'altère, et devient la proie de champignons microscopiques qui l'envahissent et qui trouvent en elle les conditions les plus favorables à un rapide développement. Il faut donc employer les matières azotées avec discernement et se tenir en garde contre la séduction *des cultures en vert trop luxuriantes.*

Le nitrate de soude est une des formes sous lesquelles l'azote combiné jouit de la plus grande efficacité. Dans un sol artificiel de sable calciné, l'azote, à l'état de nitrate, produit un effet utile notablement supérieur à celui des sels ammoniacaux. La différence va quelquefois jusqu'au cinquième des rendements. J'ai cité dans la deuxième conférence (page 109) plusieurs exemples de l'action comparée de ces deux ordres de produits.

Dans les contrées du Nord, en Russie et en Norwége, la fabrication des nitrates est une véritable industrie. On y procède en établissant de vastes hangars sous lesquels on stratifie, par couches, des débris animaux et des terres calcaires imbibées d'urine étendue d'eau et que l'on continue d'arroser avec des liquides chargés de matières animales. Les couches sont disposées de façon à ce qu'une ventilation abondante puisse les traverser en tous sens. Tous les six mois, on défait les tas pour les refaire avec les mêmes matériaux de façon à multiplier les surfaces qui sont en rapport avec l'air. Après dix-huit mois ou deux ans de ce régime, on lessive la terre et on en extrait de 4 à 5 grammes de nitre raffiné par kilogramme de terre salpêtrée.

Dans les pays chauds, aux Indes et au Mexique, certains terrains sont le siège d'une nitrification naturelle assez productive pour être devenue l'objet d'une véritable exploitation industrielle.

Enfin, on a trouvé des dépôts de nitrate de soude au Pérou, à l'état de conglomérats compactes, mêlés à du sable et à du sel marin. Depuis une quinzaine d'années, ce sel, soumis à un raffinage grossier dans le pays même, est embarqué ensuite pour la France et l'Angleterre. Employé d'abord à la fabrication de l'acide nitrique et du nitrate de potasse, il commence à entrer dans la consommation à titre de matière azotée pour les besoins de l'agriculture.

J'ai cru, pendant longtemps que le nitrate de soude devait l'emporter sur les sels ammoniacaux, mais la grande culture n'a pas confirmé cette opinion qui se fondait sur des expériences faites dans le sable calciné. Je crois que, dans les terrains habituellement secs, les sels ammoniacaux agissent plus sûrement que le nitrate de soude, ce qui me paraît tenir à ce que la diffusion du principe azoté, résultant de leur décomposition, s'y fait mieux et avec plus de facilité. A l'appui de cette explication, je dirai que le nitrate de chaux et le nitrate de magnésie qui sont déliquescents m'ont constamment donné de meilleurs résultats que le nitrate de soude. Voici, en effet, les rendements obtenus à Vincennes, tant à l'aide des nitrates de chaux et de soude que des sels ammoniacaux.

RENDEMENT A L'HECTARE.

		NITRATE DE SOUDE.	NITRATE DE CHAUX.	SELS AMMONIACAUX
1861 Blé de mars.	Paille..	3705 kil.	3705 kil.	4250 kil.
	Grains.	2115 — 26 hect.	2115 — 26 hect.	2400 — 30 hect.
		5820	5820	6650
1862 Blé de mars.	Paille..	4450 kil.	4600 kil.	3950 kil.
	Grains.	1900 — 24 hect.	2160 — 27 hect.	1900 — 24 hect.
		6350	6760	5850
1863 Blé d'automne.	Paille..	6455 kil.	7810 kil.	6941 kil.
	Grains.	3135 — 39 hect.	3245 — 40 hect.	5750 — 47 hect.
		9590	11055	10691
1864 Blé d'automne.	Paille..	2930 kil.	4550 kil.	4500 kil.
	Grains.	1350 — 17 hect.	1950 — 25 hect.	1890 — 24 hect.
		4280	6500	6590

RENDEMENT MOYEN EN GRAINS

	NITRATE DE SOUDE.	NITRATE DE CHAUX.	SELS AMMONIACAUX.
Hectolitres..........	27	29	31

En Angleterre, on a coutume d'ajouter 50 pour 100 de sel marin au nitrate de soude. Depuis cinq ans il m'a été impossible d'apprécier l'effet utile de cette addition.

Le nitrate de soude contient, à l'état de pureté, 16,49 pour 100 d'azote ; celui du commerce n'en contient que 14 à 15 pour 100. Il se vend de 35 à 40 francs les 100 kilogrammes, ce qui porte le prix de l'azote de 2 fr. 45 à 2 fr. 66 le kilogramme, c'est-à-dire à 30 pour 100 plus cher que dans le sulfate d'ammoniaque.

Tous ces produits, à raison de leur grande richesse, sont très actifs. Il est donc essentiel d'apporter un soin tout particulier à leur épandage. La meilleure manière d'y procéder consiste à les mêler avec deux ou trois fois leur poids de terre fine et humide ; on fait du tout un tas que l'on abandonne à lui-même pendant un jour ou deux, et que l'on répand ensuite à la main ou à l'aide de machines semblables à celles qui sont adoptées en Angleterre depuis l'introduction du guano. Les frais de main-d'œuvre, que ce surcroît de soins entraîne, sont largement compensés par la plus-value qu'on obtient sur les rendements.

En dehors des nitrates et des sels ammoniacaux on peut encore recourir, comme source d'azote, aux matières azotées d'origine animale et végétale. Toute matière de cette nature, qui se décompose facilement, peut devenir, pour les végétaux, une source d'azote. Le temps qu'exige la décomposition entre comme facteur dans le résultat ; le titre ne suffit donc pas pour apprécier leur valeur. Il faut, en outre, dans l'emploi de ces matières, tenir compte de ce que, pendant la décomposition, un tiers de l'azote se perd à l'état d'azote gazeux.

Parmi les matières de cette catégorie, je vous recommanderai de préférence les tourteaux de graines oléagineuses, le sang desséché et la chair musculaire. Mais je vous dois l'aveu que je n'ai jamais employé ces produits; j'aime mieux recourir tout de suite aux sels ammoniacaux et aux nitrates, à la formation desquels ils doivent leur action.

Voici pourtant leur teneur en azote, le prix auquel on peut se les procurer dans le commerce, et par conséquent le prix auquel ils font ressortir le kilogramme d'azote.

	PRIX DE 100 KILOG.	AZOTE POUR 100	PRIX DU KILOG. D'AZOTE.
Sang desséché.	25 fr.	15.50	1,60 fr.
Tourteau de colza. . . .	15	4,92	3,00
Tourteau d'œillette . . .	12	5,36	2,07
Chair desséchée.	22	13,04	1,70

Dans les tourteaux de colza et d'œillette, l'azote revient à un prix très élevé, mais il ne faut pas oublier que ces produits contiennent, en outre, des phosphates et de la potasse, dont la valeur doit entrer en déduction de ce que coûte l'azote.

Phosphate de chaux. Après la matière azotée, nous passons au phosphate de chaux, le second terme de l'engrais complet.

Vous le savez, messieurs, le phosphate de chaux est un des agents les plus importants de la production des plantes, attendu qu'en son absence le sol devient absolument impropre au maintien de la vie végétale. Heureusement ce corps est un des plus répandus dans la nature. Les roches d'origine éruptive en contiennent toutes, tantôt en petites quantités et à l'état de diffusion dans la masse de la roche, tantôt à l'état de véritables filons, dont quelques-uns sont une grande richesse. On le trouve aussi dans les roches de sédiment, soit à l'état de diffusion, comme dans les roches éruptives, soit sous forme de dépôts et de conglomérats indépendants. A cet égard le grès vert, dit *chlorité*, mérite une mention toute spéciale de notre part, car il est l'indice précurseur des dépôts de phosphate de chaux à l'état de nodules.

Le grès vert se trouve en général à la base du terrain crétacé. Il est composé de grains de quartz, réunis par un ciment de silice ou d'argile. Il est remarquable par la grande quantité de points verts qu'il renferme ; ces grains sont formés par un hydrosilicate compacte de protoxyde de fer, qui a été improprement appelé *chlorite*, ce qui a valu au grès lui-même le nom de grès chlorité ou grès vert. La dernière dénomination est la seule qui lui convienne.

Sous le rapport chimique, il existe trois phosphates de chaux différents :

En premier lieu, le phosphate de chaux tribasique de la formule PhO^5, 3 CaO, dans lequel, pour 1 équivalent d'acide phosphorique, il y a trois équivalents de chaux. Ce phosphate entre dans la composition des os.

Secondement, le phosphate à deux équivalents de chaux seulement, et dans lequel le troisième équivalent de chaux est remplacé par un équivalent d'eau, ce qui conduit à la formule suivante, PhO^5, $\left\{ \begin{smallmatrix} 2CaO \\ HO \end{smallmatrix} \right.$; c'est celui qui se forme, lorsqu'on précipite le phosphate de soude par le chlorure de calcium.

Enfin, le phosphate de chaux à un seul équivalent de chaux et à deux équivalents d'eau, PhO^5, $\left\{ \begin{smallmatrix} CaO \\ 2HO \end{smallmatrix} \right.$; qui est l'inverse du précédent et que l'on désigne sous le nom de phosphate acide de chaux.

Pendant longtemps on s'est servi, surtout en Angleterre, d'os moulus à titre de phosphate de chaux. Nous verrons pourquoi la culture des turneps a imprimé à ce mode de fumure un développement considérable, au plus grand profit de l'amélioration du sol, et de la culture des céréales.

Les os contiennent de 50 à 60 pour 100 de phosphate de chaux, de la formule PhO^3, $3\ CaO$ et 1 à 2 pour 100 de phosphate de magnésie, comme vous pourrez vous en assurer par le tableau suivant où j'ai réuni les analyses d'un assez grand nombre d'os d'origines différentes.

100 PARTIES D'OS CONTIENNENT LES QUANTITÉS SUIVANTES DE :

	PHOSPHATE DE CHAUX	PHOSPHATE DE MAGNÉSIE
Os de chienne	59,0	1,2
veau.	60,5	1,2
vache.	62,5	2,7
bœuf.	61,4	1,7
mouton.	62,9	1,3
cachalot.	51,9	0,5
aigle.	60,6	1,7
dindon.	63,8	1,2
morue.	55,1	1,3
carpe.	58,1	1,3

Les os des animaux actuellement existants ne pouvant offrir à l'agriculture qu'une ressource assez bornée, lorsque l'usage du phosphate de chaux commença à se répandre, il fallut demander ce produit à d'autres sources.

La première idée qui se présenta à l'esprit des agriculteurs, servis en cela par les découvertes des géologues, fut d'utiliser les ossements fossiles. Il y a des terrains qui en contiennent de si grandes quantités, qu'on pourrait les assimiler à de véritables ossuaires. Quelle que soit la période géologique pendant laquelle ces os ont été ensevelis, que les animaux auxquels ils ont appartenu aient été antérieurs à l'existence de l'homme ou qu'ils aient été ses contemporains, ces gisements méritent, au point de vue agricole, d'être étudiés avec le plus grand soin. M. Alcide d'Orbigny a exploré, dans les environs de Buenos-Ayres, un gisement d'os fossiles, provenant pour la plupart de mammifères qui n'a pas moins de quatre-vingt-quinze mille kilomètres carrés de surface[1].

La composition des os fossiles explique parfaitement les bons effets qu'on retire de leur usage. Voici, en effet, celle que leur assignent les analyses de MM. Fremy et Valenciennes :

| NATURE DES OS. | MATIÈRE ORGANIQUE. | PHOSPHATE | | CARBONATE DE CHAUX. | SILICE ET FLUORURE DE CALCIUM. |
		DE CHAUX.	DE MAGNÉSIE.		
Bœuf fossile des cavernes d'Oreston	10,3	71,1	1,5	11,8	» »
— Partie spongieuse..	8,0	63,3	1,2	5,2	17,2
Rhinocéros fossile de Sansan (Gers).	traces	59,0	» »	41,3	2,6
Hyène fossile des cavernes de Kirkdale.	20,0	72,0	1,3	4,7	» »
Dents de rhinocéros. . . .	» »	65,0	0,7	13,8	14,5
Défense de mastodonte...	» »	56,5	0,7	13,1	24,5
Ours. Partie dense. . . .	» »	59,7	0,4	23,6	9,8
— Partie spongieuse .	» »	23,1	1,2	67,5	14,0
Vertèbres de tortues. . .	» »	61,1	0,7	10,6	18,6

[1] *Géologie de l'Amérique méridionale*, page 72.

Mais le fait le plus inattendu que nous révèlent les analyses précédentes, c'est la présence d'une quantité vraiment considérable de matière organique.

Les gisements exp'orés en Amérique par M. Alcide d'Orbigny ne sont pas les seuls dont l'agriculture ait tiré profit. De temps immémorial, on exploitait sur les côtes orientales de l'Angleterre, dans les comtés de Suffolk et de Norfolk, un dépôt de coquilles fossiles, appelé *crag*, qui est analogue par sa composition aux faluns de notre Touraine, que l'on emploie aussi pour amender les terres. Le crag supérieur de Suffolk renferme des ossements d'éléphants, de rhinocéros, de bœufs, etc., mélangés avec du sable et du gravier.

En 1822, M. Bukland avait également signalé sur les petites falaises qui bordent le canal de Bristol, à *Austcliff* près de l'embouchure de l'Avon, une couche de lias tellement riche en débris d'ichthyosaures et d'autres grands sauriens, qu'elle constitue un véritable conglomérat ossifié. Les ossements fossiles peuvent donc former, à eux seuls, de véritables couches géologiques.

A côté des débris fossiles des ichthyosaures, et des plésiosaures, M. Bukland a découvert d'autres gisements de phosphate de chaux, non moins importants que ceux dont il vient d'être parlé : ce sont les *coprolithes*.

Pendant longtemps, on a ignoré leur véritable origine. Mais aujourd'hui on sait, à n'en pouvoir douter, que ce sont de véritables excréments de sauriens fossilisés. Leur présence dans la cavité abdominale de quelques squelettes d'ichthyosaures, jointe à celle de dents et d'arêtes de poissons dans leur propre substance, ne peut laisser aucun doute sur leur origine.

La forme des coprolithes est celle de petites masses

ovoïdes, de la grosseur d'un œuf. Ils sont plus intéressants peut-être par leur origine que par l'importance des applications qu'ils ont reçues, car les dépôts qu'on a exploités jusqu'ici étaient peu considérables.

Les gisements de phosphate de chaux, dont il vient d'être question, ont tous le règne animal pour origine; il en existe d'autres, plus importants que les précédents, qui appartiennent au règne inorganique. On trouve en effet du phosphate de chaux à l'état de masses roulées, assez analogues aux coprolithes par la forme extérieure, mais qui n'ont rien de commun avec eux sous le rapport de l'origine. Ces masses auxquelles on a donné le nom de *nodules*, sont de couleur noirâtre, injectées de pyrite. Leur mode de formation ne nous est pas exactement connu.

On les trouve dans le voisinage du grès vert, à l'état de masses isolées, empâtées quelquefois dans une sorte de gangue dont on les débarrasse facilement par un lavage à grande eau. Ces nodules, connus autrefois sous le nom de phosphate des Ardennes, contiennent de 30 à 40 pour 100 de phosphate de chaux. On les vend, en poudre, à raison de 5 à 6 francs les 100 kilog. rendus en gare à la Villette. Ce produit commence à devenir l'objet d'un commerce important; il est surtout employé avec avantage dans les départements de l'Indre, d'Ille-et-Vilaine, d'Indre-et-Loire, de Loir-et-Cher, etc.

La France est très richement pourvue de dépôts de nodules. Les départements de la Moselle et des Ardennes sont les mieux partagés sous ce rapport, mais on en connaît aussi de très importants dans le département de la Manche, et sur beaucoup d'autres points de notre territoire. Tous ces dépôts appartiennent à la formation crétacée, et font partie du bassin anglo-parisien dont Paris est le centre.

Voici le résultat que m'a donné l'analyse d'un échantillon de nodule de richesse moyenne.

Acide phosphorique..	16,033
Alumine.	15.564
Peroxyde de fer.	2,014
Chaux.	14,489
Magnésie.	0,845
Acide chlorhydrique.	traces.
Acide sulfurique.	0,717
Silice, sable, argile	59,905
Perte au feu.	9,080
	98,645

16,033 d'acide phosphorique correspondent à 35 pour cent de phosphate de chaux tribasique.

Le phosphate de chaux se trouve aussi à l'état de diffusion dans certains calcaires et notamment dans les marnes. Il existe, aux environs de Lille, un banc de calcaire désigné sous le nom de *Tun* qui contient près de 40 pour 100 de phosphate de chaux. Ce Tun forme une couche de 1 mètre 50 d'épaisseur environ, qui s'étend sur une longueur de plusieurs lieues dans les environs de Lille. En voici la composition :

Phosphate de chaux.	38,7
Carbonate de chaux.	52,3
Argile.	1,5
Oxyde de fer.	traces
Eau et perte.	7,5

Dans les marnes, le phosphate de chaux figure pour des quantités beaucoup plus faibles ; elles oscillent entre 2 et 6 pour 100. Il n'est pas douteux que, même à ces faibles doses, le phosphate de chaux ne contribue, pour une part importante, aux bons effets que l'on retire de certaines marnes.

Enfin, on trouve du phosphate de chaux à l'état de roche compacte, associé à du fluorure de calcium. Cette roche a reçu le nom d'*Apathite* ou *chaux phosphatée cristallisée*.

L'apathite appartient aux terrains les plus anciens, où elle forme quelquefois des filons d'une grande puissance; elle fait aussi partie des roches volcaniques. On en trouve sous cette forme au lac de Laach, sur les bords du Rhin et à Albano, près de Rome. On en trouve encore dans les minerais d'étain de Cornouailles. Au Saint-Gothard, elle accompagne l'albite.

Au treizième siècle, Bowles, savant anglais, chargé par le roi Ferdinand IV de la description des richesses naturelles de l'Espagne, signalait déjà l'existence des filons si riches de Logrosan, dans l'Estramadure, auxquels il faut ajouter les gisements plus riches de la province de Caceres, qui sont en pleine exploitation.

Il résulte d'explorations plus récentes, faites avec beaucoup de soin, que ces gisements s'étendent sur une longueur de plus de cent kilomètres. La richesse des filons est telle qu'on peut les exploiter à ciel ouvert ou en tranchées, à la base de certaines collines, qu'ils prennent en écharpe. L'un d'eux, celui de Costanaza présente une hauteur verticale de 25 à 30 mètres, où l'on n'a point à craindre les eaux d'infiltration. On cite également pour leur richesse les filons d'Angustias, de Cerilli, de Palomar, de Jinjal, etc., etc.

Voici la composition de l'apathite de Logrosan :

Phosphate de chaux.	84,15	95,00
Fluorure de calcium.	14,00	2,75
Peroxyde de fer.	3,14	traces.
Silice.	1,70	2,00
	99,99	99,75

Ces analyses se rapportent à la partie la plus riche du gisement ; le titre moyen est de 70 pour 100.

En somme, il est établi aujourd'hui que Logrosan pourra fournir, pendant longtemps, autant de phosphate de chaux qu'on voudra en extraire. Le seul obstacle qu'il reste encore à lever, pour faire entrer dans le commerce les produits de ce précieux gisement, tient aux frais de transport[1], qui sont très élevés.

Vous le voyez donc, messieurs, le phosphate de chaux existe en très grande abondance dans la nature. On l'y trouve sous des formes qui lui assignent deux origines bien distinctes.

---

[1] Logrosan est à environ 60 kilomètres de Villanueva, qui est le point de jonction du chemin de fer du Ciudad-Réal à Badajoz ; de Villanueva à Lisbonne on compte 500 kilomètres.

En admettant le prix de 7 centimes par tonne et par kilomètre, le transport de Villanueva à Lisbonne serait, par tonne, de 35 francs.

De Logrosan à Villanueva, il n'y a pas encore de voie ferrée ; mais il est probable que la compagnie du chemin de fer de Badajoz en construira une dès qu'elle sera assurée d'un transport régulier jusqu'à concurrence d'un certain tonnage. En comptant pour cet embranchement, et en raison de l'amortissement du capital, un prix spécial de 15 centimes par tonne et par kilomètre, soit 9 francs pour 60 kilomètres, on arrive au chiffre de 44 francs pour le phosphate de Logrosan rendu à Lisbonne,

1° Ci.	44 fr.
2° Le prix d'extraction du phosphate, y compris les redevances à payer aux propriétaires et le bénéfice des exploitants, peut être évalué à.	35
3° Le frêt de Lisbonne à un port d'Angleterre varie de 16 à 22 francs par tonne, moyenne.	20
4° Dépenses imprévues, frais généraux, intérêts du fond de roulement nécessaire, à 10 pour 100. .	10
TOTAL.	109

Ainsi le phosphate de chaux, titrant de 70 à 80 de phosphate, peut être livré dans les ports de l'Angleterre à 110 francs la tonne, soit de 11 à 12 francs les 100 kilogrammes.

À l'état d'ossements fossiles, de coprolithes et de nodules, son origine ne peut être mise en doute. Il provient des animaux terrestres et marins, contemporains des premiers âges du monde. L'apathite, au contraire, appartient aux formations minérales. On en trouve, je vous l'ai dit, dans toutes les roches éruptives et volcaniques.

La présence du phosphate de chaux dans les roches de sédiment s'explique tout naturellement par la désagrégation des roches éruptives d'où elles dérivent. Devenu accessible à l'action dissolvante des eaux, à la suite de cette désagrégation, le phosphate de chaux put entrer dans le courant de la vie végétale, d'où il passa dans l'organisation des animaux. Les ossements et les excréments fossilisés que l'on trouve dans les terrains de sédiment ont rendu au règne minéral le phosphate de chaux qui en avait été distrait.

La formation des coprolithes et des dépôts d'ossements fossiles trouve donc son explication dans la présence du phosphate de chaux parmi les constituants des roches les plus anciennes, mais si, de ce côté, l'explication est facile et nous satisfait, il n'en est plus de même lorsqu'il s'agit de remonter à l'origine des nodules et des calcaires phosphatés ; la formation de ces dépôts est encore enveloppée de mystère et pour la comprendre, il faut faire intervenir des actions d'un ordre nouveau, liées à l'apparition des infusoires qui ont joué un rôle plus important qu'on ne le croit dans les phénomènes géologiques.

La craie et la plupart des calcaires qui forment des bancs si puissants, résultent de l'accumulation d'une quantité incommensurable de dépouilles ayant appartenu aux organismes les plus humbles. D'après M. Ehrenberg, les fossiles de la craie, par exemple, posséderaient à peine 2 millièmes de millimètres de hauteur, de sorte qu'il y en aurait plus de 1 million dans 2 centimètres cubes[1]. Les calcaires à cypris et à nummilites donnent lieu à des remarques semblables. Ils doivent leur formation à des agglomérations incalculables de coquilles microscopiques.

Or, si j'ajoute que toute manifestation de la vie, même la plus humble, exige le concours et la présence du phosphate de chaux ; que tout ce qui est animé en contient : les mollusques, les crustacés et jusqu'aux globules rudimentaires des ferments. Il devient extrêmement vraisemblable que les organismes rudimentaires, qui ont déterminé le dépôt de la craie, ont dû distraire des eaux et précipiter pareillement des traces de phosphates.

D'un autre côté, le phosphate de chaux étant moins soluble dans l'eau chargé d'acide carbonique que le carbonate de chaux, on comprend que des dégagements de ce dernier gaz, agissant au sein des eaux où les calcaires phosphatés s'étaient primitivement déposés, aient pu, par suite d'une dissolution locale ou partielle, déterminer au sein de la masse, de véritables migrations de phosphate de chaux, disparaissant d'un point pour se concentrer sur un autre.

Il y aurait, pour la géologie, un intérêt considérable à ce que les chimistes s'appliquassent à rechercher sous l'empire de quelles conditions le phosphate de chaux a pu se séparer ainsi du carbonate de chaux, et s'isoler en masses indépendantes par une sorte de liquation jusqu'à présent inexpliquée. Je le répète donc, il y a là un point sur lequel il règne encore beaucoup d'incertitude et d'obscurité.

Mais il n'en est pas de même à l'égard du rôle que nous assignons aux infusoires, comme instruments de certains dépôts de phosphates.

---

[1] Coquand. *Traité des Roches*, p. 163.

Cette intervention de l'activité vitale, à son degré le plus humble dans les formations géologiques, nous montre, sous un jour tout nouveau, combien le rôle des plus petits êtres peut avoir d'importance et combien il est nécessaire d'en tenir compte, si l'on veut comprendre le jeu des actions si variées, qui ont déterminé les changements apportés par le cours des siècles à la structure de l'écorce solide du globe.

Avec des êtres si réduits, le nombre des individus supplée à la petitesse, leur prodigieuse multiplication à leur faible durée. La simplicité de leur organisation assure aux actions chimiques la prééminence sur les fonctions vitales, et en raison de cette prééminence, la formation de ces êtres tend à se confondre presque avec celle des productions purement minérales qui dépendent de l'affinité chimique.

Parlons maintenant des préparations que doivent subir ces divers phosphates, avant d'être livrés à l'agriculture.

Os. — Indépendamment du phosphate de chaux, les os contiennent de la graisse et un tissu cartilagineux comme on peut s'en assurer par le tableau suivant :

OS

	DE L'HOMME	DU BŒUF	DU PORC	DU POISSON
Cartilage soluble dans l'eau bouillante.. . .	33,50	33,50	46,6	43,7
Phosphate de chaux. . .	53,00	57,40	49,0	48,0
Carbonate de chaux... .	11,50	5,80	1,9	5,5
Phosphate de magnésie.	1,20	2,00	2,0	2,2
Sels alcalins.	1,20	3,50	0,5	0,6
	100,00	100,00	100,0	100,0

Les os renferment encore, de 8 à 9 pour 100 de graisse dont il y a toute sorte d'avantage à les débarrasser avant de les employer comme engrais. Cette graisse, en effet, est un obstacle à leur dissolution et à leur diffusion dans le sol. Là où des os dégraissés perdent de 30 à 35 pour 100 de leur poids, les os non dégraissés perdent à peine 10, dans le même laps de temps. On emploie les os à l'état de poudre grossière et à la dose de 15 à 20 hectolitres par hectare. Leurs prix en Angleterre varient de 7 à 8 fr. l'hectolitre ou de 10 à 12 fr. les 100 kilogr.

Je n'ai jamais employé les os et je n'en parle qu'à titre de source de phosphate de chaux, pouvant entrer dans la composition de l'engrais complet.

Noir animal. — Ce produit qu'on obtient par la calcination des os en reproduit à beaucoup d'égards la composition. Depuis qu'on a reconnu les bons effets du noir sur les terres nouvellement défrichées, il s'en fait une grande consommation. Nantes en est le principal marché. M. Kuhlmann, de Lille, qui est un des plus grands producteurs de noir animal, le vend 10 fr. 50 c. l'hectolitre ras, mis en wagon en gare à Lille, et 10 fr. 75 embarqué à Dunkerque, payable à 50 jours, sans escompte. Le noir animal contient 60 pour 100 de phosphate de chaux. Il doit donc être employé à la dose de 650 kilogr. par hectare, si l'on adopte les doses admises par nous, c'est-à-dire 400 kilogr. de phosphate réel.

Nodules. — En France, où leur exploitation a pris naissance, les nodules sont employées à l'état de poudre, sans autre préparation. On ne doit pas hésiter à en porter la dose à 1,000 kilogr. par hectare.

Apathite. — Coprolithes. — Phosphate acide. — L'apathite et les coprolithes sont trop compactes pour qu'il soit possible de les employer à l'état où on les trouve dans la nature. Après les avoir réduits en poudre fine, on a coutume de les désagréger au moyen de l'acide sulfurique à 50 degrés. Ce traitement a pour conséquence de faire passer les trois quarts du phosphate de l'état basique — PhO^5, $3CaO$ — à l'état de phosphate acide — PhO^5, $CaO\ 2HO$. — Il a donné lieu à une industrie qui est née en Angleterre, où elle a pris un développement considérable. M. Lawes, qui en a été le premier fondateur, produit annuellement de 17 à 20,000 tonnes de phosphate acide.

La préparation de ce produit est très-simple. On réduit d'abord le phosphate en poudre, à l'aide de meules horizontales comme celles des moulins à farines. La poudre est enlevée par des godets à trémies et déversée sans interruption dans de grands cylindres en fer, munis d'agitateurs, qui sont eux-mêmes animés d'un mouvement de rotation très-rapide. Un courant d'acide sulfurique de 1,66 de densité arrive dans le cylindre sur la poudre de phosphate et le mélange qui en résulte s'écoule à l'autre extrémité du cylindre à l'état de pâte épaisse. Il suffit de 3 à 5 minutes pour opérer le mélange.

Chaque appareil débite environ 100 tonnes de phosphate par jour. La matière semi-fluide est reçue dans des réservoirs en maçonnerie couverts qui peuvent contenir les produits du travail d'un jour. Là elle s'épaissit et devient de plus en plus compacte, mais elle conserve, pendant plusieurs semaines, une température élevée, déterminée par la réaction de l'acide sulfurique.

Voici, d'après M. Hoffmann, la composition d'un superphosphate de bonne qualité :

<pre>
Phosphate soluble. . . . . de 22 à 25 pour 100
Phosphate insoluble. . . . . de 8 à 10
Eau. . . . . de 10 à 12
</pre>

Sulfate de chaux. . . . . de 35 à 45 pour 100
Matière organique.. . . . . de 10 à 15

Une partie du phosphate de chaux n'est pas attaquée. Si l'on employait assez d'acide sulfurique pour réagir sur la masse entière du phosphate, le produit serait trop fluide pour pouvoir être emballé dans des sacs et il faudrait le dessécher artificiellement, ce qui entraînerait une dépense supérieure à la valeur de l'excédant de phosphate acide produit.

Le prix du superphosphate préparé avec des proportions égales d'apathite et d'os varie entre 14 et 16 fr. les 100 kilogrammes. Avec l'apathite seule, il descend à 12 et même à 10 fr.

Pour fabriquer le phosphate acide, en Angleterre, on emploie généralement un mélange composé de 60 pour 100 de nodules ou de coprolithes, 30 pour 100 d'os calcinés ou de noir animal et 10 pour 100 de guano.

Le phosphate acide de chaux préparé par M. Kuhlmann avec du noir de raffinerie, m'a donné la composition suivante :

Acide phosphorique. 16,56
  — sulfurique.. 19,28
Chaux.. 23,16
Eau.. 36,46
Charbon.. 4,12

Ce qui peut se traduire ainsi :

Phosphate soluble. 27,29
Sulfate de chaux.. 32,78
Charbon, oxyde de fer, etc.. 4,52
Eau.. 35,40
                                                —————
                                                99,99

Il est bien regrettable que ce produit contienne une si grande quantité d'eau. Il est livré par la maison Kuhlmann au prix de 12 fr. les 100 kilogr. Il faut l'employer à la dose de 600 kilogr. à l'hectare.

Mais de toutes les formes que le phosphate de chaux peut revêtir, la plus favorable est celle qu'il prend lorsqu'on le fond avec du silicate de potasse. Malheureusement le prix de ce produit est trop élevé pour que son usage puisse se généraliser. — Je vous en parlerai plus en détail dans la sixième conférence.

GUANO. — Entre le phosphate de chaux et la matière azotée se place tout naturellement le guano, qui participe en même temps de l'un et de l'autre, puisqu'il contient à la fois de l'azote et du phosphate. Introduit en Europe en 1804, le guano a été le point de départ et l'instrument d'un progrès agricole considérable. Il a prouvé qu'il était possible d'accroître, dans une très-grande proportion, la fertilité du sol et de changer l'ordre de succession des cultures, auquel on doit s'astreindre lorsqu'on se fait soi-même producteur d'engrais.

Partout où le sol est pourvu de potasse, on peut employer le guano et en obtenir d'excellents effets. Mais il ne faut pas perdre de vue qu'il appartient à la catégorie des engrais incomplets, que, par conséquent, il épuise le sol et qu'il est toujours sage de ne pas en abuser.

Sur les bords de la Loire, il avait été employé jusqu'ici avec le plus grand succès; on commence à s'apercevoir qu'il n'a plus la même efficacité. A Bourbon, l'abus du guano, pour la culture de la canne à sucre, a produit des effets vraiment désastreux. Ces faits d'ailleurs n'ont rien qui doive vous surprendre. Tout engrais incomplet n'est efficace qu'à la condition de tirer du sol ce qui lui manque et, par cela même, de l'appauvrir et de l'épuiser.

Quoique ce soit de ma part une répétition, laissez-moi mettre encore une fois sous vos yeux les faits qui prouvent que, en l'absence de la potasse, un mélange de phosphate de chaux et de matière azotée ne produit aucun effet sur la végétation :

1860. — CULTURE DE FROMENT DANS LA TERRE DES LANDES

AVEC

22 GRAINS DE SEMENCE.	PHOSPHATE DE CHAUX ET NITRATE DE SOUDE.	PHOSPHATE DE CHAUX NITRATE DE SOUDE ET SILICATE DE POTASSE
	Gr.	Gr.
	Paille. . . 7,08	Paille. . . . 15,69
	20 grains. 0,32	210 grains.. 4,67
	7,40	20,56

En 1864, l'absence de la potasse s'est fait sentir au champ de Vincennes d'une manière très-frappante. Il s'agissait d'une quatrième récolte sur le même engrais qui, par conséquent, arrivait au terme de son action.

RENDEMENT A L'HECTARE

ENGRAIS COMPLET.		ENGRAIS SANS POTASSE.	
	Gr.		Gr.
Paille..	4,500 kil.	Paille..	2,730 kil.
Grains.	1,890 — 24 hectol.	Grains.	920 — 11 hectol
	6,390		3,650

Cette année une culture de pommes de terre, venant en cinquième récolte sur une terre fumée deux fois, a produit des effets encore plus tranchés.

1865 — CULTURE DE POMMES DE TERRE

	ENGRAIS COMPLET.		ENGRAIS SANS POTASSE.
Tubercules. . .	27,950 kil.	Tubercules. . .	10,520 kil.

Là où manquait la matière azotée, les fanes des pommes de terre étaient jaunes ; leur développement moyen était très-inférieur à celui des fanes de la récolte venue sur engrais complet. Là où manquait la potasse, les fanes étaient d'un beau vert, mais inférieures par leur développement rabougri à celles de la culture sans matière azotée. Je ne connais pas de plante aussi impressionnable que la pomme de terre à l'absence de la potasse, aucune qui accuse, d'une manière aussi saillante, la vérité des données fondamentales que ces conférences ont eu pour objet de mettre en lumière.

Les matières organiques contenues dans le guano sont l'acide urique, l'oxalate et le sulfate d'ammoniaque. Par une circonstance des plus heureuses, il se trouve que l'acide urique est un des produits azotés les plus efficaces sur la végétation. Son action égale presque celle des nitrates et des sels ammoniacaux.

Passons maintenant aux ressources que présentent les gisements de guano actuellement connus et aux moyens d'en prévenir ou tout au moins d'en retarder l'épuisement.

Les dépôts de guano sont répartis sur les îlots qui avoisinent le littoral du Pérou, entre le deuxième et le vingt et unième degré de latitude australe.

D'après l'estimation de M. Francisco de Rivero l'importance des dépôts peut être représentée de la manière suivante :

GISEMENTS DU SUD.		QUINTAUX MÉTRIQUES.
Chipana.	5,619,765	
Huanilos.	24,671,314	
Punta de Lobos.	18,844,190	102,206,149
Pabellon de Pica..	38,377,500	
Puerto-Ingles..	16,693,379	

GISEMENTS DU CENTRE.

Iles de Chincha : du nord..	98,040,000	
du milieu.. . . .	85,205,000	235,425,000
du sud.	54,180,000	
Total. . . .		337,631,149

Si l'on admet, d'après les documents publiés par le gouvernement du Pérou, que l'exportation du guano s'élève annuellement à 35 millions de quintaux métriques, il en résulte que dans 10 ou 15 ans, les gisements actuellement connus seront épuisés.

Depuis que le guano est employé comme engrais, son importation a toujours été en augmentant. L'Angleterre en a importé :

En 1842.	20,400 tonnes.
En 1852.	129,890
En 1854.	255,110
En 1855.	305,000[1]

Chez nous, quoique déjà très-importante, la consommation du guano est loin d'approcher de ce qu'elle est chez nos voisins. Elle n'était que de 3,130 tonnes en 1849 ; elle était de 19,191 en 1855.

---

[1] Le Pérou ne fournit pas seul le guano qui est cousommé en Angleterre, une partie importante vient de la côte d'Afrique.

On distingue, parmi les guanos, deux sortes principales : les guanos qui sont riches à la fois en phosphates et en matières azotées, et les guanos qui ne contiennent que du phosphate de chaux. Le guano des îles Chinchas peut être pris pour type des premiers et celui des îles Baker et Jervis comme type des seconds. En voici la composition :

COMPOSITION MOYENNE DU GUANO DES ILES CHINCHAS [1]

Matières organiques et sels ammoniacaux.. . .	52,52
Phosphate de chaux..	19,52
Acide phosphorique..	3,12
Sels alcalins.	7,56
Silice et sable..	1,46
Eau.	15,82

ce qui peut se traduire plus simplement par

Phosphate de chaux..	26,28
Azote..	14,29

Cet échantillon peut être considéré comme une qualité tout à fait supérieure, les bons guanos ne contiennent guère que 10 à 12 pour 100 d'azote.

COMPOSITION DU GUANO DES ILES JERVIS

Phosphate de chaux..	33,423
Phosphate de magnésie.	1,241
Phosphate de fer..	0,160
Sulfate de chaux.	44,449
Acide sulfurique, potasse, soude, chlore, matières organiques, eau..	20,886
	100,159

[1] M. Nesbit.

On comprend sans peine que ces produits sont loin de s'équivaloir, et qu'on ne peut indifféremment les substituer les uns aux autres. Humboldt, qui a fait connaître le premier le guano en Europe, y voyait le produit d'excréments d'oiseaux marins, fossilisés par l'action du temps. C'étaient à ses yeux de véritables coprolithes, ayant conservé la plus grande partie de leur matière organique originelle. Frappé de la puissance de ces dépôts, Humboldt en faisait remonter l'origine au delà de la période diluvienne.

M. Francisco de Rivero, qui a fait une exploration minutieuse de tous les dépôts de guano appartenant au Pérou, ne trouve dans leur puissance rien de tellement excessif, qu'on soit forcé de recourir à une telle hypothèse. D'après lui, les causes actuellement agissantes peuvent en rendre parfaitement compte.

Rien, à ce qu'il paraît, ne peut donner à un habitant de nos contrées européennes une idée de la multitude d'oiseaux qui habitent ces parages. Les pingouins, les manchots, les cordonniers, les grandgousiers et les cormorans, qui sont les producteurs de guano par excellence, y pullulent en si grand nombre qu'ils forment quelquefois de véritables nuages animés, capables de masquer le soleil pendant des heures entières, lorsqu'ils passent d'un lieu à un autre.

Une autre considération vient s'ajouter à la précédente pour attribuer au guano une origine plus récente que ne le supposait Humboldt.

Bien que l'opinion qui rapporte la formation de ce produit aux seuls excréments des oiseaux marins, soit généralement admise, il est au moins permis de mettre en doute son exactitude. En effet, la proportion relative de l'acide urique et du phosphate de chaux n'est pas la même dans le guano que dans les excréments. Dans le guano, le poids de l'acide urique égale à peine deux fois celui des phosphates terreux, tandis que, dans les excréments d'oiseaux qui vivent de poissons, il s'élève à quatorze fois celui de ces sels (quatre-vingt-six d'acide urique contre six de phosphate); des excréments de pingouins recueillis sur les rochers à Angomos, sur les côtes de la Bolivie, sont venus corroborer ces doutes, car on y a trouvé deux fois plus d'azote que dans les guanos les plus riches. Il est vrai que par l'action du temps, une partie de l'acide urique se convertit en acide oxalique et en ammoniaque, mais la perte que le temps détermine est insuffisante pour expliquer la grande différence que nous venons de signaler. Tout porte à croire que les amas de guano dont l'étendue effrayait l'imagination de Humboldt, proviennent autant des dépouilles des oiseaux eux-mêmes que de leurs déjections. Ces dépôts, que l'industrie exploite avec tant d'ardeur, seraient ainsi de véritables charniers où s'entasseraient, depuis des siècles, les restes d'une longue suite de générations d'oiseaux marins. Les récits d'un voyageur anglais, M. Eden, qui a exploré les gisements de guano des côtes sud-ouest de l'Afrique, témoignent en faveur de cette conjecture.

Ce point a une importance extrême dans l'histoire du guano, car il change complètement l'opinion qu'on s'était faite de la lenteur de sa formation; tout porte à croire qu'elle s'opère beaucoup plus vite que ne l'avait pensé Humboldt. Comment, en effet, admettre, comme le croyait cet éminent voyageur, que plusieurs siècles seraient nécessaires pour la formation d'une couche de quelques centimètres d'épaisseur seulement?

Pourquoi ne verrait-on pas, dans la formation du guano, en certains lieux qui semblent prédestinés à cet effet, un des moyens employés par la nature pour retirer de

20

la mer une partie des richesses que nos fleuves y déversent incessamment? N'est-il pas aussi permis de supposer que ce produit que nous ne connaissons, que nous n'utilisons en quelque sorte que d'hier, pourrait être plus aisément placé qu'on ne le pense sous l'action de notre prévoyance [1]?

Le gouvernement péruvien a déjà, par des lois empreintes d'une sage sévérité, assuré la conservation des oiseaux et des bêtes à fourrure qui peuplent les îles à guano, en les protégeant contre une extermination désastreuse. Pourquoi, au lieu de se borner à garantir de la destruction ce qui existe, et de se renfermer dans le rôle à peu près négatif d'un simple spectateur; pourquoi, dis-je, l'action gouvernementale n'entrerait-elle pas, par un développement logique, dans une phase plus active et ne chercherait-elle pas à étendre, à reproduire, dans des vues d'avenir, ce qu'elle se borne à protéger? Ne pourrait-on, par un choix judicieux des localités, dans les îles ou sur les côtes des régions exemptes de pluie, créer artificiellement de véritables fabriques naturelles de guano, qui seraient placées sous la protection des puissances maritimes et d'un code de lois internationales analogues à celles qui ont été adoptées par le gouvernement péruvien [2]?

POTASSE. — Nous passons au troisième terme de l'engrais complet, la potasse. Le prix élevé de ce produit m'a longtemps préoccupé. Tant qu'on le demandait au sol et qu'on le tirait principalement des végétaux, il était manifeste que son prix resterait élevé, mais depuis que les ap-

---

[1] Hoffman, *Rapport sur les produits chimiques industriels à l'exposition de Londres.*

[2] Hoffmann, rapport déjà cité.

plications de la potasse sont devenues plus nombreuses, et que son utilité, comme agent de la production végétale, est mieux connue et plus exactement définie, les recherches de la science ont réussi à en découvrir de nouvelles sources, ce qui nous fait espérer que son prix diminuera dans une proportion considérable.

Les sources auxquelles on peut demander de la potasse à de bonnes conditions sont : — la laine des moutons, — les eaux de la mer, — les dépôts naturels de chlorure de potassium et de sulfate de potasse qui accompagnent certains gisements de sel gemme, — et enfin les roches feldspathiques, où la nature semble nous en avoir ménagé des réserves inépuisables.

C'est en France que l'on a commencé à extraire la potasse de la laine des moutons. Conçue par un professeur de chimie de Reims, cette pensée a été réalisée par lui dans des conditions si économiques et si judicieuses qu'elle est devenue une industrie en pleine prospérité.

Vous savez tous que les moutons tirent du sol, avec l'herbe qu'ils broutent, des quantités considérables de potasse, et que cette potasse, après avoir passé dans le sang, est excrétée par la peau et forme un sel spécial, auquel les chimistes ont donné le nom de sudorate de potasse. Lavée à l'eau froide, la laine mérinos perd environ le tiers de son poids et la laine ordinaire 15 pour 100 seulement. L'ensemble des produits que l'eau enlève à la laine, a reçu le nom de *suint*.

Suivant MM. Maumené et Rogelet, une toison ordinaire, pesant 4 kilogrammes fournit en moyenne de 150 à 200 grammes de carbonate de potasse. Les fabricants de lainages de Reims lavent annuellement 10,000 tonnes de toisons; ceux d'Elbœuf 15,000; ceux de Fourmies 2,000;

en tout 27,000, qui produiraient 1,168 tonnes de potasse, d'une grande pureté. Ces messieurs estiment qu'il existe en France 47,000,000 de moutons, dont les toisons, traitées d'après leur système pourraient fournir 12,000 tonnes de carbonate de potasse, c'est-à-dire l'équivalent de notre consommation annuelle.

Je n'entrerai pas dans le détail du procédé dont il s'agit. Je me bornerai à vous dire que l'eau qui a servi au lavage des laines est évaporée jusqu'à siccité, et que le résidu charbonneux qui en provient est calciné dans des cornues de terre, comme on le fait pour la houille dans la fabrication du gaz.

Pendant l'opération, il se dégage beaucoup de gaz hydrogène carboné propre à l'éclairage. Il se dégage, en outre, beaucoup d'ammoniaque qu'on peut aussi recueillir et utiliser.

Quant aux sels alcalins, ils restent dans les cornues, mêlés à des produits charbonneux dont on les sépare par un simple mélange à l'eau bouillante.

Je ne suis entré dans ces explications que pour vous montrer combien l'agriculture a été jusqu'ici peu ménagère des agents de fertilité qui l'intéressent le plus. Bien peu de cultivateurs savent, en effet, que les moutons font perdre au sol une quantité importante de potasse, et qu'il serait possible de prévenir cette perte en soumettant ces animaux à quelques lavages hygiéniques.

C'est également avec regret que nous voyons les agriculteurs qui se livrent à la culture de la betterave, pour l'extraction du sucre, ne pas imposer aux sucreries, lorsque c'est possible, l'obligation de leur rendre, en même temps que la pulpe, une quantité correspondante de salin. — On appelle ainsi les matières salines, à base de potasse et de soude, qu'on extrait par évaporation des vinasses résultant de la distillation des mélasses. Que l'on se persuade donc, une fois pour toutes, de cette vérité que, dans aucune circonstance, il ne faut enlever aux terres arables de la potasse pour la livrer à l'industrie. Les quantités considérables de potasse qu'on retire des mélasses de betterave et du suint de mouton doivent être considérées comme des prêts faits par l'agriculture aux arts industriels plutôt que comme des acquisitions définitives.

Pour trouver des sources vraiment dignes de ce nom, il faut puiser là où l'extraction n'entraîne pas l'obligation impérieuse d'une restitution, c'est-à-dire à des formations, dont l'épuisement est, ou impossible ou du moins sans inconvénient. Dans cet ordre d'idées, on peut citer les dépôts naturels de chlorure de potassium et de sulfate double de potasse et de magnésie, trouvés en Prusse au-dessus de certains gisements de sel gemme. Tels sont encore certains dépôts de nitrate de potasse découverts au cap de Bonne-Espérance. Tels sont enfin les composés potassiques que l'on peut extraire des eaux de la mer ou des roches feldspathiques. Exploiter ces sources, c'est enrichir l'homme sans appauvrir la terre qui le nourrit.

Il y a quelques années seulement qu'on a découvert à Stassfurt, près de Magdebourg, en Prusse, des gisements très remarquables de sulfate de potasse et de magnésie, au-dessus desquels existent d'autres dépôts de chlorure double de potassium et de magnésium. C'est là une découverte d'autant plus intéressante qu'il y a tout lieu de croire que l'existence de ces gisements n'est pas un fait isolé, exceptionnel, et, qu'au contraire, on en découvrira d'autres présentant les mêmes caractères.

Ce qui autorise surtout cette espérance, c'est que ces dé-

pôts recouvrent des bancs de sel gemme, et qu'ils se succèdent dans l'ordre que leur assigne l'évaporation artificielle de l'eau de la mer, ce qui nous conduit à voir dans
les bancs de Stassfurt, le produit du desséchement d'une
mer intérieure.

Avant la découverte de ces gisements, le prix des potas-
ses tendait toujours à hausser. Le chlorure de potassium valait de 50 à 55 fr. les 100 kilog.; il est tombé
à 22 fr. Inutile d'ajouter que ces dépôts sont devenus
l'objet d'une exploitation extrêmement active.

Nons savions déjà que les eaux de la mer contenaient
une certaine quantité de potasse. Le procédé imaginé par
M. Balard pour l'en extraire est incontestablement une
des plus belles conquêtes de la chimie contemporaine,
non seulement à cause de l'importance du résultat, mais
encore par la netteté du procédé lui-même et les difficultés de tout genre que l'inventeur a eues à surmonter.
Vingt ans d'études assidues ont été nécessaires pour arriver à un procédé industriel. Lorsqu'on étudie en détail
et avec réflexion, la longue succession de recherches, d'efforts et de tentatives qu'il a fallu pour venir à bout de
ce difficile et important problème, on ne sait ce qu'on doit
le plus admirer, de la science profonde de l'auteur, de
sa sagacité merveilleuse ou de sa persévérance inébran-
lable à poursuivre ce grand dessein.

Qu'il me soit permis, messieurs, d'arrêter un instant
votre attention sur cette belle page de la vie scientifique de
M. Balard.

Lorsqu'on fait concentrer l'eau de la mer, par la seule
action de l'air et du soleil, il se forme d'abord un dépôt de
sel marin. Le liquide qui reste contient encore du sel

marin, du sulfate de magnésie et du chlorure de potassium.

Le moyen auquel on a recours pour utiliser ces eaux varie suivant la nature du sel de potasse que l'on a intérêt à produire.

Lorsque le chlorure de potassium valait 50 francs les 100 kilog., et qu'il y avait avantage à extraire la potasse à cet état, on procédait de la manière suivante :

Après la récolte du sel, on concentrait les eaux mères jusqu'à 28° de l'aréomètre de Beaumé, puis on les soumettait à l'action d'un froid de 18° au-dessous de zéro. A cette température le sulfate de soude étant doué d'une très-faible solubilité, la presque totalité de l'acide sulfurique contenu dans les eaux mères se déposait à l'état de sulfate de soude, si bien qu'il ne restait plus en dissolution que du sel marin, du chlorure de potassium et du chlorure de magnésium, que l'on séparait l'un après l'autre, par une concentration plus avancée dans des chaudières appropriées.

Mais depuis que le prix du chlorure de potassium est descendu à 22 francs les 100 kilogr., il a fallu renoncer à ce procédé. On extrait maintenant la potasse à l'état de sulfate double de potasse et de magnésie et voici comment : Lorsque les eaux mères ont atteint 28°, on les réunit dans des bassins bétonnés, où elles continuent à se concentrer. Dans ces nouvelles conditions il se forme deux ordres successifs de dépôt :

1° Un sel, appelé sel mixte, dans la composition duquel le sel marin et le sulfate de magnésie entrent chacun pour un équivalent. Ce sel étant dissous de nouveau dans l'eau et la dissolution refroidie artificiellement, le sulfate de magnésie passe à l'état de sulfate de soude qui se dépose.

2° Le deuxième dépôt qui succède au précédent est formé d'un double sulfate de potasse et de magnésie. Par des dissolutions et des cristallisations plusieurs fois répétées, on ramène le sel à n'être presque plus que du sulfate de potasse pur, propre à être converti en carbonate de potasse par le procédé Leblanc, comme cela se pratique pour la soude.

Quant à l'eau mère qui reste après cette purification, le froid artificiel permet d'en extraire encore du sulfate de soude, et, par une nouvelle concentration dans de grandes chaudières plates, du chlorure double de potassium et de magnésium.

Vous voyez, messieurs, que, dans les procédés imaginés par M. Balard, pour l'extraction de la potasse de la mer, le froid artificiel joue un grand rôle, on le produit à l'aide des machines Carré.

Rien de plus curieux que le fonctionnement de ces appareils remarquables.

Représentez-vous une cuve ovale, dont la partie inférieure forme un plan incliné, pour permettre au sel qui se dépose de se rassembler dans une gorge qui fait saillie à l'extérieur

La cuve étant refroidie à 18° au-dessous de zéro, on y fait arriver un filet continu d'eau mère, dont le sulfate de magnésie se transforme instantanément en sulfate de soude qui se rassemble dans la gorge en saillie ; une petite drague mue par la vapeur vient l'en extraire pour en charger des wagons, qui le transportent dans un atelier, où on le dessèche au moyen de turbines, semblables à celles qu'on emploie dans les sucreries. Quant aux eaux mères, elles s'écoulent de la cuve par un courant non interrompu, inverse du précédent.

Lorsqu'on traitait les eaux mères à 28°, on pouvait extraire d'un mètre cube :

> 40 kilog. de sulfate de soude.
> 120 kilog. de sel marin raffiné.
> 10 kilog. de chlorure de potassium

Mais depuis qu'on a dû restreindre l'emploi du froid au traitement des sels mixtes qui se forment dans les marais salants, j'ignore les résultats que l'on obtient.

J'ajouterai enfin, messieurs, que voulant juger les choses par moi-même, je me suis rendu dans la Camargue, aux salins de Giraud, où j'ai vu appliquer les procédés dont il s'agit, et fonctionner les immenses machines Carré, qui dépouillent les eaux mères d'une partie de leur richesse comme le crible sépare le bon grain de l'ivraie. Rien ne peut rendre l'impression que produit la vue de ces immenses bassins dont la superficie se mesure par milliers d'hectares, où le sel se dépose, et d'où les eaux mères sont rassemblées dans d'autres bassins bétonnés surélevés au-dessus du sol pour se rendre au fur et à mesure des besoins dans l'intérieur de l'usine. L'aspect sauvage des lieux, le silence qui y règne, interrompu par le grincement des machines, ou l'arrivée, par le canal qui met l'usine en communication avec le Rhône, de quelque chaland affecté au transport des produits, tout cela donne à l'établissement de Giraud, un caractère tout à la fois pittoresque et sauvage qui n'est pas exempt d'une certaine grandeur! qu'aucune autre usine ne m'a pas encore offert au même degré.

En résumé, la méthode nouvelle, fondée sur l'emploi du froid artificiel, paraît résoudre d'une manière satisfaisante le problème si difficile de l'extraction de la potasse des eaux de la mer.

Bien que ce résultat appartienne en propre à M. Balard, la justice veut qu'à côté de son nom on cite, avec éloges, ceux de MM. Usiglio, Levat, et Merle dont les efforts et l'expérience industrielle ont certainement contribué pour une large part au succès définitif de la nouvelle industrie.

Passons à la dernière source de potasse, dont l'exploitation est aussi de date récente.

Vous savez, messieurs, que les roches d'origine éruptive, admettent dans leur composition des silicates doubles à base de potasse et d'alumine, où la potasse ne figure pas dans une proportion moindre de 12 pour 100.

Quand on songe que l'action combinée de l'air et de l'eau suffit, dans une multitude de cas, pour avoir raison de la dureté de ces roches, pour désagréger et en isoler même les éléments, et que c'est à cette désagrégation que la terre doit la potasse qu'elle contient, on comprend que la science, se soit proposé d'ouvrir à notre industrie, par une imitation des procédés de la nature, cette mine inépuisable de richesse et de fertilité. L'argile, en effet, provient de ces roches et la potasse assimilable qu'elle contient a la même origine.

Je ne vous ferai pas l'histoire de tous les essais tentés pour extraire économiquement la potasse des roches feldspathiques. Tous avaient échoué, en effet, jusqu'à ces dernières années. Les divers procédés mis en œuvre exigeaient le concours d'une température trop élevée pour être économiques. Rappelons cependant les noms de Turner, de Kuhlmann, de Springer, de Mayer qui, malgré l'insuccès de leurs recherches, ont ouvert la voie qui devait conduire MM. Ward et Wynants à un inappréciable résultat. Vous jugerez tout de suite des difficultés que présentait cette entreprise, si j'ajoute que ces messieurs s'étaient imposé la double obligation d'extraire la totalité de la potasse, soit à l'état caustique, soit à l'état de carbonate.

La première idée qui se présente à l'esprit pour résoudre ce problème, c'est de chauffer le feldspath avec de la craie, de façon à produire du silicate et de l'aluminate de chaux et du carbonate de potasse. Pour être efficace, ce procédé exige qu'après le travail de la fonte on attaque la masse par l'eau dans des appareils autoclaves. Il a l'inconvénient de commander l'emploi d'une température excessive et des attaques par l'eau dans des conditions trop onéreuses pour être pratiques.

On a essayé de tourner la difficulté en ajoutant à la chaux des fondants salins qui permissent d'abaisser la température de la réaction; mais on a reconnu que le déplacement de la potasse n'avait lieu que si le fondant contenait un acide puissant, capable de se combiner lui-même avec la potasse, ce qui recule la difficulté, mais ne la résout pas, car il faut toujours en venir à isoler la potasse. Un procédé de cette nature ne pouvait devenir pratique que si le fondant rendait la potasse soluble dans l'eau et pouvait lui-même être éliminé de la dissolution par un agent de peu de valeur, tel que la chaux par exemple. — Température peu élevée, — solubilité de la potasse, élimination du fondant par la chaux, telles étaient les conditions imposées au procédé à découvrir pour qu'il pût passer du laboratoire dans la pratique. Eh bien! le procédé dont je vous entretiens en ce moment satisfait à toutes ces conditions, et M. Hoffmann, en rendant compte des travaux de MM. Ward et Wynants a pu, sans exagération, caractériser ainsi la portée de leur découverte :

« Si M. Ward, de concert avec son ami, rendait leur dé-
« couverte pratique et accomplissait, dans la fabrication de

« la potasse, la même splendide révolution qui fut réalisée
« par l'illustre Leblanc dans l'industrie similaire de la
« soude, ils ajouteraient une page nouvelle et mémorable
« à l'histoire de la chimie industrielle et acquerraient des
« droits aux honneurs les plus grands et les plus du-
« rables. »

Il me reste à vous dire, en peu de mots, en quoi consiste
le nouveau procédé.

Le feldspath étant réduit en poudre fine, on le mêle avec
du fluorure de calcium et un mélange de craie et de chaux
hydratée, préalablement humecté avec de l'eau, ce qui
permet de façonner le tout en petits blocs ou en briquettes.
Soumis à une température inférieure à celle des fours
à chaux, ce mélange éprouve une transformation remarquable : la potasse passe en *totalité* à l'état de fluorure, la
silice à celui de silicate bi-calcique et l'alumine à celui
d'aluminate sesqui-calcique, de sorte que, si on attaque la
masse par l'eau, la potasse se dissout à l'état de fluorure
de potassium dont on précipite le fluor avec la plus grande
facilité au moyen de la chaux caustique. Je le répète, le
procédé est complet et tout fait espérer qu'il sera le point
de départ d'une véritable révolution dans une foule d'applications.

Parlons maintenant de la forme sous laquelle la potasse
peut être le plus facilement assimilée par les végétaux.

Je vous rappellerai d'abord, mais sans insister, qu'en
agriculture, la soude ne peut pas remplacer la potasse. Ces
deux bases ont entre elles les plus étroites similitudes, elles
se remplacent et s'accompagnent dans presque tous les composés naturels; ce n'est pas sans peine que, dans beaucoup
de cas, on parvient à distinguer l'une de l'autre, et pourtant,
sous le rapport de la végétation, il y a entre elles un abîme :

l'une est active et l'autre absolument inerte. Il ne faut donc pas songer à substituer la soude à la potasse et quand on vous dira qu'un engrais est riche en ALCALIS, tenez-vous bien sur vos gardes et informez-vous avec soin si c'est de la potasse ou de la soude qu'il contient [1].

Les trois formes sous lesquelles la potasse est le plus sûrement efficace comme engrais sont le carbonate, le silicate et le nitrate. Le carbonate de potasse est très soluble dans l'eau : c'est là tout à la fois un avantage et un inconvénient. En effet, grâce à cette propriété, le carbonate est facilement absorbé par les végétaux, mais il en résulte également que les eaux l'entraînent avec une facilité non moins grande. On peut toutefois employer la potasse sous cette forme en la mêlant avec du phosphate acide de chaux, préparé depuis quelques mois, et devenu pulvérulent.

Le produit qu'on trouve dans le commerce sous le nom de potasse raffinée contient 76 pour 100 de carbonate de potasse et se vend en ce moment 80 fr. les 100 kilogrammes. J'ai coutume de faire mettre 200 kilogrammes de potasse (KO) à l'hectare dans une fumure complète devant durer trois ou quatre ans. A ce compte il faudrait 386 kilogrammes de potasse épurée, ce qui constituerait une dépense de 308 ou 77 fr. par an. Mais comme cette dépense serait dans certains cas excessive, j'ai dû, à mon grand regret, réduire la dose de potasse à 2 ou 300 kilogrammes de potasse épurée, bien que je sache qu'elle est insuffisante si on introduit dans la rotation des récoltes certaines plantes, telles que la pomme de terre ou la betterave. Dans mes essais de Vincennes, j'ai employé jusqu'à présent la potasse à l'état de silicate, et je crois ce produit préférable à tous les autres, parce que la

[1] Voir *Troisième conférence*, p. 167 et 168.

potasse n'y est pas immédiatement soluble et qu'elle le devient par sa désagrégation dans le sol. Sous le rapport de l'efficacité, le silicate de potasse est d'ailleurs bien préférable au carbonate. Son action dure plus longtemps et se fait sentir d'une façon mieux graduée, plus régulière. Malheureusement, le silicate de potasse ne peut être employé en grand à cause des frais considérables qu'entraîne sa fabrication et parce que la silice qui n'a, par elle-même, aucune action sur les végétaux, double, si elle ne triple pas les frais de transport.

Le nitrate de potasse serait un composé excellent, mais il est trop cher. Il ne serait pas impossible toutefois que, grâce au procédé de M. Ward, il ne devînt prochainement accessible à l'agriculture. Aujourd'hui il vaut de 110 à 120 francs les 100 kilogrammes. Il contient, il est vrai, 14 pour 100 d'azote, ce qui, à 2 francs le kilogramme, réduirait de 28 francs le prix de la potasse, mais ce qui le maintiendrait encore à 195 francs 70 centimes les 100 kilogrammes à l'état caustique, tandis que dans la potasse raffinée il n'est que de 154 francs. Ajoutons enfin que dans la potasse raffinée, en plus du carbonate, il y a du sulfate et du chlorure qui, à la longue, finissent peut-être par se décomposer dans le sol et ajoutent alors leur action à celle du carbonate.

Depuis la découverte des dépôts de Stassfurt, on a beaucoup préconisé l'emploi du chlorure de potassium et surtout celui du sulfate de potasse. Il est possible que ces sels produisent de bons effets, mais il m'a été jusqu'ici impossible de le constater. Il est probable cependant que le sulfate doit, à la longue, se décomposer dans le sol ; je n'ai toutefois rien obtenu de bon en l'employant. Je l'ai expérimenté à Vincennes sur une terre qui était en culture d'épuisement depuis trois ans. Les résultats ont été détestables, tandis qu'avec le carbonate de potasse, ils ont été excellents comme vous pouvez en juger par le tableau suivant :

1865 — RENDEMENT A L'HECTARE

ENGRAIS COMPLET AVEC SULFATE DE POTASSE.		ENGRAIS COMPLET AVEC CARBONATE DE POTASSE.	
Paille. .	3250 kil.	Paille. .	5400 kil.
Grains .	1040 — 13 hect.	Grains .	2040 — 26 hect.
	4290		7440

Les deux cultures avaient reçu 58 kilogrammes d'azote à l'état de sel ammoniac.

De tout ce que je viens de vous dire, il résulte que, dans un avenir prochain, la potasse sera descendue à un prix qui permettra d'en étendre beaucoup l'emploi. Quant à présent, le produit appelé potasse épurée, est encore celui auquel on peut avoir recours avec le plus d'avantage, et jusqu'à plus ample informé il serait sage de n'y substituer le chlorure et le sulfate qu'avec la plus grande circonspection. Mais, comme je vous l'ai dit, à tous ces composés je préfère de beaucoup le silicate, et j'ai la satisfaction de vous annoncer que ce produit, dont le prix élevé nous interdissait l'usage, pourra nous être livré à des conditions inattendues, si des essais de fabrication, que je poursuis depuis longtemps, donnent le résultat qu'il me semble permis d'en attendre.

CHAUX. La chaux est le dernier produit qui entre dans la composition de l'engrais complet.

A l'égard de ce produit, il y a à faire une distinction fondamentale. La chaux agit sur la végétation de deux manières : comme élément de la production et comme agent modificateur de la nature et des propriétés du sol.

Mêlée à un sol tourbeux, la chaux lui fait perdre sa nature acide et ramène la tourbe à la nature de l'humus. Aux sols argileux et trop compacts, elle communique un plus grand degré de friabilité. Dans les terres d'origine feldspathique, elle favorise la désagrégation de la roche mère et contribue à rendre libre la potasse qu'elle contient. L'étude de la chaux, à ce point de vue, m'entraînerait trop loin. Nous conserverons à son emploi, comme agent modificateur de l'état physique du sol, le nom de chaulage et nous réserverons pour l'année prochaine l'examen de cette méthode dont la pratique a reconnu les avantages et consacré l'utilité.

Aujourd'hui nous ne verrons dans la chaux qu'un élément de la production végétale et un constituant de l'engrais complet. J'aurai, par conséquent, peu de chose à vous en dire, d'abord parce qu'on rencontre de la chaux partout et ensuite parce que sa fonction, dans le plus grand nombre des cas, est loin d'avoir la même importance que celle de la matière azotée, du phosphate de chaux et de la potasse.

Vous savez que la chaux est l'oxyde d'un métal, le calcium, et qu'on la prépare en chauffant dans des fours appropriés à cet effet, de la pierre à chaux formée de chaux et d'acide carbonique. Sa nature et ses propriétés dépendent de la nature des calcaires employés à sa production.

On appelle chaux *grasse* celle qui provient des calcaires les plus purs. Elle foisonne beaucoup — c'est-à-dire augmente de volume — lorsqu'on verse de l'eau dessus ou qu'on l'hydrate, comme disent les chimistes. La chaux grasse durcit à l'air, mais non sous l'eau.

On appelle *maigre* et non hydraulique la chaux qui contient de la magnésie et du sable; elle ne durcit pas à l'air.

Enfin on donne le nom de chaux *hydraulique* à celle qui ne foisonne pas, mais qui possède la propriété de durcir à l'air et sous l'eau. Elle doit cette propriété à la présence de l'argile.

La chaux grasse est celle qu'on doit préférer pour les besoins agricoles. Il faut l'employer dans l'engrais complet à raison de 200 kilogrammes à l'hectare.

Parlons maintenant de la préparation de l'engrais que nous avons appelé engrais complet, et dont nous venons de passer en revue les divers constituants.

Toutes les substances qui ont fait le sujet de cette conférence étant réduites en poudre, on verse sur le phosphate de chaux 50 pour 100 de son poids d'acide sulfurique; on abandonne ce mélange à lui-même pendant vingt-quatre ou quarante-huit heures, puis on y ajoute la potasse raffinée, l'hydrate de chaux et en dernier lieu le nitrate de soude. A la rigueur on peut supprimer le traitement du phosphate par l'acide sulfurique et notamment lorsqu'on emploie du noir animal; mais pour peu que le phosphate soit compact, le traitement par l'acide sulfurique est de rigueur.

Le mélange doit être ainsi composé :

	Kil.	Prix.
Phosphate de chaux.	400	48 fr.
Acide sulfurique.	200	24
Potasse raffinée..	200	140
Hydrate de chaux.	200	mémoire
Nitrate de soude.	600	210
	1600	422
		22

Cette fumure contient de 80 à 85 kilogrammes d'azote et elle coûte 418 fr. Son effet dure de 3 à 4 années suivant la nature des terrains. J'ai reconnu que, dans beaucoup de cas, il y avait grand avantage, à donner 200 kilogr. de sulfate d'ammoniaque la troisième année. Mise au plus haut, elle représente donc une dépense de 488 francs, ce qui porte à 122 francs la dépense annuelle.

On peut remplacer les 600 kilogrammes de nitrate de soude par 400 kilogr. de sulfate d'ammoniaque. Cette substitution permet de réaliser, sur la matière azotée, une économie de 70 fr. Je la crois, en outre avantageuse et propre à donner au mélange une plus grande efficacité à l'égard du froment et du colza, mais inférieure à l'égard de la betterave et de la pomme de terre. Seulement il faut répandre l'engrais en deux temps, comme nous allons le dire en traitant la question de l'épandage. Voici, pour ma part, la méthode que je préfère :

S'il s'agit de l'engrais avec le nitrate de soude, on le mêle avec deux ou trois fois son volume de terre que l'on passe à la claie, pour en retirer les pierres, et sur laquelle on verse ensuite quelques arrosoirs d'eau pour l'humecter légèrement, on y mêle alors l'engrais et on forme du tout un tas qu'on abandonne à lui-même pendant 24 heures. Le lendemain on retourne ce mélange encore une fois et on le répand à la main ou à la machine. Lorsqu'on répand à la main, on procède comme si on semait à la volée. Le petit surcroît de dépense que l'addition de la terre entraîne, est largement compensé par les avantages qui résultent d'un épandage plus égal.

Lorsqu'on emploie le sulfate d'ammoniaque comme matière azotée, il faut, comme je le disais tout à l'heure répandre l'engrais en deux temps : on répand d'abord la partie minérale, c'est-à-dire le phosphate de chaux, la potasse et la chaux réunis ; on herse, puis on répand le sulfate d'ammoniaque mêlé lui-même à son poids de terre.

Il est toujours préférable de procéder à l'épandage des engrais par un temps humide. Quant au mode, il y a toute sorte d'avantages à se servir d'une machine. L'épandage est ainsi plus rapide, plus régulier et plus économique.

A l'égard de la potasse raffinée, je dois vous prévenir qu'elle attire fortement l'humidité de l'air. Il faut donc la conserver en barils jusqu'au moment de l'employer. Si elle est en morceaux volumineux, il convient de l'écraser sans chercher à la réduire en poudre. Sa grand solubilité en rend la diffusion facile au sein de la terre humide que l'on mêle à l'engrais.

La préparation des engrais doit avoir lieu de préférence dans la cour de la ferme ou sur une aire battue disposée à cet effet.

En terminant, messieurs, qu'il me soit permis de vous rappeler une fois encore que la plupart des engrais dont je me suis servi ont été préparé autrement que ceux dont je vous conseille l'emploi. La partie minérale était obtenue en fondant ensemble du silicate de potasse avec de la chaux et du phosphate de chaux, produit auquel on mêlait ensuite le nitrate de soude. Sous cette forme, l'action des engrais est plus régulière et plus sûre ; ils opposent plus de résistance à l'entraînement par les eaux pluviales ; ils se désagrègent peu à peu, et, en quelque sorte, au fur et au mesure des besoins des plantes. Par suite de cette désagrégation graduée, tous les minéraux restent associés dans leurs rapports primitifs, ce qui est une condition des plus avantageuses pour en assurer l'efficacité.

Jusqu'à présent, j'ai évité de parler de cette préparation, d'abord parce qu'elle n'est pas indispensable et ne change rien aux principes généraux que je vous ai exposés, et parce que j'ai obtenu d'excellents résultats avec les engrais préparés par simple mélange. Mon silence avait encore une autre cause. Le prix de cette préparation a été jusqu'ici très élevé.

Sous cette forme, la partie minérale de l'engrais revient à 450 fr. au lieu de 192. Je ne pouvais donc la recommander de préférence aux praticiens, bien que je nourisse l'espoir de pouvoir revenir un jour à cette forme.

Cette question est d'ailleurs trop grave pour être traitée incidemment. Réservons-la pour notre prochaine conférence; j'examinerai alors, sous le rapport économique, la question générale des agents de fertilité, et je vous signalerai les diverses manières de comprendre et de pratiquer l'emploi des engrais chimiques.

SIXIÈME CONFÉRENCE

—— —

Messieurs,

Deux propositions résument nos études antérieures :

Premièrement, le phosphate de chaux, la potasse, la chaux et la matière azotée sont les agents par excellence de la production végétale.

Secondement, pour maintenir la terre dans un état constant et progressif de fertilité, il faut lui rendre, au moyen des engrais, plus de phosphate de chaux, de potasse et de chaux que les récoltes ne lui en font perdre. A l'égard de la matière azotée, une restitution partielle suffit, parce que l'azote de l'air compense la différence.

L'art de bien cultiver se réduit à l'observation de ces deux règles, dont les agriculteurs consacrent tous les jours la justesse sans s'en rendre exactement compte. Le fumier qui a été pendant si longtemps le seul moyen d'entretenir la production du sol, et qui reste encore pour beaucoup de gens le symbole incontesté de la fertilité, contient les quatre termes de l'engrais complet, c'est-à-dire du phosphate de chaux, de la potasse, de la chaux et de la matière azotée.

Commençons par établir ce premier fait sur des témoignages irrécusables :

COMPOSITION DU FUMIER DE FERME

DANS 100 PARTIES DE FUMIER SEC.

	DE LA FERME DE VINCENNES[1].	DE LA FERME DE BECCHELBRONN[2].
Carbone. . . . . Hydrogène . . . . Oxygène.	59.65	Carbone. . . . . Hydrogène. . . . . . . Oxygène. 65.50
AZOTE.	2.08	AZOTE. 2.00
ACIDE PHOSPHORIQUE. .	0.88	ACIDE PHOSPHORIQUE. . 1.00
— sulfurique.	traces.	— sulfurique. 0.65
— carbonique	0.94	— carbonique 0.66
Chlore	0.70	Chlore 0.20
Alumine et peroxyde de fer.	0.68	Alumine, peroxyde de fer. 2.05
CHAUX.	5.23	CHAUX. 2.81
Magnésie	0.32	Magnésie 1.20
Soude.	traces.	Soude. 2.60
POTASSE.	2.46	POTASSE. . . . .
Silice soluble	1.41	Silice, sable, argile. . . . 22.13
Sable.	25.66	

---

[1] Georges Ville.

[2] Boussingault.

Vous le voyez, cette première vérification est toute en notre faveur. Le fumier de ferme réunit les quatre termes de l'engrais complet. Sa composition confirme et justifie tout ce que nous avons dit des agents régulateurs de la fertilité.

Je passe à ma deuxième proposition, et je me demande si les systèmes de culture consacrés par l'expérience y sont conformes, ou, en d'autres termes, si les doses de fumier fixées par la pratique et reconnues nécessaires, rendent au sol en phosphate de chaux, en potasse, en chaux et en azote, ce que les récoltes lui enlèvent?

Les faits ne sont pas, sur ce second point, moins concluants que sur le premier.

J'invoque, pour commencer, le témoignage du système de culture appelé *triennal*, qui consiste à cultiver deux ans de suite la terre en froment, et à la laisser une année en jachère. Pour que le sol, soumis à ce régime, conserve sa fertilité et pour que les rendements se soutiennent, la pratique a reconnu qu'il fallait lui donner tous les trois ans 20,000 kilogrammes de fumier de ferme par hectare, ce qui correspond à 4,140 kilogrammes de fumier sec. Il s'agit donc de savoir, si ces 4,140 kilogrammes d'engrais contiennent l'équivalent de deux récoltes de froment en phosphate, en chaux et en potasse? Or voici, sur ce point fondamental, ce que la pratique nous répond par l'organe de M. Boussingault :

BALANCE ENTRE LA RÉCOLTE ET L'ENGRAIS

DANS LE SYSTÈME TRIENNAL

	DANS LA RÉCOLTE.	DANS L'ENGRAIS.
	kil.	kil.
Acide phosphorique.	37.8	39.4
Azote.	87.4	82.8
Potasse.	53.4	102.6
Chaux.	32.9	160.0

La récolte de deux années étant représentée par :

	kil.
Paille.	7500
Grains	3318
	10818

ce qui équivaut à un rendement annuel de 14 hectolitres à l'hectare.

Vous le voyez, il y a égalité parfaite sous le rapport de l'acide phosphorique et de l'azote; mais, pour la potasse et la chaux, on trouve un excédant en faveur de l'engrais.

Dans ce système, la terre reçoit, en réalité, plus qu'elle ne perd. La pratique témoigne donc en faveur de notre deuxième proposition, et il est tout simple que la terre, soumise à ce régime, conserve indéfiniment sa fertilité, puisqu'au terme de chaque période triennale, la balance se solde par un bénéfice à son profit.

Pour se procurer les 20,000 kilogrammes de fumier qui sont nécessaires tous les trois ans, il faut élever du bétail; pour nourrir ce bétail, il faut de la prairie, et pour entretenir la prairie, il faut avoir recours à l'irrigation. C'est donc, en définitive, à l'irrigation et à l'azote de l'air (car la prairie, en opposition en cela avec les céréales, tire la plus grande partie de son azote de l'atmosphère) que l'assolement triennal demande la restitution des quatre agents qu'on exporte sous forme de grains et de viande.

Au terme de chaque rotation, la terre gagne 51 kilogrammes de potasse et 169 kilogrammes de chaux. Mais ces agents, faute d'une quantité corrélative de matière azotée et de phosphate de chaux, sont frappés d'inertie et restent comme non avenus dans le sol; ils constituent une perte sèche qu'on pourrait facilement éviter en ajoutant à l'engrais une quantité proportionnelle de matière azotée et de phosphate de chaux.

Un autre inconvénient du système triennal et qui lui est absolument inhérent, c'est celui de laisser la terre improductive une année sur trois. Aussi a-t-on cherché de tout temps à le perfectionner et à supprimer la jachère pour y substituer un système de culture *continu*.

L'introduction du trèfle dans la grande culture et l'extension donnée aux plantes sarclées, ont rendu possible cet important progrès. En faisant alterner le froment avec une légumineuse et surtout avec le trèfle, on peut supprimer l'année de jachère, sans nuire aux deux récoltes de céréales, à la condition toutefois d'enfouir en vert la troisième coupe du trèfle. Sous le bénéfice de cet amendement, la terre peut produire d'une manière continue, sans que l'on ait à craindre son épuisement.

Voilà un système bien différent du premier; satisfait-il de même à la condition d'équilibre exprimée par notre deuxième proposition? L'engrais contient-il autant de phosphate de chaux, de chaux et de potasse, qu'il y en a dans les récoltes? Le tableau suivant va nous permettre d'en juger.

BALANCE ENTRE LA RÉCOLTE ET L'ENGRAIS[1]

DANS UN ASSOLEMENT DE CINQ ANS SANS JACHÈRE.

	DANS LA RÉCOLTE.	DANS L'ENGRAIS[2].
	kil.	kil.
Acide phosphorique.	84.6	98
Potasse et soude.	247.7	255
Chaux.	132.0	281
Azote	250.0	203

Les rendements des cinq années étant représentés par les récoltes suivantes :

RÉCOLTES SÈCHES.

		kil.
1re année,	pommes de terre.	5085
2e	froment (paille et grains).	3406
3e	trèfle.	4029
4e	froment (paille et grains).	4208
»	navets dérobés.	716
5e	avoine.	2347
	Total des rendements.	17791

---

[1] Boussingault. *Économie rurale.*

[2] Outre le fumier, on donne à la terre 10,000 kil. de cendre de tourbe, ce qui amène au sol un excédant de 300 kilog. de chaux et de 155 kilog. de potasse.

La loi d'équilibre est observée ici comme dans le système triennal, seulement la récolte accuse, dans ce cas, un excédant considérable d'azote.

Mais poussons les choses plus loin. Pénétrons plus avant dans l'économie de cet assolement, et définissons en quoi il diffère de l'assolement triennal.

Dans le système triennal, la terre recevait, tous les trois ans, par le fumier de ferme, un excédant de 51 kilogrammes de potasse et de 169 kilogrammes de chaux, qui restaient dans le sol à l'état de non-valeur, faute d'un surcroît de phosphate de chaux et de matière azotée. Dans l'assolement continu, cet excédant trouve son emploi.

Les deux plantes dont l'alternance avec le froment a rendu possible la suppression de la jachère, exigent, en effet, plus de potasse et de chaux que le blé, et par suite tous les éléments du fumier sont utilisés; il n'y a plus de non-valeur. Ainsi les progrès de la pratique ont eu invariablement pour conséquence de mieux utiliser tous les éléments du fumier.

Mais ce n'est pas pour ce motif seulement que les assolements alternes l'emportent sur le système triennal. Les assolements alternes doivent une partie de leur supériorité à ce que le trèfle puise surtout l'azote dans l'air, tandis que les céréales le tirent principalement du sol et des engrais. Non-seulement le trèfle ne diminue pas les ressources disponibles du sol en matière azotée, mais il les accroît, au contraire, dans une proportion notable. L'enfouissage en vert de la troisième coupe est un véritable engrais dont l'azote de l'air a fait tous les frais. Ainsi, avant que l'on sût qu'il y avait opposition entre certaines plantes, sous le rapport de la source où elles puisent l'azote et avant que la composition du fumier fût elle-même connue, la pratique avait observé, à son insu, la loi d'équilibre que l'on ne peut enfreindre sans porter atteinte au maintien de la fertilité. Lorsqu'on remonte ainsi, par la pensée, à la source des éléments qui reviennent périodiquement rendre à la terre ce que l'exportation d'une partie des récoltes lui a fait perdre, on ne sait ce qu'il faut le plus admirer ou de la pratique observant une loi qu'elle ne saurait définir, ou de la science qui nous en découvre à la fois la raison et la nécessité et nous permet d'atteindre le même but, par des combinaisons plus simples et plus économiques.

A l'égard des assolements alternes, j'ai encore besoin de vous expliquer deux choses : pourquoi la production de la viande épuise moins le sol que celle des céréales, et pourquoi, à surface égale, le rendement, avec le régime des assolements alternes et continus, l'emporte sur celui du système triennal.

L'exportation de la viande, ai-je dit, est moins épuisante pour la terre que celle des récoltes en nature. Rien n'est plus facile à justifier.

Prenons le cas le plus simple, celui des animaux à l'engraissement. Lorsqu'un animal est mis à ce régime, on retrouve, dans ses déjections, la totalité des minéraux et les trois quarts de l'azote contenus dans sa ration. Ainsi tandis que, par l'exportation des récoltes en nature, l'azote et les minéraux eussent été perdus pour le sol, par la conversion de ces mêmes récoltes en viande, la perte se trouve réduite à un tiers de l'azote. Et si j'ajoute que l'azote du foin et des racines qui entrent dans la nourriture des animaux, provient en grande partie de l'air, vous voyez qu'en réalité la production de la viande n'entraîne aucune perte pour le sol.

L'élève du bétail, il est vrai, ne peut être assimilé, sous ce rapport, à l'engraissement des animaux parvenus au terme de leur croissance. Dans le premier cas, indépendamment de l'azote qui est perdu par la respiration de l'animal, il s'en fixe une certaine quantité dans ses tissus, il s'y fixe aussi du phosphate de chaux et de la potasse ; mais cette perte est si faible, comparée à celle que produirait l'exportation des récoltes en nature, qu'il y a un avantage considérable, au point de vue de l'amélioration du sol, à substituer l'exportation des animaux à celle des produits végétaux.

Il faut remarquer encore que, sur les cinq années qu'embrasse l'assolement continu, le sol est occupé une année par une plante sarclée — pomme de terre ou betterave — et une année par le trèfle. Ces deux récoltes étant, pour la plus grande partie au moins, consommées sur le domaine, il en résulte un accroissement d'engrais qui se traduit à son tour par une augmentation correspondante de céréales.

La production de la viande est une condition d'amélioration pour le sol, parce qu'elle rend à la terre les agents de fertilité qu'elle avait perdus. Les assolements alternes sont plus productifs que l'assolement triennal, parce qu'on y fait entrer des plantes qui prennent leur azote dans l'air, alors que le froment tire le sien de la terre. Dans le système triennal, l'hectare produit, en moyenne et par an, 2,795 kilogrammes de récolte, contenant 29 kilogrammes d'azote, tandis qu'avec l'assolement alterne, que nous avons choisi comme terme de comparaison, le rendement est de 3,558 kilogrammes où l'azote figure pour 50 kilogrammes. Ainsi, outre l'avantage de supprimer l'année de jachère, les assolements alternes ont celui d'être plus productifs dans une proportion considérable [1].

Une nouvelle question se présente ici. Devons-nous voir, dans ces systèmes si bien combinés, le dernier mot du progrès agricole? le terme auquel nos efforts doivent ou puissent prétendre? Gardez-vous de le croire. La pratique, abandonnée à ses seules ressources, a trouvé le moyen de réaliser d'autres perfectionnements encore plus avantageux. Disons, en peu de mots, en quoi ils consistent et quel est leur véritable caractère.

Vous savez, messieurs, que la betterave et le sorgho contiennent des quantités considérables de sucre. Dans la betterave, la proportion du sucre est de 8 à 10 pour 100 du poids de la racine; elle s'élève dans le sorgho jusqu'à 14 à 16 pour 100.

Or, si on fait entrer la betterave, le topinambour ou le sorgho pour moitié dans les cultures, et que ces plantes étant employées à l'extraction du sucre ou à la fabrication de l'alcool, les pulpes de la betterave ou du topinambour soient consommées par les animaux, on réalise un système bien supérieur au précédent, car il ménage plus encore le sol, auquel l'exportation du sucre, de l'alcool et de la viande ne fait presque rien perdre.

Après ce que je vous ai dit des avantages qu'il y a à transformer en viande les produits végétaux, il me suffira, pour vous faire comprendre la supériorité de ce dernier système, de vous expliquer comment l'exportation du sucre, qui est un produit végétal, peut néanmoins avoir lieu sans être une cause d'appauvrissement pour la terre.

[1] J'emprunte à M. Boussingault les chiffres que je rapporte ici, ils sont à peine la moitié de ceux que produit la culture intensive.

Le sucre appartient, vous le savez, à la classe des hydrates de carbone. Il n'admet dans sa composition que du carbone, de l'hydrogène et de l'oxygène. Or le carbone a pour origine l'acide carbonique de l'air ; l'hydrogène et l'oxygène proviennent de l'eau dont la pluie ou l'irrigation font tous les frais. Dans le sucre, il n'y a ni acide phosphorique, ni potasse, ni chaux, ni matière azotée, pas la moindre trace des quatre éléments constitutifs de l'engrais complet. Comment donc pourrait-on, en l'exportant, affecter la fertilité du sol ? Tout ce que la plante a emprunté à la terre se trouve concentré dans les pulpes et les vinasses qui restent après la distillation des mélasses. Or vinasses et pulpes sont consommées par les animaux. Il n'y a de réellement perdu que l'azote exhalé par la respiration animale, mais comme ce n'est là qu'une fraction de celui que les plantes ont tiré de l'air, la terre ne perd en réalité rien, tant que l'exportation se borne à du sucre, à de l'alcool et à de la viande.

Voici, en effet, comment se décompose, au point de vue qui nous occupe, le rendement d'un hectare de betteraves évalué à 40,000 kilogrammes de racines fraîches, qui se réduisent par la dessiccation à 6,503 kilogrammes :

6303 KILOG. DE BETTERAVES DESSÉCHÉES A 120° SE DÉCOMPOSENT EN :

	kil.
Sucre.	3207
Pulpe.	3096
TOTAL ÉGAL.	6303

Le sucre et la pulpe étant eux-mêmes ramenés à leurs éléments premiers, se trouvent représentés par :

3207 kil. DE SUCRE
	kil.
Carbone	1351
Hydrogène.	206
Oxygène.	1650
TOTAL ÉGAL.	3207

Éléments tirés de l'air et de l'eau ; leur exportation n'appauvrit pas le sol.

3096 kil. DE PULPE

	kil.
Carbone.	
Hydrogène.	2602
Oxygène.	

Éléments tirés de l'air et de l'eau ; leur exportation n'appauvrit pas le sol.

Azote	190
Acide phosphorique.	27
Potasse	129
Chaux.	30

Agents essentiels de la fertilité ; leur exportation appauvrit le sol.

Soude.	49
Magnésie.	22
Acide sulfurique.	10
Chlore.	5
Oxyde de fer.	3
Silice soluble.	6
Silice insoluble.	23

Agents secondaires de la fertilité ; leur exportation n'appauvrit pas le sol

TOTAL ÉGAL.	3096

Puiser dans l'air le plus possible pour enrichir le sol, voilà tout le secret de l'art agricole. La tradition nous l'enseigne comme la science; elle consacre en tous points nos formules et nos résultats.

Du moment qu'il faut produire l'engrais sur le domaine même, l'agriculture fondée sur l'annexion d'une sucrerie ou d'une distillerie réalise ce qu'on peut concevoir de plus avancé. Mais, à ce point de vue même, la science indique encore une solution à la fois plus complète et plus simple dont il me reste à vous entretenir.

Tout le monde sait que le colza est une plante oléagineuse que l'on cultive pour la graine.

Mais ce que vous ne savez peut-être pas, c'est que les *corps gras*, sans être précisément des hydrates de carbone, n'admettent néanmoins, dans leur composition, que du carbone, de l'hydrogène et de l'oxygène. Il suit de là que si, au lieu de vendre la graine de colza, on extrayait, dans la ferme même, l'huile qu'elle contient et qui seule serait exportée, il suffirait de rendre à la terre les autres parties de la plante pour qu'on pût faire revenir indéfiniment le colza sur la même terre, attendu que le sol, bien loin de s'appauvrir, irait toujours s'enrichissant en produits azotés.

Dans ce système, le tourteau que les graines laissent, après l'extraction de l'huile, serait l'engrais principal. Ce tourteau est très-riche en azote. Délayé dans l'eau, il se décompose aussi facilement que les matières d'origine animale. On peut à son aide préparer un liquide dont on se servirait comme d'une sorte d'urine artificielle pour déterminer l'altération et la désagrégation des tiges et des gousses ou siliques. Je crois même qu'on pourrait, sans inconvénient, brûler les tiges et les siliques et en

22

mêler les cendres au tourteau sans autre préparation.

Mais pour que ce système réalise, dans la pratique, les avantages indiqués par la théorie, il faudrait retirer de la graine la totalité de l'huile qui s'y trouve. Or le tourteau, au sortir de la presse hydraulique, contient encore 6 à 8 pour 100 d'huile, qu'il serait possible d'extraire au moyen du sulfure de carbone ou des huiles légères de houille. Cette extraction n'offre aucune difficulté. Je ne vous ferai pas la description des appareils. Il me suffit de vous avoir signalé le résultat, que je veux seulement préciser par quelques chiffres.

PRODUITS A L'HECTARE

1° VENTE DE LA GRAINE

francs.

35 hect. ou 2310 kil. à 46 fr. les 100 kil. 1062

2° EXTRACTION DE L'HUILE PAR LA PRESSE (ancien système)

2310 kil. de graines à 35 p. 100 d'huile = 808 kil. d'huile francs.
à 120 fr. les 100 kil. 969

2310 kil. de graines à 62 p. 100 de tourteau = 1432 kil. de
tourteau à 15 fr. 50 c. les 100 kil. 222

PRODUIT TOTAL. 1191

3° EXTRACTION DE L'HUILE PAR UN DISSOLVANT (nouveau système)

2310 kil. de graines à 45 p. 100 d'huile = 1039 kil. d'huile à francs.
120 fr. les 100 kil. 1246

2310 kil. de graines à 52 p. 100 de tourteau = 1201 kil. de
tourteau à 15 fr. 50 les 100 kil. 186

PRODUIT TOTAL. 1432

francs.

Bonification sur la vente de la graine. 370
Bonification sur l'extraction de la presse. 241

La vente pure et simple de la graine, qui a pour consé-quence d'épuiser le sol peut rapporter par hectare 1,062 francs; tandis que l'extraction de l'huile, au moyen du sulfure de carbone, donne un produit de 1,432 francs [1]. Il y a donc une différence de 370 francs en faveur de ce système.

Au lieu de se faire fabricants d'huile, les agriculteurs pourraient encore vendre leurs graines et racheter des tour-teaux dont ils se borneraient à extraire l'huile au moyen du sulfure de carbone. En prenant les choses au plus bas, le bénéfice net de l'opération serait au moins de 100 francs par hectare. Or le matériel nécessaire à cette extraction est certainement moins coûteux qu'une distillerie.

Je ne saurais entrer dans plus de détails; ce que j'ai dit suffit pour mettre en lumière le principe nouveau des cultures se suffisant à elles-mêmes. Mais puisque j'ai parlé du colza, laissez-moi ajouter que, dans cette plante, les siliques ont une grande valeur comme engrais, à cause de la potasse qu'elles contiennent. Je n'ai pas eu jusqu'à présent l'occasion de m'assurer si la paille et les siliques se décomposent facilement par la putréfaction. Je me bor-nerai donc à vous présenter ce qu'une bonne récolte de colza contient d'agents de fertilité, vous laissant à vous-mêmes le soin de décider s'il vaut mieux brûler la paille et les siliques ou les convertir en fumier, à l'aide des tour-teaux employés comme levain, d'après la méthode du pauvre Joffret, aux travaux duquel je me promets, depuis longtemps, de rendre une tardive justice.

---

[1] L'huile extraite par le sulfure de carbone vaut un peu moins que celle extraite par simple pression, mais la différence est assez faible, et comme elle ne porte que sur l'huile laissée dans les tourteaux, pour donner au compte plus   simplicité, je n'y ai pas eu égard.

CULTURE DU COLZA [1]

	kil.	
Paille.	5165	
Siliques	2305	
Grains . . . . , . . .	2339	55 hect.
	9809	

dans lesquels il y a :

	GRAINES. kil.	SILIQUES. kil.	PAILLE. kil.	TOTAL. kil.
Acide phosphorique	30.00	4.78	7.98	42.76
Potasse.	16.69	73.64	16.59	106.98
Chaux.	7.57	71.81	49.33	128.71
Azote	97.98	25.44	53.69	177.11

[1] On a déduit ces données d'une culture de Vincennes, dont le rendement avait atteint 41 hectolitres à l'hectare, et qui se décompose ainsi :

RÉCOLTE DE 1864

	kil.	HUILE.	HUILE TOTALE.
Paille.	6050	46,02 0/0	1260 kil.
Siliques.	2700		
Graines	2740		
	11.490		

	GRAINES. kil.	SILIQUES. kil.	PAILLE. kil.	TOTAL. kil.
Azote.	114.79	29.80	62.89	207.48
Acide carbonique	2.01	69.91	51.47	123.39
Acide phosphorique	35.15	5.62	9.35	50.12
Acide sulfurique	9.86	11.25	18.37	39.48
Chlore	5.86	17.58	41.07	64.51
Potasse.	19.55	86.26	19.44	125.25
Soude.	13.08	22.70	96.89	32.67
Chaux	8.88	84.12	57.79	150.79
Magnésie	12.43	11.70	7.52	31.65
Oxyde de fer	1.58	1.95	1.72	5.25
Silice soluble.	1.06			
Silice insoluble.	14.14	8.03	13.12	35.29

Vous voyez que les graines et les siliques sont les parties les plus précieuses de la plante, les premières à cause de leur richesse en azote et en acide phosphorique, les secondes à cause de leur richesse en potasse. Toute l'économie de ce système revient donc à n'exporter que des produits formés de carbone, d'hydrogène et d'oxygène, dont l'air et l'eau ont fait tous les frais; et à rendre à la terre la totalité de l'azote et des minéraux contenus dans les récoltes.

Cette méthode n'est pas applicable seulement aux plantes oléagineuses, elle peut s'étendre, avec les mêmes avantages, aux cultures qui produisent :

> Le sucre,
> Les fécules,
> La cellulose (sous la forme de textile),
> Les résines et les essences.

Passons rapidement en revue ces quatre cas nouveaux.

A l'égard des plantes à sucre, betteraves, topinambours, sorgho, etc., le procédé consiste à faire décomposer directement les résidus et les pulpes, en les arrosant avec les vinasses dans lesquelles la plus grande partie de la potasse s'est concentrée. Vous savez, messieurs, qu'on appelle de ce nom le liquide qui reste après la distillation de l'alcool. Une fumure préparée par ce procédé avec des tiges exprimées de sorgho, a donné, à ma connaissance, des résultats excellents.

Les plantes féculentes se prêtent à merveille au même traitement. Tout ce que j'ai dit du sorgho et de la betterave leur est applicable. Le lin et le chanvre rentrent dans la même catégorie. Le jour où l'on renoncera au rouissage par macération dans l'eau et où l'on aura recours à des procédés mécaniques pour séparer le textile de la paille, on pourra composer, avec cette dernière, des engrais d'une grande efficacité. Vous en serez aisément convaincus si je vous montre ce qu'une récolte moyenne de chanvre et de in, non compris la graine, prélève sur le sol :

	CHANVRE.	LIN.
	kil.	kil.
Récolte moyenne à l'hectare	8000	5000
Azote . . . . , ...	139	45
Acide phosphorique.	12	26
Potasse	27	45
Chaux.	152	40

Tous ces exemples appartiennent au même ordre de faits et se déduisent des mêmes principes. Je ne saurais donc le répéter avec trop d'insistance : ne laissez rien perdre et évitez, autant qu'il dépendra de vous, l'exportation des récoltes en nature. Là où la production de la viande n'est pas avantageuse, cherchez à produire des matières hydrocarbonées ; les résidus de la fabrication suffiront à l'entretien de la fertilité de la terre.

Si vous aviez quelques doutes sur l'efficacité de ce système, il me suffirait, pour les dissiper, de vous rappeler ce qui se passe pour le pin résineux, dont la culture rentre dans le cadre qui nous occupe.

Lorsqu'on parcourt les landes de Gascogne, on est frappé du contraste que présente la végétation des arbres comparée à celle des herbes. La végétation planturière y est maigre, rabougrie ; elle n'a pour représentants que des ajoncs et de la bruyère, hôtes ordinaires des sols peu favorisés ; mais tout à côté s'étalent, riches de verdure et dans un état de luxuriante prospérité, de magnifiques forêts de pins résineux dont la cime atteint jusqu'à 8 et 10 mètres de hauteur. Comment expliquer ce voisinage de la misère et de l'opulence, sous l'empire de conditions identiques? C'est là un premier sujet de réflexion.

Vous savez en outre que le pin maritime, lorsqu'il est âgé de *quinze ans*, devient l'objet d'une exploitation régulière et très-lucrative de résine. Chaque année, on exporte une assez grande quantité de produits résineux sans que la terre en souffre. On peut même dire que la culture du pin l'améliore. Produire, exporter, ne rien rendre à la terre et néanmoins la voir s'améliorer, comment expliquer un pareil résultat? L'explication est facile autant que concluante. Vous allez en juger.

Il est bien vrai qu'arbres et plantes sont formés des mêmes éléments, mais les premiers vivent plus aux dépens de l'air que les secondes. La végétation des arbres, et des arbres résineux surtout, est plus lente que celle des herbes, Dans le même espace de temps, les plantes annuelles produisent plus de matière organisée que les arbres, et cela nous explique déjà pourquoi ceux-ci prospèrent là où celles-là ont peine à pousser.

Les arbres verts, à raison de la lenteur de leur développement, s'accommodent des plus mauvaises terres. Vous savez également que, dans un arbre, le tronc est la partie qui emprunte le moins à la terre. Formé presque en entier de cellulose, qui est un hydrate de carbone, il trouve dans l'air les éléments de sa croissance et de son développement. Quant aux minéraux qui s'y rencontrent, ils se bornent à quelques traces de chaux, de magnésie et d'oxyde de fer. Phosphates et alcalis n'y figurent que pour des quantités infiniment petites. Les feuilles, il est vrai, se rapprochent davantage des plantes proprement dites, sous le rapport de leur composition et de la rapidité de leur formation. Mais

les feuilles des pins, dans les Landes, ne sont pas un produit d'exportation ; à mesure qu'elles tombent, elles se décomposent, restituent à la terre tout ce qu'elles en ont tiré
et y ajoutent même l'azote qu'elles ont puisé dans l'air ; si
bien qu'en fin de compte, les couches superficielles du sol
reçoivent plus qu'elles n'ont perdu. Elles gagnent de l'a-
zote, des produits hydro-carbonés propres à la formation
de l'humus et enfin les minéraux que les racines sont al-
lées puiser dans les couches profondes du sol. Il n'y a de
réellement perdu que les matières que le bois du tronc
immobilise, et cette perte, je le répète, est très-avantageuse-
ment compensée par les apports d'agents fertilisants venus
des couches inférieures.

Nous avons dit que lorsque les pins atteignent l'âge de
quinze ans, ils sont exploités pour la résine. A cet effet,
on pratique de profondes entailles à la partie inférieure du
tronc et on recueille, dans une cavité creusée au pied de l'arbre, la résine qui en découle. On obtient ainsi par hectare :

	kil		kil.
1° Gemme	350	à	500
2° Barras	160	à	200
TOTAL.	510	à	700

Chaque année, la même opération est renouvelée et on
exporte la même quantité de produits. Mais alors, direz-
vous, la terre perd donc sans recevoir du dehors aucune
compensation ? En réalité la terre ne perd rien. La résine,
comme le sucre et les corps gras, est exclusivement formée
de carbone, d'hydrogène et d'oxygène. Nous rentrons, vous
le voyez, dans les données des exemples précédents.
Ce que l'agriculture de nos départements du Nord accomplit en appelant à son aide toutes les ressources de la

science et des arts industriels, le modeste paysan des Landes le fait avec un outillage primitif : une hache pour inciser l'écorce des arbres, un racloir pour ramasser la résine lui suffisent. Dans le Nord la pulpe des betteraves est livrée au bétail pour qu'il la transforme en engrais ; dans le Midi, les feuilles des pins retournent spontanément à la terre, où, sans autre préparation, elles se changent en humus, et cèdent en outre au sol leurs minéraux et une partie de leur azote. Là, c'est l'agriculture riche, aux produits intensifs, aux grands capitaux ; ici, l'agriculture des mauvaises terres, des pays où la population est clair-semée ; mais, dans les deux cas, bien que les moyens diffèrent, le but est le même : puiser dans l'air et ménager le sol.

Dans une exploitation où la betterave est cultivée pour la fabrication du sucre, il faut compter, tant pour le cheptel et l'outillage industriel, sur un capital moyen de 3 à 4,000 francs par hectare, tandis que la culture forestière du pin exige à peine une dépense annuelle de 50 à 60 francs. Mais les produits sont en rapport avec l'inégalité des moyens. Un hectare de pins donne annuellement 500 à 700 kil. de produits résineux dont la valeur, en temps ordinaire, est de 150 à 200 francs, alors que l'hectare de betteraves rapporte (pour ne prendre qu'un rendement moyen) 40,000 kilogrammes de racines, valant 800 francs et d'où l'on extrait 2,500 kilogrammes de sucre environ, qui représentent, à leur tour, de 12 à 1,400 francs. Ajoutons, enfin, que chaque hectare de betteraves, cultivé pour l'extraction du sucre, rapporte au Trésor 1,000 francs à raison des droits dont le sucre est grevé. Tous ces exemples rentrent dans les lois générales que nous avons posées ; ils prouvent tous que les rendements ne se maintiennent qu'à la condition de rendre au sol ce qu'il a perdu en agents de fertilité, et que les systèmes reconnus les plus efficaces sont ceux qui satisfont le mieux à cette condition. Mais ces exemples nous prouvent encore que la production des engrais par les animaux perd le caractère de nécessité absolue qu'on lui avait attribué. Aujourd'hui, on fera du fumier, si, tout bien pesé on y trouve son profit ; dans le cas contraire, on y suppléera par les engrais chimiques. Au lieu d'une question de bonne culture, il n'y a plus là qu'une question de prix de revient. Ce que j'ai fait dans le sable calciné d'abord, puis dans la terre de Vincennes qui ne vaut guère mieux ; ce qu'un fermier du plus grand mérite commence à pratiquer dans la plaine de Meaux : l'agriculture ne peut manquer, dans un avenir prochain, de le faire d'une manière générale et systématique. Le jour approche où elle demandera à la science et à l'industrie une grande partie si ce n'est la totalité de ses engrais, dont elle apprendra à régler les doses et la composition, suivant la richesse du sol et la nature des cultures.

Il nous reste maintenant à envisager la question des engrais chimiques sous un autre aspect et à formuler les règles auxquelles leur emploi doit être soumis. Ici tout est nouveau, tout est grave. L'avenir dépend de la valeur des préceptes que je vais avoir l'honneur de vous exposer, et ce n'est pas sans émotion, vous le comprenez aisément, que j'aborde cette partie de mon sujet.

Jusqu'ici j'ai traité de la végétation et des conditions de son développement comme d'un problème scientifique dont nous poursuivions ensemble la solution, laissant chacun libre d'appliquer, comme il l'entendrait, les principes qui ressortent de cette étude. Ma réserve, à l'endroit des questions pratiques, a été extrême. Mais ne vous y trompez pas, elle était de ma part toute volontaire et le résultat d'un parti pris. Ceux qui me connaissent et savent de quels documents je dispose, s'étonnent de mon peu d'empressement à les livrer au public. Je dois à l'intérêt bienveillant qu'ils m'ont souvent manifesté, comme je me dois à moi-même, de m'expliquer enfin sur ce point.

Les phénomènes de la végétation sont soumis à des influences beaucoup plus nombreuses que celles qui commandent au règne inorganique : les saisons, la nature des milieux, le degré variable de vitalité dans les graines influent sur le cours de ces phénomènes, et doivent être pris en considération ; avant d'avoir fait la part de chaque facteur dans la résultante dont le végétal est l'expression, il faut des années de labeur et des miliers d'expériences. Des cultures instituées dans les mêmes conditions donnent souvent des rendements très-divers, sans que l'observation la plus attentive puisse découvrir la cause de ces différences. Si l'on voulait conclure, d'après une expérience isolée, on n'arriverait à rien de général ou du moins on n'apercevrait les effets généraux qu'à travers une multitude d'amendements qui en rendraient la formule incertaine. En multipliant les expériences et en les renouvelant dans la même terre, il finit par se produire, dans les rendements, des compensations inattendues qui effacent les discordances des premiers résultats et qui impriment aux phénomènes une régularité que l'on pourrait croire incompatible avec leur nature.

Que de fois j'ai senti ma foi ébranlée lorsque, dans mes cultures expérimentales, je voyais les rendements accuser des écarts que rien ne pouvait m'expliquer ! J'ai persévéré et ces écarts ont fini par s'atténuer, par devenir de plus en plus rares, et même par disparaître tout à fait. L'expérience a établi, dans mon laboratoire, une sorte de tradition qui me rassure contre l'inattendu des résultats anormaux, et grâce au grand nombre de faits que j'ai recueillis, sans jamais répudier arbitrairement un résultat défavorable, quand il s'en présente un de ce genre, je puis, à l'aide de données antérieures, le faire entrer dans une moyenne qu'il rend plus sûre, parce qu'elle porte sur un plus grand nombre d'observations.

La qualité des graines influe, dans une proportion très-importante, sur les rendements. Combien je déplore aujourd'hui de n'avoir pas accordé à cette influence toute l'attention qu'elle mérite! J'ai fait bien des recherches pour reconnaître d'avance la qualité des graines, c'est-à-dire la mesure dans laquelle leur choix peut affecter le rendement. L'exposition des résultats que j'ai obtenus dans cette voie m'entraînerait trop loin; je me bornerai donc à recommander aux personnes qui auraient l'intention de se livrer à des recherches suivies sur la végétation, de s'imposer l'obligation de produire elles-mêmes leurs graines de semences, et de n'en jamais changer.

Plus mes recherches s'étendaient, plus leurs résultats acquéraient de certitude, plus je sentais que c'était un devoir pour moi de m'attacher surtout aux questions pratiques; et plus je comprenais, en même temps, que je ne pouvais apporter, dans cette direction nouvelle, trop de mesure et de circonspection.

Après bien des hésitations, je me suis mis à l'œuvre, mais non sans m'être imposé les règles suivantes :

1° N'admettre et ne publier que les résultats de mes propres observations ;

2° N'établir de calculs que sur les analyses faites par moi ou dans mon laboratoire ;

3° Ne considérer un résultat comme démontré qu'après l'avoir vérifié, trois ou quatre ans de suite, à moins que, dès la première année, il ne fût conforme à un résultat déjà démontré.

L'engagement pris avec moi-même de ne pas m'écarter de ces règles vous explique la réserve et la lenteur de mes communications avec le public agricole.

Je vous ai dit, à maintes reprises, que l'engrais complet se montrait partout efficace.

Mais admettons qu'on décompose l'engrais complet, et qu'on emploie séparément, sur une terre de fertilité moyenne, chacun des quatre termes qui le constituent, c'est-à-dire de la matière azotée, du phosphate de chaux, de la potasse et de la chaux : l'effet produit sera très-différent, suivant la nature des végétaux qu'on y cultivera.

La matière azotée produit un grand effet sur les céréales. Le phosphate de chaux se montre très-efficace sur le turneps, le rutabaga et le maïs ; la potasse sur les pois ; la potasse associée à la chaux, sur le trèfle.

Cette efficacité spécifique est une chose fort curieuse ; je ne puis vous la présenter qu'à titre de fait ; l'explication m'entraînerait trop loin. J'ajouterai, cependant, que les effets de cet ordre ne se manifestent que dans des sols d'une fertilité moyenne, c'est-à-dire déjà pourvus, dans une certaine mesure, de matière azotée, de phosphate de chaux, de potasse et de chaux. Dans un sol qui serait absolument dépourvu de ces produits, les effets que je rapporte ne se manifesteraient pas. Ce qui nous mène finalement à cette conclusion générale, que si la réunion du phosphate de chaux, de la potasse, de la chaux et d'une matière azotée, réalise la condition par excellence de la fertilité, chacun de ces quatre corps remplit, tour à tour, une fonction subordonnée ou prédominante.

Je vous ai dit, dans la deuxième Conférence, et j'ai répété

dans celle-ci, que la matière azotée, qui agit si efficacement sur les céréales n'a pas d'effets appréciables sur les légumineuses. Les observations que j'ai rapportées à l'appui de cette assertion, dans la deuxième Conférence, sont aussi concluantes que possible. Je ne les reproduirai pas ; il me suffit de vous y renvoyer. Mais l'efficacité des matières azotées n'est pas spéciale et exclusive au froment. Le colza, la betterave, la pomme de terre, le chou, le lin y sont également sensibles. Dans la deuxième Conférence, je n'ai rapporté que des faits relatifs au froment ; qu'il me soit permis de compléter la démonstration en indiquant les résultats obtenus sur d'autres cultures.

ACTION DE LA MATIÈRE AZOTÉE SUR QUELQUES CULTURES

RENDEMENT A L'HECTARE

COLZA.	ENGRAIS COMPLET.	ENGRAIS MINÉRAL.	TERRE SANS ENGRAIS.
	kil.	kil.	kil.
1864. Paille....	6050	5000	3900
Siliques .	2700	2500	2500
Grains...	2740 — 41 hect.	1800 — 28 hect.	1520 — 23 hect.
	11490	9300	7920
	kil.	kil.	kil.
1865. Paille....	3400	1050	520
MAUVAISE Siliques .	1450	870	900
RÉCOLTE Grains...	1400 — 21 hect.	390 — 6 hect.	270 — 4 hect
	6250	2310	1690

RACINES FRAICHES.

BETTERAVES.	ENGRAIS COMPLET.	ENGRAIS MINÉRAL.	TERRE SANS ENGRAIS.
	kil.	kil.	kil.
1862.	38600	19000	13700
1864.	34800	19950	18800
1865.	47350	16700	2700
Rendement moyen.	40250	18550	11733

POMMES DE TERRE.	TUBERCULES.		
	ENGRAIS COMPLET.	ENGRAIS MINÉRAL.	TERRE SANS ENGRAIS
	kil.	kil.	kil.
1865.	27950	16800	7700

Ainsi, voilà un point bien établi. La matière azotée influe sur le rendement de ces plantes dans une proportion considérable et plus que tous les autres termes de l'engrais complet [1].

Je vous ai dit et je répète que, sur les légumineuses, la matière azotée ne produit aucun effet appréciable. A l'égard de ces plantes, les minéraux et la potasse constituent l'élément régulateur et prédominant. Je vous ai cité les faits qui établissent le rôle purement passif de la matière azotée ; voici ceux qui démontrent la haute efficacité des minéraux :

ACTION DES MINÉRAUX SUR LES POIS ET LES HARICOTS

RENDEMENT A L'HECTARE

POIS.	ENGRAIS COMPLET.	ENGRAIS MINÉRAL.	TERRE SANS ENGRAIS.
	kil.	kil.	kil.
1862. { Paille.	3950	3680	2470
Grains..	1690	2010	1470
	5620	5690	3940
	kil.	kil.	kil.
1863. { Paille.	2180	2660	1340
Grains	700	810	390
	2880	3470	1730

[1] La potasse exerce beaucoup plus d'effet sur la pomme de terre que la matière azotée.

		ENGRAIS COMPLET. kil.	ENGRAIS MINÉRAL. kil.	TERRE SANS ENGRAIS. kil.
1864.	Paille.	3000	3020	2110
	Grains	1370	1620	820
	HARICOTS.	4370	4640	2930
1865.	Paille.	2100	1930	1210
	Grains.	1820	2050	720
		3920	3980	1930

Sur les racines de la famille des crucifères, le rutabaga et le turneps, le phosphate de chaux a plus d'action que la matière azotée et la potasse. Dans une terre en bon état d'entretien, une fumure de phosphate de chaux produit des effets merveilleux sur les turneps, tandis que, sur le froment, la betterave et les pois, elle n'a aucune influence.

ACTION DU PHOSPHATE ACIDE DE CHAUX SUR LE TURNEPS

D'APRÈS MM. LAWES ET GILBERT

RENDEMENT A L'HECTARE

	PHOSPHATE ACIDE DE CHAUX ET MATIÈRE AZOTÉE. kil.	PHOSPHATE ACIDE DE CHAUX. kil.	TERRE SANS ENGRAIS kil.
1847. Racines fraîches.	17789	16282	6124
1848.	23640	24881	2542
1849.	10286	9552	325
1850.	30393	25681	10824
1851.	24329	22819	8728
1852.	19152	18952	2989
Rendement moyen.	22598	19694	5305

N'allez pas vous méprendre, messieurs, sur la significa-tion de ces résultats, et gardez-vous bien de croire que ces agents si efficaces, dans un sol de qualité moyenne, au-raient produit les mêmes effets dans une terre plus pauvre. L'action prédominante d'un ou de deux éléments isolés présuppose et exige la présence, dans le sol, de ceux dont l'addition nous ramène à l'engrais complet. Cette prédominance est seulement relative et toujours subordonnée au degré de fertilité de la terre. Je ne chercherai pas, en ce moment, la cause de cet effet si remarquable. Cette recherche, qui touche aux questions les plus délicates de la physique végétale, exigerait de trop longs développements ; je me borne à constater le fait. J'ajouterai cependant que la ligne de démarcation n'est pas toujours aussi tranchée que dans les exemples précédents. Ainsi, entre le froment, auquel la matière azotée est si nécessaire et les légumineuses sur lesquelles elle n'a pas d'action, viennent se placer l'orge, l'avoine, le seigle, auxquels il faut de la matière azotée, mais en moindre proportion qu'au froment.

Mais, je le répète et je vous prie de ne pas l'oublier, l'effet de la *dominante* ne se manifeste que dans les terres naturellement pourvues, dans une certaine mesure, des autres constituants de l'engrais complet.

Ceci m'amène à vous expliquer pourquoi les agriculteurs anglais font une très-grande consommation de phosphate acide de chaux et s'en trouvent si bien, tandis que le même produit a donné en France, des résultats si différents.

En Angleterre, les assolements s'ouvrent en général par une culture de navets, culture pour laquelle la *dominante* est le phosphate de chaux. Il s'ensuit naturellement qu'une fumure exclusive de cette substance détermine un accroissement considérable de rendement. D'un autre côté, les Anglais ayant la coutume de faire consommer les racines sur place, par des moutons ou des bœufs, le sol récupère, par le fumier, tout ce qu'il avait perdu et gagne une quantité importante d'azote, car les racines en prélèvent sur l'atmosphère plus qu'il ne s'en perd par la respiration des animaux.

Mais supposez qu'au lieu d'employer le phosphate de chaux dans ces conditions, on s'en fût servi pour fumer une sole de froment ou de colza, l'effet aurait été nul, absolument nul. Faut-il conclure de là, comme on l'a fait trop souvent, que le phosphate de chaux n'a pas d'action? Aucun de vous, j'en suis sûr, ne songe à tirer une telle conséquence.

Je considère comme un des plus grands avantages que l'Angleterre doive à son climat celui d'être particulièrement propre à la culture des turneps et des rutabagas, parce que ces plantes préparent admirablement le sol, et qu'à l'aide du phosphate acide de chaux, qui est le moins cher des engrais, on peut obtenir une belle récolte de racines, dont la transformation en viande et en laine laisse à la terre une riche fumure pour les céréales qui viennent ensuite.

Je n'insisterai pas davantage sur la prédominance que chaque constituant de l'engrais complet exerce à tour de rôle, suivant la nature des cultures. L'exemple des navets vous montre tout le parti qu'on peut tirer, dans la pratique, de cette observation. Je me réserve d'ailleurs de revenir tout à l'heure sur ce point.

Mais, avant de traiter plus en détail de l'usage des engrais chimiques et de la manière de s'en servir, suivant les lieux, la valeur des terres et le capital dont on dispose, je crois utile, indispensable même, de répondre par quelques faits authentiques, à cette question préjudicielle: Les engrais chimiques sont-ils aussi efficaces que le fumier de ferme? Ma réponse sera brève. Elle se résume dans un tableau où j'ai mis en regard les rendements obtenus en Alsace, par les anciens procédés de fumures, et à notre champ de Vincennes, où la terre n'a jamais reçu que des engrais chimiques.

PUISSANCE DE PRODUCTION DES ANCIENS PROCÉDÉS DE CULTURE
COMPARÉS AUX NOUVEAUX.

RENDEMENT NOYEN A L'HECTARE

RÉCOLTES DESSÉCHÉES.	ANCIENS PROCÉDÉS.		NOUVEAUX PROCÉDÉS [1].	
	kil.		kil.	
Froment. . . . Paille..	3750	} 5404 kil.	Paille.. 5281	} 8134 kil.
— Grains.	1654		Grains. 2853	
Pois. . . . . . Paille..	2461	} 3459 kil.	Paille . 4552	} 5847 kil.
— Grains.	998		Grains. 1295	
Betteraves. . . Racines fraîches.	26000 kil.		Racines fraîches. 40250 kil

Et maintenant que l'efficacité des engrais chimiques nous est démontrée et que nous savons de quelles variations leurs effets sont susceptibles, envisageons la question en *praticiens* et demandons-nous, toujours appuyés sur l'expérience, comment il faut les employer pour en retirer le plus de profit.

Le premier point à étudier et à éclaircir, c'est leur durée. Pour se faire une opinion bien arrêtée sur ce point, il m'a paru que le mieux serait de donner à la terre une forte fumure et de constater pendant combien d'années son effet maintiendrait les rendements au-dessus d'une bonne moyenne.

La terre de Vincennes étant de qualité plus que médiocre, les résultats qu'on y a obtenus doivent s'appliquer à la grande majorité des conditions où la pratique opère.

Au mois de février 1861, on donna donc à la terre l'engrais suivant, que je rapporte à l'hectare:

---

[1]. Voyez mon rapport sur les résultats obtenus en 1868, au moyen des engrais chimiques. In-4° à la Librairie Agricole.

Phosphate acide de chaux. 400 kil. à 15 fr. les 100 kil. . . 60 fr.
Potasse (K. O.). 133   154   100   . . . 200[1]
Sulfate de chaux.. 600   »   »   pour mémoire.
Sel ammoniac. 650   65   100   . . . 422
Ou azote. 171   »   »   . . . »

TOTAL. . , , ... 682

En 1861 et 1862, la terre fut semée en blé de mars, en 1863 et 1864, en blé d'automne.

Vous remarquerez, messieurs, que dans cette fumure la dose de la matière azotée était énorme ; aussi se produisit-il divers accidents sur lesquels je reviendrai dans un moment. Commençons par constater les effets obtenus, nous en discuterons ensuite la signification.

CHAMP D'EXPÉRIENCES DE VINCENNES

RENDEMENT DU FROMENT A L'HECTARE

		PAILLE.	GRAINS.	HECTOLITRES.	POIDS TOTAL.
		kil.			kil.
LLÉ DE PRINTEMPS.	1861.	4250	2400	31	6650
—	1862.	3950	1900	24	5850
BLÉ D'HIVER. . . .	1863.	6941	3750	48	10691
—	1864.	4500	1890	24	6390
		19621	9940	127	29561

RENDEMENT MOYEN ANNUEL

4905 kil	2485 kil.	31 hect.	7390 kil.

Je vous disais, messieurs, que la matière azotée avait été employée à trop forte dose ; par suite, le blé versa les deux

---

[1] Le prix de la potasse est déduit de celui de la potasse épurée, comptée à raison de 80 francs les 100 kilogrammes, et dans laquelle il y a environ 51.76 de potasse caustique (KO).

premières années, ce qui réduisit beaucoup le rendement. Cet accident ne s'étant pas reproduit la troisième année, la récolte fut de 48 hectolitres à l'hectare ; accusant un écart de 35 hectolitres sur la terre naturelle non fumée. La quatrième année le rendement étant descendu à 24 hectolitres, on considéra l'action de l'engrais comme épuisée. Dans la terre de Vincennes, le blé de mars réussit médiocrement, le rendement est au moins de 30 p. 100 inférieur à celui du blé d'automne. Par ces motifs on doit considérer les résultats dont il s'agit comme un minimum. Ce caractère leur donne, à mes yeux, une importance particulière, qui s'accroît encore du haut prix de la matière azotée qu'on avait employée. Le chlorhydrate est en effet le plus cher des sels ammoniacaux.

Cherchons donc à quel prix ressort l'hectolitre de blé dans les conditions si défavorables que je viens de rapporter.

D'après Mathieu de Dombasles, le rendement du blé à la ferme de Roville était de 14 hectolitres par hectare, et la dépense de 244 francs par an, ce qui fait ressortir le prix de l'hectolitre à 17 fr. 42.

Voici au surplus les éléments de ce prix de revient :

Frais fixes. . .	Loyer.	45 fr.	
	Frais généraux.	52	186 fr.
	Travaux de culture. . . .	43	
	Semences.	16	
Frais variables.	Fumure.	74 fr.	108 fr.
	Récolte, battage.	34	
		294	

d'où il faut déduire 50 francs pour la valeur de la paille.   50

RESTE.   244

Or, si au prix fixé par Dombasles, on ajoute 96 francs pour frais supplémentaires de fumure, et 30 francs pour frais excédants de battage, de récolte et de transport, la dépense se trouve portée de 244 à 327 fr.; mais, d'un autre côté, la récolte s'étant élevée à son tour de 14 hectolitres à 31, le prix de l'hectolitre, dans ce dernier cas, ressort à 10 francs 55 au lieu de 17 francs 42, comme vous pouvez vous en convaincre par le décompte suivant:

Frais fixes (d'après M. de Dombasles).		186 fr.
Frais variables $\left\{\begin{array}{l}\text{Fumure.} . . . . \quad 170 \\ \text{Récolte, battage.} . . . . . \quad 64\end{array}\right.$		234
		420
d'où il faut déduire pour la paille à raison de 3 fr. par hectolitre.		93
Reste.		327

Ce qui conduit à ce fait considérable et inattendu, qu'en augmentant la dose des engrais, on fait baisser dans une proportion correspondante le prix de l'hectolitre de blé par suite de l'élévation qu'éprouve le rendement.

Vous me direz peut-être que les chiffres adoptés par Mathieu de Dombasles pour les frais de culture sont trop faibles. Je vous le concède. Pourtant je crois devoir ne rien changer aux données qui précèdent, ne voulant pas modifier par une interprétation conjecturale et par cela même contestable le fait expérimental que je viens de rapporter. J'ai cité tout d'abord cette expérience, parce qu'elle a eu lieu dans les conditions les plus défavorables, tant sous le rapport de la dépense que sous celui de l'engrais lui-même.

Je vous ai dit que 170 kilogrammes d'azote à l'état de sel ammoniac étaient une dose beaucoup trop forte pour le froment. Justifions par d'autres faits la vérité de cette affirmation.

Parallèlement à la culture dont je viens de vous entretenir, j'en ai institué une seconde, où la terre, pour la même dose de minéraux, n'avait reçu que 117 kil. d'azote à l'état de sel ammoniac, administrés en deux fois, une moitié la première année, et l'autre moitié la troisième, ce qui réduit le prix annuel de la fumure de 170 francs à 137 francs. Or voici quels rendements on a obtenus dans ces nouvelles conditions.

2e CULTURE DE BLÉ D'HIVER

	PAILLE.	GRAINS.	HECTOLITRES.	POIDS TOTAL.
	kil.	kil.		kil.
1862. . . .	5280	2560	33	7840
1863. . . .	5160	2490	32	7650
1864. . . .	3990	1860	24	5850
ORGE. 1865. . . .	2400	2050	32	4450
	16850	8960	121	25790

Ce qui porte le rendement moyen du froment à :

	kil.
Paille.	4810
Grains	2503 — ou 29 hect.

et le prix de revient de l'hectolitre de blé à 10 francs 34 si l'on continue à adopter les frais généraux de culture fixés par Mathieu de Dombasles.

Dans une troisième expérience, on avait remplacé le sel ammoniac par le nitrate de soude et porté la dose de l'azote de 116 kil. à 145 kil., employés en trois fois, 58 kil. la première année, 29 la deuxième, et 58 la troisième. La dose de la potasse ayant été portée elle-même de 133 kil. à 200 kil. (ce qui correspond à 386 kil. de potasse épu-

rée au lieu de 260), on a obtenu des rendements notablement plus élevés.

3ᵉ CULTURE DE BLÉ D'HIVER

		PAILLE, kil.	GRAINS. kil.	HECTOLITRES.	POIDS TOTAL. kil.
	1862. . . .	6880	3400	43	10280
	1863. . . .	5600	2470	32	8070
	1864. . . .	6520	2620	33	9140
ORGE.	1865. . . .	2330	2200	35	4530
		21330	10690	143	32020

RENDEMENT MOYEN DU BLÉ

(DÉDUIT DES TROIS PREMIÈRES ANNÉES)

kil.
Paille. 6333
Grains . . . . 2830 — ou 36 hectolitres.

TOTAL. 9163

Dans ce cas le prix de l'engrais atteint 172 francs par
an [1], alors que le prix de l'hectolitre de blé descend à
8 francs 72 en nous fondant toujours sur les frais de culture empruntés à la pratique de Mathieu de Dombasles.

Aux exemples qui précèdent, j'en ajouterai un nouveau.
Il s'agit cette fois d'une expérience faite dans le Midi, sur
une assez grande échelle avec un engrais composé de :

kil.
Phosphate acide de chaux. 400
Potasse épurée. 260
Chaux éteinte. . . . . , . 300
Nitrate de soude. . . . . de 550 à 1022

---

[1] Décompte du prix de l'engrais :
Phosphate acide de chaux. . . . 400 kil. à 15 fr. . . . 60 fr.
Potasse épurée. 386   80   . . . 308
Nitrate de soude. 914   35   . . . 319

TOTAL. 687
Dont le quart qui correspond à la fumure d'une année égale 171 fr. 75.

Vous le voyez, on a porté la dose de l'azote une première fois à 78 kil., et une autre à 146 kil. Le sol était un coteau rocailleux, défriché tout exprès pour cette expérience, qui a été visitée par une députation de la Société d'agriculture de Lyon, et dont la récolte a été faite par une commission locale, présidée par M. le maire de Donzère. Avec 78 kil. d'azote, on a obtenu 30 hectolitres de blé à l'hectare; avec 146 kil., 36 hectolitres, alors que la terre sans engrais n'a produit que 3 hectolitres. Chaque parcelle était d'un demi-hectare. Voici les éléments de ces trois récoltes rapportées à l'hectare :

CHAMP D'EXPÉRIENCES DE BELLEAU (Drôme)

	ENGRAIS COMPLET		TERRE SANS ENGRAIS
	AZOTE 78 KIL.	AZOTE 146 KIL.	
Paille. .	5274 kil.	6757 kil.	626 kil.
Grains. .	2439 = 30 hectol.	2929 = 36 hectol.	229 = 3 hectol.
	5713 kil.	9686 kil.	855 kil.

De tous ces faits, nous conclurons, messieurs, en ce qui concerne l'azote, que la dose de 80 à 100 kil. est la plus convenable pour commencer, ce qui nous amène à proposer, pour la fumure de quatre ans, les quantités suivantes :

Phosphate acide de chaux. . . .	400 kil.	à 15 fr. . .	60 fr.
Potasse épurée.	300	à 80	. . . 240
Sulfate de chaux.	600		pour mémoire.
Sulfate d'ammoniaque. . . .	650	à 35	. . . 227 50
Ou azote	143		
		TOTAL pour quatre ans. . . .	527 50

Ce qui porte la dépense annuelle à 131 francs.

Un engrais ainsi composé, il faut faire l'épandage en deux fois. On commence par mêler d'abord le phosphate acide de chaux avec le sulfate de chaux, puis avec la potasse. On ajoute au mélange deux ou trois fois son volume de terre, et on le répand à la main ou à la machine, immédiatement après le labour. Quant au sulfate d'ammoniaque, on le répand en couverture, après l'avoir mêlé à deux ou trois fois son poids de terre. On peut attendre que la germination soit complète et le blé bien sorti. Une condition favorable est d'y procéder autant que possible par un temps humide et pluvieux.

On peut remplacer le sulfate d'ammoniaque par le nitrate de soude. La dose voulue pour quatre ans est alors de 900 kil., ce qui, à raison de 35 francs les 100 kil., porte le prix de la fumure de 527 francs à 615, ou de 131 francs par an à 153.

La dose de matière azotée prescrite dans la formule précédente représente 143 kil. d'azote. Il est de la dernière importance de l'employer en deux fois : 88 kil. la première année et 55 kil. la troisième, ce qui correspond à 400 kil. de sulfate d'ammoniaque la première année, et à 250 kil. la troisième; et pour le nitrate de soude, à 580 kil. la première année et à 320 kil. la troisième.

Avec des doses voisines de celles que je vous indique là, voici les résultats que j'ai obtenus dans une culture mixte d'orge et de colza;

5ᵉ CULTURE MIXTE D'ORGE ET DE COLZA

		PAILLE.	GRAINS.	HECTOLITRES.	POIDS TOTAL.
		kil.	kil.		kil.
1861.	Orge.. . .	5270	3280	52	8550
1862.	Orge.. . .	3880	2450	39	6330
1864.	Colza. . .	8750	2740	41	11490

Au lieu de vous présenter pour cette dernière culture un prix de revient qui, à raison des façons supplémentaires qu'exige le colza, nous forcerait d'introduire dans nos calculs des éléments qui prêteraient à la controverse, je crois préférable de mettre simplement en regard le prix de l'engrais et celui des trois récoltes.

ENGRAIS.

	kil.	fr.
Phosphate acide de chaux. .	400	60
Potasse (Ko)[1]	200	308
Sel ammoniac	442	287
Total.		655

RÉCOLTE.

Orge (grains) {	1861.	52 hectol.	à 11 fr. =	572
	1862.	39 »	à 11 =	429
Paille à 2 fr. 50 par hect.. . .			=	227
Colza (grains) 1863.	41 »	à 30	=	1250
Paille et siliques[2] de colza pour 1863.			=	100
		Total.		2558

Jusqu'ici j'ai raisonné, messieurs, dans la supposition que la terre recevait toujours la même culture et que l'on

---

[1] Ce qui correspond à 385 kil. de potasse épurée.

[2] Si on veut bien se rappeler (voyez page 338) que la paille et les siliques contiennent 92 kil. d'azote et 105 kil. de potasse, on voit que le prix de 100 francs auquel nous les estimons est en définitive un prix modéré.

procédait toujours aussi par fumures complètes, ce qui est le mode le plus coûteux. Or ces deux conditions étant incontestablement les plus défavorables dans la pratique, il me reste à vous indiquer comment on peut s'en affranchir.

Toute réserve faite à l'égard de l'explication qu'on en peut donner, il est un fait d'expérience certaine, c'est que l'alternance des cultures détermine un accroissement notable dans les rendements. Il m'a paru intéressant de rechercher dans quelles limites cet avantage se concilierait avec l'emploi des engrais chimiques. Sur deux parcelles de terre dont l'une était cultivée depuis quatre ans en betteraves et l'autre en pois rameux, j'ai institué cette année deux cultures de froment avec l'engrais complet. Une expérience semblable, préparée dans les mêmes conditions, a été instituée sur une troisième parcelle maintenue en blé depuis quatre ans. La dose de matière azotée était de 116 kilogrammes par hectare.

Le froment a produit :

		kil.	
Succédant aux pois. . . .	Paille. . .	5465	
	Grains.. .	3615	46 hectol.
		9080	
— à la betterave. .	Paille. . .	4330	
	Grains.. .	2770	35
		7100	
— et au froment. .	Paille. . .	4030	
	Grains.. .	2520	35
		6550	

L'alternance des cultures offre donc d'incontestables avantages, que dans la pratique il faut, quel que soit le mode d'engrais, s'appliquer à conserver.

Avec l'engrais indiqué plus haut on peut successivement produire :

1re année. Pommes de terre ou colza.
2e   —   Froment.
3e   —   Trèfle ou pois.
4°   —   Froment ou avoine.

Au début de la rotation, il convient d'employer 88 kilogrammes d'azote et 55 kilogrammes pour la quatrième culture.

L'alternance des cultures offre de réels avantages, mais ne serait-il pas possible de les accroître encore? Ne pourrait-on surtout substituer à une avance de 400 à 500 francs, faite en une seule fois, des avances moindres que l'on répéterait chaque année? Vous l'avez pressenti, messieurs, ce changement est possible.

Concevez, en effet, une terre de fertilité moyenne, pourvue, par conséquent, dans une certaine mesure, des quatre termes de l'engrais complet, dont nous avons rigoureusement défini la fonction, il est évident que si on alterne les cultures, on n'a plus besoin d'opérer par fumures complètes; chaque terme devenant, à tour de rôle, la condition régulatrice du rendement, on procédera par fumures incomplètes et alternantes. Dans ce cas, on administre non plus l'engrais complet de prime abord, mais chaque constituant isolément, à la condition toutefois qu'à la fin de la rotation, la terre les ait tous reçus. Supposons l'assolement suivant :

1° Turneps.
2° Froment.
3° Trèfle, pois ou féverolles.
4° Froment.
5° Froment, colza ou orge.

La fumure peut être ainsi répartie : la première année, phosphate acide de chaux ; la seconde, 80 kilogrammes d'azote ; la troisième, potasse et chaux ; la quatrième et la cinquième, 50 kilogrammes d'azote. On peut résumer toute l'opération dans le tableau suivant :

1re année.	Turneps.	Phosphate acide de chaux.
2e —	Froment ou colza . .	Azote.
3e —	Trèfle	Potasse et chaux.
4e —	Colza ou froment. . .	Azote.
5e —	Froment ou colza. . .	Azote et phosphate acide de chaux.

J'ai institué, depuis deux ans, le même assolement d'après les deux méthodes — fumure complète et fumure alternante. — Je ne saurais vous dire encore à laquelle des deux l'avantage restera ; mais ce qui, dès à présent, peut être considéré comme acquis, c'est que les fumures alternantes exigent une moindre avance de capital, puisque la dépense peut être répartie sur les cinq années qu'embrasse l'assolement indiqué.

Dans ce système, elle est par année :

		kil.	fr.
1re année.	Phosphate acide de chaux. . .	400	60
2e —	Sulfate d'ammoniaque	300	105
3e —	Potasse épurée.	300	240 } 243
	Chaux.	300	3
4e —	Sulfate d'ammoniaque	250	80
5e —	Sulfate d'ammoniaque	300	105 } 135
	Phosphate de chaux	200	30
	TOTAL.		623

La cinquième récolte exige que la dose de phosphate de chaux soit augmentée, et malgré cela, vous voyez que le prix de la fumure annuelle, à part la troisième année, où il monte à 243 francs, serait compris entre 60 et 135 francs, ce qui porte la moyenne générale à 124 francs.

Mais, je le répète, cette méthode n'est applicable que sur des terres de qualité moyenne, contenant naturellement, et à l'état de disponibilité, les éléments complémentaires sans lesquels l'engrais manquerait son effet.

Il se présente enfin un troisième cas, non moins intéressant que les deux premiers, et dont il convient de parler avec quelques développements, c'est celui des terres de très-mauvaise qualité. Au point de vue qui nous occupe, quelle différence y a-t-il entre une bonne terre et une terre franchement mauvaise? C'est que la bonne terre contient naturellement les quatre termes de l'engrais complet et que la dernière en est dépourvue.

De cette distinction se déduit naturellement le procédé qui convient de préférence aux terres de la dernière catégorie. Ce procédé doit participer des deux qui viennent de nous occuper.

La terre manque des quatre éléments essentiels de fertilité; à raison de ce défaut, les fumures incomplètes et alternantes qui sont, à la fois, les plus économiques et les plus avantageuses, sous le rapport du rendement, ne peuvent lui être appliquées, parce qu'elles ne trouveraient pas dans le sol les éléments complémentaires qui peuvent seuls en assurer l'efficacité. Pour en rendre l'application possible, que faut-il faire? fournir à la terre un fonds de réserve, en éléments minéraux, et que l'on amortit par un prélèvement de 10 p. 100, puis procéder par fumure incomplète et alternante comme s'il s'agissait d'un sol de bonne qualité. Prenons, par exemple, l'assolement :

1re année. Pommes de terre.

2e — Froment.

3e — Trèfle.

4e — Froment.

5e Froment ou avoine.

Je le répète, la terre étant de mauvaise qualité, on donnera, la première année, une fumure minérale, destinée à former, dans le sol, une sorte de fonds de réserve, et que l'on composera ainsi :

	kil.	fr.
Phosphate acide de chaux.	400	60
Potasse épurée.	300	240
Chaux éteinte	500	3
Total.		303

Puis on procédera par fumures alternantes, ainsi qu'il suit :

		kil.		fr.
1re année.	Nitrate de soude.	400		140
2e —	Sulfate d'ammoniaque. . . .	250	80 fr.	110
	Phosphate de chaux.	200	30	
3e —	Potasse épurée.	200	160	163
	Chaux.	500	3	
4e —	Sulfate d'ammoniaque. . . .	250	80	80
5e —	Nitrate de soude	300	105	185
	Potasse épurée	100	80	
Total.				678

Ce qui porte la fumure annuelle à 135 francs 60 et à 165 francs 90 en y comprenant le prix de l'amortissement, fixé à 30 francs 30 centimes pour la fumure de réserve.

Mais, d'un autre côté, si le prix de la terre était de 500 francs l'hectare, et si grâce à ce mode de fumure elle produit autant qu'une terre de 1500 francs, tout compte fait, l'opération est avantageuse, car ce que l'on dépense en plus comme engrais dans le premier cas, il faut le payer dans le second comme surcroît de rente.

Décomposons en effet la dépense dans les deux cas :

1° TERRE A 500 FRANCS L'HECTARE.

Intérêts à 3 p. 100 sur le prix d'acquisition. . .   15,00 fr.
Fumure   165,90
                                          _____
                          TOTAL.   180,90

2° TERRE A 1500 FRANCS L'HECTARE

Intérêts à 3 p. 100 sur le prix d'acquisition. . .   45,00
Fumure.   135,60
                                          _____
                          TOTAL.   180,60

Dans les combinaisons d'engrais qui précèdent j'ai remplacé, la cinquième année, le sulfate d'ammoniaque par du nitrate de soude, dans la crainte qu'il ne se formât du sulfate de potasse. C'est à la pratique d'examiner si cette substitution est nécessaire, car elle augmente la dépense de 25 francs.

Vous voyez, messieurs, avec quelle merveilleuse élasticité les engrais chimiques se prêtent à toutes les combinaisons, et comment, si l'on veut s'astreindre à faire précéder leur emploi systématique de la création de petits champs d'expériences, en avance d'une année sur l'application en grand des nouveaux procédés, pour connaître l'état du sol, il n'y a rien d'exagéré à prétendre que l'agriculture n'aura plus rien d'empirique, et que le travail des champs pourra se régler avec autant de certitude qu'un travail purement industriel.

Vous aurez sans doute remarqué que, dans les formules

24

d'engrais que je viens de vous indiquer, j'ai porté un peu plus haut que par le passé la proportion de la matière azotée. L'utilité de cette augmentation m'a été démontrée par les expériences que j'ai faites dans le Midi. Je vous l'ai dit, je n'ai pas de parti pris; j'écoute et je prends pour règle le témoignage des faits.

Vous aurez remarqué aussi que la betterave ne figure pas dans les assolements qui précèdent. Toutes les fois que la récolte devra être consommée sur le domaine, on pourra la substituer à la pomme de terre. Mais si la betterave devait être exportée en nature, la dose de potasse contenue dans l'engrais deviendrait insuffisante.

Je vous le répète, messieurs, à part le cas fort rare où la terre possède une fertilité exceptionnelle, il faut lui rendre plus qu'on ne lui prend.

A ce point de vue, nous aurons à nous demander si les engrais dont nous avons constaté la haute efficacité satisfont à la loi d'équilibre, et si la terre reçoit plus qu'elle ne donne.

Je n'ai pas l'intention de m'occuper, cette année, de cette partie de notre sujet : la question est trop grave pour être traitée incidemment; les développements qu'elle réclame nous forcent à l'ajourner à l'année prochaine.

Je veux cependant appeler votre attention sur un point, mais sur un seul, pour vous prémunir contre les fausses interprétations auxquelles vous pourriez vous laisser entraîner.

Lorsqu'il s'agit d'apprécier ce que le sol a perdu, il ne faut avoir égard qu'aux produits qui sont exportés, le complément de la récolte représenté par la paille ou autres déchets devant lui être rendu.

L'importance et la nécessité de cette distinction vous apparaîtront mieux, si je décompose en quelque sorte sous vos yeux une récolte de colza que je prendrai pour exemple :

RENDEMENT A L'HECTARE[1].

	kil.
Paille.	6050
Siliques.	2700
Graines.	2740 on 41 hect.
Total.	11490

	GRAINS.	SILIQUES.	PAILLES.	TOTAL.
	kil.			
Acide phosphorique.	55.15	5.62	9.55	55.12
Potasse	19.55	86.26	19,44	125.25
Chaux.	8.88	84.12	57.79	150.79
Azote	123.59	29.80	62.89	216.28

Vous voyez que la perte est énorme si l'on prend la récolte tout entière, tandis qu'elle est assez modérée, si on n'a égard qu'à la graine qui est le seul produit d'exportation.

J'en dirai autant des pailles qui restent sur le domaine et doivent, par conséquent, entrer en déduction de ce que le sol a perdu.

Mais, je le répète, je n'ai pas l'intention de traiter, cette année, de la balance des cultures. J'ai voulu simplement établir, dans ces premières conférences, que le phénomène de la production végétale est défini aujourd'hui dans sa cause et ses lois, vous montrer, par des faits authentiques qui se sont produits en quelque sorte sous vos yeux, et dans un sol de qualité inférieure, ce qu'il est permis d'attendre de l'emploi des engrais chimiques et vous fournir un guide pour vous diriger dans cette voie nouvelle.

---

[1] C'est le rendement obtenu en 1864 au champ d'expériences de Vincennes.

Quant aux développements que ces premières indications réclament, nous en ferons l'objet d'une nouvelle série de conférences, dans lesquelles nous discuterons, avec le plus grand soin, tout ce qui se rapporte à la balance des cultures et au moyen de maintenir l'équilibre avec le plus d'économie, soit qu'on fasse consommer par les animaux les pailles et les autres déchets de récolte, ou qu'on s'en serve pour produire de toutes pièces et par des moyens artificiels des fumiers dont on continuera l'emploi avec celui des engrais chimiques.

Les notions que je viens de vous présenter, messieurs, ont, pour la pratique, des conséquences considérables. La première, c'est que le prétendu axiome qu'il n'y a de culture possible qu'avec la prairie et le bétail, cesse d'être vrai et perd, sans retour, le caractère de maxime inflexible et souveraine qu'on lui attribuait. La tradition agricole ne s'impose plus à nous comme une règle absolue, hors de laquelle il n'y a pas de bonne culture ; nous acquérons vis-à-vis d'elle, et nous lui communiquons une liberté d'allures qui lui était inconnue tant qu'elle était obligée de faire marcher de front, et dans une dépendance nécessaire, la production des engrais et celle des récoltes.

Dans tout ce qui précède, je n'ai presque rien dit de l'humus, car après vous avoir signalé la dépendance qui rattache ses bons effets à la présence du calcaire dans le sol, à la faculté si remarquable qu'il possède de dissoudre les phosphates, et d'en favoriser l'absorption par les végétaux, je ne vous en ai plus reparlé. Cette omission, messieurs, a été toute volontaire de ma part. Nous avons montré qu'à l'aide des produits qui composent l'engrais complet, on peut faire mieux que par le passé. Contentons-nous pour le moment de ce résultat. Nous aurons à examiner plus tard comment on peut perfectionner ces nouveaux procédés, et alors se présentera naturellement tout ce qui se rapporte aux effets pratiques de l'humus, aux conditions dans lesquelles il faut l'employer, comme aussi aux moyens de le produire artificiellement.

Parvenus au but que nous nous étions proposé, permettez-moi, messieurs, de revenir un moment sur mes pas et de résumer la première partie de cette conférence. Nous avons demandé à l'analyse du fumier d'étable, dont l'efficacité est un fait consacré par la tradition, s'il contient bien tous les éléments dont nous avons fait les régulateurs de la fertilité et que nous avons admis à ce titre dans la composition de notre engrais complet. L'analyse a répondu affirmativement à cette question et justifié notre formule.

Nous avions posé comme une loi qu'à part l'azote dont une restitution partielle peut suffire, il fallait rendre à la terre plus de phosphate de chaux, de potasse et de chaux que les récoltes ne lui en font perdre. L'étude et la comparaison des divers systèmes institués à des époques où ces questions ne pouvaient pas même être pressenties, sont venues également témoigner en faveur de la justesse et de la nécessité de cette loi.

Cette unanimité de témoignages ne peut être l'effet du hasard. Nous pouvons donc conclure que la vérité est avec nous et que l'avenir nous appartient. A quelles conditions? C'est là ce qu'il me reste à vous exposer.

L'état agricole d'un pays est un fait extrêmement complexe qui résulte à la fois de son histoire, des crises politiques qu'il a traversées, de son climat, des mœurs de ses habitants et des lois économiques qui le régissent. On ne saurait donc mettre trop de réserve, avant de prononcer le mot changement, s'agît-il d'un progrès, quand on touche à des intérêts qui dépendent de tant de conditions si difficiles à apprécier.

Nous ignorons quelle était en France, avant 1789, la distribution de la propriété. Nous savons seulement, en gros, que le clergé possédait le sixième environ du sol ; un autre sixième appartenait à l'État et aux communes ; la noblesse, la bourgeoisie des villes et les paysans se partageaient le reste par portions à peu près égales.

Nos informations sur ce sujet n'acquièrent quelque certitude qu'à partir de 1815, et voici comment à cette époque, le territoire était partagé.

21.456 familles possédant en moyenne.	800.00 hect.	19.000.000 hect.
168.643..	62.00	10.500.000
217.817..	22.00	4.800.000
256,533..	12.00	3.000.000
258.452..	8.00	2.000.000
361.711..	5.00	1.800,000
567.687..	3.00	1.700.000
851.280..	1.66 arcs.	1.400.000
1.101.421..	».50	550.000
3.805.000 propriétaires de terre possédant.		44.750.000 hect.

La grande propriété possédait environ la moitié du sol, et la petite, en y comprenant les domaines de 12 hectares, n'en avait pas même le tiers.

Depuis 1815, la division de la propriété a fait des progrès bien plus rapides que dans les années précédentes. Le nombre des familles qui possèdent une partie du sol a presque doublé, et ce mouvement qui conduit au morcellement de la terre ne se ralentit pas. Voici en effet, d'après des documents certains, comment se partage aujourd'hui, en France, la propriété foncière.

NATURE DE LA PROPRIÉTÉ	ÉTENDUE MOYENNE	SURFACE OCCUPÉE	POPULATION CORRESPONDANTE
Grande propriété.	164 hect.	17.528.000 hect.	1.000,000
Moyenne propriété. . . .	35	7.700.000	1.100.000
Petite propriété.	14	6.720.000	2.400.000
Minime propriété	3.65	14.252.000	19.500.000
Totaux.	» »	46.000.000	24.000.000

La division de la propriété est-elle un bien ou un mal ?
Il n'est peut-être pas de question qui ait été plus contro-
versée, et cela se comprend. La conclusion, à laquelle on
est conduit, dépend du point de vue où on se place. Si on
se préoccupe, de préférence, de la situation morale faite à
l'individu, il est manifeste que la division de la propriété
est un grand bien.

La société se trouve mieux, en effet, de compter dans
son sein des propriétaires que des prolétaires. Mais si
on s'attache de préférence à la situation économique que
cette division crée au pays où elle domine, elle apparaît
incontestablement comme une cause d'infériorité et par
conséquent un mal. Les faits et la raison sont d'accord sur
ce point.

Voyons ce qui se passe. Le travail par les animaux est
interdit à la petite culture. Tout s'y fait de main d'homme,
ce qui est plus long et beaucoup plus coûteux. M. de
Gasparin estime que le travail de l'homme, combiné avec
celui des animaux, produit à peu près 14 fois autant que
celui de l'homme livré à ses seules forces [1]. Il est vrai
que, pour certaines cultures de grand rapport, telles que
la vigne et l'olivier, le travail de l'homme reprend le

---

[1] De Gasparin, *Cours d'agriculture*, t. V, p. 175 et 176.

dessus, mais ce sont là des exceptions et nous ne devons avoir égard qu'au cas le plus général.

C'est bien plus, d'ailleurs, sous le rapport de la fumure des terres, que se révèle l'infériorité de la petite culture. D'où voulez-vous, en effet, que le propriétaire d'un ou deux hectares tire son engrais? Il ne peut songer à mettre une partie de son champ en prairie. Toutes ses ressources en bétail se composent d'une ou deux vaches chétives qu'il fait paître sur les communaux ou dans les fossés qui bordent les chemins. Ici, remarquez-le bien, l'excès de travail ne peut être une compensation. On peut, par des soins plus assidus, par une main-d'œuvre plus attentive, tirer un meilleur parti des agents de fertilité que le sol contient ; mais, quelque ménagement qu'on y mette, il n'y a pas de tonneau si bien rempli qui ne finisse par se vider, si l'on y puise, sans jamais rien y mettre. A force de prendre à la terre on l'épuise. Aussi voyez où la petite culture en est réduite. C'est à peine si elle obtient de 12 à 15 hectolitres de froment à l'hectare. La moyenne, en France, est de 14 hectolitres.

Il n'y a que deux moyens de changer cette situation et de mettre un terme à l'abaissement des produits qui en est la conséquence : d'abord l'association des propriétaires, possédant en commun les animaux nécessaires à l'exploitation du sol, ce qui revient à faire de la grande culture en réunissant les petites propriétés, comme on constitue de grandes industries par la fusion des petits capitaux.

Ce système a des avantages incontestables. Les fromageries de la Suisse et du Jura que l'on exploite en commun en sont la preuve. Mais, dans la pratique, ces sortes d'associations ne sont possibles que quand il s'agit de la fabrication du même produit. Si on essayait d'en appliquer le principe à une culture variée, la distance des parcelles, jointe aux exigences et aux besoins différents des intéressés, rendrait la chose impraticable.

Reste un second moyen, l'emploi des engrais chimiques.

Ici tout est simple, facile et pratique. On peut, avec certitude, de la veille au lendemain, doubler et même tripler le rendement de la terre. Nous avons vu que, sous le rapport du prix de la main-d'œuvre, la petite culture est dans une condition d'infériorité marquante ; mais cette infériorité disparaît, si même elle ne fait place à une véritable supériorité, dès qu'il s'agit de la perfection du travail et de son influence sur le rendement. La petite culture offre alors des ressources qui augmentent encore l'efficacité des engrais.

Tout en me défendant de céder à la séduction de calculs qui se changent souvent en mirages trompeurs, je ne puis m'empêcher de citer quelques chiffres, ne fût-ce que pour rendre mes idées plus claires et pour mieux les fixer.

La surface affectée à la culture des céréales, s'élève aujourd'hui, en France, à 8 ou 9 millions d'hectares. Eh bien, supposons qu'au lieu de 14 hectolitres par hectare, ce qui est le rendement moyen, on passe à 30 ou 35 hectolitres, 6 millions d'hectares suffiront non-seulement aux besoins de notre consommation intérieure, mais pourront alimenter une exportation régulière de 40 à 50 millions d'hectolitres, dont le placement est assuré sur le marché de l'Angleterre.

Il y a un grand avantage, pour un pays comme la France, à dépasser, sous le rapport de la production, les besoins de son marché intérieur, et à faire, d'une manière permanente, une part à l'exportation ; en cas de mauvaise récolte, on se trouve nanti. Les hauts prix que les produits atteignent alors, mettent à l'exportation une barrière plus efficace que les tarifs les plus restrictifs. Dans ce nouveau système, 3 ou 4 millions d'hectares devenant disponibles, on pourrait faire une part plus large aux cultures fourragères et industrielles, à la production de la laine, dont nous importons pour 200 millions par an ; à la production de la viande, dont tout le Midi manque, et qui dans le Nord est à un prix trop élevé.

Si l'on évalue notre revenu agricole à 6 ou 7 milliards par an, nul doute qu'on ne puisse l'élever de 2 ou 3 milliards, lorsqu'on entrera résolûment dans la voie des fumures intensives, à l'aide des engrais chimiques.

Il n'est plus possible aux gouvernements jaloux du bien public de rester indifférents à ces questions et aux résultats dont je viens de vous entretenir. « Partout où on pose un pain, il naît un homme, » a dit Buffon. Voyez en effet, par la comparaison de l'Angleterre et de la France, combien est étroite la solidarité qui existe entre la prospérité agricole d'un pays et l'accroissement de sa population.

En 1789, le Royaume-Uni comptait 13 millions et demi d'habitants ; en 1856, sa population était de 28 millions d'âmes, sans compter plusieurs millions d'Anglais répandus dans ses nombreuses colonies. Sa population a donc plus que doublé, tandis que la nôtre ne s'est accrue que d'un tiers et semble rester stationnaire. S'il n'est pas possible d'attribuer ce résultat uniquement à la supériorité de l'agriculture anglaise sur la nôtre et à sa plus grande prospérité, qui oserait contester que cette supériorité n'y ait eu cependant une grande part?

Songez, messieurs, que sous les problèmes qui nous occupent, il y a la question la plus redoutable de notre temps, la question du pain. Or voici en quoi nos procédés et notre système l'emportent sur les systèmes et les procédés du passé.

Autrefois, la somme de matières mise par la nature à la disposition des êtres organisés, dont nous faisons partie, avait une limite qu'il était impossible de dépasser et qui la renfermait invinciblement dans la somme des agents de fertilité que la prairie, source unique des engrais, pouvait donner. Pour tout ce qui touche aux grands problèmes de la vie, la puissance de l'homme rencontrait là une barrière infranchissable. Cette barrière s'est abaissée devant les nouveaux procédés de culture. Grâce à eux, en effet, des matières autrefois sans valeur, servant à peine de matériaux de construction et dont la nature possède des gisements inépuisables, pourront se changer en produits végétaux, en céréales pour accroître la quantité de pain, qui est encore l'une de nos plus précieuses ressources, ou en fourrages que les animaux transformeront en viande. Le grand courant de matière organisée qui défraye toutes les existences, se trouvera grossi d'ondes nouvelles qui élèveront le niveau de la vie humaine.

La valeur des nouveaux procédés est certaine; leurs avantages sont incalculables. Mais n'y a-t-il pas un obstacle qui puisse en retarder l'emploi? Oui, messieurs, il y en a un et il est considérable, — un obstacle de l'ordre économique, dont je dois vous entretenir, car je ne veux rien laisser dans l'ombre ni dans le vague.

L'emploi des engrais chimiques exige, suivant la nature des cultures, la possession d'un capital de circulation de 500 à 600 francs par hectare, ou tout au moins la faculté de faire à la terre une avance de 100 à 200 francs par an.

Or combien y a-t-il en France de cultivateurs qui remplissent ces conditions ?

C'est là, je ne me le dissimule pas, un sérieux obstacle ; mais il n'est pas, grâce à Dieu, insurmontable. On a fait, depuis une dizaine d'années dans notre pays, deux ou trois tentatives pour procurer à l'agriculture le crédit qui lui manque. Mais que la constitution des établissements destinés à remplir ce grand objet soit imparfaitement appropriée à leur destination, ou que le public en ait mal compris les avantages, toujours est-il que le crédit agricole n'existe pas dans notre pays. La Société du Crédit foncier a substitué le prêt avec amortissement au prêt ordinaire, ce qui est sans contredit un progrès dans la voie des améliorations réelles, mais ses opérations concentrées de préférence sur les immeubles de nos grandes cités, l'ont détourné de l'agriculture. Le Crédit agricole ne répond pas davantage à son titre. Il prête sur consignation de produits ; placé entre le producteur et le consommateur, il est utile au commerce intermédiaire, mais il n'est d'aucun secours pour celui qui exploite le sol. Ce sont là des faits connus de tout le monde et sur la gravité desquels l'honorable M. Guillaumin a, dans le cours de la dernière session, appelé, avec autant de bon sens que d'à-propos l'attention du gouvernement et du Corps législatif.

L'agriculture, encore une fois, manque de crédit ; or, de toutes les industries, c'est sans contredit celle qui en a le plus besoin à cause des longues échéances auxquelles se soldent ses opérations.

Pour appliquer les procédés de la culture intensive, il faut que le cultivateur puisse se procurer, au moyen du crédit, une partie des avances que le sol exige. Aucun placement n'est plus sûr. Toute opération qui améliore la fertilité du sol, si elle est conduite avec discernement, est amplement rémunératrice, et de toutes les entreprises qui peuvent avoir cette amélioration pour objet, il n'en est pas qui offre plus de sécurité que l'emploi des bons engrais.

En Angleterre, où les questions de crédit sont si bien comprises, cette vérité a porté ses fruits. A côté des banques créées pour les besoins de l'industrie, il en existe d'autres, conçues en vue des intérêts agricoles. Je ne vous parlerai pas des banques de l'Écosse, où l'on procède purement et simplement par ouverture de crédits. De telles institutions sont trop éloignées de nos habitudes pour que nous puissions espérer de les voir s'introduire chez nous d'ici à longtemps. Mais ce qui est possible, et rentre dans le cadre de ce qui existe déjà, c'est le prêt amortissable, pour des améliorations déterminées, donnant au revenu de la terre une plus-value certaine et dont la somme empruntée n'est elle-même qu'une fraction.

Quand sir Robert Peel résolut de supprimer la taxe qui pesait sur l'importation des grains en Angleterre, il se préoccupa de la situation nouvelle qu'il allait faire à l'agriculture de son pays. Aussi son premier soin fut-il de mettre à sa disposition 100 millions pour des travaux de drainage et d'assainissement, etc.

Il fit plus : cette somme ayant été rapidement épuisée, il obtint du Parlement la création de deux compagnies qui continuèrent son œuvre, avec le concours et sous le contrôle de l'État.

Un propriétaire veut drainer son champ ou l'enclore, il s'adresse à l'une de ces compagnies ; celle-ci envoie un ingénieur pour apprécier les avantages de l'opération projetée, et pour s'assurer qu'elle est bien de nature à produire 10 pour 100 au moins du capital engagé, ce qui est la condition de rigueur.

Sur l'avis favorable de son mandataire, la société se substitue à l'emprunteur pour l'exécution des travaux, et quand ils sont achevés, pour rentrer dans ses avances, elle émet un titre de rente auquel est annexé un plan de la propriété avec l'indication des travaux exécutés, et moyennant un intérêt de 6 $\frac{3}{4}$ p. 100, la créance s'amortit en vingt-cinq ans.

Le résultat de l'opération se traduit donc par une bonification de 3 p. 100 au moins sur l'intérêt du capital dépensé.

Au moyen de ce mécanisme si simple, la compagnie rentre immédiatement dans ses avances et son capital est toujours disponible. Si la propriété dont il s'agit est grevée d'hypothèques, la nouvelle créance prime toutes les autres, attendu qu'elle a donné à la terre une plus-value qui augmente la valeur du gage qu'elle représente.

Un système aussi simple, fonctionnant sans embarras, accuse un état économique avancé, trop avancé, pour être appliqué chez nous dès à présent. Mais, sans pousser les choses aussi loin, sans demander à l'État de s'immiscer dans des travaux de longue haleine, ne serait-il pas possible de mettre nos cultivateurs à même de donner à la terre l'engrais dont elle a besoin et qu'il leur est impossible de produire eux-mêmes?

Rien ne serait, ce me semble, plus aisé, car il suffirait de mettre à la disposition de l'agriculture, pour se procurer des engrais, les 100 millions que l'État lui a offerts pour faire des travaux de drainage, et qui sont restés sans emploi.

Une combinaison de cette nature élèverait dans une

proportion considérable notre revenu territorial en même temps qu'elle aurait l'inestimable avantage de mettre l'agriculture à l'abri des fraudes dont le commerce des engrais se rend trop souvent coupable envers elle. Ces falsifications ont des conséquences désastreuses, non-seulement pour le cultivateur qui en est la première victime, mais encore pour la fortune publique, puisqu'elles abaissent le niveau de la production.

Il a été souvent proposé de réglementer ce commerce, comme l'était autrefois celui de la boulangerie. On n'atteindrait pas, par ce moyen, le résultat désiré. Je défie que, même en ayant recours aux règlements les plus ingénieux, les plus excessifs, on parvienne à prévenir la fraude en pareille matière ou à l'arrêter. La qualité d'un engrais ne peut se juger ni à la vue, ni au toucher, et les bas prix auxquels la fraude peut descendre attirent irrésistiblement l'acheteur.

Si le crédit foncier était autorisé à mettre à la disposition de l'agriculture, pour achats d'engrais, sous la forme d'obligations garanties par l'État, à quinze mois de terme, une somme de 100 millions, tenez pour certain que les conséquences en seraient immédiates. En trois ans on augmenterait le revenu du sol de 500 à 600 millions, si ce n'est de 1 milliard.

On a beaucoup critiqué parmi nous la loi sur le drainage. Les 100 millions offerts par l'État à l'agriculture n'ont pas été employés. On a généralement attribué cet insuccès à l'économie de la loi qui a imposé, dit-on, aux emprunteurs des formalités trop nombreuses et souvent gênantes.

La véritable raison de l'insuccès que nous rappelons est ailleurs et tient à une autre cause.

En agriculture, toutes les dépenses ne sont pas également productives. Il y a entre elles une subordination que l'on ne peut intervertir sans de graves mécomptes. Pour une agriculture constituée comme l'agriculture anglaise, où la grande culture domine, où l'on pousse à la production de la viande, où l'on dispose d'une dose d'engrais véritablement énorme, pour une agriculture comme celle-là, placée sous un climat humide et froid, le drainage est une opération nécessaire. Mais, en France, où la petite culture domine, les conditions sont bien différentes. Si on dit à un petit propriétaire qu'avec 100 francs employés en drainage il gagnera 10 ou 15 francs, on ne le tente pas, parce qu'il sait qu'avec 100 francs d'engrais il peut en gagner au moins 200. Ce n'est donc pas du drainage qu'il nous faut, ce sont des engrais, d'une efficacité certaine, et payables seulement lorsque l'agriculteur a pu réaliser le produit de sa récolte.

Là est le nœud véritable de la question, là est toute la difficulté, là est le but vers lequel nous devons tendre de toutes nos forces. Vous conviendrez, messieurs, que, sous ce rapport, la science a fait son œuvre, c'est à la politique maintenant de faire la sienne, et qu'on ne s'y trompe pas, la situation est plus grave qu'on ne veut le dire et qu'on ne paraît le croire.

Lorsque nos moyens de communication étaient difficiles ou bornés, l'agriculteur trouvait, dans les marchés locaux, un écoulement assuré de ses produits. Aujourd'hui cette ressource tend à lui faire de plus en plus défaut. La liberté du commerce, secondée par l'établissement des nouveaux moyens de transport, nous met aux prises avec tous les pays du monde. Si l'agriculture française veut continuer à produire du blé, il faut qu'elle se mette en mesure de soutenir la concurrence des contrées qui peuvent nous le livrer à 10 ou 12 francs l'hectolitre, ce qui le fait ressortir dans nos ports à 15 ou 17 francs. Il est très-instructif de suivre les faits qui se succèdent depuis deux ans. Aux prix actuels, le blé n'est pas rémunérateur. L'agriculture souffre et se plaint. On lui répond : c'est la conséquence de deux récoltes trop abondantes. Supposez les récoltes moins favorables ; les prix ne s'élèveront pas assez pour compenser l'infériorité des rendements. L'importation empêchera la hausse de dépasser une certaine limite. L'agriculture continuera donc de souffrir et de se plaindre.

Cette situation ne peut cesser qu'à deux conditions. En premier lieu, il faut que l'agriculture, mieux éclairée sur la situation qui lui est faite, s'applique de plus en plus à tirer le meilleur parti de toutes les forces que la nature met au service du résultat qu'elle poursuit et qu'elle tienne un compte plus judicieux des circonstances locales. Les lois du climat sont inflexibles, et il faut, en les prenant pour guide, recourir aux cultures spéciales. Là est la première condition du succès.

Les Anglais, auxquels on doit toujours en appeler, l'ont si bien compris qu'ils ont abandonné sans rémission la culture du blé, partout où l'humidité trop grande du climat en rend les produits incertains. Ils y ont substitué la prairie et l'élève du bétail. Dans les comtés de l'Ouest, qui sont exposés aux vapeurs humides de l'océan Atlantique, l'agriculture est essentiellement pastorale, tandis que, dans les contrées du Centre et de l'Est, qui jouissent d'un climat plus sec, elle a pour base la culture du blé.

Cette distinction n'est pas l'effet d'un pur hasard. Depuis la grande réforme à laquelle sir Robert Peel a attaché son nom, la production de la viande s'est continuellement accrue, car son prix tend sans cesse à s'élever, tandis que celui des grains baisse constamment devant le flot toujours croissant des importations.

L'extension donnée, depuis dix ans, à la culture de la vigne dans le Midi, est, chez nous, une conséquence d u même principe. Nous faisons, en général, la part trop grande au froment et nous ne savons pas tirer, de notre admirable climat, tous les avantages qu'il présente pour les cultures industrielles.

Ce qu'il faut, en second lieu, à notre agriculture pour sortir de l'état d'infériorité dont elle est la première à gémir, c'est que le crédit lui vienne en aide, ne fût-ce que pour acheter des engrais, car on sait bien qu'en augmentant la fumure, on augmente le rendement, ce qui fait baisser le prix de revient dans une proportion correspondante.

A la culture intensive les grands profits : notre avenir agricole est tout entier dans cette proposition qui a maintenant la certitude d'un axiome.

Je vous disais, il y a un moment, que chaque pays doit régler sa production sur son climat. A l'exemple déjà cité de l'Angleterre où un travail considérable de transformation s'est accompli au plus grand avantage du producteur et du consommateur, je puis ajouter celui de l'Égypte, dont l'agriculture abandonne, sans retour, les traditions d'un passé qui se perd dans la nuit des temps, pour entrer dans les voies nouvelles de l'avenir.

Si on vous disait que la guerre d'Amérique a plus fait, dans ces quatre dernières années, pour émanciper l'Égypte, que l'expédition du général Bonaparte ou le règne de Méhémet-Ali, vous ne verriez là sans doute qu'un thème à discussion ou un audacieux paradoxe. Et cependant, pour qui n'aurait pas vu l'Égypte depuis 1860 et la parcourrait

aujourd'hui, quels changements et que de chemin ce pays
a faits dans ce peu de temps ! Cette terre, qui a été un des
berceaux du genre humain, avait conservé intacts depuis
plusieurs milliers d'années, son costume, ses mœurs, ses
procédés de culture. On y retrouvait, comme du temps de
Moïse, la *noria*, construite en bois, et armée de pots de
terre, pour arroser le sol lorsque l'inondation n'avait pas
atteint un niveau assez élevé. L'industrie proprement dite
n'y existait pas.

Le fellah, suivant les traditions les plus anciennes, doit
tout tirer de lui-même. Tour à tour, maçon, charpentier,
cordier, agriculteur, il doit se suffire et se suffit en effet.
Sous ce climat où l'agriculture est du jardinage, où le soleil et l'eau surabondent, où le sol est formé en entier de
dépôts d'alluvion, il est à peine besoin de travailler. On cultive mal, mais le climat supplée à l'infériorité des procédés
de culture et on obtient du sol deux récoltes par an.

Aujourd'hui, ses mœurs se modifient, cette population
s'agite, de nouveaux modes de travail se substituent aux
anciens. Quelles influences ont triomphé de l'apathie orien-
tale ? Il a fallu deux grands fléaux : la guerre d'Amérique
et l'épizootie qui a décimé pendant deux années consécu-
tives la population animale de l'Égypte.

Lorsque la sécession eut arboré, aux États-Unis, le dra-
peau de l'indépendance, le prix du coton éprouva une
hausse sans précédent. Ce qui valait 100 francs monta à 500
ou 600 francs. La récolte d'un hectare, à raison de 6 quintaux
métriques, atteignit les prix de 3,000 et de 3,500 francs,
ce qui représentait sur beaucoup de points de l'Égypte deux
fois au moins la valeur du fonds.

La perspective d'un pareil bénéfice ne trouve d'indifférents nulle part, pas même parmi les Orientaux : froment,

orge, fèves, tout ce qui avait fait jusque-là la culture principale du pays fut abandonné. On ne vit bientôt, de tous côtés, que plantations de coton. C'était la fièvre de l'or sous une forme nouvelle.

Les profits énormes, réalisés par les premiers essais, surexcitèrent le zèle des retardataires. L'Égypte devint, dès la seconde année, un vaste champ de cotonniers. Le froment, qui auparavant valait, en moyenne, de 8 à 10 francs l'hectolitre, y atteignit les prix sans précédent de 35 et de 40 fr. Par un effet de cette solidarité, de cette dépendance que des communications plus rapides et des moyens de transport perfectionnés créent entre les peuples, ces changements devaient avoir ailleurs leur contre-coup. Les provinces méridionales de la Russie s'émurent à leur tour et expédièrent en toute hâte des blés vers un pays qui, naguère leur rival sur les marchés de l'Europe, leur offrait, par une transformation soudaine, un centre de consommation considérable. On était à la fin de 1861.

Tout à coup une nouvelle sinistre commence à se répandre : une épizootie s'est déclarée en Égypte. D'abord circonscrit dans quelques provinces, le fléau gagne et s'étend comme un vaste incendie. C'est par centaines, c'est par milliers que tombent les bœufs et les buffles. Le mal gagne toujours en étendue et en intensité. Les dépouilles des animaux obstruent les canaux ; ils forment des îlots flottants à la surface du Nil. Et le prix du coton monte toujours.

La perte des animaux, on s'en consolerait ; l'or du coton payerait tout. Mais les labours, mais l'arrosage des terres, le dégrainage de la toison soyeuse des cotonniers ; sans animaux de travail, comment y pourvoir ? En quelques semaines, le désarroi devint extrême. Et alors ce que ni les bons conseils, ni les bons exemples n'auraient pu faire, l'intérêt le fit.

La terre est, en Égypte, une plaine sans limite, unie comme la surface d'un lac; c'est le pays prédestiné pour la charrue à vapeur. Sans plus tarder, l'Angleterre propose ses machines; elle les expédie par cargaisons et à crédit. On essaye, on hésite, on tâtonne. Mais la terre se prête merveilleusement à l'application de ces instruments de travail; on s'enhardit, on se familiarise avec le nouvel outillage; on le complète par des pompes à feu, si bien que, l'année dernière, j'ai vu, dans la plaine du Nil, des ateliers de mécanique montés, comme en Europe, pour réparer et entretenir le matériel le plus formidable que l'agriculture ait jamais mis en œuvre. J'ai vu des labours exécutés par des machines à vapeur de la force de quinze chevaux, faisant en moyenne un hectare à l'heure. Les équipes de travailleurs de jour sont relevées le soir par des équipes de nuit, et la charrue continue son œuvre, à la lueur de lampes munies de réflecteurs.

A la charrue succèdent des râteaux, qui forment trois rangs de sillons bombés de 80 centimètres de large, au sommet desquels on sème le coton. Tout à côté fonctionnent d'autres machines pour arracher le bois du cotonnier et le convertir en fagots. D'autres creusent des canaux, et tout cet outillage est animé par la vapeur que produisent les houilles venues de Newcastle et de Marseille.

Les machines étaient grossièrement faites; elles étaient vendues à des prix excessifs. Détails que tout cela; la terre était mise en culture, et le coton payait tout avec usure.

Le fellah ouvrait de grands yeux. Ébahi, inquiet, il se demandait, non sans appréhension, où tout cela devait aboutir. Mais le profit était là, bien réel, représenté par de brillantes pièces d'or; aussi, peu à peu, la lumière s'est-elle faite dans son esprit. Son hésitation a cessé; il commence à se servir des pompes à feu, et, dans les villages, on s'associe pour acheter des charrues à vapeur.

L'impulsion est donnée, le mouvement ne s'arrêtera pas. L'Égypte a produit l'année dernière pour 268 millions de francs de coton, dont l'achat a imposé à l'Europe un solde de plus de 150 millions.

Je vous le répète, cette crise, je l'ai vue naître, ce travail de transformation et de progrès, je l'ai suivi avec attention dans toutes ses phases, et maintenant l'Amérique pacifiée peut reprendre sa vie ancienne de pays producteur et commerçant; elle aura, dans l'Egypte, une concurrente de force à soutenir la lutte. Celle-ci possède, en effet, un matériel perfectionné et amorti. A l'action fertilisante du Nil viendra se joindre bientôt l'emploi des engrais. Les rendements seront doublés, triplés même, quand les frais généraux auront baissé d'un tiers et d'un quart.

Dans la haute Égypte, la canne à sucre réussit à merveille. Là où le coton est arrêté par le climat, la canne prend sa place. L'Égypte conservera donc, sur nos marchés, l'importance qu'elle y a acquise et à laquelle elle n'aurait jamais osé prétendre sans la guerre d'Amérique et l'épizootie de 1863. Ne voyez-vous pas là, messieurs, une preuve manifeste de la loi qui, dans l'intérêt bien entendu de tous, comme en vue de l'intérêt particulier, impose, à chaque pays, l'obligation de concentrer de préférence ses efforts sur les cultures qui y réussissent le mieux et le placent dans les conditions les meilleures pour accroître son revenu?

Après ce que j'ai vu en Égypte, après ce que je sais des résultats obtenus en Lombardie, à l'aide de l'irrigation, il devient certain à mes yeux que, dans nos provinces d'u

Midi, riveraines du Rhône, les mêmes procédés pourraient, à l'aide de pompes à feu, être appliqués sans difficulté et rendraient tout à la fois possible et suffisamment rémunératrice la culture de la luzerne, du sorgho à sucre, du colza, de la betterave pour la nourriture des animaux. Ces belles provinces verraient ainsi tripler leur production tant végétale qu'animale et ajouteraient à la richesse du pays.

S'il est vrai, enfin, comme tout le démontre, que l'accroissement de la population soit une conséquence naturelle de la puissance de production imprimée à la terre, vous reconnaîtrez qu'il n'y a pas, en notre pays, de question plus vitale que celle qui nous occupe.

Je vous disais, il y a un moment, que depuis 1815, la terre est toujours allée se morcellant, ce qui augmente le nombre des propriétaires, mais fait monter les prix de revient du blé et de la viande. Or si l'on considère que, parallèlement à ce travail intérieur, nos institutions inclinent de plus en plus vers la démocratie, que le suffrage universel est déjà notre loi, notre juge à tous, on comprendra que le sort et la condition des populations rurales ne sauraient nous être indifférents. Il y a, dans toute démocratie, un écueil redoutable, c'est l'entraînement des masses. Les grands centres de populations peuvent devenir, sous ce rapport, des causes et des foyers de véritables désastres. C'est dans les classes agricoles que la démocratie a son modérateur naturel. Les fixer au sol qui les a vues naître, faire qu'elles y trouvent bien-être et profit, voilà un des objets principaux que doit se proposer toute politique clairvoyante et libérale.

Dans la vie agricole, l'homme est sans cesse en présence d'un pouvoir qui lui est supérieur. Les saisons, la température, la pluie, le soleil, qui entrent pour une si grande part dans les fruits qu'il attend de ses travaux, échappent à son influence. Il sait qu'il a besoin d'habileté, de prévoyance, d'économie, mais il sait aussi que, lorsqu'il a fait tout ce qui dépendait de lui, il faut encore qu'il attende et au besoin se résigne. Par tempérament autant que par intérêt, il est essentiellement ami de l'ordre et peut en devenir le plus ferme appui.

Émanciper, enrichir la population agricole, c'est donc constituer, parmi nous, le véritable parti conservateur. La création d'institutions de crédit pourvoyant aux besoins des campagnes, l'extension des nouveaux procédés de culture dont je vous ai exposé l'économie, doivent concourir à ce grand résultat. Faisons des vœux, messieurs, pour qu'il nous soit donné de voir se réaliser ce double progrès; la prospérité de notre pays en dépend. Mais le lieu même où je parle, la création de ce champ d'expériences, due à l'initiative de l'Empereur, nous disent assez que nous pouvons avoir confiance et que l'appui du souverain et du gouvernement ne manquera pas aux hommes d'initiative qui se mettront à la tête du mouvement.

DES

FORMULES D'ENGRAIS

CONSACRÉES

PAR L'EXPÉRIENCE DES AGRICULTEURS

DEPUIS 1867

———

Ces formules diffèrent de celles qui sont indiquées dans les conférences en deux points principaux : la potasse y est toujours employée à l'état de nitre et le phosphate de chaux à celui de phosphate acide. Ayant reconnu depuis 1864 qu'il y avait un avantage réel à répartir la matière azotée sur plusieurs années, au lieu de la concentrer sur la fumure de la première année, j'ai adopté définitivement le principe de la division.

Les nouvelles formules sont classées en trois chapitres distincts :

Le premier comprend la liste des formules types, ainsi nommées parce que chacune d'elles s'applique à une plante agricole de grande importance, dont elle caractérise les besoins.

Dans le second chapitre on a réuni les formules qui conviennent aux assolements les plus usités; enfin le troisième est consacré à l'emploi mixte des engrais chimiques et du fumier de ferme.

FORMULES TYPES.

Froment.

	A L'HECTARE.		
	QUANTITÉS.	PRIX.	DÉPEN:E
	kil.	fr c.	fr. c.
ENGRAIS COMPLET N° 1.	1200		
Soit :			
Phosphate acide de chaux	400	64 00	
Nitrate de potasse.	200	124 00	307 50
Sulfate d'ammoniaque.	250	112 50	
Sulfate de chaux	350	7 00	
Total égal.	1200		

Orge, Avoine, Seigle, Prairie naturelle.

ENGRAIS COMPLET N° 1.	600		
Soit :			
Phosphate acide de chaux	200	32 00	
Nitrate de potasse.	100	62 00	153 75
Sulfate d'ammoniaque.	125	56 25	
Sulfate de chaux	175	3 50	
Total égal..	600		

Pour la prairie on peut employer l'engrais de deux manières différentes. Le répandre en une seule fois à l'automne, ou en deux fois : 300 kilogrammes à l'automne et
300 kilogrammes au printemps après la première coupe.
(*Voy.* encore page 406.)

Chanvre, Colza.

	A L'HECTARE.		
	QUANTITÉS.	PRIX.	DÉPENSE.
	kil.	fr. c.	fr. c.
ENGRAIS COMPLET N° 1	1200		

Si le colza devait être suivi d'un froment :

ENGRAIS COMPLET N° 6	1300		
Soit :			
Phosphate acide de chaux. . . .	400	64 00	
Nitrate de potasse.	120	74 40	326 00
Sulfate d'ammoniaque.	400	180 00	
Sulfate de chaux	380	7 60	
Total égal..	1300		

Betteraves, Carottes, Choux à vache, Houblon, Jardinage.

ENGRAIS COMPLET N° 2	1200		
Soit :			
Phosphate acide de chaux	400	64 00	
Nitrate de potasse.	200	124 00	299 00
Nitrate de soude	500	105 00	
Sulfate de chaux	500	6 00	
Total égal..	1200		

Lorsqu'on veut pousser le rendement des betteraves à la limite la plus élevée, il faut substituer à l'engrais complet n° 2 l'engrais complet n° 2 *bis*, et mieux encore l'engrais complet intensif n° 2.

ENGRAIS COMPLET N° 2 *bis*.	1300		
Soit :			
Phosphate acide de chaux. . . .	400	64 00	
Nitrate de potasse.	200	124 00	334 00
Nitrate de soude.	400	140 00	
Sulfate de chaux	500	6 00	
Total égal.	1300		

A L'HECTARE.

	QUANTITÉS.	PRIX.		DÉPENSE.	
	kil.	fr.	c.	fr.	c.
ENGRAIS COMPLET INTENSIF N° 2 . . .	1600				
Soit :					
Phosphate acide de chaux	600	96	00		
Nitrate de potasse	400	248	00	455	00
Nitrate de soude	300	105	00		
Sulfate de chaux	300	6	00		
Total égal	1600				

Pommes de terre.

	QUANTITÉS.	PRIX.		DÉPENSE.	
ENGRAIS COMPLET N° 3	1000				
Soit :					
Phosphate acide de chaux	400	64	00		
Nitrate de potasse	300	186	00	256	00
Sulfate de chaux	300	6	00		
Total égal	1000				

Sur les terres épuisées l'engrais complet n° 2 à la dose de 1200 kilogrammes est préférable.

Vignes et Arbustes.

	QUANTITÉS.	PRIX.		DÉPENSE.	
ENGRAIS COMPLET N° 4	1500				
Soit :					
Phosphate acide de chaux	600	96	00		
Nitrate de potasse	500	310	00	414	00
Sulfate de chaux	400	8	00		
Total égal	1500				

L'engrais complet n° 2 a donné aussi de très-bons résultats sur la vigne. Je conseille même de l'employer de préférence sur les vignes dont les produits sont de qualité ordinaire.

Navets, **Turneps, Rutabagas, Topinambours, Sorgho, Canne à sucre, Maïs.**

A L'HECTARE.

	QUANTITÉS.	PRIX.	DÉPENSE.
	kil.	fr. c.	fr. c.
Engrais complet n° 5.	1200		
Soit :			
Phosphate acide de chaux	600	96 00 ⎫	
Nitrate de potasse.	200	124 00 ⎬ 228 00	
Sulfate de chaux	400	8 00 ⎭	
Total égal.	1200		

Fèves, Féveroles, Haricots, Pois, Trèfle, Sainfoin, Vesces, Luzerne.

	QUANTITÉS.	PRIX.	DÉPENSE.
Engrais incomplet n° 2	1000		
Soit :			
Phosphate acide de chaux	400	64 00 ⎫	
Nitrate de potasse.	200	124 00 ⎬ 196 00	
Sulfate de chaux	400	8 00 ⎭	
Total égal.	1000		

Théoriquement, cet engrais ne devrait pas contenir d'azote. On y a admis cependant le nitrate de potasse parce que, dans ce sel, la potasse ressort à un prix moindre que dans le carbonate et que la proportion d'azote y est trop faible pour avoir un effet nuisible.

FORMULES POUR ASSOLEMENTS.

PREMIER CAS.

Les engrais chimiques sont employés seuls, à l'exclusion du fumier de ferme.

CULTURE EXCLUSIVE DU FROMENT.

PREMIÈRE ANNÉE.

Blé.

A L'HECTARE.

	QUANTITÉS.	PRIX.		DÉPENSE.	
	kil.	fr.	c.	fr.	c.
ENGRAIS COMPLET Nº 1	1200				
Soit :					
Phosphate acide de chaux	400	64	00		
Nitrate de potasse.	200	124	00	307	50
Sulfate d'ammoniaque.	250	112	50		
Sulfate de chaux	350	7	50		

DEUXIÈME ANNÉE.

Blé.

	QUANTITÉS.	PRIX.		DÉPENSE.	
Sulfate d'ammoniaque.	300	135	00	135	00

TROISIÈME ANNÉE

Blé.

	QUANTITÉS.	PRIX.		DÉPENSE.	
ENGRAIS COMPLET Nº 1.	1200				
Soit :					
Phosphate acide de chaux. . . .	400	64	00		
Nitrate de potasse.	200	124	00	307	50
Sulfate d'ammoniaque.	250	112	50		
Sulfate de chaux..	350	7	00		

QUATRIÈME ANNÉE.

Blé.

	QUANTITÉS.	PRIX.		DÉPENSE.	
Sulfate d'ammoniaque.	300	135	00	135	00
Dépense pour quatre ans.				885	00
Dépense par an				221	25

La culture exclusive du froment a l'inconvénient de favoriser la multiplication des mauvaises herbes, à tel point que, pour maintenir les rendements des récoltes à un niveau élevé, il faut avoir recours chaque année à plusieurs binages, ce qui occasionne une assez grande dépense. On échappe à cet inconvénient en remplaçant le troisième blé par une culture de pommes de terre ou de trèfle. Si on se décide pour la pomme de terre, il faut employer alors l'engrais complet n° 3 :

	A L'HECTARE.		
	QUANTITÉS.	PRIX.	DÉPENSE.
	kil.	fr. c.	fr. c.
ENGRAIS COMPLET N° 3.	1000		
Soit :			
Phosphate acide de chaux.	400	64 00	
Nitrate de potasse.	300	186 00	256 00
Sulfate de chaux.	300	6 00	

Ce changement réduit la dépense de la troisième année de 51 fr. 50 cent. et fait passer la dépense annuelle pour tout le cours de l'assolement de 221 fr. 25 cent. à 208 fr. 37 cent.

Si on donne la préférence au trèfle, il faut employer l'engrais incomplet n° 2 et pour cela diminuer dans l'engrais précédent la dose du nitrate de potasse de 100 kil. ce qui réduit encore la dépense de la troisième année de 60 francs et la fait descendre à 196 francs au lieu de 256 francs.

CULTURE ALTERNANTE DE COLZA ET DE BLÉ.

PREMIÈRE ANNÉE.

Colza.

A L'HECTARE.

	QUANTITÉS.	PRIX.	DÉPENSE.
	kil.	fr. c.	fr. c.
Engrais complet n° 6.	1300		
Soit :			
Phosphate acide de chaux	400	64 00	
Nitrate de potasse.	120	74 40	326 00
Sulfate d'ammoniaque.	400	180 00	
Sulfate de chaux	380	7 60	

DEUXIÈME ANNÉE.

Blé.

Sulfate d'ammoniaque.	300	155 00	155 00
Cendres des pailles et des siliques de colza	»	» »	Mémoire.
Dépense totale.			461 00
Dépense par an.			230 50

On brûle les pailles et les siliques de colza sur le champ même, et on en répand les cendres à la surface du sol après le premier labour. On laboure une seconde fois et on répand le sulfate d'ammoniaque. Au lieu de brûler les pailles et les siliques de colza, on peut avec plus d'avantage les faire pourrir en se conformant aux prescriptions données dans nos *Entretiens agricoles*, t. Ier, p. 148. De nouvelles expériences m'ont encore appris qu'on pouvait sans inconvénient réduire pour le blé la dose du sulfate d'ammoniaque à 200 kil. au lieu de 300.

ASSOLEMENT DE QUATRE ANS, COMPRENANT :

POMMES DE TERRE, BLÉ, TRÈFLE, BLÉ.

PREMIÈRE ANNÉE.

Pommes de terre.

	QUANTITÉS.	PRIX.	DÉPENSE.
	kil.	fr. c.	fr. c.
Engrais complet N° 3	1000		
Soit :			
Phosphate acide de chaux	400	64 00	⎫
Nitrate de potasse.	300	186 00	⎬ 256 00
Sulfate de chaux..	300	6 00	⎭

DEUXIÈME ANNÉE.

Blé.

Sulfate d'ammoniaque	500	135 00	135 00

TROISIÈME ANNÉE.

Trèfle.

Engrais incomplet N° 2.	1000		
Soit :			
Phosphate acide de chaux	400	64 00	⎫
Nitrate de potasse.	200	124 00	⎬ 196 00
Sulfate de chaux	400	8 00	⎭

QUATRIÈME ANNÉE.

Blé.

Sulfate d'ammoniaque.	500	135 00	135 00
Dépense totale.			722 00
Dépense par an.			180 50

26

ASSOLEMENT DE QUATRE ANS, COMPRENANT :

BETTERAVES, BLÉ, TRÈFLE, BLÉ.

PREMIÈRE ANNÉE.

Betteraves.

A L'HECTARE.

	QUANTITÉS.	PRIX.	DÉPENSE.
	kil.	fr. c.	fr. c.
ENGRAIS COMPLET Nº 2 *bis*.	1300		
Soit :			
Phosphate acide de chaux. . . .	400	64 00	
Nitrate de potasse.	200	124 00	334 00
Nitrate de soude.	400	140 00	
Sulfate de chaux.	300	6 00	

DEUXIÈME ANNÉE.

Blé.

Sulfate d'ammoniaque.	300	135 00	135 00

TROISIÈME ANNÉE.

Trèfle.

ENGRAIS INCOMPLET Nº 2	1000		
Soit :			
Phosphate acide de chaux. . . .	400	64 00	
Nitrate de potasse.	200	124 00	196 00
Sulfate de chaux.	400	8 00	

QUATRIÈME ANNÉE.

Blé.

Sulfate d'ammoniaque.	400	135 00	135 00
Dépense totale.			800 00
Dépense par an.			200 00

ASSOLEMENT DE CINQ ANS, COMPRENANT :

POMMES DE TERRE, BLÉ, TRÈFLE, COLZA, BLÉ.

PREMIÈRE ANNÉE.

Pommes de terre.

A L'HECTARE.

	QUANTITÉS.	PRIX.	DÉPENSE.
	kil.	fr. c.	fr. c.
ENGRAIS COMPLET N° 3	1000		
Soit :			
Phosphate acide de chaux. . . .	400	64 00	}
Nitrate de potasse.	300	186 00	} 256 00
Sulfate de chaux.	300	6 00	}

DEUXIÈME ANNÉE.

Blé.

Sulfate d'ammoniaque.	300	135 00	135 00

TROISIÈME ANNÉE

Trèfle.

ENGRAIS INCOMPLET N° 2	1000		
Soit :			
Phosphate acide de chaux. . . .	400	64 00	}
Nitrate de potasse.	200	124 00	} 196 00
Sulfate de chaux.	400	8 00	}

QUATRIÈME ANNÉE.

Colza.

Sulfate d'ammoniaque.	400	180 00	180 00

CINQUIÈME ANNÉE.

Blé.

Sulfate d'ammoniaque.	500	135 00	}
Cendres des pailles et des siliques			} 135 00
de colza.	»	Mémoire.	}
Dépense totale.			902 00
Dépense par an.			180 40

ASSOLEMENT DE DEUX ANS, COMPRENANT :

MAÏS, B. É.

PREMIÈRE ANNÉE.

Maïs.

A L'HECTARE.

	QUANTITÉS.	PRIX.	DÉPENSE.
	kil.	fr. c.	fr. c.
ENGRAIS COMPLET N° 5.	1200		
Soit :			
Phosphate acide de chaux. . . .	600	96 00	
Nitrate de potasse.	200	124 00	228 00
Sulfate de chaux.	400	8 00	

DEUXIÈME ANNÉE.

Blé.

Sulfate d'ammoniaque.	300	135 00	135 00
Dépense totale.			363 00
Dépense par an.			181 50

Divers essais qui ont donné de bons résultats me font penser qu'on peut réduire la dose du sulfate d'ammoniaque à 200 kil. sans inconvénient.

ASSOLEMENT DE SIX ANS, COMPRENANT :

LIN, BETTERAVES, BLÉ, COLZA, BLÉ, AVOINE, SEIGLE OU ORGE.

PREMIÈRE ANNÉE

Lin.

A L'HECTARE.

	QUANTITÉS.	PRIX.	DÉPENSE.
	kil.	fr. c.	fr. c.
ENGRAIS INCOMPLET Nº 2.	1000		
Soit :			
Phosphate acide de chaux. . . .	400	64 00	
Nitrate de potasse.	200	124 00	196 00
Sulfate de chaux..	490	8 00	

DEUXIÈME ANNÉE.

Betteraves.

ENGRAIS COMPLET Nº 2.	1200		
Soit :			
Phosphate acide de chaux. . . .	400	64 00	
Nitrate de potasse.	200	124 00	
Nitrate de soude.	300	105 00	299 00
Sulfate de chaux..	300	6 00	

TROISIÈME ANNÉE.

Blé.

Sulfate d'ammoniaque.	300	135 00	135 00

QUATRIÈME ANNÉE.

Colza.

ENGRAIS COMPLET Nº 6.	1500		
Soit :			
Phosphate acide de chaux. . . .	400	64 00	
Nitrate de potasse.	120	74 40	
Sulfate d'ammoniaque.	400	180 00	326 00
Sulfate de chaux..	580	7 60	
À reporter.			956 00

CINQUIÈME ANNÉE.

Blé.

A L'HECTARE.

	QUANTITÉS.	PRIX.	DÉPENSE.
	kil.	fr. c.	fr. c.
Report.			956 00
Cendres des pailles et des siliques de colza enterrées par un premier labour..		Mémoire.	
Sulfate d'ammoniaque.	300	135 00	135 00

SIXIÈME ANNÉE.

Avoine, seigle ou orge.

Sulfate d'ammoniaque	200	90 00	90 00
Dépense totale..			1181 00
Dépense par an.			196 83

ASSOLEMENT A FOURRAGE.

PREMIÈRE ANNÉE.

Blé.

A L'HECTARE.

	QUANTITÉS.	PRIX.	DÉPENSE.
	kil.	fr. c.	fr. c.
ENGRAIS COMPLET N° 1.	1200		
Soit :			
Phosphate acide de chaux. . . .	400	64 00	
Nitrate de potasse.	200	124 00	307 50
Sulfate d'ammoniaque.	250	112 50	
Sulfate de chaux..	350	7 00	

DEUXIÈME ANNÉE.

Trèfle.

ENGRAIS INCOMPLET N° 2.	1000		
Soit :			
Phosphate acide de chaux. . . .	400	64 00	
Nitrate de potasse.	200	124 00	196 00
Sulfate de chaux..	400	8 00	

TROISIÈME ANNÉE.

Blé.

Sulfate d'ammoniaque.	300	135 00	135 00

QUATRIÈME ANNÉE.

Vesces, féveroles, maïs mêlés.

ENGRAIS INCOMPLET N° 2.	1000		
Soit :			
Phosphate acide de chaux. . . .	400	64 00	
Nitrate de potasse.	200	124 00	196 00
Sulfate de chaux.	400	8 00	
	A reporter		834 50

CINQUIÈME ANNÉE.

Blé.

A L'HECTARE.

	QUANTITÉS.	PRIX.	DÉPENSE
	kil.	fr. c.	fr. c.
Report			854 50
Sulfate d'ammoniaque.	300	135 00	135 00

SIXIÈME ANNÉE.

Vesces, féveroles, maïs mêlés.

ENGRAIS INCOMPLET N° 2.	1000		
Soit :			
Phosphate acide de chaux. . . .	400	64 00	
Nitrate de potasse.	200	124 00	196 00
Sulfate de chaux..	400	8 00	
Dépense totale..			1165 50
Dépense par an.			194 25

ENGRAIS POUR PRAIRIE.

PREMIÈRE ANNÉE.

A L'HECTARE.

	QUANTITÉS.	PRIX.	DÉPENSE.
	kil.	fr. c.	fr.
ENGRAIS INCOMPLET N° 2.	1000		
Soit :			
Phosphate acide de chaux. . . .	400	64 00	
Nitrate de potasse.	200	124 00	196 00
Sulfate de chaux.	400	8 00	

DEUXIÈME ANNÉE.

Sulfate d'ammoniaque.	300	135 00	135 00
Dépense totale..			331 00
Dépense par an.			165 50

DEUXIÈME CAS.

Les engrais chimiques sont employés comme auxiliaires du fumier.

Lorsqu'on emploie les engrais chimiques associés au fumier de ferme, il peut se présenter deux cas :

Dispose-t-on d'une faible quantité de fumier? Il faut lui donner pour complément une demi-dose d'engrais complet, dont le type est déterminé par la nature de la plante, et se borner au contraire à la *dominante* si on emploie beaucoup de fumier.

Il suit de là qu'il est du plus haut intérêt de connaître la dominante de chaque plante : le tableau suivant est destiné à vous fournir des indications précises sur ce point essentiel.

NATURE DES CULTURES.	DOMINANTES.	PRODUITS CHIMIQUES CORRESPONDANTS.
Betteraves.		
Colza.		
Froment.		Sulfate d'ammoniaque.
Orge	Azote	Nitrate de soude.
Avoine		Nitrate de potasse.
Seigle.		
Prairie naturelle.		
Pois.		
Haricots.		
Féveroles.		
Trèfle.		Nitrate de potasse.
Sainfoin.	Potasse.	Potasse épurée.
Vesces.		Silicate de potasse.
Luzerne.		
Lin.		
Pommes de terre.		
Turneps.		
Rutabagas.		Noir de raffinerie.
Topinambours.	Phosphate de chaux.	Cendres d'os
Maïs.		Superphosphate.
Sorgho		
Canne à sucre.		

Supposons donc l'emploi de 50,000 kilogrammes de fumier de ferme par hectare tous les cinq ans : voici les engrais chimiques complémentaires auxquels on doit avoir recours.

ASSOLEMENT COMPRENANT :

POMMES DE TERRE, BLÉ, TRÈFLE, BLÉ, AVOINE.

PREMIÈRE ANNÉE.
Pommes de terre.

A L'HECTARE.

	QUANTITÉS.	PRIX.	DÉPENSE.
	kil.	fr. c.	fr. c.
Fumier.	50000	Mémoire.	

ENGRAIS CHIMIQUES COMPLÉMENTAIRES.

ENGRAIS INCOMPLET Nº 2.	500		
Soit :			
Phosphate acide de chaux. . . .	200	32 00	
Nitrate de potasse.	100	62 00	98 00
Sulfate de chaux.	200	4 00	

DEUXIÈME ANNÉE.
Blé.

Sulfate d'ammoniaque.	200	90 00	90 00

TROISIÈME ANNÉE.
Trèfle.

ENGRAIS INCOMPLET Nº 2.	1000		
Soit :			
Phosphate acide de chaux. . . .	400	64 00	
Nitrate de potasse.	200	124 00	196 00
Sulfate de chaux.	400	8 00	

QUATRIÈME ANNÉE.
Blé.

Sulfate d'ammoniaque.	200	90 00	90 00

CINQUIÈME ANNÉE.
Avoine.

Sulfate d'ammoniaque.	300	135 00	135 00
Dépense totale.			609 00
Dépense annuelle supplémentaire. . . .			121 80

ASSOLEMENT COMPRENANT :

BETTERAVES, BLÉ, TRÈFLE, BLÉ, AVOINE.

PREMIÈRE ANNÉE.

Betteraves.

A L'HECTARE.

	QUANTITÉS.	PRIX.	DÉPENSE.
	kil.	fr. c.	fr. c.
Fumier.	50000	Mémoire.	

ENGRAIS CHIMIQUES COMPLÉMENTAIRES.

ENGRAIS COMPLET N° 2.	600		
Soit :			
Phosphate acide de chaux. . . .	200	32 00	
Nitrate de potasse.	100	62 00	149 50
Nitrate de soude.	150	52 50	
Sulfate de chaux.	150	3 00	

DEUXIÈME ANNÉE.

Blé.

Sulfate d'ammoniaque.	200	90 00	90 00

TROISIÈME ANNÉE.

Trèfle.

ENGRAIS INCOMPLET N° 2.	1000		
Soit :			
Phosphate acide de chaux. . . .	400	64 00	
Nitrate de potasse.	200	124 00	196 00
Sulfate de chaux.	400	8 00	

QUATRIÈME ANNÉE.

Blé.

Sulfate d'ammoniaque.	200	90 00	90 00

CINQUIÈME ANNÉE.

Avoine.

Sulfate d'ammoniaque.	300	135 00	135 00
Dépense totale.			660 50
Dépense annuelle supplémentaire. . . .			132 10

ASSOLEMENT COMPRENANT :

COLZA, BETTERAVES, BLÉ, TRÈFLE, BLÉ.

PREMIÈRE ANNÉE.
Colza.

A L'HECTARE.

	QUANTITÉS.	PRIX.	DÉPENSE.
	kil.	fr. c.	fr. c
Fumier.	50000	Mémoire.	

ENGRAIS CHIMIQUES COMPLÉMENTAIRES.

Sulfate d'ammoniaque.	300	135 00	135 00

DEUXIÈME ANNÉE.
Betteraves.

Cendres des pailles et des siliques de colza. . . .	Mémoire.		
ENGRAIS COMPLET INTENSIF Nº 2 . .	800		
Soit :			
Phosphate acide de chaux. . . .	300	48 00	
Nitrate de potasse.	200	124 00	227 50
Nitrate de soude.	150	52 50	
Sulfate de chaux.	150	3 00	

TROISIÈME ANNÉE.
Blé.

Sulfate d'ammoniaque.	200	90 00	90 00

QUATRIÈME ANNÉE.
Trèfle.

ENGRAIS INCOMPLET Nº 2.	1000		
Soit :			
Phosphate acide de chaux. . . .	400	64 00	
Nitrate de potasse.	200	124 00	196 00
Sulfate de chaux.	400	8 00	

CINQUIÈME ANNÉE.
Blé.

Sulfate d'ammoniaque.	200	90 00	90 00
Dépense totale.			738 50
Dépense annuelle supplémentaire. . . .			147 70

ASSOLEMENT DE SIX ANS, COMPRENANT :

LIN, BETTERAVES, FROMENT, COLZA, FROMENT, AVOINE, SEIGLE OU ORGE.

PREMIÈRE ANNÉE.

Lin

A L'HECTARE.

	QUANTITÉS.	PRIX.	DÉPENSE.
	kil.	fr. c.	fr. c.
ENGRAIS INCOMPLET N° 2.	1000		
Soit :			
Phosphate acide de chaux. . . .	400	64 00	⎫
Nitrate de potasse.	200	124 00	⎬ 196 00
Sulfate de chaux.	400	8 00	⎭

DEUXIÈME ANNÉE.

Betteraves.

Fumier répandu en automne. . .	50000		Mémoire.
Au printemps :			
ENGRAIS COMPLET N° 2bis.	650		
Soit :			
Phosphate acide de chaux. . . .	200	32 00	⎫
Nitrate de potasse.	100	62 00	⎪
Nitrate de soude.	200	70 00	⎬ 167 00
Sulfate de chaux.	150	3 00	⎭

TROISIÈME ANNÉE.

Blé.

Sulfate d'ammoniaque.	300	135 00	135 00

QUATRIÈME ANNÉE.

Colza.

ENGRAIS COMPLET N° 6.	1300		
Soit :			
Phosphate acide de chaux. . . .	400	64 00	⎫
Nitrate de potasse.	120	74 40	⎪
Sulfate d'ammoniaque.	400	180 00	⎬ 326 00
Sulfate de chaux.	380	7 60	⎭

A reporter 824 00

CINQUIÈME ANNÉE.
Blé.

A L'HECTARE.

	QUANTITÉS.	PRIX.	DÉPENSE.
	kil.	fr. c.	fr. c.
Report.			824 00
Cendres des pailles et des siliques de colza enterrées par un premier labour.	»	mémoire.	135 00
Sulfate d'ammoniaque.	300	135 00	

SIXIÈME ANNÉE.
Avoine, seigle ou orge.

Sulfate d'ammoniaque.	200	90 00	90 00
Dépense totale.			1049 00
Dépense par an.			174 83

Au lieu de conseiller aux personnes qui emploient pour la première fois les engrais chimiques d'opérer sur une grande échelle, je préfère les voir commencer par un petit champ d'expériences qui n'entraîne qu'une dépense de 20 ou 25 francs, et qui suffit pour fixer leur opinion sur le degré d'efficacité de ces précieux agents.

Un champ d'expériences a un autre avantage, il fournit une démonstration sans appel de la vérité des principes qui servent de base à la nouvelle doctrine agricole.

RÉSULTATS OBTENUS

AU MOYEN DES ENGRAIS CHIMIQUES

Les résultats obtenus en 1868, au moyen des engrais chimiques, s'élèvent à quinze cents environ. J'ai consacré à leur discussion un mémoire étendu[1].

Je n'ai pas l'intention de reproduire en détail les éléments de cette enquête. Je ne puis cependant en passer sous silence la conclusion; qu'il me soit donc permis d'en détacher les faits les plus essentiels, ne fût-ce que pour justifier le degré de confiance que les hommes pratiques doivent accorder aux formules qui précèdent.

Les faits dont il s'agit forment deux catégories bien distinctes. Ceux de la première sont dus à l'initiative des agriculteurs, et ceux de la seconde sont, au contraire, les fruits d'une grande expérience provoquée par M. Duruy, alors ministre de l'instruction publique. Désireux d'être fixé sur la valeur des théories de M. G. Ville, pour décider dans quelle mesure il devait leur donner droit de cité dans le cadre de l'enseignement officiel, M. Duruy prit l'initiative hardie de faire essayer les engrais chimiques par les instituteurs primaires. Cette expérience, unique dans l'histoire de l'agriculture, nous a valu 1000 résultats,

---

[1] *Résultats obtenus en 1868, au moyen des engrais chimiques*, in-8° de 80 pages. A la Librairie agricole, rue Jacob, 26, à Paris.

qui, réunis à ceux dont nous sommes redevables à l'initiative privée, forment un contingent de 1500 témoignages.

RÉSULTATS OBTENUS DANS LA GRANDE CULTURE

Rapportons d'abord ceux obtenus dans la grande culture :

Ils s'élèvent, avons-nous dit, à cinq cents trois et se répartissent ainsi :

Froment.	138
Betterave.	190
Pommes de terre.	83
Avoine.	28
Orge.	26
Seigle.	2
Maïs.	10
Sarrasin.	2
Colza.	4
Lin.	1
Navets.	3
Prairie.	12
Vigne.	4
Total.	503

Tout le monde sait que jusqu'à ces trente dernières années le fumier de ferme a été le seul agent de fertilité employé par l'agriculture. Eh bien, demandons-nous d'abord, l'esprit dégagé de toute préoccupation économique, auquel, du fumier ou de l'engrais chimique, reste l'avantage par l'importance des récoltes obtenues.

FROMENT. — 138 résultats : deux propositions en résument la portée et la signification :

921 kilog. d'engrais chimique ont produit en moyenne. . 29 hect. **75**
    de grain par hectare alors que
40203 kilog. de fumier de ferme n'en ont donné que. . . . 21 hect. 66

Soit, en nombre rond, un excédant de 8 hectolitres 1/2 par hectare en faveur de l'engrais chimique.

Mais ce n'est pas tout. Si l'on décompose ces 138 résultats pour mettre en relief les variations de la récolte tant avec l'engrais chimique qu'avec le fumier, on obtient ces deux séries parallèles :

	RÉCOLTE A L'HECTARE.	
	ENGRAIS CHIMIQUE.	FUMIER DE FERME.
	hect.	hect.
10 fois.	46 50	39 22
22 fois.	35 90	26 84
20 fois.	31 20	19 21
22 fois.	27 42	14 50
26 fois.	22 44	14 50
38 fois.	14 96	12 03

Ce qui revient à dire que, sur quatre cultures, la récolte a été de :

	RÉCOLTE A L'HECTARE.	
	ENGRAIS CHIMIQUE.	FUMIER DE FERME.
	hect.	hect.
2 fois	35 20	25 00
1 fois	22 44	14 50
1 fois	14 96	12 03

Avec les engrais chimiques deux récoltes intensives, une bonne récolte moyenne et une récolte médiocre; avec le fumier, deux récoltes moyennes et deux médiocres.

BETTERAVES. — 190 expériences. Ici encore les engrais chimiques l'ont emporté sur le fumier de ferme dans une proportion non moins importante que pour le froment :

1326 kilog. d'engrais chimique ont donné en moyenne. . 51948 kilog. de betteraves à l'hectare, et

50650 kilog. de fumier seulement. . . . . 41811 —

Excédant en faveur de l'engrais chimique. . 10137 kilog.

27

La répartition des récoltes n'est pas moins significative que le contraste des moyennes.

	RÉCOLTE A L'HECTARE	
	ENGRAIS CHIMIQUE.	FUMIER DE FERME.
	kilog.	kilog.
8 fois.	91 064	70 142
21 fois.	63 507	49 900
35 fois.	53 673	43 670
61 fois.	43 640	34 784
40 fois.	35 373	28 920
25 fois.	24 433	23 455

POMMES DE TERRE. — Mêmes effets que sur la betterave et sur le froment.

Sur 83 expériences on a obtenu :

	RÉCOLTE A L'HECTARE.	
	ENGRAIS CHIMIQUE.	FUMIER DE FERME.
	kilog.	kilog.
17 fois.	58 271	30 812
16 fois.	24 288	16 871
26 fois.	17 266	14 921
24 fois.	11 119	11 633

Ce qui donne comme moyenne avec :

	A L'HECTARE	
	kilog.	hect.
1000 kilog. d'engrais chimique.	22 736	349
39946 — de fumier de ferme.	18 559	285
Excédant en faveur de l'engrais chimique.	4 177	64

AVOINE. — Même supériorité en faveur des engrais chimiques. 28 expériences comparatives ont donné :

	A l'hectare.	
932 kilog. d'engrais chimique.	42 hect. 60
50355 — de fumier.	35 » 30

soit un excédent moyen de 7ʰ,30 par hectare. La décomposition des 28 résultats, source de la moyenne, n'est pas moins instructive :

RÉCOLTE A L'HECTARE.

	ENGRAIS CHIMIQUE.	FUMIER DE FERME.
	hect.	hect.
9 fois.	58 95	47 66
9 fois.	40 41	36 25
10 fois.	28 45	22 »

ORGE. — Même conclusion pour l'orge.

	Hectol.
1204 kilogr. d'engrais chimique ont produit en moyenne. . . . de grains à l'hectare, et	32 40
40808 kilogr. de fumier de ferme..	25 40

Excédant : 7 hectolitres en faveur des engrais chimiques.

Mais ce qui n'est pas moins significatif, c'est le décompte des résultats :

RÉCOLTE A L'HECTARE.

	ENGRAIS CHIMIQUE.	FUMIER DE FERME.
	hectol.	hectol.
6 fois.	54 68	45 72
7 fois.	34 07	24 60
9 fois.	24 96	18 00
4 fois.	15 88	13 35

MAÏS. — Mêmes effets :

	Hectol.
926 kilog. d'engrais chimique ont donné en moyenne.	37 87
43000 kilog. de fumier de ferme.	25 65

Résultats qui se répartissent ainsi :

	RÉCOLTE A L'HECTARE	
	ENGRAIS CHIMIQUE.	FUMIER DE FERME.
	hectol.	hectol.
5 fois..	52 72	» »
5 fois..	23 02	25 65

La supériorité se maintient en faveur de l'engrais chimique, pour le seigle, le sarrasin, le lin, le chanvre, le navet et la prairie. Mais comme les faits recueillis sont en très-petit nombre, je les ai résumés par la comparaison des moyennes.

NOMBRE DES EXPÉRIENCES		RÉCOLTE A L'HECTARE AVEC			
		ENGRAIS CHIMIQUE.		FUMIER DE FERME.	
3	Seigle.. .	34	hectol.	»	hectol.
2	Sarrasin .	30 50	—	19	—
4	Colza;. .	27 65	—	20	--
1	Lin (tiges)	7 000	kilog.	4 200	kilog.

PRAIRIE. — J'aurais attaché une importance particulière à faire une étude approfondie de la prairie; mais à Vincennes cette étude est impossible. La terre est trop exposée à la sécheresse. Dès le mois de juillet, l'herbe se dessèche et meurt sur pied. Comment étendre aux régions humides des pays d'herbages les résultats d'expériences faites dans ces conditions ?

Les seules données que je possède me viennent de l'extérieur et sont dues à l'initiative privée. Mais, à mon grand regret, un tiers au moins des résultats se rapporte à la région du Midi, où la sécheresse sévit au moins autant qu'à Vincennes.

Voici néanmoins, à titre de première indication, les rendements qui m'ont été communiqués. Quoiqu'ils n'aient rien que de très-ordinaire, ils attestent que l'avantage reste encore aux engrais chimiques.

On trouvera dans mon mémoire l'indication de divers rendements intensifs fort remarquables, mais sur lesquels je n'insiste pas.

RENDEMENT A L'HECTARE.

	ENGRAIS CHIMIQUE.	FUMIER DE FERME.
	kilog.	kilog.
5 fois.	7 484	» »
6 fois.	4 990	4 856

Un point capital pour la prairie, c'est la durée de l'engrais. L'action ne se manifeste-t-elle que sur la première coupe ? Se fait-elle sentir sur les suivantes ? A cet égard il y a unanimité dans les témoignages qui me sont parvenus. L'action survit à la première coupe et se fait encore sentir la seconde année.

M. Gallois, président du comice agricole de Thionville, qui se livre depuis deux ans à des expériences suivies sur la prairie, m'a écrit à ce sujet :

« Je suis heureux de pouvoir vous annoncer que les engrais chimiques ont réussi sur les prairies naturelles au delà de toute espérance l'année dernière (1868), qui a été d'une sécheresse exceptionnelle, et qu'il en est de même cette année, qui est une année d'humidité.

« Les bons effets de l'année dernière ont persisté cette année, » etc., etc.

Vigne. — On m'a communiqué beaucoup de renseignements sur la vigne, mais peu de chiffres. Cette lacune est d'autant plus regrettable, que c'est généralement sur les points où les effets ont été les meilleurs que les documents précis me font défaut.

M. Missol, à Saint-Genis-Laval, m'écrivait en 1867 :

« Un massif de cinquante-deux ceps taillés à long bois, fumé avec l'engrais complet a rapporté 150 kilogr. de raisin, soit 1 hectolitre de vin. Les ceps sont à 1 mètre de distance ce qui en porte le nombre à 10,000 par hectare. A ce compte, un hectare de vigne pourrait rapporter 200 hectolitres, quatre fois ce que donnent les meilleurs crus dans le Beaujolais.

« Ces expériences, jointes à plusieurs autres que je ne rapporte pas, ont été si concluantes *pour moi*, que je viens de faire l'acquisition d'une propriété près de Montélimart. Je vais bientôt me mettre à la besogne....

« Je compte sur la taille à long bois, et surtout sur la fumure complète, pour faire de cette propriété, d'un revenu actuel de 1,000 fr., un grand et beau vignoble qu'on pourra citer, j'espère, sous le rapport de la culture comme aussi sous celui du rendement. »

Chez M. le comte de la Loyère, une expérience qui s'annonçait sous les plus favorables auspices a été grêlée, et la récolte entièrement perdue.

Voici les trois indications des rendements qui me sont parvenus :

RÉCOLTE A L'HECTARE.

	ENGRAIS CHIMIQUE.	FUMIER DE FERME.	TERRE SANS AUCUN ENGRAIS.
	hectol.	hectol.	hectol.
Trappistes de Notre-Dame des Dombes.	80	80	»
M. de Narbonne. . .	57	46	»
M. du Peyrat.	46 30	»	50 35

Vous voyez, si nous mettons à part les tentatives sur la

vigne et sur la prairie, en trop petit nombre pour être dé-
cisives, les engrais chimiques l'emportent partout sur le
fumier de ferme. Leur supériorité se fonde non sur une,
deux, trois ou dix expériences, mais sur cinq cents expériences dues à l'initiative de cultivateurs qui ont opéré le
plus ordinairement à l'insu les uns des autres, dans les
conditions de sol et de climat les plus variées.

RÉSULTATS OBTENUS PAR LES INSTITUTEURS PRIMAIRES.

Les témoignages dont nous sommes redevables aux
instituteurs primaires ne sont pas moins décisifs. L'expérience n'a porté cette fois que sur la betterave et la pomme
de terre, mais elle conclut comme les résultats précédents :

BETTERAVES. — 350 RÉSULTATS.

	RENDEMENT MOYEN À L'HECTARE.
60000 kilog. de fumier.	33 873 kilog.
1200 — d'engrais chimique. . . .	37 847

POMMES DE TERRE. — 565 RÉSULTATS.

60000 kilog. de fumier de ferme. . .	15 699 kilog.
1200 — d'engrais chimique. . .	16 501

L'engrais chimique continue à l'emporter.

Des tentatives semblables poursuivies dans les écoles
normales primaires de nos départements, dans les fermes-
écoles et les écoles régionales qui ressortissent du département de l'agriculture, malgré un assez grand nombre de
non-valeurs inséparables des incertitudes d'une première
application concluent comme les précédents.

ÉCOLES NORMALES PRIMAIRES.

POMMES DE TERRE. — 47 RÉSULTATS.

	MOYENNE DES RENDEMENTS A L'HECTARE.
60000 kilog. de fumier.	16 012 kilog.
30000 — de fumier.	14 625
1600 — d'engrais chimique.. . .	17 432

FERMES-ÉCOLES.

BETTERAVES. — 34 RÉSULTATS.

	RENDEMENT MOYEN DE L'HECTARE.
57500 kilog. de fumier de ferme.. .	13 958 kilog.
1200 — d'engrais chimique. . .	39 076
Terre sans aucun engrais. . , ...	24 000

POMMES DE TERRE. — 18 RÉSULTATS.

58000 kilog. de fumier de ferme. . .	14 000 kilog.
1200 — d'engrais chimique. . .	13 121

INSTITUT DE GRIGNON.

BETTERAVES. — RÉSULTATS.

Fumier de ferme.	43 790 kilog.
1200 kilog. d'engrais chimique. . . .	49 758

Une autre expérience sur la betterave :

Fumier.	63 000
Engrais chimique.	66 000

Voilà donc plus de 1,500 témoignages en faveur des doctrines que je défends.

Borné aux termes qui précèdent, le résumé que je viens de présenter ne donne cependant qu'une idée incomplète de l'importance des résultats obtenus en 1868. Pour les apprécier à leur juste valeur, il faut se reporter aux témoignages individuels, les rapprocher, les comparer, suivre les rendements dans leurs variations progressives, en bien et en mal, pour en dégager, comme je l'ai fait moi-même, la moyenne générale qui en est l'expression synthétique. Si vous consentez à vous livrer à ce travail, vous trouverez pour le froment que les rendements de 50 à 60 hectolitres par hectare sont encore assez fréquents; pour l'orge et l'avoine, qu'ils peuvent atteindre de 70 à 80 hectolitres, — 80,000 et 100,000 kilogr. pour la betterave, — de 30,000 à 40,000 kilogr. pour la pomme de terre.

Il ne serait certainement pas judicieux d'accorder trop d'importance à ces résultats qui sont des exceptions; mais il faut cependant y avoir égard, puisque, sur cinq à six récoltes, on a la chance de les obtenir une fois et qu'elles font compensation aux années défavorables.

Lorsqu'il y a trois ans j'insistais auprès du monde agricole pour recommander les champs d'expériences, il n'est sorte d'objections que l'on ne m'ait opposées. On niait qu'il fût possible de conclure du petit au grand, et l'on taxait de puérile la prétention de régler le régime d'une grande exploitation sur le témoignage d'un simple champ d'expériences.

On a vu par les résultats des instituteurs ce que valent ces critiques — qu'il me soit permis de compléter la preuve en mettant en regard les récoltes obtenues dans la grande culture et celles du champ d'expériences de Vincennes, où l'on opère sur des parcelles de 1 are ·

A Vincennes :

> 1300 kilog. d'engrais complet n° 2 ont pro   kil.
> duit de . . . . 50 à 55 000
> de betteraves par hectare.

190 tentatives effectuées en 1868 ont donné

pour   kil.

1326 kilog. d'engrais, un rendement de. .   51 948

J'avais dit qu'en portant la dose de l'engrais de 1,500 kilogr. à 1,600 kilogr., par hectare, le rendement de la betterave s'élevait de 70,000 à 75,000 kilogr.

La moyenne des trois premières séries, comprenant 64 résultats, donne pour 1,379 kilogr. d'engrais 69,414 kilogr. de betteraves par hectare.

Pour la pomme de terre, le froment et l'avoine, l'accord n'est pas moins étroit, comme il résulte de ces deux séries parallèles :

RÉSULTATS MOYENS.

	ANNONCÉS.	OBTENUS.
Pommes de terre. .	25 000 kilog.	22 736 kilog.
Froment.	31 hectol.	$29^h,73$
Avoine.	45 —	$42^h,60$

Vit-on jamais un accord plus complet entre la théorie et l'expérience, la science et la pratique ?

Mais là ne se borne pas le résultat que l'on doit aux expériences de 1868 ; elles ont éclairé d'une lumière décisive certains points de pratique sur lesquels on pouvait avoir encore de l'hésitation.

J'avais signalé depuis longtemps les bons effets qu'on pouvait retirer des engrais chimiques employés en couverture au printemps. Des recherches nouvelles entreprises dans ce but spécial ont confirmé les premiers résultats, et je me demande très-sérieusement si cette méthode n'est pas appelée à devenir le procédé usuel. Cette année, au champ d'expériences de Vincennes, deux carrés qui n'ont cessé de produire du froment depuis 1860 étaient, au sortir de l'hiver, dans le plus piteux état. Au mois d'avril, le blé était clair-semé, jaune, et ne promettait qu'une récolte insignifiante. Le 25 avril, une dose ordinaire d'engrais complet fut répandue en couverture sur l'un; rien ne fut donné à l'autre. — En moins de quinze jours la végétation du premier avait éprouvé une véritable résurrection : favorisé par une pluie douce et fine qui avait suivi de quelques jours l'épandage de l'engrais, le blé changea de couleur et prit un essor qui contrastait par son activité avec ceux des carrés voisins qui avaient reçu la même dose d'engrais à l'automne.

Sur le carré qui n'avait pas reçu d'engrais, la récolte a été de 10^h,71 ; sur celui qui avait reçu l'engrais le 25 avril (ayez égard à la date), de 25^h,15 par hectare.

Chez les trappistes de Notre-Dame des Dombes, le même fait a été observé. Un blé fumé à l'automne, qui était de toute beauté au mois d'avril, a moins rendu qu'un blé de très-pauvre apparence fumé en couverture au printemps.

Il est désirable que ces expériences soient reprises sur un assez grand nombre de points différents afin de pouvoir prononcer avec une entière certitude sur le mérite respectif des deux méthodes.

Pour moi, éclairé par l'expérience de ces cinq dernières années, je n'hésite plus à conseiller d'employer le sulfate d'ammoniaque en deux fois, la moitié au printemps et la moitié à l'automne; la division de la matière azotée permet de relever à la dernière heure les parties des cultures que l'hiver a le plus éprouvées. Je crois, de plus, qu'il y a toute sorte d'avantages à modérer pendant l'automne la formation des organes de nature herbacée.

Sur les terres où la verse est fréquente, la division de l'engrais est surtout de rigueur. Pour ces terres, le nitrate

de soude doit même être préféré au sulfate d'ammoniaque ;
son action est moins brusque.

Les tremblements de terre qui se sont produits l'année
dernière sur les côtes du Pérou ont jeté le désarroi dans le
commerce de ce produit. Tout le stock, et il était considérable, a été détruit ; la fièvre jaune qui a sévi sur le littoral
a empêché les arrivages de l'intérieur.

Pendant ce temps, les approvisionnements de l'Europe se
sont épuisés, et les premiers arrivages ont été littéralement
enlevés par les fabricants de produits chimiques ; mais
c'est là une situation transitoire qui ne peut se prolonger.
L'exploitation des gisements qui existent au Pérou a été
reprise avec plus d'activité que par le passé, et tout me
porte à penser qu'au printemps prochain le prix du nitrate
de soude sera vraisemblablement revenu à son cours primitif. En lui donnant la préférence sur le sulfate d'ammoniaque, l'agriculture favorisera le mouvement de baisse qui
a commencé à se manifester sur ce produit.

Dernière observation : lorsqu'une culture de céréales,
froment, orge ou avoine, est en mauvais état au mois d'a-
vril, la terre ayant reçu cependant une bonne fumure
à l'automne, avec 50 ou 100 kilogr. au plus de sulfate
d'ammoniaque, on peut encore la relever. Il suffit d'une
impulsion soudaine donnée à la plante pour que l'engrais
de l'automne, paralysé par une saison défavorable, produise son effet ; mais plus la saison est avancée, plus il
faut employer des doses modérées de matière azotée. A
partir du 20 avril, il ne faut pas dépasser 100 kilogr. de
sulfate d'ammoniaque ou 120 kilogr. de nitrate de soude ;
la moitié de ces doses est même le plus souvent suffisante.

Je dois ces indications, dont j'ai vérifié le bien fondé,

au regrettable M. Schattenmann, qui avait une longue expérience de l'emploi de ces matières.

Lorsqu'on a recours pour la première fois aux engrais chimiques, il est bien difficile de résister à la tentation d'outre-passer les doses que je prescris : leur effet est si rapide, les rendements qu'ils déterminent si élevés, que, malgré soi, l'on est entraîné à ne recourir qu'aux formules intensives. Il ne faut pourtant y céder que dans une juste mesure.

Si l'on se reporte au répertoire général des résultats, on trouvera qu'à part quelques exceptions, les engrais modérés l'ont décidément emporté sur les formules intensives, pour la betterave, la pomme de terre, l'orge et la prairie. Pourquoi cette supériorité en faveur des engrais modérés? A cause de la sécheresse exceptionnelle qui a régné en 1868, pendant les mois de juillet et d'août.

Dans une année humide, les engrais intensifs produisent des rendements vraiment énormes; mais si la sécheresse sévit et se prolonge trop longtemps, ils perdent une partie de leurs avantages et peuvent avoir même une action décidément nuisible.

Pour qu'une plante prospère, il ne suffit pas qu'elle trouve dans le sol tous les éléments qui lui sont nécessaires; il faut encore qu'elle puisse les absorber tous dans les proportions du mélange primitif. Or la sécheresse rompt cet équilibre. Les diverses substances dont l'engrais se compose n'étant pas douées de la même solubilité, les sels ammoniacaux, notamment, l'étant plus que les phosphates, il se fait un véritable départ au sein de la terre, et les matières azotées sont absorbées de préférence aux autres termes de l'engrais. Or si, à la suite d'une sécheresse trop longtemps prolongée, l'exclusion des phosphates va

au delà d'une certaine limite, les plantes peuvent en recevoir une atteinte mortelle. Pendant les années humides,
les engrais intensifs reprennent l'avantage. Les rendements
de 80,000 kilogr. de betteraves par hectare, ceux de 25,000
à 30,000 pour la pomme de terre, n'ont rien que de très-
ordinaire. Pour équilibrer les chances, le mieux est d'employer pour une part égale les engrais intensifs et les
engrais modérés; on pare ainsi à tout événement, et la
moyenne générale atteint le niveau le plus élevé.

J'ai dit, au début de cet article, que je me bornerais à
comparer l'action du fumier et des engrais chimiques, voulant laisser la parole aux faits et ne pas anticiper sur leur
conclusion légitime. Le résultat de cette comparaison est
tout en faveur des derniers : on le voit, leur action accuse
une supériorité, une constance qu'il est impossible de méconnaître sans nier l'évidence ou manquer de bonne foi.

Enfin à ceux qui douteraient encore, je prends la liberté
de recommander la lecture de la conférence du docteur
Grüneberg qui ne peut être suspect de complaisance ou de
flatterie.

CONFÉRENCE

FAITE AU CERCLE AGRICOLE DE COLOGNE

PAR

Le Docteur GRÜNEBERG

En France l'auteur de ces *Conférences* a vu pendant long-temps ses efforts méconnus et ses publications rabaissées au rang de simples compilations faites aux dépens de la science allemande, alors qu'en Allemagne, on se montrait unanime pour honorer le caractère original et personnel de son œuvre.

Le docteur Grüneberg a pu exposer, l'année dernière, aux applaudissements du Cercle agricole de Cologne, la doctrine française des engrais chimiques et revendiquer pour son auteur, avec l'assentiment de son auditoire, la reconnaissance des agriculteurs de tous les pays.

Qu'il me soit permis de reproduire cette conférence éminemment remarquable où l'auteur conclut en disant : Reconnaissons donc la vérité de la doctrine nouvelle et efforçons-nous d'en étendre l'application comme cela devrait avoir lieu pour tout ce qui est bon et utile, dût-il provenir d'une nation étrangère ?

DES FORMULES D'ENGRAIS CHIMIQUES DE GEORGES VILLE
DE SES ANALYSES DU SOL
ET DES SUCCÈS OBTENUS AU MOYEN DES ENGRAIS CHIMIQUES

L'agitation qui depuis quelques années s'est produite en France dans une des branches de l'activité agricole, l'emploi des engrais chimiques, agitation qui prend des proportions de plus en plus considérables, qui a déjà dépassé les limites de la France et qui s'étend aux pays limitrophes, la Belgique, la Suisse et jusqu'aux colonies françaises, me conduit aujourd'hui à vous présenter un rapport sur les travaux, les recherches et les succès de Georges Ville, professeur de physique végétale, le promoteur de ce mouvement.

Il y a environ quinze ans que Georges Ville commença à s'occuper de l'étude des principes de la nutrition des plantes et qu'il réussit à y intéresser personnellement l'empereur des Français, au point que ce dernier mit à sa disposition un laboratoire au Jardin des Plantes et qu'il le pourvut de tous les moyens nécessaires pour mener à bonne fin des travaux de cette portée dans toute l'étendue désirable. Les premiers travaux de Ville eurent pour but d'étudier la vie des plantes au point de vue de l'absorption de l'azote sous tous ses états, d'établir l'influence de l'azote sur la végétation, soit sous forme d'acide nitrique et de sels ammoniacaux, soit comme matières animales (gélatine) et de constater le phénomène, si éminemment important pour la nutrition des plantes, de l'absorption directe de l'azote de l'air. Les travaux de Ville furent couronnés de succès, il fit, dans ses « *Recherches expérimentales sur la végétation*, Paris 1857 », un rapport détaillé des résultats qu'il avait obtenus, et fournit la preuve expérimentale de l'absorption directe de l'azote de l'air, notamment par les légumineuses, devant l'Académie des sciences, le forum scientifique de la France.

La hardiesse de cette assertion d'un jeune professeur, ainsi que Ville l'était encore à cette époque, provoqua aussitôt une vive opposition de la part des vieux coryphées de la science agricole, notamment celle de Boussingault, qui, mettant en doute le fait de l'absorption directe de l'azote de l'air, chercha à prouver par des expériences qu'une pareille absorption n'avait jamais lieu, mais que tout l'azote de la plante provenait de la terre, c'est-à-dire de l'engrais, et que s'il provenait de l'atmosphère, il s'y incorporait sous forme de nitrate d'ammoniaque. Ville ne se contenta pas de cette objection, mais demanda un arbitrage ; à cet effet, on nomma des arbitres parmi les membres les plus marquants de l'Académie, qui confirmèrent l'assertion de Ville, l'absorption directe de l'azote par les feuilles des plantes, ce qui termina en faveur de Ville cette lutte acharnée.

Ce point capital décidé, Ville s'occupa à établir l'influence de la nutrition minérale des plantes sur la végétation, il suivit à cet égard la méthode générale de notre grand Liebig et procéda à son travail d'une manière très-systématique. Il s'agissait pour Ville de déterminer l'influence de chacun des principes nutritifs sur la croissance des plantes, celle de l'humus, de l'azote et des minéraux, de même que de chacun de ces derniers séparément ; et ce fut ainsi qu'eut lieu une série d'expériences, qui doivent faire l'objet de la présente conférence.

Ville fit ses essais sur la culture du froment, et pour cela il sema un certain nombre de grains dans des pots remplis de sable de quartz calciné, débarrassé par un lavage à l'acide chlorhydrique des principes nutritifs minéraux qu'il renfermait ; il fit plus, il enduisit l'intérieur des pots d'une couche de cire, afin d'empêcher l'absorption par la racine de la plante de tout principe nutritif minéral quelconque pouvant provenir de l'argile des pots.

On répartit enfin dans les pots la série suivante d'engrais :

N° 1. Engrais complet, c'est-à-dire l'ensemble des minéraux contenus dans les cendres du froment, avec adjonction d'humus et d'azote.

N° 2. Engrais complet comme le n° 1, sans humus.

N° 3. Engrais complet comme le n° 1, sans azote.

N° 4. Engrais complet sans minéraux (azote seul).

N° 5. Engrais complet sans potasse.

N° 6. Engrais complet sans acide phosphorique.

N° 7. Engrais complet sans magnésie.

N° 8. Sans aucun engrais.

Ainsi qu'il fallait s'y attendre, le résultat de l'essai n° 1 fut le plus satisfaisant ; après la récolte, 22 grains de froment en produisirent 270, c'est-à-dire que le grain se multiplia 12 fois 1/2, ce qui en poids fut :

Grains . . . .   8 1/2 grammes
Paille et racines . . . .   22 1/2   —

Total de la récolte . . . . . .   31 » grammes

Le tableau suivant donne les résultats obtenus avec chaque engrais séparément :

SEMENCE DE 22 GRAINS DE FROMENT.

RÉCOLTE.	Engrais complet.	Engrais complet sans humus.	Engrais complet sans azote.	Engrais complet sans minéraux.	Engrais complet sans potasse.	Engrais complet sans acide phosphorique.	Engrais complet sans magnésie.	Sans aucun engrais.
	1.	2.	3.	4.	5.	6.	7.	8.
Nombre de grains	270	127	23	0	5	0	?	?
Poids des grains	gr. 8,65	gr. 4,00	gr. 0,54	gr. 0,09	gr. 0,21	gr. 0,00	gr. 0,04	gr. 0,15
Paille et racines	22,34	15,45	6,32	9,10	5,82	0,60	5,58	4,96
Récolte totale	30,99	19,45	6,86	9,25	6,03	0,60¹	5,62	5,11

Ces essais établirent d'une manière éclatante la nécessité de tous les éléments nutritifs pour une nutrition rationnelle et complète des plantes,

Dans ce cas, l'engrais minéral produisit un effet nuisible.

28

et à l'effet d'obtenir la récolte la plus abondante possible. Ils démontrèrent jusqu'à la dernière évidence l'influence et l'importance pour la vie des plantes de chacun des principes nutritifs et servirent de base aux cultures célèbres que Ville entreprit en grand au champ d'expériences de Vincennes ; l'empereur avait mis cet emplacement à la disposition de M. Georges Ville, avec tous les accessoires agricoles nécessaires, et lui avait ainsi donné les moyens de confirmer par la pratique ses principes au sujet de la nutrition des plantes.

Avant de pouvoir procéder à des expériences en grand, Ville dut d'abord se rendre un compte exact de ce que ces champs d'expériences contenaient en fait de principes nutritifs[1] assimilables et déterminer les matières dont il aurait à faire usage comme engrais, pour fumer ces champs d'une manière rationnelle et économique, c'est-à-dire sans prodigalité.

Ville, dans ce but, institua 6 parcelles, qu'il fuma de la manière suivante et sur lesquelles il obtint par hectare :

	FROMENT.
N° 1. Avec engrais complet..............	59 hectolitres
N° 2. Avec engrais complet sans azote....	13 —
N° 3. Avec engrais complet sans phosphate de chaux.	24 —
N° 4. Avec engrais complet sans potasse.....	28 —
N° 5. Avec engrais complet sans chaux......	37 —
N° 6. Sans aucun engrais.............	11 —

Les conclusions suivantes résultent de cette expérience :

On obtint les plus belles récoltes sur la parcelle n° 1 avec engrais complet, et sur la parcelle n° 5 dont l'engrais manquait de chaux, preuve certaine que le sol contenait assez de chaux, pour qu'on pût se dispenser d'en ajouter ; par contre, il lui fallait avant tout de l'engrais azoté (parcelle n° 2) ; mais aussi, pour arriver aux résultats les plus élevés, le sol avait besoin d'une fumure simultanée de potasse (parcelle n° 4) et d'acide phosphorique (parcelle n° 3), dont l'absence, dans l'engrais avait pour effet de produire une diminution de 11 à 14 hectolitres de grain par hectare.

Pleinement édifié sur la qualité des engrais qu'exigeait le champ d'expériences de Vincennes, Ville dut s'occuper à déterminer exactement leur forme et leur quantité, ce qu'il fit également par voie d'expérimentation. Un grand nombre d'expériences comparatives lui prouvèrent :

1° Que, pour la chaux, l'engrais avec sulfate de chaux est préférable à celui avec carbonate de chaux ;

2° Que la potasse est employée plus avantageusement sous forme de ni-

---

[1] Ville n'est pas partisan des analyses chimiques du sol, parce qu'elles confondent dans la même indication les substances assimilables et non assimilables par les plantes, tandis que les premières, seules, ont de l'importance pour la végétation. Il préfère en conséquence le mode d'essai pratique du sol, qui me paraît être, en effet, le seul utile en pratique et qui mérite d'être généralisé.

trate de potasse [1], que sous celle de carbonate de potasse, ou d'autres combinaisons de potasse ;

3° Que l'acide phosphorique est donné avec plus de succès sous forme de superphosphate que sous celle de phosphate fossile en poudre ;

4° Que l'azote doit être employé, selon la nature des produits à cultiver, ou bien sous forme de nitrate, comme pour les betteraves, les pommes de terre, le tabac, ou sous forme de sulfate d'ammoniaque comme pour les céréales et le colza ;

5° Qu'enfin certaines plantes, comme le trèfle, les pois, la luzerne, en général les légumineuses, n'ont pas besoin d'engrais azoté, attendu qu'elles ont la propriété de tirer la plus grande partie de leur azote de l'atmosphère.

Quant au dosage des engrais et à la fixation notamment de la proportion la plus convenable de la matière azotée, M. Cavallier, cultivateur au Mesnil-Saint-Nicaise, s'inspirant des conseils de Ville, fit un essai très-intéressant sur une culture de betteraves.

Il obtint par hectare :

Avec l'emploi d'engrais minéral seul.	36,000 kil.
Avec adjonction de 80 kil. d'azote.	47,000 —
Avec adjonction de 100 kil. d'azote.	51,000 —
Avec adjonction de 120 kil. d'azote.	59,000 —

Lesquels résultats, déduction faite du prix de l'azote, qui avait été donné sous forme de sulfate d'ammoniaque, produisirent un bénéfice :

De 67 francs par hectare pour	80 kil. d'azote.
De 108	—	pour 100 kil. d'azote.
De 228	—	pour 120 kil. d'azote.

Ville trouva qu'en général un engrais complet composé de nitrate de potasse, de nitrate de soude ou de sulfate d'ammoniaque, de superphosphate et de sulfate de chaux, à la dose de 12 à 1600 kilos par hectare, était celui qui produisait la récolte la plus considérable.

Après avoir créé en principe par la voie expérimentale, le système d'une fumure artificielle, Ville crut devoir faire connaître le fruit des ses expériences au public agricole de la France. Il ouvrit au champ d'expériences de Vincennes une série de conférences qui avaient pour objet de mettre en lumière les principes de la nutrition des plantes, ceux d'une fumure rationnelle et leur influence sur la prospérité nationale.

Ville traite dans ces conférences, qui plus tard furent publiées [2], de l'importance et en première ligne de l'absorption des principes nutritifs atmo-

---

[1] Abstraction faite de l'azote contenu dans le nitrate de potasse.
[2] Strasbourg, chez Treuttel et Wurtz.

sphériques du carbone, de l'oxygène, de l'hydrogène et de l'azote ; il montre comment l'acide carbonique décomposé par la lumière solaire fournit le carbone, comment l'hydrogène et l'oxygène proviennent de l'eau puisée par les plantes ; comment l'azote est absorbé en partie de l'air, en partie du sol. Pour réfuter l'opinion que l'azote est uniquement absorbé du sol, de l'engrais, c'est-à-dire des combinaisons ammoniacales de l'air qui tombent sur la terre avec les précipités atmosphériques, il démontre, en laissant de côté tout argument scientifique, qu'il avait accentué d'une manière très-tranchée, que la quantité d'eau tombée pendant toute une année sur la surface d'un hectare, examinée au point de vue de sa richesse en sels ammoniacaux, ne renferme que 3 kilogrammes d'azote par hectare, alors qu'une récolte moyenne de luzerne enlève à la même surface 3 à 400 kilogrammes.

Le trèfle, et en général les légumineuses, dit Ville, réussissent parfaitement avec l'engrais minéral seul. Voilà pourquoi les légumineuses, auxquelles appartiennent aussi les lupins, se prêtent à l'amélioration de l'exploitation agricole ; ils recueillent l'azote pour des récoltes subséquentes, et peuvent servir de plantes intermédiaires, destinées à féconder ces cultures, qui n'ont pas la propriété d'absorber directement l'azote de l'air ; c'est depuis longtemps le cas pour les lupins.

Ville passe alors aux cultures déjà citées dans du sable calciné, et établit que lorsqu'on passe de ce sol artificiel à une terre naturelle, la fumure pour être complète n'exige que quatre minéraux, à savoir : la potasse, l'acide phosphorique, la magnésie et la chaux, attendu que les autres éléments minéraux qu'on découvre dans les cendres des plantes et qui par conséquent ont été absorbés par elles, ou sont de peu d'importance, ou existent en grande abondance dans toutes les terres arables. Il passe enfin en revue les moyens mécaniques d'améliorer le sol, l'argile, qui agit par sa propriété de retenir les agents de fertilité qu'elle restitue peu à peu aux plantes, et l'humus, qui fixe l'ammoniaque et qui, en raison de sa faculté de dégager de l'acide carbonique, agit comme dissolvant sur les principes nutritifs minéraux ; il en vient enfin aux résultats de l'exploitation en grand de Vincennes, et avant tout aux analyses du sol, par des essais de fumure, qui dans l'intervalle sont répétés pour les betteraves dans le département de la Somme, où il fut produit par hectare :

	BETTERAVES.
Avec engrais complet.	51,000 kil.
— sans chaux.	47,000 —
— sans potasse.	42,000 —
— sans phosphate de chaux. . .	37,000 —
— sans azote	56,000 —
Sans aucun engrais.	25,000

et à l'île de la Guadeloupe par M. de Jabrun pour la canne à sucre, où l'on obtint par hectare

	CANNE A SUCRE.
Avec engrais complet.	57,000 kil.
— sans chaux.	50,000 —
... sans potasse.	35,000 —
— sans phosphate de chaux.	15,000 —
— sans azote	56,000 —
Sans aucun engrais.	5,000 —

Ville compare maintenant l'engrais complet au fumier d'étable ; il se dit : si les engrais chimiques produisent des résultats aussi satisfaisants, comme les expériences qui précèdent le prouvent, il faut que les mêmes substances existent également dans le fumier d'étable. Ville trouve en moyenne, comme résultats de plusieurs analyses, dans cent parties de fumier d'étable desséché :

En potasse.	2 à 3 p. 100
En acide phosphorique.	1 à 1 1/4 p. 100
En azote.	2 à 2 1/2 p. 100
En chaux	3 à 5 p. 100

ce qui donne pour 40,000 kilogrammes de fumier d'étable (fumure d'un hectare) :

Potasse.	150 kil.
Acide phosphorique.	75 —
Azote	165 —
Chaux.	321 —

et il estime que ces substances peuvent être données dans un mélange de 2310 kilogrammes de sels composé de :

Superphosphate de chaux	600 kil.
Nitrate de potasse.	320 —
Sulfate d'ammoniaque.	560 —
Sulfate de chaux	830 —
Total.	2,310 kil.

Il indique alors les résultats obtenus par la comparaison du fumier d'étable avec l'engrais chimique complet.

M. du Peyrat, sous-directeur de l'école agricole de Beyrie dans les Landes, obtint en betteraves :

Sans engrais.	8,150 kil. par hectare.
Avec 30,000 kil. de fumier d'étable.	40,200 —
Avec 1,700 kil. d'engrais chimique complet.	53,000

Le marquis de Virieu, dans l'Isère, produisit en betteraves par hectare :

Avec 50,000 kil. de fumier d'étable.	46,800 kil.
Avec 1,450 kil. d'engrais chimique.	50,000 —

M. Leroy de Varennes obtint en navets par hectare :

Avec 50,000 kil. de fumier d'étable. . . . . . } 40,000 kil
Et 300 kil. de guano. . . . . }
Avec 1,400 kil. d'engrais chimique. . . . . 62,370 kil

MM. Masson et Isarn d'Évreux produisirent en froment par hectare :

Avec 30,000 kil. de fumier d'étable. . . . . . 19 hectolitres.
Avec de l'engrais chimique. . . . . 40 —

M. Bravay, dans la Drôme, obtint sur un coteau pierreux et inculte, en froment par hectare :

Sans engrais. . . . . 2 hectol. 8 litres.
Avec 29,000 kil. de fumier d'étable. . . 10 — 8 —
Avec l'engrais chimique. . . . . 50 — 0 —

Le marquis d'Havrincourt (Pas-de-Calais) obtint en pommes de terre, par hectare :

Avec 33,000 kil. de fumier d'étable. . . . . . . 8,050 kil.
Avec de l'engrais chimique. . . . . 16,000 —

M. Thomas, à Boulogne-sur-Mer, obtint en pommes de terre par hectare :

Avec 40,000 kil. de fumier d'étable. . . . . . . 10,960 kil.
Avec l'engrais chimique. . . . . 14,630 —

Ville voit dans ces résultats et d'autres analogues la justification de l'emploi en agriculture de ses formules d'engrais chimique et compare le prix de revient de l'engrais chimique à celui du fumier d'étable.

Il résulte de calculs longs et détaillés qu'en admettant le fumier d'étable à 12 fr. 50, il y a à peu près égalité de prix pour la potasse, l'acide phosphorique et l'azote contenus dans le fumier d'étable et les mêmes substances se trouvant dans l'engrais chimique ; mais la supériorité de l'emploi des engrais chimiques sur celui du fumier d'étable ne réside pas uniquement dans l'augmentation de la récolte.

Il devient possible, par l'emploi des engrais chimiques, de diminuer considérablement le bétail et par suite les prés et pâturages nécessaires à son entretien et de les transformer en grande partie en terres arables plus productives ; l'agriculteur peut s'affranchir de la tenue d'un bétail trop considérable et appliquer à l'amélioration de ses cultures les capitaux qu'il était obligé jusqu'à présent d'immobiliser pour l'acquisition et l'entretien de ce bétail et qui deviennent disponibles et d'un roulement plus rapide ;

il devient possible dès lors de soumettre à une culture intensive, avec un capital relativement peu important, des propriétés qui, à raison de la pénurie du fumier d'étable, étaient seulement cultivées d'une manière extensive et ne pouvaient recevoir qu'une fumure insuffisante ; *c'est là, selon Ville, un grand progrès ; le nœud de la question.* L'on sait que les fermages, les impositions, les frais de culture et les semences sont constamment les mêmes, que la fumure soit bonne ou mauvaise, la culture intensive ou extensive : mais le produit n'est rémunérateur qu'avec une bonne fumure et il est souvent onéreux avec une fumure insuffisante.

Ville cite à l'appui de cette vérité l'exemple suivant d'une culture de 100 hectares :

Paille 50 fr. par hectare, pour 100 hectares	5,000 fr.
Froment, 14 hectol., par hectare, ensemble 1,400 à 20 francs	28,000 —
Total.	33,000 fr.

Ainsi un agriculteur disposant de 30,000 francs, s'il veut consacrer 300 francs à sa culture par hectare, pourra cultiver 100 hectares qui lui produiront un revenu de 33,000 francs avec une dépense de 30,000 francs, ce qui laisse un bénéfice de 3,000 francs.

En appliquant le même capital à la culture intensive, au lieu de 100 hectares on ne pourra en cultiver que 68,2 ; mais ces 68,2 hectares produiront, au lieu de 33,000 francs 48,763 francs savoir :

Paille, 95 fr. par hectare, pour 68,2 hectares. . .	6,479 fr.
31 hectolitres de froment à l'hectare pour 68,2 hectares 2114 hectolitres à 20 francs..	42,284 —
Total..	48,763 fr.

Ce qui donne en fin de compte un bénéfice de 18,763 francs au lieu de 3,000 francs.

Complétement édifié à cet égard, Ville rappelle que toute fumure avec engrais d'étable dans le cas où le bétail est nourri sur le domaine appauvrit les terres dans leur ensemble. Les principes minéraux enlevés aux pâturages par le bétail, passent sous forme d'engrais dans les terres arables où ils sont repris sous forme de récolte ; ils sont perdus pour la propriété, dès que ces produits sont vendus ; ce n'est pas là le cas pour la fumure avec les engrais chimiques, qui peuvent remplacer complétement les substances enlevées par la récolte.

Si, par ce qui précède, il est démontré qu'une exploitation agricole peut avoir lieu avec avantage sans emploi de fumier d'étable, Ville n'entend pas dire par là qu'on *doive en exclure* l'engrais d'étable, car il sait très-bien qu'une certaine quantité de ce fumier est nécessairement fournie par les bêtes servant à la culture et que, comme toujours, on ne manquera pas de l'y employer. Le fumier d'étable doit être employé autant que possible à côté des engrais chimiques ; il faut réunir les deux engrais en un assolement rationnel.

Ville donne alors quelques exemples d'un pareil a solement, en prenant pour base les expériences relatées ci-dessus sur les propriétés essentielles des engrais et sur les besoins des plantes à cultiver.

Premièr Exemple. Assolement dé 5 ans.

1re année : Colza. Engrais avec fumier d'étable et sulfate d'ammoniaque.

2e année : Betteraves. Engrais : Cendres de la paille de colza, super-phosphate, nitrate de po'asse,.nitrate de soude, sulfate de chaux.

3e année : Froment. Engrais : Sulfate d'ammoniaque.

4e année : Trèfle. Engrais : Superphosphate, nitrate de potasse, sulfate de chaux.

5e année : Froment. Engrais : Sulfate d'ammoniaque.

Deuxième Exemple.

1re année : Pomme de terre. Engrais : Fumier d'étable, nitrate de potasse, sulfate de chaux.

2e année : Froment. Engrais : Sulfate d'ammoniaque.

3e année : Trèfle. Engrais : Superphosphate, nitrate de potasse, sulfate de chaux.

4e année : Froment. Engrais : Sulfate d'ammoniaque.

5e année : Avoine. Engrais : Sulfate d'ammoniaque.

Ville cite plusieurs de ces exemples et soutient péremptoirement qu'un pareil assolement, qui consiste principalement dans l'emploi d'engrais chimiques, produit des récoltes abondantes, durables, pourvu :

1° Qu'on rende à la terre les quantités de potasse et d'acide phosphorique, qui lui ont été enlevées par la récolte,

2° Et qu'on lui restitue la moitié de l'azote qu'elle a perdu ; *à peu près* la moitié, par la raison, qu'une partie de l'azote est fournie par l'air atmosphérique et parce que certaines plantes, telles que les légumineuses, prenant à l'atmosphère tout l'azote dont elles ont besoin, n'ont pas besoin d'engrais azoté, tandis que d'autres, le froment par exemple, demande plus de 50 °/₀ de cet engrais.

Ici se pose à juste titre la question de savoir si ces engrais chimiques peuvent aussi être produits en quantité suffisante? Ville y répond :

1° Relativement à la potasse, qu'il en existe une source inépuisable dans les sels de potasse qu'on peut extraire de l'eau de la mer et dans les immenses gisements de potasse de Stassfurt ;

2° Relativement à l'acide phosphorique, qu'on en trouve annuellement de nouvelles sources dans les couches d'apatite, de phosphorite et de coprolithes.

3° Qu'en ce qui concerne l'azote, on ne peut se défendre à la vérité de légitimes appréhensions, mais qu'il existe des sources nombreuses d'ammoniaque non encore utilisées, par exemple les eaux ammoniacales des usines à gaz, la distillation des matières fécales des villes, les produits volcaniques qui servent à la fabrication de l'acide borique et surtout l'ammoniaque des gaz que dégagent les fours à coke; le désert d'Attacama suffira longtemps encore à tous les besoins de salpêtre; que, du reste, l'extraction de l'azote de l'air atmosphérique n'est plus un problème et que cette question a été résolue par MM. Sourdeval et Margueritte, quoique leur procédé n'ait pas encore fourni de résultat désirable quant au prix de revient.

La principale source d'azote, et qui est la plus à la portée de l'agriculteur, sera toujours celle que nous avons appris à connaître dans l'absotion de l'azote par les plantes. Nous savons en effet qu'une récolte de luzerne enlève à l'air par hectare 3 à 400 kilos d'azote, quantité qui à elle seule suffirait, dans le cas même où toutes les autres sources d'azote viendraient à tarir, à fournir l'azote nécessaire pour au moins 5 hectares de froment.

Ville exhorte vivement à l'imitation et à la confirmation de ses essais, pour les faire servir de comparaison avec le fumier d'étable usité jusqu'à présent et appelle l'attention sur les suites économiques d'une fumure rationnelle, en alléguant que le rendement moyen du froment, en France, ne s'élève qu'à 14 hectolitres par hectares, donnant dans de pareilles conditions un prix de revient de 17 ou 18 francs par hectolitre, alors cependant que les frais de production se réduiraient facilement à 10 ou 12 francs. Ville rapporte un exemple frappant à l'appui de sa thèse. Sur une lande inculte, dans une des contrées les plus stériles de la Champagne Pouilleuse, où l'hectare ne vaut que 170 francs, M. Ponsard, président du Comité agricole d'Omey a fait deux essais, l'un avec 80,000 kilogrammes de fumier d'étable, l'autre avec 1,200 kilogrammes d'engrais chimiques. Le fumier a produit 13 hectolitres de froment, tandis que la récolte au moyen de l'engrais chimique a été de 35 hectolitres. Le rendement a donné dans le premier cas une perte de 480 francs et, dans le second cas un bénéfice de 430 francs. Ville termine ses réflexions en prédisant, qu'attendu qu'il a été prouvé par ses essais que les engrais chimiques possèdent toutes les propriétés du fumier d'étable, jusqu'à présent seule source des rendements intensifs, qu'attendu que les engrais chimiques ne sont pas plus chers que le fumier d'étable, qu'ils produisent plus, qu'ils n'appauvrissent pas le sol comme il arrive lorsqu'on n'a recours qu'au fumier produit sur la culture, que par suite de l'emploi des engrais chimiques, il devient possible d'affecter de plus grandes surfaces de terres à la culture des céréales, de les cultiver d'une manière intensive, et de produire ainsi des rendements plus riches; qu'attendu enfin que les engrais chimiques peuvent être produits en quantité suffisante, — l'agriculture entrera dans une ère nouvelle et qu'il résultera pour la France de l'introduction de ce nouveau système un accroissement de richesse et de bien-être. En résumant toutes ces considérations, il n'est pas possible d'élever de doute à l'égard des principes ci-dessus établis.

Ville couronna son œuvre par le rapprochement d'une série de 503 essais de fumure faits d'après son système, et étendus sur toute la France et ses colonies. Dans ces essais il affecta :

138 essais à la culture du froment, qui produisirent en moyenne :

> Par l'emploi de 921 kil. d'engrais chimique par hectare. .   29 hect. 73 lit.
> Par l'emploi de 40,000 kil. de fumier d'étable. . . . .   21 — 16 —

Différence en faveur de l'engrais chimique : 8 hectolitres par hectares. 190 essais de fumure de betteraves donnèrent en moyenne en betteraves par hectares :

> Avec 1,320 kil. d'engrais chimique. . . . .   51,948 kil.
> Avec 50,000 kil. de fumier d'étable. . . . .   41,811 —

Différence en faveur de l'engrais chimique : 10,137 kilos de betteraves. par hectares ;

83 essais de fumure de pommes de terre donnèrent par hectare :

> Avec 1,000 kil. d'engrais chimique. . . . .   22,736 kil.
> Avec 40,000 kil. de fumier d'étable. . . . .   18,559 —

Excédant en faveur de l'engrais chimique : 4,177 kilos par hectare, et ainsi de suite pour la culture de l'avoine, de l'orge, du seigle, du maïs, du colza, du lin, des prés, des vignes, etc.

Ces essais de fumure et leurs résultats sont réunis dans un petit volume, intitulé : *Résultats obtenus en 1868 au moyen des engrais chimiques*, par Georges Ville. Paris, imprimerie Adolphe Lainé.

Ville termine les explications qui accompagnent ces essais par les paroles suivantes : « Il faudrait fermer les yeux à l'évidence, pour ne pas voir la « réforme qui se prépare dans l'agriculture. L'ancienne formule : prairie, « bétail, céréales, a fait son temps comme insuffisante pour nos relations « actuelles ; le progrès veut qu'on lui substitue une formule nouvelle : « Introduction des engrais chimiques, pour avoir avec bénéfice des grains « et du bétail. La première formule était la fille de l'empirisme, la seconde « est celle de la science. La lutte n'est plus possible entre les deux. Si après « ce qui a été dit il devait subsister encore le moindre doute, il suffira, pour « le faire disparaître de jeter les yeux sur les faits établis par les 500 es- « sais que je viens de rapporter. »

Quels sont maintenant les enseignements que nos agriculteurs allemands ont à tirer des travaux de Ville ?

Les 500 preuves de l'efficacité de sa doctrine, fournies par la pratique, sont irréfutables ; nous ne pouvons plus nous refuser à l'évidence de ces résultats !

Suivons cet exemple, confirmons les résultats obtenus par des essais systématiques et comparatifs et cherchons à les généraliser comme cela devrait avoir lieu pour tout ce qui est bon et utile, dût-il provenir d'une nation étrangère.

Que pourrai-je ajouter à ce témoignage venu d'un pays si hostile à tout ce qui vient de la France ou porte un nom français ?

TABLE DES MATIÈRES

et la magnésie prédominent dans la graine; la chaux, la silice, le fer, etc. dans la tige et les feuilles, 19. Exemple : froment, 20. — Orge, 21. — Pois, 22. — Betteraves, 23. — Composition des cendres, des principaux organes des mêmes plantes, 24 et 25. — Pourquoi l'inégalité de cette répartition, 26. — Elle a pour cause la nécessité d'assurer l'évolution de l'embryon, 26. — Comment les phosphates cheminent au sein des organes, 27.—Répartition comparée de l'acide phosphorique et de la potasse dans les principaux organes du froment, de l'orge, des pois rameux, des féveroles, du colza et du coton, 28.— Répartition des mêmes éléments dans les principaux organes du pin maritime, des haricots du Canada, du maïs, du froment, du seigle, du pavot, des haricots, des pois chiches, des fèves de marais, 29. — Les phosphates terreux se déplacent dans l'organisme végétal à la faveur des alcalis, 29. — Répartition des éléments organiques, carbone, hydrogène, oxygène, azote- — Composition comparée à ce point de vue de la substance des arbres et des herbes, 31. Exemples : pour les arbres, hêtre, chêne, bouleau, tremble, saule; pour les herbes, froment, seigle, avoine, betteraves, navets, pois, trèfle, topinambours, 31. — Dans les arbres, le bois, les branches, les feuilles, contiennent la même proportion de carbone, d'hydrogène et d'oxygène, 31.—L'azote prédomine dans les feuilles et les fruits, 31.—Exemple : feuilles de mûrier, d'acacia, de peuplier, d'aylantus glandulosa, de graminées, de chicorée, grains de froment, seigle, avoine, orge, pois, lentilles, maïs, colza, topinambours, 32. — Répartition comparée de l'azote dans les principaux organes du froment, de l'orge, des pois, des haricots, des féveroles, du colza, de l'orge et du coton, 33. — Répartition de l'azote dans le produit de la récolte de un hectare pour le froment, l'orge, les pois, les haricots, les féveroles, le colza, 35. — Période de l'assimilation des principaux éléments qui entrent dans la composition des plantes, 35.—Principes immédiats des végétaux, 35. —Ils sont variés à l'infini, il y a des acides, des alcalis, des matières colorantes, astringentes, des poisons, etc., etc., chacun est caractéristique de certains végétaux, 36.— Leur rôle physiologique, 37.—Produits transitoires de l'activité végétale ; Hydrocarbonés, cellulose, amidon, gomme adragante, pectine, acide pectique, inuline, gomme arabique, mucilage, sucre de raisin, sucre incristallisable ; Azotés, fibrine, castérine, albumine, 37. — Tous les produits transitoires hydrocarbonés sont des formes variées d'un même type, 58. — Preuves, 58. — Cellulose, 38. — Amidon, 39. — Gomme adragante, 40. — Gomme arabique, 40. — Inuline, 41. — Pectine et acide pectique, 41.— Sucre de canne, de raisin, incristallisable, 41.— Propriétés de passages propres à chacun, 41. — Les produits transitoires azoto-sulfurés sont aussi les formes variées d'un type unique, 42. — Leur formule, 42. — Leurs réactions fondamentales, 43. — Comment on peut communiquer à volonté à chacun les propriétés des deux autres, 43. — Tous les produits transitoires appartenant à la même série se transforment les uns dans les autres aux diverses périodes de la végétation, 44. Premier exemple : l'amidon se transforme en sucre : germination du froment, 44. — Autre transforma-

TABLE ALPHABÉTIQUE

ACTION COMPARÉE DES AGENTS DE LA PRODUCTION VÉGÉTALE

CULTURES THÉORIQUES DANS LE SABLE CALCINÉ

MESSIEURS LES LIBRAIRES

DEVRONT S'ADRESSER AU DÉPOT CENTRAL

DES OUVRAGES DE M. GEORGES VILLE

Chez M. ENGEL

91, rue du Cherche-Midi

www.ingramcontent.com/pod-product-compliance
Lightning Source LLC
Chambersburg PA
CBHW060757030726
47503CB00002B/283